我的非洲十年

——援非医疗队医生手记

仵民宪　著

世界知识出版社

图书在版编目（CIP）数据

我的非洲十年：援非医疗队医生手记/仵民宪著. —北京：世界知识出版社，2016.12
ISBN 978-7-5012-5393-7

Ⅰ.①我… Ⅱ.①仵… Ⅲ.①纪实文学—中国—当代 Ⅳ.①I25

中国版本图书馆CIP数据核字（2017）第004582号

责任编辑	侯奕萌
责任出版	王勇刚
责任校对	陈可望
封面设计	吉 吉

书　　名	我的非洲十年——援非医疗队医生手记 Wo de Feizhou Shinian — Yuanfei Yiliaodui Yisheng Shouji
作　　者	仵民宪
出版发行	世界知识出版社
地址邮编	北京市东城区干面胡同51号（100010）
网　　址	www.ishizhi.cn
电　　话	010-65265923（发行）　010-85119023（邮购）
经　　销	新华书店
印　　刷	北京京科印刷有限公司
开本印张	787×1092毫米　1/16　23¾印张　8插页
字　　数	340千字
版次印次	2017年1月第一版　2017年1月第一次印刷
标准书号	ISBN 978-7-5012-5393-7
定　　价	45.00元

版权所有　侵权必究

援厄立特里亚第 2 批医疗队出国前与省卫生厅领导合影

援厄立特里亚第 2 批医疗队在驻地合影

援赞比亚第13批医疗队出国前与省卫生厅领导合影

援赞比亚第14批医疗队部分队员春节在恩多拉驻地合影

援埃塞俄比亚第16批医疗队在中埃友好医院合影

援埃塞俄比亚第16批医疗队春节在驻地合影

援埃塞俄比亚第 17 批医疗队在中埃友好医院合影

作者与来京出席首届中非部长级卫生合作与发展会议的赞比亚代表团成员在人民大会堂外合影

作者与一位埃塞俄比亚病人合影

埃塞俄比亚当地医生友人向作者赠送围巾

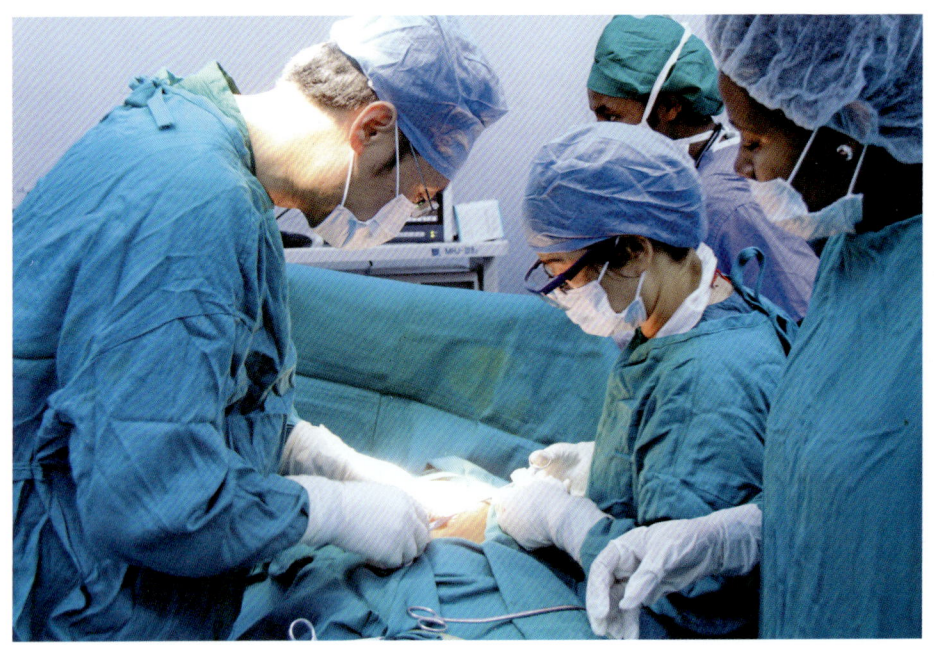

跨科协作,剖腹探查

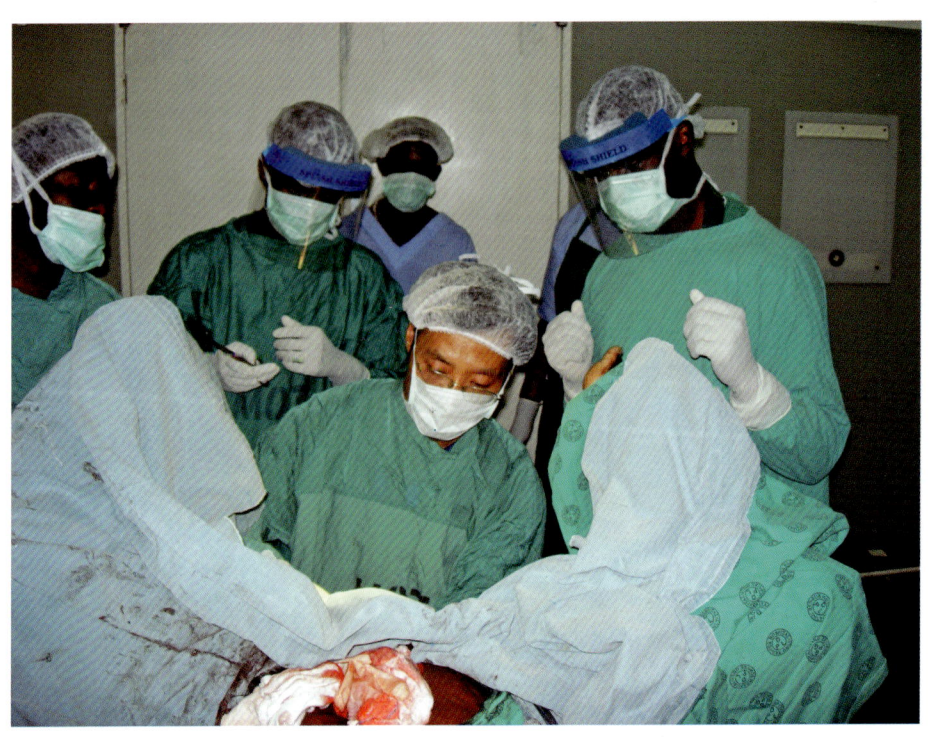

腹会阴联合直肠癌根治手术

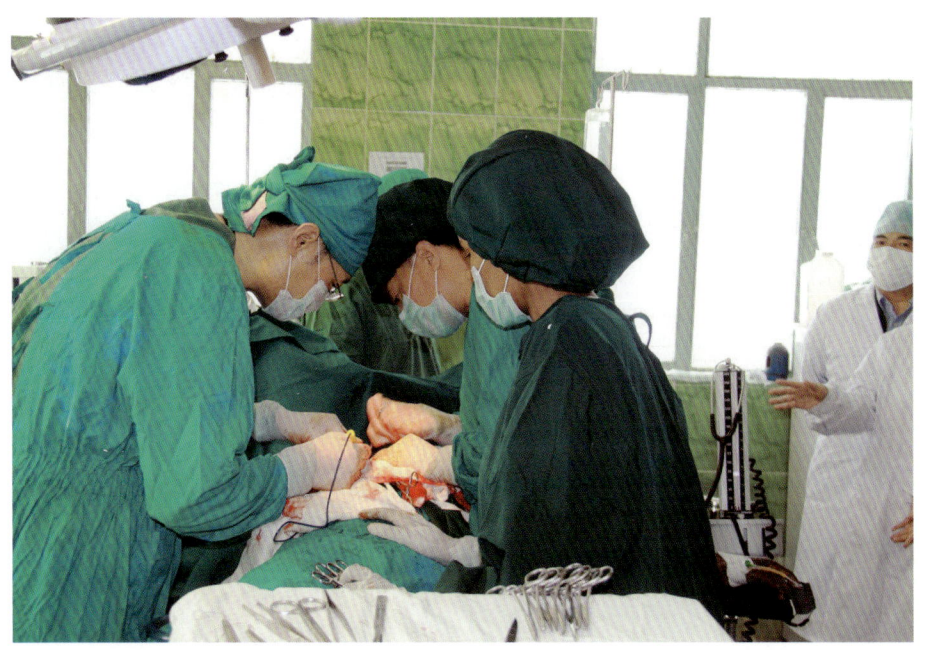

作者在埃塞俄比亚小镇医院施行乳腺癌根治手术

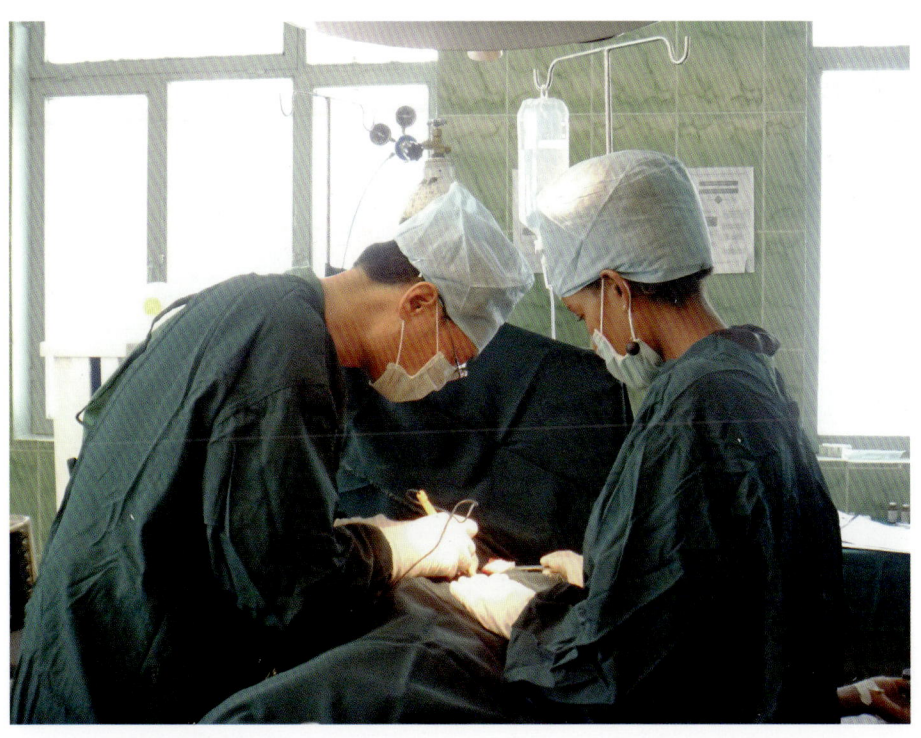

甲状腺手术

作者所在医疗队在埃塞俄比亚小镇医院巡诊

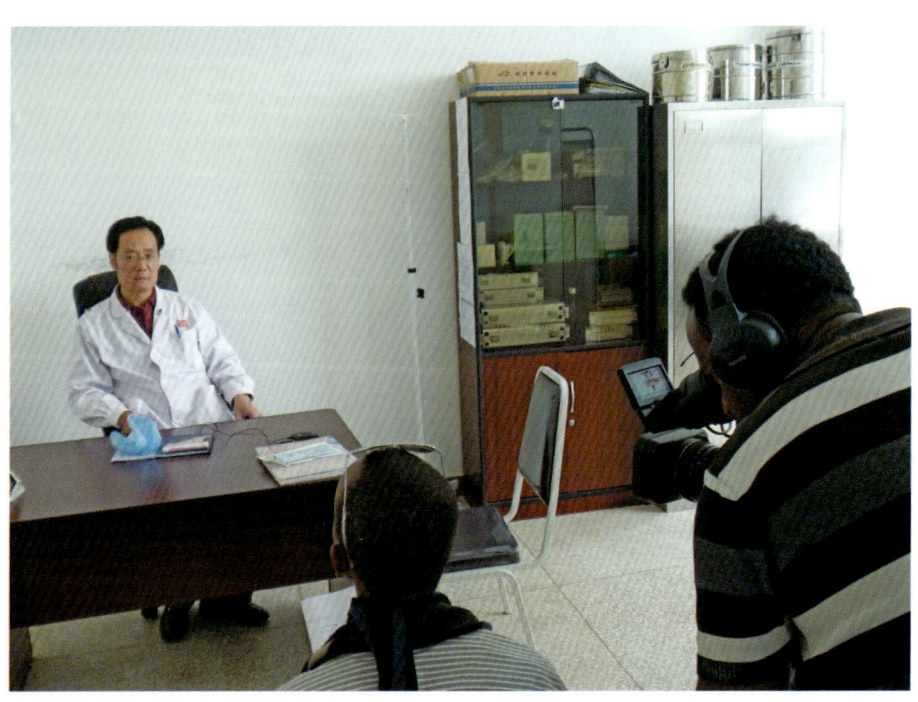

作者在埃塞俄比亚接受当地媒体采访

赞比亚外交部长向作者颁发"五一"劳动奖证书

作者代表中国医疗队向埃塞方捐赠药品器械

▍作者在厄立特里亚受邀参加婚礼

▍作者在赞比亚受邀参加婚礼

作者在埃塞俄比亚受邀参加婚礼

作者受邀参加埃塞俄比亚长跑活动

快乐的非洲儿童

天真的非洲儿童

热情奔放的非洲歌舞

埃塞俄比亚马斯卡尔节

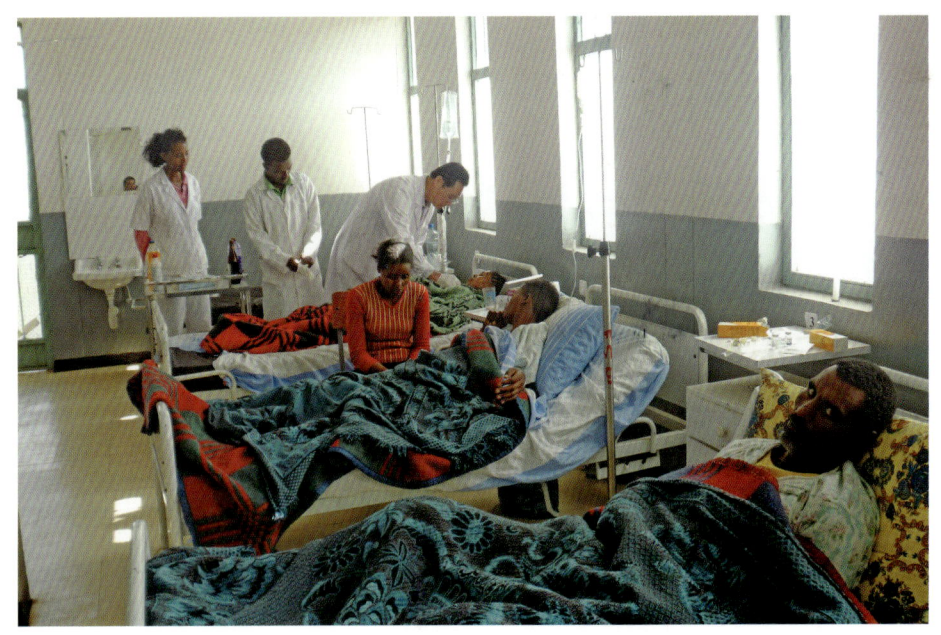

作者在埃塞俄比亚小镇医院查房

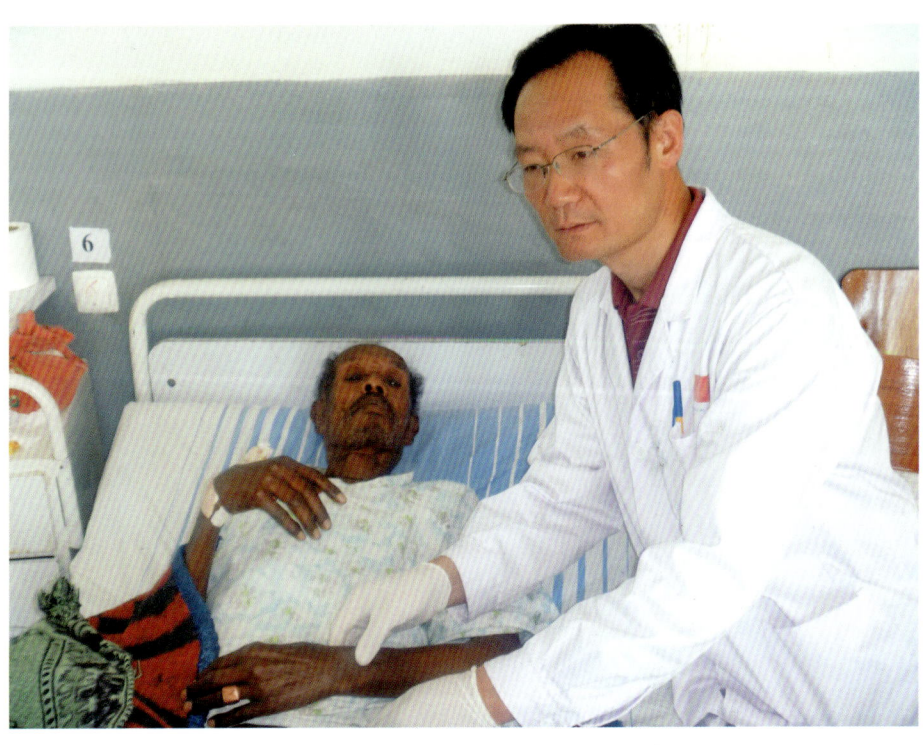

作者为九旬老人做术后检查

谨以此书献给为非洲人民的生命和健康而无私奉献的援外医疗队员们！

This book is dedicated to the Chinese medical volunteers who dedicate themselves selflessly to the life and health of African people!

Dr. Wu Minxian's *My 10 Years in Africa* is the first book of its kind telling the stories of the Chinese doctors and nurses working in Africa. Since the 1960s, more than twenty-thousand Chinese medical volunteers came to Africa, and saved millions of lives. I, as an African, on behalf of the African Union Commission, solemnly salute those Chinese medical workers who have served, and are serving in Africa. I hope one day that this book will be published in Africa so that the stories will be better known to our people.

Dr. Nkosazana Dlamini-Zuma
Chairperson of the African Union Commission

仵民宪医生所著《我的非洲十年》是第一本讲述中国医护人员在非洲的书。自20世纪60年代以来，两万多名中国医疗志愿者先后来到非洲，拯救了数以百万计的生命。作为一个非洲人，我谨代表非盟委员会向曾经和正在非洲服务的中国医务工作者致以崇高的敬意。希望这本书将来能够在非洲出版，让更多的非洲人知道这些故事。

——非盟委员会主席　恩科萨扎娜·德拉米尼-祖马博士

仵大夫用他那饱蘸深情的笔触记述了自己难忘的十年援非经历，真情谱写了一曲中国医疗队的赞歌，也生动介绍了非洲独特的文化传统和风土人情。这是一本值得阅读的好书，我向广大读者隆重推荐。

——中国驻非盟使团团长　旷伟霖

这是一本充满真情和正能量的书。作者在非洲工作生活十年，把人生大好的时光献给祖国的援外医疗事业，献给了非洲人民。书中不仅有他悬壶济世、救死扶伤的记述，也有非洲自然风光、风俗文化和中非友谊的描写，图文并茂，对于我们了解非洲，了解援外医疗队的工作和生活，很有裨益，值得一读。

——中国驻埃塞俄比亚大使　腊翊凡

仵民宪大夫离妻别女，不远万里，多次赴非洲参加援外医疗工作。他先后在非洲3个国家工作10年，不辱使命，辛勤工作，用自己的行动诠释了习近平总书记提出的"不畏艰苦，甘于奉献，救死扶伤，大爱无疆"的中国医疗队精神。书中记述的不只是仵民宪大夫一个人的故事，也是42年来河南省选派的一批又一批援外医疗队员在非洲工作的真实写照。从书中我们可以感受到作者及援外医疗队员对非洲的热爱和对中非友谊所作出的巨大贡献。

——河南省卫生和计划生育委员会主任　李广胜

在埃塞俄比亚的短暂逗留，结识了医疗队的仵民宪大夫。他在繁忙的医疗工作之余，还写下这么多在非洲的故事和见闻，令人十分感佩。读了这位陕西乡党的《我的非洲十年》，有一种特殊的亲切感：我的《非洲十年》有了姐弟篇啦！

——非洲文化学者、作家、摄影家　梁子

序一 | 医者仁术　大爱无疆

最近十多年我在国家卫生计生委（原卫生部）国际合作司主管援外医疗队工作，到过大多数非洲国家，结识了很多援外医疗队员，仵民宪大夫是其中之一。仵大夫投身援助非洲医疗工作，一干就是十年。鉴于他为非洲卫生事业作出的贡献，2013年8月全国卫生援外工作暨援外医疗队派遣50周年大会上，他被评为全国援外医疗工作先进个人。2014年5月李克强总理访问埃塞俄比亚，我随同看望中国免费白内障手术"光明行"活动埃塞俄比亚受益者时，又和当时在医疗队工作的仵大夫有过多次交谈。

仵大夫是一位外科医生，从2001年起，在非洲从事医疗工作10年，秉承中国传统医德，悬壶济世，治病救人，默默奉献。他曾5次遭遇艾滋病职业暴露的风险，十多次疟疾发病。先后参加中国援厄立特里亚、赞比亚、埃塞俄比亚医疗队，在非洲工作生活整10年，曾获得河南省援外医疗工作先进个人（2次）、全国援外医疗工作先进个人、赞比亚"五一"劳动奖等表彰。仵大夫是河南省援非时间最长、参援国家最多的队员，把人生最好的时光献给了中国援外医疗事业，献给了非洲人民。正是因为有一批批像仵大夫这样不畏艰苦、无私奉献的医疗队员，我国的援外医疗工作才持之以恒，历久弥新。

援外医疗是一项神圣、光荣且艰苦的长期任务，是我国推动南南合作、支持发展中国家医药卫生事业的重要外交举措。自1963年我国向阿尔及利亚派遣第一支援外医疗队以来，我国已向66个国家派遣过援外医疗队，其中47个是非洲国家。截至2013年年底，累计派出人员2万多人次，诊治患者3亿人次，挽救了无数患者的生命。目前，我国向49个国家派有援外医疗队，有42个是非洲国家。中国医疗队所援助的国家和地区，大多经济落后，战乱频发，缺医少药，传染病肆虐，生活条件十分艰苦。中国广大援外医疗队队员肩负国际人道主义伟大使命，在非洲这块神奇的土地上，以他们高尚的医德、精湛的技术为当地人民解除疾苦，为当地医务人员传授技术，得到了所在国政府和人民的高度称赞，被誉为"南南合作的典范"和友好使者。

2013年3月习近平主席访问刚果（布），亲切看望了援外医疗队员，对中国援外医疗队给予高度的评价，并首次提炼总结了中国援外医疗队精神："不畏艰苦，甘于奉献，救死扶伤，大爱无疆"。充分体现了中国政府对援外医疗队工作的高度重视以及对医疗队员的关怀。

仵大夫这本书是他在非洲十年真实故事的记述，更是五十多年来中国援非医疗队员的缩影。通过这本书，读者可以了解仵大夫和援非医疗队员们的工作、生活、学习以及对非洲文化的热爱和为中非友谊所作出的巨大贡献，也为我们今后的援外医疗工作留下了丰富的经验。

在本书出版之际，我向仵大夫表示祝贺，并向全体中国援外医疗队员致敬，祝愿中国援外卫生事业不断发展，为人类和平作出更大贡献。

王立基

国家卫生计生委国际合作司副司长

序二

初来埃塞俄比亚，得知这里的中国医疗队来自河南省，顿感亲切。上个世纪末在厄立特里亚工作时，那支医疗队也是河南省派出的。我隐隐预感到，可能会遇到熟人。

一打听，果然有位老朋友，仵民宪，三门峡市中心医院的外科大夫。关中汉子，还是那一脸憨厚的微笑，话不多，握手很有力。仵大夫腼腆地递上一本书，是他上一次在埃塞俄比亚工作期间写的《在十三个月的国度里》。

很久没有像这样一口气读完一本书了。我必须十分抱歉地承认，在读这本书之前，我对中国医疗队员有不少认识上的空白。虽然我在非洲已经生活了十二年，而且大部分时间是在极端贫困的国家，但是我不得不承认，中国医疗队员所经历的困难，特别是总被派往偏远地区的仵大夫所遇到的艰苦和危险，要远远超过我。可是，读着仵大夫的文章，很多时候，好像是在听他安安静静地讲述别人的故事。读完这本书，深深被感动。

仵大夫在离开非洲之前，完成了他的回忆录《我的非洲十年》。这本书里的故事贯穿了他在非洲的全部过程。两年在厄立特里亚，四年在赞比亚，四年在埃塞俄比亚，遭遇四次车祸，近十次的疟疾发病，五次因职业暴露而与艾滋病擦肩而过，长时间服用抗艾滋病阻断药物（每次四周），副作用让人痛不欲生，在极度寂寞中几近发疯……仍然是那种安静的叙述风格，没有一丝矫揉的描述或刻意，但毫不掩饰自己的喜怒哀乐：

他吃了亏会生气，也会记恨和讨厌一些人，却很会开导自己；他把荣誉看得很重，取得成绩总会忍不住沾沾自喜，有些轻飘飘，但会立刻提醒自己不要得瑟；有时遇到他认为很重大的事情，比如职称晋升和工作安排等等，甚至会有些迷信。在仵大夫的精神世界，始终能读到人性和人道之光，不耀眼，不虚幻，却很柔和、温暖、率真、实在。仵大夫信奉天主教，宗教在一定程度上赋予了他博爱和济世精神，然而，在非洲漫长的三千六百多个日日夜夜，他更多的精神寄托是来自亲朋，来自家庭，来自祖国，来自流淌于中国人血液中的道德禀赋。

　　写出好文章，一定要有好心情，这种好心情必须来自善良与慈爱，这种好心情既要安详恬淡又要热情洋溢，快乐即善，善必快乐。在非洲的中国人当中流行一句很酷的话，"有一种孤独叫非洲"。一天的工作忙碌之后，陪伴仵大夫的是繁星闪烁的寂静夜空，此时大概就是他最酷的时候，因为此刻是他心情最好的时候。仵大夫不是专业作家，驾驭文字的能力并不是很娴熟，但有了这份好心情，那些似乎普普通通的人和事，在他的笔下却是那样意味深长。一个个活灵活现的人物、一个个妙趣横生的故事、一个个浅显通俗的道理就这样呈现在读者面前。他总是在赞美，赞美非洲的文化，赞美当地的百姓，赞美眼前的一草一木，赞美身边的同胞同事。像他这样满目都是美好的人，真的是快乐得让人羡慕。因为，和这样的快乐相比，人生所有的"成就"都微不足道。同时，读着仵大夫的文章，不由得心生愧疚：同在非洲，我和他竟然如同生活在两个世界。我们自以为见多识广，实际上对驻在国的了解存在太多局限，太脱离大众。

　　读罢书稿，我忽然有一种感觉，仵大夫在非洲人眼里——无论是他的非洲同事还是非洲病人，一定要比书中的他更加可爱，更加可敬。援埃塞俄比亚第17批医疗队王进宝队长第一次和我见面，就用南阳话庄重地告诉我："仵大夫可是俺们中国医疗队的骄傲唻！"我相信他的话。

　　自上个世纪六十年代以来，数以万计的中国医务工作者来到非洲，为数以亿计的非洲兄弟姐妹送医送药，五十多人永远长眠在这块遥远的大陆。我一直认为，"中国医疗队员"应该改称"中国医疗志愿者"，因为他们每一个人都怀着一种奉献和牺牲精神。他们是白衣天使，也是白衣使者，他们传播着仁爱，也传播着友谊。中非友好根深蒂固，他们功勋卓著。

《我的非洲十年》并不是写仵民宪大夫一个人的故事，这本书是半个世纪里两万多名中国医疗志愿者无数事迹的浓缩。

仵大夫嘱咐我为他的新书作序，我深感荣幸，尽管笔力不逮，我还是认认真真地写了上面这段文字，因为，我热爱所有热爱非洲的同胞。

苟皓东

中国驻坦桑尼亚公使衔参赞
时任中国驻非盟使团公使衔参赞
复旦大学国际问题研究院客座教授
2015年6月　亚的斯亚贝巴

目录

序一　医者仁术　大爱无疆 1
序二 3

厄立特里亚篇

初到厄立特里亚 3
穿越季节的旅行 8
第一例手术 11
异国他乡救同胞 14
美国传教士的手术 16
没有手机的国度 18
唐秀荣翻译因公殉职经过后记 21
情系非洲，血洒红海
　　——唐秀荣同志因公殉职一周年祭 26
伊萨亚斯总统和医疗队 30
战云尚未散尽 33
亲历厄立特里亚的烈士节 38
厄特国际医疗援助散记 41
大巴车上的小联合国 45
高邻赛义夫 48

室友秦历杰 51
欢乐除夕夜 54
厄立特里亚的咖啡 57
在厄立特里亚学太极拳 60
在厄立特里亚的垂钓之乐 63
红海之歌 66
光明使者
　　——记眼科医生王绪保 69
乡　愁 71

赞比亚篇

重返非洲 77
恩多拉中央医院 80
一例拆线引起的死亡 85
成功开展食道癌手术 87
中国大夫救了我们一家 90
夜　诊
　　——记妇产科大夫俞梅 93
我与艾滋病的亲密接触 95
搏击艾滋在非洲 101
赞比亚的疟疾 103
在非洲亲历传染病 107
亲历四次交通意外事故 109
中秋月下会诗友 112
"四朝元老"李彦伟 114
遭遇罢工 120
留守的日子 123

停电的日子 128
"五一"劳动节获奖 132
我的2008年 136
我与赞比亚前总统夫人 139
走过雨季 144
非洲的春天 148
坦赞铁路亲历记 151

埃塞俄比亚篇

初到埃塞俄比亚 161
人犬情未了 165
初到图卢布卢医院 168
从艰难中开始 171
赶　集 175
煤油炉的故事 180
小小的上网卡 183
终于能看到中文电视了 186
最高兴的一天 190
我为九旬老翁做手术 195
图卢布卢义诊 197
在埃塞俄比亚过新年中秋节 202
洗　礼 209
这个星期天 214
我在非洲拙园乐 220
乐以忘苦，图卢布卢 224
别了，图卢布卢 225
在梅庚年同志墓前的祭文 229

清明时节祭烈士 231
提露内丝—北京医院 235
中埃友好医院正式开业 238
新医院的第一例手术 243
为巨大甲状腺肿合并甲亢病人成功手术 245
生命与信仰孰轻孰重？ 248
药械捐赠 252
图卢布卢巡诊 255
银针在非洲屋脊闪耀 261
埃塞俄比亚中国中医中心揭牌成立 264
一次特别的宴请 267
殷切慰问暖人心 270
在国庆招待会上 274
"驴友"非洲见国旗 277
提露内丝—北京医院种菜记 279
梅莱斯总理去世 282
游圣三一大教堂 286
建城125周年纪念长跑 290
2012年度埃塞俄比亚长跑大赛 294
美女之国 298
凡图的婚礼 301
埃塞鞋童 305
英吉拉 308
咖啡仪式 310
咖啡的故事 313
咖啡故乡行 317
恰特草 322
生牛肉 325

游海尔·塞拉西皇帝行宫 327
参观季马王宫 330
游阿尔巴门奇国家公园 333
狮子与埃塞俄比亚 336
仙人掌 339
水 342
非洲人的自然观 346
高原的雨季 350
再见，鲁米娜 354
再见，埃塞俄比亚 356

后　记 361

厄立特里亚篇

初到厄立特里亚

2001年元月，中国援厄立特里亚第2批医疗队一行18人，赴厄立特里亚执行援外医疗任务。这是我平生第一次出国，第一次坐飞机，心情既兴奋又不安。元月10日下午，飞机从北京首都国际机场起飞，经新疆机场停留出关，又途经阿拉伯联合酋长国的沙迦、也门首都萨那，于12日晚抵达厄立特里亚首都阿斯马拉。

一踏上非洲的土地，就有一种令人感慨的感觉。啊，这就是非洲，就是我今后两年将要工作和生活的地方，我不知道等待我的将是什么？今后两年中不知会有多少故事将在这里发生？

一出机场，老队员就过来迎接我们，大家亲切握手拥抱，亲切问候，让我们这些经过三天艰难旅途的人，在异国他乡感受到祖国亲人的温暖。从他们黝黑的皮肤和憔悴脸色上，我们感受到了这里环境的艰苦。

我们临时住在和平饭店（Salam Hotel），据说这是当年周恩来总理和钱其琛副总理兼外长都曾经下榻的饭店。饭店其实并不大，只有两层楼，但里边的环境倒是很干净整洁，设施应有尽有。三天旅途中的餐饮真让人难受，原指望到了厄特就能吃上可口的中国饭菜，可饭店里也是西餐。上一批医疗队员因为机票没有办好迟迟不能走，我们无法搬进医疗队驻地，只好在饭店里无奈地等待。陌生的环境、时差变化、高原反应和非洲强烈的紫外线，让我们有点受不了。有的人水土不服闹肚子，有的人皮肤过敏，有的人感冒头痛，大家都有些不适应。去了阿斯马拉唯一一家名叫中国星的中国餐馆，那里的中国厨师已回国，唯一能吃的是意大利面条，而且又粗又硬，价格更让我们咋舌。好在使馆经商处郭参赞和夫人经常来看我们,给我们送来了绿豆汤,及西瓜、香蕉等水果,老队员也送来一些药物和日常用品,让我们稍感慰藉。

元月15日,我们在老队员的带领下去各自的医院参观,也是工作交接。我们18名队员分别在首都哈利贝特医院、儿童医院、阿斯马拉理疗中心、眼科医院、检验中心工作。我所在的哈利贝特医院是厄全国最大的医院,也是我们医疗队员最多的医院,我们神经外科、胸外科、内科、普外科、泌尿外科、口腔科、麻醉科、放射科和手术护士9名队员都在这里工作。医院的主管接待我们,带我们到医院各科参观了解情况。医院有300多张床位,主要是外科和内科(妇产科和儿科等另有专科医院),还有五官科、口腔科、手术室、ICU等。医院职工见到我们很热情,一见面就是握手、贴脸、撞肩——两个人先握右手,摇抖几下,然后撞右肩,还要撞三下,很有意思。外科没有设立专科,是大外科,有两个病区。每个房间有4张病床,房间中间的隔墙上方是相通的。外科主任不在,护士长向我们介绍病房病人情况。我问病人有没有艾滋病,护士长说有,所以一定要注意防护。随后我们到其他各个科室参观。

元月18日晚,中国驻厄立特里亚大使馆举行宴会,欢送老队员,欢迎新队员。听说厄立特里亚总统要来参加,我们个个都很兴奋,早早就穿好西装,打好领带。晚上7点钟我们来到大使馆,中国驻厄立特里亚大使陈占福和工作人员欢迎我们。我们各自介绍了自己和自己的专业。陈大使说欢迎我们的到来,希望我们在厄特把生活搞好,把工作搞好,为中厄友谊作贡献。老队员早已在那里了,他们对使馆很熟悉,又马上就要回家了,显得很轻松自在。听说由于埃厄边境战争,他们在厄特待了三年多,其间撤离返回三次。有一次机场被炸,只好从海上撤离,他们在红海上漂泊了三天,和外界失去联系。战争期间他们救治了大批的伤员,还治好了总统的椎间盘突出症,在这里产生很大的影响。

晚上8点钟,伊萨亚斯总统准时赶到。总统看上去有五十出头,他身材很高大,有一米八六以上,身着淡咖啡色毛料西装,嘴唇两边八字胡子,看上去很英俊帅气。听说他曾于七十年代在南京军事学院学习军事,刘伯承元帅时任校长，他是刘伯承的学生。总统的到来使大厅里气氛一下子活跃起来，他跟老队员很熟悉，和他们打招呼。

晚餐后总统发表了讲话，医疗队唐秀荣老师做翻译。他感谢中国政府对厄立特里亚的支持和帮助，感谢医疗队对厄立特里亚医疗事业的奉献和对他本人的医疗服务，并对我们这一批医疗队表示欢迎，希望我们在厄特生活得愉快。

我们的医疗队队长杜月孔来自牡丹之都洛阳，他还是一位书法家。他给总统送上了自己的书法作品和有名的洛阳牡丹画，总统高兴地收下并表示感谢。

随后开始联欢。首先由当地舞蹈团表演。在非洲乐鼓的伴奏下，一群身着民族服装的厄特青年男女欢快地跳了起来。非洲舞蹈节奏强烈，热情奔放，抖肩甩辫子，跳跃奔腾，好不爽快，让我们这些初到非洲的

中国援厄第2批医疗队与中国驻厄大使馆苟皓东参赞在驻地楼前合影

中国援厄第2批医疗队于驻地楼前合影

人感到新奇。随后,铿锵有力的非洲音乐再次响起,人们绕着舞池欢快地跳了起来。非洲舞节奏强,好学,新队员们学着跳了起来,总统也起来一起跳舞,大家度过一个欢快的夜晚。

老队员回国的日子定在元月23日晚上,也就是除夕之夜。当天下午,经商处郭参赞邀请我们全队18名队员到他家里吃年夜饭,收看中央电视台的春节晚会。在异国他乡能在除夕夜看到春晚,我们真是太高兴了!这里和国内时差五个小时,下午3点钟,我们在参赞家里看着春晚节目,心情和祖国亲人一样高兴。可看着看着,触景生情,想起家里的亲人,不由自主地伤心起来。有的女队员哽咽哭泣,有的男队员眼圈红了,参赞夫人过来安慰。晚会结束时已是当地时间晚上8点,大家一起在参赞家吃了年夜饭。

老队员们当夜要回国了。晚上10点钟,厄特卫生部的大巴车载着老队员和行李去机场。我们到机场为他们送行，大家依依惜别，互道珍重。

第二天是大年初一，大家互道新年好。上午，我们终于搬到了医疗队驻地森堡（Semble Residential Complex）住宅小区。森堡小区位于阿斯马拉市南，是首都最好的住宅生活区，联合国维和部队埃塞俄比亚厄立特里亚任务区司令部也在这里，是外国人集中的住宅区。小区规划布局合理，设施完善，有学校、医院、足球场、体育及健身中心，绿化得也很漂亮。有60多栋五层楼房，一栋一栋的，整齐有序。厄特卫生部在这里有一栋楼房，住着厄特、中国、意大利、俄罗斯、埃及、美国等国的医生，中国医生最多。队员们每两人住一套两室一厅的房子，100平方米出头，有客厅、卧室、厨房、卫生间、阳台。内部设施齐全，24小时供热水。厨房内冰箱、液化气都有。

大家终于有了自己的家，楼上楼下忙着搬行李，打扫卫生，收拾屋子。中午，队员们在一起做饭，包饺子，压面条，其乐融融。但由于是第一次在这里做饭，饺子没包好，在锅里都煮破了，面条也成了一锅粥。有人吃着饭偷偷流泪，不知是想家还是因为这些饭菜。

大年初二，厄特卫生部组织我们这些医疗队队员去厄特有名的红海港口城市马萨瓦参观。

穿越季节的旅行

春节之际，我国北方正值天寒地冻，飞雪飘舞之时。厄立特里亚虽在非洲，但首都阿斯马拉地处东非高原，海拔近2500米，这里白天阳光灿烂，烈日当空，但夜晚还是很寒冷，要盖被子的。我们住的和平饭店大厅的墙上，有一张厄立特里亚旅游的宣传画，画上有英文这样写着："Three seasons in two hours（两小时穿越三个季节）"。我颇感新奇。饭店工作人员告诉我，此时是厄立特里亚的冬季，但红海城市马萨瓦，现在依然炎热难当，从首都阿斯马拉到马萨瓦，沿途有两小时穿越三个季节的奇妙。

这天是正月初二，按传统正是我们中国人出门走亲戚的时候，厄特卫生部要组织我们这些刚到异国他乡的医疗队员，去红海旅游胜地马萨瓦旅游。得知这一消息我们非常兴奋，因为红海是我们来时就已向往的地方，如果再能体会两小时穿越三个季节的奇妙，那真可谓是锦上添花。

一大早，出门就有阵阵寒风吹来，虽然大家都穿着羊毛衫和厚厚的外套，还是瑟瑟发抖，我们乘坐厄特卫生部的大巴出发了。

阿斯马拉不大，不到10分钟就出了城。城市位于山顶高处，一出城就沿着蜿蜒崎岖的山路一路下行，旁边陡峭望不到底的山沟，让我们这些来自平原城市里的人不寒而栗。卡苏尔是一位年近50岁的老司机，他好像看出来我们的恐惧。他对大家说，请不要担心，这条路他经常走，没有事的。我们这才放心了点，眺望窗外的景色。

车辆沿山路蜿蜒而下，一边靠山，一边是一条深沟，山坡上，满眼全是高大的仙人掌。有的叶状如平片，有的形似树柱，有的开着黄花，有的绽着红花,还有一些小仙人果缀在上面,漫山遍野,给干旱赭黄的山野缀上了绿色和生机。山坡下的房子,从高处看就像是一个个小盒子,偶尔出没的土著人,使得这荒芜的村庄显得有一些活气。放眼望去,居高临下,群山尽收眼底,重峦叠嶂,苍苍莽莽。山上本没有多少树木,全都是仙人掌之类的热带植被。远处的云海在山峰间飘动,车子在山路上逶迤而下,看云海翻腾变幻。一会儿似仙雾缭绕,一会儿如大海翻腾;一会儿太阳从云海上喷薄而出,一会儿又被云海遮掩,透出艳丽的霞光。

不觉间我们的车子也进了云海里。云海笼罩着我们,十步之外,不辨景物。四周如混沌初开,朦朦胧胧;雾气缭绕,似入神仙之境;又像是乘坐潜艇在海底航行,路两边的山石好像是海底的一簇簇礁石。要不是偶尔走过骑骆驼和赶毛驴的当地人,我们真忘记了自己是在乘车旅行。

▍通往马萨瓦的盘山公路

忽然间一群猴子样的动物拦住了我们的道路，待仔细看原来是一群狒狒，人面猴身，望着我们这些黄皮肤的中国人，也毫不畏惧。我们连忙停下车子，举起相机拍照。狒狒好像不知道我们手里拿着是什么新式武器，不一会儿就爬上山去，消失得无影无踪。

　　车子从云海里穿出来，我们到达了位于阿斯马拉和马萨瓦中间的小镇金达。这时外面的天气已开始热了起来，大家纷纷脱去厚衣。窗外的树木和花草与先前经过的山峰相比，明显变绿了。再往前走，满目翠绿，绿茵遍野，山野花四处绽放，树木郁郁葱葱。但多是灌木，有的在山崖缝里盘根，有的在悬崖攀藤，让人感叹生命的顽强不息。路边的树上开着不知何名的花，有的洁白如雪，有的花红似火，让人眩目。有鸟儿在林中啼鸣，真让人感到春暖花开，鸟语花香的春天。农夫们在田里耕种，播种着春天希望。

　　我们还徜徉在这美丽春天里，不知谁打开窗户，一股热浪涌进车厢，"我们进入夏天了"，有人说。大家打开窗户仔细看，这里的树木和庄稼已没有先前那么翠绿，而是有些干枯。这里已没有了高山峻岭，而是相对平坦的沙丘。地上没有多少田地和庄稼，而是骆驼刺和仙人掌等带刺的耐干旱植物。一条干涸的河流从路边穿过，岸边的几棵棕榈树在炎炎的阳光下耷拉着叶子。这是典型的非洲热带沙漠景象。再往前走就接近红海了，眼前一片平坦，好像就在眼前了，但还是看不到大海。终于，在我们远处的视野里出现了一条蓝色的地平线。我们惊呼：到红海了！大家兴奋极了。到了海边，大家迫不及待地换上泳装，投进大海的怀抱……

　　不一会儿大家就累了。我们躺在海滩上，回想这两小时穿越冬天、春天和夏天三个季节的变幻，真是奇妙无比，不可思议。若不亲身经历，哪知其中的妙趣。我想世界上还有哪个地方有这么神奇，把三个季节的内涵浓缩在这短短的两个小时里，让人体验这大自然和生命的精华之美。

第一例手术

来到厄立特里亚将近两个月时，我主刀完成了第一台手术。

我们元月12日抵达厄立特里亚。上班后主要是熟悉所在医院的环境和工作程序，等待办理当地身份证和医生资格证，在执证之前，我们不能独立工作，否则就是非法行医。这里医院的管理上还是严格依照西方那一套办法。所以我每天上班和普外科主任戴姆萨斯一起查房、坐门诊、上手术，当然我是不能开处方和主刀做手术的，只能和他讨论病情，手术时给他做助手，有时手术快结束他让我缝合关闭腹部切口，观察了解我的操作技能，这样过了大约一个月。

2001年3月初，我们的各种证件办出来了，科里开始安排我单独值班。选派的医疗队员都是各科专家和业务骨干，有着多年的临床经验，被所在科室安排在二线值班。一线值班的都是工作时间不长的住院医师，被安排在急诊科轮流值班，哪一科的急诊都看，处理不了的请上级医师会诊处理。在普外科，只有科主任戴姆萨斯、主治医师亚伯拉罕和我三人值二线班，每人一周。除了通常的门诊、查房和手术以外，本周值班的二线医生还要负责普外科急诊和全院的外科会诊，白天在医院正常工作，晚上在家里值班待命。

这是一个周六的下午。下午3点多钟，医院打电话通知我说，有一个急腹症病人需要我到医院会诊，半个小时后，医院派救护车接我到医院。

周末的医院看上去一片平静，阳光照在院落里显得那么的宁静和安详。我来到急诊室，一个当地小大夫值班，见我便赶忙迎过来向我汇报病情。这是一个五十多岁的男性病人，腹痛三天，不大便不排气，恶心，

哈利贝特医院大门

但没有呕吐，既往也没有什么特殊的病史。

我来到病人床前，开始给病人做检查。病人表情十分痛苦，血压100/60mmHg，心率106次/分，腹部膨隆得像大鼓一样。我检查按压腹部，病人嗷嗷直叫，腹部肌肉紧张，全腹部压痛及反跳痛都有，肠鸣音较弱，还能听到金属一样的声音。我看了看腹部X光线片，上面有明显的肠管扩张影和气液平面。根据病人的临床表现及X光线片，诊断急性肠梗阻确定无疑，很可能肠管已经坏死，是绞窄性肠梗阻。病人病情危重，应该立即手术，否则有生命危险，我随即让小大夫安排急诊手术。

周末的医院异常平静，外面活动的人很少。我们来到手术室，里面悄无身影。我们敲值班室的门，一个护士开了门，几个护士正在屋里煮咖啡，地上有一个木炭炉，上面坐着咖啡壶，屋子里弥漫着咖啡浓郁的香味。看我来了，立即给我让座，说咖啡马上就好。我跟她们说有一个病人需要急诊手术，有一人出去准备手术，其他人仍然在煮咖啡。

我们从屋子出来，小大夫对我说，喝完咖啡再工作，在我们这里是再正常不过了。我说早一分钟手术，病人就少一分钟痛苦，多一分钟的希望。

一会儿一个护士过来叫我们去喝咖啡，本来我不想去，但想想人家是好意，我还是去了。埃塞俄比亚是咖啡的故乡，厄特和埃塞曾经是一个国家，这里的咖啡真好喝。他们喝咖啡是有讲究的，有所谓的咖啡仪式，操作很优雅讲究，这里就省略了，但还是按常规喝了三遍。我心里着急，但也没法说。

喝完咖啡，病人已经在手术台上了，麻醉师为病人插管麻醉后，终于开始手术了。在这里上班一个月了，我看见科主任戴姆萨斯做剖腹探查手术时，都是做腹部正中左绕脐的切口，而不是我们国内常用的右侧直切口，我也就入乡随俗了。打开腹腔，发现肠管扩张得非常巨大，像汽车轮胎一样！我从来没见过如此巨大的肠管。全部探查后发现是乙状结肠扭转，导致的肠梗阻，肠管扭转720度，颜色已经呈紫黑色。我把扭转的肠管复原，用热盐水纱垫热敷了十分钟，肠管颜色仍然没有好转的迹象，说明肠管已经坏死，只有做乙状结肠切除了。

乙状结肠切除术并不难，但急诊情况下切除以后怎么办？是和直肠吻合还是做乙状结肠造瘘，我真没有见过。但我知道左半结肠损伤后，按原则一般不能做一期修补或吻合，而是做结肠造瘘，否则会出现肠瘘。所以我想，在这种情况下也不应该能做吻合，所以我就做了乙状结肠造瘘：把直肠残端缝合关闭，把乙状结肠残端在左下腹开口拉出，腹腔内放置引流后关闭腹腔。

这是我在这里主刀完成的第一例手术，手术操作还比较顺利，术后病人痊愈康复，我也算是旗开得胜了。

后来才知道乙状结肠扭转是非洲最常见的急腹症之一，也是肠梗阻的主要原因。非洲黑人乙状结肠一般比较长，这是发生肠扭转的解剖学因素。也知道了当地医生为什么习惯做腹部正中左绕脐切口，因为这样可以探查和处理全腹部的病变，尤其是对他们来说较常见的左侧腹部病变。如果按我在国内做的右侧腹部探查切口，由于显露不好，手术操作就困难了。人常说的入乡随俗是有道理的，非洲医生有不少值得让我们学习之处。

异国他乡救同胞

傍晚时分我正在做饭，医疗队石学队长打电话说中建公司有一个病人，腹痛已经一天了，现在在他房间里，要我去看一下。我放下手中活，急忙赶到石队长房间。

病人是一位年龄43岁的工程师，在距首都一百多公里的门德法拉建筑工地上工作。上午10点多，突然出现剧烈腹痛，难以忍受，到当地医院去看，诊断为急性胃穿孔，需要急诊手术治疗。一听是急性胃穿孔，病人及领导都十分紧张，这可是人命关天的大事，如果不手术，病人有生命危险。但在当地医院手术，医疗条件差，语言沟通困难，他们觉得非常棘手，万一出现意外情况怎么办？后来想到首都有中国医疗队的医生，于是他们决定把病人送到首都治疗。

我给病人做了检查，病人样子十分痛苦，活动都不方便，全腹肌肉紧张，像硬木板一样，压痛和反跳痛都很明显，这是典型的急性腹膜炎体征，必须急诊手术治疗。

陪同来的公司领导询问手术有没有危险？会不会出现意外情况？我说胃穿孔是普外科最常见的急腹症之一，目前急诊手术都是做穿孔修补，手术不大，一般不会有什么危险。

公司领导对病人高度重视，说这里远离家乡，万一出现意外情况他没法向国内单位和病人家属交代。

于是，石队长让我找来胸外科许青山主任医师、麻醉科邓芳副主任医师、手术护士王会玲，组成手术小组，讨论麻醉和手术方案，他自己也要亲自到医院助阵，确保手术成功。

胃穿孔手术不大，在这里通常我是带一个当地小大夫甚至护士完成。一个普通的胃穿孔手术动用这么多中国医生，确实是为了同胞的生命，确保手术成功。

我们让公司领导先带病人到医院急诊室挂号，做必要的术前检查，办理住院手续，吃完饭我们就到医院，这样能节省时间。

我们赶到医院，各项检查都做了，腹部透视进一步确认了诊断，没有其他异常情况。病人被推进手术室，他仍然十分紧张和害怕，拉着我们的手说，大夫，救救我，全靠你们了，拜托了。我说你放心吧，不会有事的。

病人躺在手术台上，邓芳和王会玲在做麻醉前的准备工作，我和病人聊天，问他是哪里人？来非洲多久了？家里都有什么人？聊着聊着，病人也就不那么紧张了。

邓芳顺利地给病人做了插管麻醉，我消毒铺巾，手术开始了。手术由我主刀，许主任当助手。打开腹腔，内有大量的胃液及渗出液，在胃小弯近幽门处我们发现有黄豆大穿孔，有胃内容物不断流出。我按常规缝合穿孔，用大量盐水冲洗腹腔，放置胃管及腹腔引流管，关闭腹腔，手术顺利，病人平安地返回病房。

手术结束时已是晚上10点多，公司领导很是感激，连说感谢，并为我们每人准备了500纳克法的红包。我们当即拒绝，抢救同胞生命是我们医疗队应尽的义务。公司领导又过意不去，非要邀请我们到他们在首都的公司总部吃饭。看到领导这么真心，我们也觉得再拒绝就有些过意不去了。

我们医疗队都是各自做饭，一人吃饱，全家不饿，也做不出什么太好吃的东西。中建公司有专业的厨师，烹调技艺高超，我们尝到了久违的正宗川菜。

手术后病人恢复很顺利，一周后出院。我从医疗队药库里拿了一些治疗胃溃疡的药物，要他继续服药。临走时病人仍然很感激，说如果没有你们医疗队医生，或许我的命就撂在非洲了。我们说为同胞治病是我们医疗队的职责。

美国传教士的手术

这周又轮到我值二线班。周二晚上在家里待命，9点多接到医院电话，说有个急诊病人需要我去处理，让我做好准备。半个小时后医院的车来了，把我接到医院。

夜晚的医院看上去一片寂静，只有病房里的一片灯火通明。我来到急诊科，值班医生特斯法过来对我说，病人是一个美国白人传教士，他诊断为急性阑尾炎，需要手术，让我再去检查一下，准备手术。

特斯法陪我来到急诊观察室。病人是一个五十多岁的白人，高大的身躯躺在床上，脸色潮红，表情痛苦，一头银发有些凌乱。我向他询问病史，他那一口标准美国口音的英语听上去很动听。他说自己腹痛已经三天，伴有呕吐，一开始按胃病治疗，疼痛不能缓解，从今天上午开始发热，腹痛加重。他说他是美国的传教士，来厄特三个月，在开伦市的天主教堂工作。在当地治疗不能缓解，听说首都有好多外国医生，就转到这里来了，既往也没有特殊病史。我为病人做了检查，病人右下腹部肌肉紧张，压痛和反跳痛都很明显，是典型的急性阑尾炎表现，需要急诊手术，我随即让特斯法安排手术。

晚上11点，病人被推进手术室。传教士有些紧张，嘴唇不停地上下蠕动，似在默默地念叨什么。我知道他是在做祈祷，就过去对他说，别担心，我也是天主教徒，上帝会保佑你的。他听说我是天主教徒，一下子拉住我的手对我说，中国共产党是无神论者，你们也信上帝？在中国也有天主教？我告诉他，在中国宗教信仰是自由的。自改革开放以后，各种宗教及其组织得到恢复，教堂、寺院、清真寺、道观各地都有。我家三代信仰天主教。他听后说，哦，原来是这样，我以为中国人都不信教。我划了个十字，请他给我降福（天主教的一种仪式，由神父实施），他当即为我降幅，用的是英语，有些词汇我听不懂，但我知道上帝是万能的，能听懂各种语言。

我出国前从来没有给外国人做过手术，来厄特后给当地黑人做手术，发现他们和我们的身体结构没有什么不同，只是皮肤颜色不同而已。我想白人也会是这样的，但还是要眼见为实。

手术开始了。传教士又高又胖，腹部脂肪很厚，切口要比一般人做得大。打开腹腔，有很多脓液，吸取脓液，找到阑尾，阑尾已经穿孔，我做了阑尾切除术，关闭腹腔。由于腹腔脓液较多，切口受到污染，加之病人腹壁脂肪厚，容易发生感染。为了预防切口感染，我犹豫切口要不要放置橡皮片引流。特斯法对我说，放吧，没问题，遇到这种情况，欧美国家医生也都要放置引流的。特斯法刚从德国学习回来，他在欧洲见过这种情况。

特斯法告诉我，阑尾炎手术他做也没有问题，只是这个病人身份特殊，是美国传教士，万一出现问题，怕有什么麻烦，所以才叫我来做，这样确保手术的成功。

第二天早上查房，病人一切情况稳定，没有腹痛、发热等异常情况，传教士连连感谢我。上午10点多，一位年轻的美国女外交官找到我，询问病人的情况。我说病人一切稳定，如果再耽误的话，会有危险的。她说谢谢你，谢谢中国医疗队。她说美国大使馆已经联系好了飞机，想把病人转到邻国肯尼亚首都内罗毕，那里医疗条件好，有美国医生，问我能不能转。我说阑尾炎是一个最普通的外科手术，病人情况稳定，用飞机转送一般不会有什么问题的。

为一个普通的美国人动用一架专机，我当时觉得太不可思议了。

2011年我第三次赴非洲，在埃塞俄比亚参加援外医疗工作。当我看到中国公司也用专机接送意外受伤或生病的同胞时，我的眼睛湿润了，我感到我们国家更加强大了。

没有手机的国度

唐志德是第一批援厄立特里亚医疗队队长，妻子刘桂兰是医疗队员，2000年11月因妻子患病，夫妇俩提前两个月回国。唐队长在给我们讲课时说厄立特里亚没有手机和BP机，老百姓连听说过都没有，让我们去时不要带手机。那时手机在国内已经很普及，除打电话以外，还可以发短信，完全取代了汉显BP机的功能，也没有大哥大和90式手机那么昂贵。虽然高端的手机要近一万元人民币，但一般手机两三千元，普通人都还买得起。听说厄立特里亚没有手机网络设施，大家都感到失望，只好把手机留在家里。

我们第二批医疗队到达厄立特里亚之后发现确实如此。与当地同事谈起手机，他们觉得很神奇：没有电话线连接，随时随地可以拨打电话发信息，真是不可思议。那时厄立特里亚才刚刚有了电脑，是机关单位最时髦的物件。电脑很昂贵，都是其他国家和国际组织援助的。开始有了电脑学校，同事费什说他在电脑学校上课，我们觉得这个国家正处在信息化时代即将到来的黎明。

医疗队里原来没有电脑，我们去时托运了一台电脑。到达厄立特里亚后，队委刘春凡大夫把电脑安装好后到电信局申请上网。在出具了各种证明，费了很大努力之后，上网的事终于办成了。大家喜出望外，这个在国内原本很平常的事情，在这里成为新鲜事。可是一上网，发现速度非常慢，网页几乎不能打开，无法浏览网页。好在邮箱还可以打开，于是队里申请了一个公共邮箱，让国内的亲朋好友把邮件发到这个邮箱，由队里统一接收。杨方大夫作为队里的电脑操作员，为大家代收邮件，打印后转达给队员。收到邮件的队员很高兴,因为在万里之外收到了亲朋好友的消息。但由于是同一个邮箱,别人能看见你邮件的内容,所以邮件中也就没有亲切私密的话语,都是些一般性问候、一切都好之类的话语,家里有些事也不好谈。时间长了,也没有人再发这些不疼不痒的邮件了。

由于工作需要,队里安装有一部国际长途电话,还带有传真,可以随时和国内联系,队里向卫生部、卫生厅汇报工作还是比较方便的,但收费不菲。我们两个队员住一套房子,每套房里装有一部内部电话,队员们相互可以打电话。在翻译唐秀荣老师的屋子有一个总机,可以把外线的电话转到队员的屋子,医院急诊或外边朋友打来的电话都可以转到,从国内打过来的电话也可以转到队员屋子自己接听。但由于与国内时差5小时,国内早上打电话时,这边正是凌晨,经常打扰唐老师的休息,但她没有怨言,理解队员家属的迫切心情。那时国际长途电话传播速度慢,有语音延迟,这边正说着话,那边也开始讲了,听不清楚,白白浪费时间和钱,要知道一分钟是8元人民币!说了好一会儿,也没有说多少事情。后来大家摸索出经验,告诉对方等一方说完后停顿一会儿再说,相互避让,避免声音重叠。每个队员每个月享受8分钟的免费通话时间,超过了按电信局的通话清单自己负费。

与国内通信要一个月才能到达,虽然很不方便,但有些个人的事情只有信件才能表达得清楚,所以大家跟国内通信也不少。每当收到信件,就有一种兴奋和喜悦的心情。那时埃厄战争刚刚结束,我们虽然没有"烽火连三月,家书抵万金"的感觉,但也觉得是万水千山,海角天涯的隔阻。"一个在那山岗吆,一个在那沟,咱们见面面容易,拉话话难"的陕北民歌唱得让人心酸,这里与国内相隔万里,见不上面面,拉话话难。

我们在厄立特里亚两年一直没有见过手机和BP机。最后两个月,我们看见经商处林参赞拿着一个砖块大哥大在车边打电话,那神气十足的样子和几年前国内拿大哥大的人一个样。这是我们在厄立特里亚期间见到的唯一的移动电话。我们逗他开玩笑,他说厄立特里亚最近才有了大哥大，全国只有几十部，主要配给军方。怪不得他这么神气呢。

2003年元月，接替我们的第三批医疗队员抵达厄立特里亚，他们每人都带有手机。当得知手机在这里无法使用时，他们都感到失望。

唐秀荣翻译因公殉职经过后记

2001年12月4日下午2点半，医疗队石学队长、许青山主任和翻译唐秀荣老师外出办事。队里车辆的轮胎有问题，他们顺便买轮胎更换。当时，厄立特里亚的物资十分匮乏，他们跑了几家店都没有。后来来到一家修车店询问，一个当地店员告诉他们，他知道哪个店有卖的。他们三人不知道这个地方在哪里，热情的店员就带他们去。店员开着医疗队的车，快到一个拐弯处，突然加速行驶，越来越快，车辆失控，高速撞到对面的墙上。悲剧发生了，店员安然无恙，他们三人却都受伤了，好心的当地群众把他们送到哈利贝特医院。

当时厄立特里亚还没有手机，队里只有队长和唐翻译屋内有对外联系的电话，其他人屋内的电话都通过翻译屋内的总机来转。在哈利贝特医院上班的放射科陈龙华医生在医院得知这一不幸的消息后，马上给医疗队驻地打电话。可石队长和唐翻译屋内无人，电话打不通，陈龙华医生急忙搭出租车回来给大家报告消息。我们几个在小区参加英语学习班的队员得知后，马上乘车赶到医院。

我们赶到哈利贝特医院急诊室，石队长、许主任和唐翻译都在那里。许主任没有太大问题，石队长鼻青脸肿，问他怎么样，他说他不要紧，赶快抢救唐翻译。

抢救室中间的床上，只见唐翻译神志不清，呼吸急促，鼾声宏大，呼之不应，一会儿口吐白沫，双臂痉挛，抽搐不止。这是脑损伤的表现。静脉通道已经建立，我们赶快给予镇定药物。唐翻译平静后，我为她做了检查，发现头额部有一长约6厘米的伤口，出血已经停止，双侧瞳孔等大，直径约4毫米，光反应灵敏，颈项强直，左胸部有青紫瘀血，触摸发现有多根肋骨骨折，双臂肱骨也有骨折。这是非常严重的多发性损伤，非常危重。病人不宜做任何检查，为了积极抢救，我们把病人转运到医院的ICU室治疗。

唐翻译的致命伤是颅脑外伤。石队长是当时厄立特里亚唯一的神经外科医生，他现在伤势也很重，不能处理病人，更不能做手术。消息报告到我大使馆和经商处，大使馆立即和厄特周边国家的我大使馆联系，希望紧急调派我国在邻国援外医疗队的神经外科医生来厄特抢救病人。经过紧急联系，晚上从也门有一次航班到厄特，也门医疗队派遣神经外科医生紧急赴厄特。

得知医疗队员不幸发生车祸的消息，经商处林参赞立即赶到医院，召集在哈利贝特医院工作的队员成立医疗抢救小组，并安排医疗队近期工作，由队委秦历杰医生代行医疗队队长职责，组织大家积极抢救，要不惜一切代价救治唐翻译。石学队长的伤情主要由颌面外科王永功医生负责，秦历杰医生和我们几个主要负责唐翻译的救治工作。考虑到从也门来的神经外科医生到后可能手术，张松欣、张桂萍、陈龙华等队员去阿斯马拉中心血站，每人献出400毫升血液以备用。

下午5点多，厄特卫生部长在院长的陪同下，来医院看望慰问受伤人员，并指示我们要尽一切努力，积极抢救唐翻译。

由于是多发性损伤，既要抗休克补液治疗又要脱水治疗，防止脑疝发生，我们从医疗队药库里拿来了甘露醇、多巴胺等一些抢救药物（这些药物厄特没有），尽一切力量，积极治疗抢救。时间一分钟一分钟过去，唐翻译的病情平稳了一些，呼吸不再那么急促，血压正常，但心率还是较快，我们严密观察，积极治疗。盼望也门医疗队神经外科专家早点到来。

当晚12点，从也门来的飞机抵达阿斯马拉机场，办理落地签证后，也门医疗队程主任急速赶到医院。他为唐翻译做了全面检查，认为唐翻译目前主要是严重的颅脑挫伤，对冲伤在脑干部，这里是生命中枢，非常严重。目前病情危重，不宜搬动去做CT检查，也没有手术指征，只能继续保守治疗，并提出很多治疗措施，但他说预期结果可能很不乐观。

晚上我和郭燕大夫在ICU监护治疗。我们守护在唐翻译床边，密切观察病情变化，及时给予必要的处理，几乎一夜没有休息，但唐翻译病情没有好转迹象。第二天白天，由其他队员接班继续监护治疗。

唐翻译重伤的消息汇报到河南省卫生厅，厅领导非常重视，立即通知唐翻译家属，安排家属快速办理签证手续，尽快赶赴厄特。

第二天白天，病情一直没有多大变化。等我下午5点钟接班时，唐翻译仍然神志不清，对呼喊及刺激没有任何反应。一会儿，有一个高个子的当地人进来，没有穿白大褂，原来是伊萨亚斯总统。他询问病情，我向他介绍了情况，说病情仍然十分危重。他说无论如何，一定要尽一切努力抢救病人。

晚上我值班，病情没有什么好转的迹象，11点钟后血压开始下降。我用了升压药多巴胺维持，可后半夜血压下降更严重，多巴胺用量和速度加倍也无济于事，作为医生，我知道程主任预期的情况要发生了。我们尽了最大的努力，但回天无术，早上7点多，唐翻译停止了呼吸和心跳。

我们亲爱的战友，我们的英语老师——唐秀荣翻译就这样离开了我们。张桂萍大夫从唐翻译屋内取来她的新衣服，邓芳大夫和几位女队员含着泪忍着悲伤，为唐翻译清洗遗体后穿好衣服，我们一起将她送往太平间。

石队长的面部肿得很厉害，眼睛和嘴都张不开，王永功大夫悉心治疗，肿胀消了。几天后王大夫为他做了上颌骨骨折固定术，他不能开口说话，不能张嘴吃饭，用胃管从鼻子插进胃里打饭。为了不让家里人知道他受重伤，术前他告诉妻子，他将去一个海岛度假，那里没有电话。出院后他回到医疗队驻地，针灸科杨方大夫护理他，给他做饭，当然只能是流质稀饭，帮他打进胃里，这样持续一个多月。虽然他能下床活动，但白天带着胃管难受，晚上影响呼吸，一夜醒来多次，真是受罪了。

| 医疗队员向唐秀荣老师做最后告别

唐翻译去世了，家属不必要再来。大使馆按有关规定准备后事，安排就地火化处理，联系到印度人火化的场地，请印度人帮助火化。买了一个精致的梳妆匣做骨灰盒。医疗队员们分头去准备丧事，做白花、做黑纱、扩遗像、整理遗物、布设灵堂，所有人都沉浸在失去队友的巨大悲痛之中。

12月11日是唐秀荣同志的葬礼。医院在大厅搭设了灵堂，四周松树和棕榈树环绕，格外肃穆庄重。唐翻译的遗体安放在大厅中央，鲜花丛拥，身上覆盖着中华人民共和国国旗。

上午9点，伊萨亚斯总统和十几位部长亲自到医院灵堂吊唁，总统在留言簿上写道："今天是最让人悲痛的一天"。在低沉凝重的哀乐声中，他环绕大厅一周，然后在唐翻译身边默默凝视，向唐翻译的遗体做最后的告别。陈占福大使主持了告别仪式，厄特首都各中资机构人员也前来参加，为唐翻译送上花圈。首都各医院的医务人员和上千名群众，自发地来到灵堂，他们手持白花为唐翻译送行。

我们流着泪水，怀着沉重的心情把唐翻译的遗体抬上了灵车。在去火化场地的路上，警车开道，笛声长鸣，沿路群众排成长龙般的队伍，肃穆伫立，垂泪相望，充满无限的崇敬和感激之情，向唐翻译做最后的告别。

火化院里，芳草萋萋，松柏苍苍，印度人已在地上用木头搭起来柴火堆。他们把唐翻译的遗体安放在柴火堆上，上面又架上木料和柴火，泼上汽油。张松欣大夫手持火把点燃柴火堆，眼看着，熊熊的烈火吞噬了唐翻译的遗体。我们痛哭流涕，号啕大哭：我们的好老师，好队友，再也见不到你了……很多当地人双手合十，默默祈祷，有的悲痛呜咽，泣不成声。

厄特国家电台、电视台和报纸都做了专题报道。厄立特里亚是个年轻的国家，这样的葬礼在厄立特里亚历是前所未有的，也是最高礼别的葬礼。

两天后，我们去火化场捡拾唐翻译的骨灰，一大堆的灰烬里有的地方还冒着丝丝青烟。我们把上面的木灰拨开，找寻骨灰，骨头烧后是有形的。我们捡拾骨灰，感叹生命的短暂、人生的无常和物质的变化。这是人生最生动深刻的大课堂，有了这样的经历，还有什么不能舍弃？

我们把唐翻译的骨灰盒供放在她屋内的桌子上，墙上贴着她的遗像，桌子上摆着鲜花和祭品。张桂萍大夫信奉佛教，每天播放佛教乐曲为她超度。火化以后，还不断有厄方上层人士和群众到我医疗队驻地慰问，表达对唐翻译的崇敬和怀念之情。

在后来的法庭调查中，确认当地司机既往有癫痫病史，近年未有发病，当时为癫痫病突然发作导致意外悲剧。

春节前夕石队长伤病初愈，回国休假述职。他手持大使馆开具的骨灰证明，抱着唐翻译的骨灰盒登上了飞机，唐翻译的骨灰回归故里。

情系非洲，血洒红海

——唐秀荣同志因公殉职一周年祭

2001年12月4日，对在厄立特里亚工作的中国医疗队是灾难的一天。当天，由厄方司机驾驶的车辆在为医疗队办事的途中，不幸发生交通事故。坐在副驾驶位上的医疗队翻译唐秀荣同志伤势严重，当即昏迷过去。石学队长面部严重受伤，多发性骨折。许青山主任受了轻伤。闻讯赶来的医疗队员们迅速投入了积极的抢救。在大使馆和经商处的领导下，立即成立了抢救小组，大使馆积极同厄特周边国家的我医疗队取得联系。当晚，中国援也门医疗队的神经外科专家程主任急速乘机赶到。当地医务人员也积极配合抢救，厄特卫生部长和哈利贝特医院院长到医院亲自看望并部署抢救。次日，厄特总统伊萨亚斯赶到医院看望伤员，并指示要不惜一切代价抢救伤员。但唐秀荣同志终因伤势过重，于12月6日7时30分永远地离开了我们。

噩耗传来，我在厄特工作人员和当地群众自发地以各种方式前来吊唁和哀悼。许多相识和不相识的人，默默流泪祈祷，巨大的悲痛笼罩在首都阿斯马拉。天地也为之动容，苍天有情纷落泪，大地含悲默无声。在东非高原漫长的旱季，竟罕见地下了两场大雨。

唐秀荣同志原是河南中医学院的英语老师。1993年她曾作为翻译随中国援外医疗队在非洲的赞比亚工作过两年，她以出色的工作赢得了同事和当地人民的称赞。她非常同情非洲人民，回国后仍时时怀念非洲大陆这块饱受饥饿、战乱、疾病和贫困的大地，多次要求重返非洲工作。

2001年元月,她终于实现了自己多年的愿望,随第二批援厄医疗队来到非洲红海之滨——厄立特里亚。

厄立特里亚是新独立的国家,也是世界上最穷困的国家之一。多年的战争、饥荒使人民饱受沧桑和苦难。这里的医疗卫生条件差,药品和医疗器械奇缺,全国300万人口,只有30多名注册医生。医院人满为患,普通需要手术的病人常常要等几个月甚至几年,许多病人因得不到及时救治而死亡。唐翻译对此深为忧虑,她经常和石队长讨论如何使病人早日手术,早日康复。她积极配合队长的工作,始终笑容可掬地对待每一位病人,树立了中国医疗队的良好形象。有一位14岁的男孩,患颈胸段脊髓巨大肿瘤,不能坐站和行走。经石队长两次手术后,在扶助下可以下床活动。但身体软弱无力,仍需针灸等康复治疗,家里为了给他治病已一无所有。就在事故发生的前几天,唐翻译还拿出100元钱让他买营养品,并和他合影留念,鼓励他树立生活的信心和勇气。当听说唐翻译不幸遇难的消息后,他悲痛得流下了泪水。他对中国大夫说:"Ms.Tang always smile."(唐女士总是面带微笑)。后来得知,接受唐翻译经济救助的贫困病人还有好几位。

对外工作是医疗队的一项重要内容,我们援外医疗的目的之一就是为我国的外交服务。所以,外事工作直接关系到医疗队乃至国家的形象。在我驻厄使馆举行的欢送老队员迎接新队员的宴会上,厄总统和卫生部长亲自参加。唐翻译以她娴熟的英语和优美大方的礼节出色地完成了翻译任务,给厄国领导人留下了深刻的印象。在以后的数次外事活动中,在与厄国各层人士和第三国人员的交往中,唐翻译协助石队长完成了一次次外事活动,树立了中国的良好形象。她与总统夫人,几位部长夫人和阿斯马拉市市长夫人建立了良好的关系。她们不时在节假日来医疗队驻地看望医疗队员,还请女队员到她们家里做客,到饭店吃饭。2001年中秋节前夕,医疗队计划在使馆宴请厄方人士和各医院领导,唐翻译建议大家亲手制作中国食品。这一方面可以节省开支,另一方面可以更好地增进友谊。她从中国公司请来厨师做指导,全体队员共同参加。这

唐秀荣同志（左）与厄特新闻部长和张桂萍大夫

样从策划、采购到制作等一道道工序，在唐翻译的主持下顺利完成。当一道道由队员亲手制作的色香味俱全的中国菜肴端到餐桌上时，厄方领导感到非常惊讶和满意。宴请达到了预期的目的。唐翻译不计较个人的得失，出力献物，将自己的礼物以队里名义送给客人，加深了中厄人民之间的了解和友谊。厄方领导层人士，都是国家独立和解放的功臣。不少人曾在战斗中负伤，因得不到及时的救治而落下了后遗症，长期忍受疼痛的折磨。厄新闻部长患多年的颈椎病，久治不愈。唐翻译给他介绍中国的针灸和按摩，效果不错，他称赞中国医生和针灸的神妙。利比亚驻厄代办患心脏病，唐翻译多次领其到医疗队驻地，请内科秦历杰副主任医师诊治，对方非常感激，这扩大了医疗队的影响，也为中国赢得声誉。

12月11日是唐秀荣同志的葬礼。伊萨亚斯总统和十几位部长亲自到医院灵堂吊唁，向唐翻译的遗体做最后的告别。总统在留言簿上写道：

"今天是最让人悲痛的一天"。首都各医院的医务人员和上千名群众自发地为唐翻译送行，许多人泪流满面。在去火化场地的路上，警车开道，笛声长鸣。沿路群众排成长龙般的队伍，肃穆伫立，垂泪相送。数百名群众在火化场地目睹了焚化升华这一神圣的时刻。他们有的双手合十，默默祈祷；有的悲痛欲绝，泣不成声；厄国电台、电视台和报纸都做了专题报道。这样的葬礼在厄立特里亚历史上前所未有的，也是最高礼别的葬礼。火化以后，还不断有厄方上层人士和群众到我使馆和医疗队驻地慰问。唐翻译工作中接触最多的卫生部公关司司长伊斯迈尔说："上帝总是先召回他最好的子民。"建设部部长的夫人温妮说："她用心爱着每一位人。"

2002年元月，唐家璇外长访问厄立特里亚。在与伊萨亚斯总统的会谈中，总统两次提到医疗队和唐翻译。对她的不幸遇难表示歉意和慰问，对她的事迹给予高度的评价。

黄河起舞，红海扬波，中厄友谊，牢不可破；

生于黄河，归与红海，您的英名，永不埋没。

安息吧，我们尊敬的唐秀荣同志！

（注：本文写于2002年12月唐秀荣同志因公殉职一周年之际，本文曾在2002年第6期《援外医疗队通讯》上发表。）

伊萨亚斯总统和医疗队

厄立特里亚1993年独立,首任总统伊萨亚斯·阿费沃尔基(Isaias Afwerki)任职到如今。1994年厄特与我国建立外交关系,1998年我国向厄立特里亚派遣了第一批援外医疗队,不久厄立特里亚与埃塞俄比亚因边界问题爆发战争。当时,在厄特的国际医疗援助人员都撤走了,中国医疗队坚持到最后,曾有弹片落在我医疗队员正在工作的森堡诊所门口。后来因时战时停,我医疗队曾三次撤离又返回。有一次撤离,因厄立特里亚唯一的国际机场阿斯马拉机场被炸,空中撤离被迫中断,队员们从红海马萨瓦港口,乘坐一艘中国远洋渔船从海上撤离。他们在海上漂泊了三天,与国内和驻厄特大使馆失去联系。最后当他们在沙特吉达港上岸的时候,队员们几乎都虚脱了。

第一批医疗队在厄立特里亚因战争撤离、返回三次,前后时间共三年,人员也有较大的变化。期间伊萨亚斯总统因椎间盘突出症,在沙特接受手术治疗,回国后病情加重。中国医疗队组成医疗小组,到他家里对他进行了针灸、推拿、按摩等中西结合治疗,治愈了总统的疾病,总统又能开始工作了。他说,中国医生治好了我的病,挽救了我的政治生命。他多次邀请医疗队员到他家做客,还给每位队员做了一件皮衣。临走时为队员们送行,给他们颁发了援厄立特里亚医疗奉献奖证书并向其赠送礼品。

我们第二批医疗队去时总统的病已经好了。记得第一次见面是在我大使馆举行的欢送老队员、欢迎新队员的宴会上。总统来了,大使馆里气氛活跃起来,他跟老队员们很熟,和他们亲切握手问候。总统个子很高，大概有1米86的样子（我1米83，他比我还高），身材雄健挺拔，带着卫生部长等几个随行。大家起立欢迎，在陈占福大使的引导下，总统开始在早已放置好的自助餐台前去盛饭菜，其他人排成长队紧跟其后。我看见炒面和饺子他都要了，回到餐桌吃得津津有味。

餐后总统发表了讲话，感谢中国政府对厄立特里亚的支持和帮助，也感谢医疗队对厄立特里亚的奉献和对他本人的医疗服务，对我们下一批医疗队寄予厚望，希望我们在厄立特里亚生活得愉快。

我们医疗队队长杜月孔来自牡丹之都洛阳，是一个书法家，给总统送上了他自己的书法作品和有名的洛阳牡丹画，总统当场打开收下，并和队长合影表示感谢。

晚宴后的活动是跳舞，首先是当地舞蹈团的表演。非洲舞蹈热情奔放，抖肩甩辫子，跳跃奔腾，让我们这些初到非洲的人感到新奇。最后在节奏强烈的非洲音乐的伴奏下，大家绕着舞池欢快地跳。正当我忘形地跳着的时候，忽然郭参赞到我跟前小声对我说，总统在你身后，注意不要撞上了。我向身后望，总统就在我身后，对我报以微笑。

首都阿斯马拉不大，我们在这里工作以后，不时能见到总统，不过都是在远处，在他们的国庆节、劳动节、烈士节的庆祝活动上。总统对医疗队很关心，除通过卫生部长了解我们的情况外，还通过他的秘书来医疗队了解情况，问我们生活得怎么样，需要什么。有一次，总统委托他的夫人莎芭、办公室主任、建设部长夫人温妮等，到我们医疗队驻地看望队员，和我们一起包饺子、用餐，欢声笑语，很是亲切。还有一次，总统夫人请我们医疗队的六名女队员到她家里做客。

2011年12月4日，我们医疗队发生意外车祸，唐秀荣老师重伤在医院ICU病房抢救。次日下午当我正在陪护治疗时，忽然有一个身材高大的当地人进来，也没有穿白大褂。我觉得很熟悉，但一时想不起是谁，当他走近后我才认出是总统。总统来看望了——我感到很激动。我向总统介绍了病情，他说要不惜一切代价抢救。第二天早上唐老师因伤势过重抢救无效不幸身亡。12月11日是唐老师的葬礼，伊萨亚斯总统和十几位部长亲自到医院灵堂吊唁，向唐翻译的遗体做最后的告别。总统在留言簿上写道："今天是最让人悲痛的一天"，他在唐老师遗体前伫立良久。2002年元月，唐家璇外长访问厄立特里亚。在与总统的会谈中，总统两次提到医疗队和唐翻译，对她的不幸遇难表示歉意和慰问，对医疗队的工作给予充分的肯定和感谢。

战云尚未散尽

厄立特里亚和埃塞俄比亚曾是一个国家，但厄立特里亚一直寻求独立。1974年埃塞俄比亚发生内战，后来在内战中，埃塞俄比亚提格雷人民解放阵线与厄立特里亚人民解放阵线并肩作战，于1991年推翻了门格斯图政权。此前双方曾有协议，夺取政权后允许厄立特里亚独立。厄立特里亚独立后，双方在边界划分上存在分歧，随后于1998年5月在一个叫巴德梅（Badme）的地区兵戎相见，发生大规模战争。当时厄立特里亚只有300万人口，兵力8万，与人口6000万的埃塞俄比亚开战，兵力捉襟见肘。虽然国家迅速招募到30万兵力应战，但面对埃塞俄比亚强大的军队还是寡不敌众，埃塞俄比亚军队一直打到距厄首都100多公里的地方。

战争初期，中方人员及我医疗队尚未撤离时，埃塞俄比亚战机轰炸了厄首都国际机场，机场距医疗队员工作的森堡诊所不远，有一个弹片落在诊所门口，当时正有医疗队员在里面工作。这是厄立特里亚唯一的国际机场，空中撤离中断，我中方人员和医疗队只有从马萨瓦港口乘一艘中国公司的渔船从红海上撤离。他们在海上遭遇风浪颠簸，漂泊了52个小时，与国内和驻厄特使馆都失去联系，到达沙特吉达港时，很多人都虚脱了。

2000年6月，由非统组织主持的埃厄两国近距离间接会谈结束，在阿尔及尔达成了停火协议。2000年6月18日，双方同意把争议领土提交设在荷兰海牙的国际法院来仲裁。2000年7月31日，联合国安理会通过1312号决议，在两国边界建立25公里宽的临时安全区，由联合国维和部队[联合国驻埃塞俄比亚和厄立特里亚特派团（United Nations Mission in Ethiopia and Eritrea）]巡逻，双方脱离接触。特派团向两国首都派遣联络官，在边境地区派驻军事观察员。特派团还受托负责军事协调委员会，以协调临时安全区内及周边地区的人道主义排雷行动，提供技术援助，并负责协调联合国驻埃塞俄比亚和厄立特里亚特派团与联合国及其他组织在这些地区的人道主义行动和人权行动。9月，安理会批准派遣4200名军事人员以监督双方停止敌对行动，并协助确保两国遵守双方所做出的安全承诺。

2000年12月11日，也就是我们赴厄前的一个月，厄立特里亚外交部长黑利·伍尔登西（Haile Woldensae）和埃塞俄比亚外交部长塞尤姆·米斯芬（Seyoum Mesfin）代表两国签署了和平协议。该协议允许联合国维和部队进驻缓冲区，缓冲区设在厄立特里亚境内一侧25公里范围内。埃厄两国边界划分交由设在海牙的常设仲裁法院为此特设的边界委员会仲裁。

厄立特里亚称战争中有1.9万名厄特军人阵亡，很多报道称双方伤亡有7万人。战争导致两国大量平民逃离战区，双方相互驱逐对方的侨民，并没收他们的财产，导致两国很多跨国婚姻家庭离散，骨肉分离。

踏进厄立特里亚的土地，到处都能看到和感受到战争的阴云。在首都阿斯马拉，街道上到处是持枪武装的士兵，我们经常看到一辆辆运送全副武装士兵的卡车，不知是开赴前线还是从前线撤换回来。各个道路口都设有检查站，行人和车辆都要停下来接受检查，没有身份证、兵役证的适龄人员都有可能被征去当兵。街头上经常看见肢体残缺，挂着拐杖的年轻人，他们都是战争的受害者。我们居住的森堡小区大门口的那栋大楼，是联合国驻埃塞俄比亚和厄立特里亚维和部队总部，身着联合国维和部队军装的人员不停地出出进进。机场附近有一处外国兵营，是法国军队和意大利军队，每天都带着枪出来训练。我们驻地附近有一家意大利洲际宾馆，联合国人员和士兵经常出入。这些都给阿斯马拉笼罩上了战争的阴云。我们去马萨瓦旅行，只见民房和清真寺被埃塞俄比亚

厄立特里亚篇

联合国维和人员在边境巡逻

军机轰炸后留下的残垣断壁，惨不忍睹。

中国派有三名军事观察员，他们和联合国其他国家的人员一样，在厄立特里亚和埃塞俄比亚边境地区巡逻观察，一人在埃塞境内，两人在厄特境内。孙队长来自北京军区参谋部，中校军衔，小刘和小于都是少校军衔。小刘来自沈阳军区参谋部，个子不高，精明能干，在阿斯马拉的总部工作，和我们同住一个小区，头戴贝雷帽，一身联合国戎装，很是精神。他告诉我们，虽然停火协议已经签署，但双方在边界地区还不时有小摩擦，局势并不稳定。孙队长和小于两人分散在双方边界的不同地方，每三个月来首都休假一次，也没有固定的住处，每次来就在我们医疗队打地铺住。他们说，在边界地区十分辛苦，都是各个国家的军人，不好相处；小于在阿萨布，那里天气非常炎热，气温高达42度。

2002年3月的一天，小刘带着一位旅参谋长来我们医疗队看病，此人是孟加拉国人。参谋长对我们说，最近局势紧张，4月，设在海牙的埃厄边界委员会要公布仲裁结果，如果有一方不满意，又可能战争再起，要我们减少外出，注意安全。

2002年4月13日，设在海牙的埃厄边界委员会公布了有约束力的仲裁结果，把争议领土分别归属双方各一部分，其中战争焦点的巴德梅归属厄立特里亚。裁决公布时双方都表示接受。然而数月后，埃塞俄比亚又要求澄清，并表示非常不满意裁决结果。2003年9月，厄立特里亚拒绝新的委员会，并要求国际社会施压埃塞俄比亚接受裁决结果。双方关系再度紧张，我们心里也惶恐不安，因为如果两国再次开战，我们也会像上一批医疗队一样撤离回国。

有一位厄特高级将领在前线不明原因死亡，厄特怀疑是埃塞敌对势力派间谍投毒暗杀。在厄立特里亚，只有中国医疗队的病理科专家范大夫会做医学病理鉴定。厄特和中国关系良好，想请中国医疗队做病理鉴定，查明死亡原因。按两国援外医疗协议，我医疗队不参与受援方的法律和病理鉴定。但事关重大，厄方与我大使馆协商，要我医疗队施行鉴定工作。范大夫邀请我一起到哈利贝特医院太平间给死者做尸体解剖，并切取部分脏器标本做实验室病理检查。之后我问范大夫其死亡原因，范大夫一直讳莫如深。等我们结束两年工作临走时，范大夫才告诉我那位将军死于毒蛇咬伤，是在前线的帐篷里不慎被毒蛇咬伤而死亡。可以想象，如果鉴定为投毒或暗杀，两国可能会再次开战。

后来根据联合国安理会1312号决议，中国向厄立特里亚派来4名排雷专家，培训当地工兵排雷。他们告诉我们，在埃厄边境地区布有上万颗地雷，非常危险，都是苏联70年代的老地雷，用现有方法很难排除。

到我们医疗队工作结束临走时,厄立特里亚和埃塞俄比亚的边境地区还没有稳定下来,不时发生小摩擦。我们在厄立特里亚的两年里,在联合国维和部队的监督下,厄立特里亚和埃塞俄比亚虽然没有发生战争,但一直弥漫着战争的阴云,我们一直为战争担心。当然不光为我们自己担心,更为多灾多难的厄立特里亚人民担心。因为我们迟早是要走的,但这里的人民还生活在贫穷和战争的阴影中,这个国家的人民什么时候才能安居乐业?

亲历厄立特里亚的烈士节

1890年意大利占领厄立特里亚，1941年英国战胜意大利法西斯后，对厄立特里亚实行托管。1952年联合国通过决议，厄立特里亚以联邦形式并入埃塞俄比亚。1961年，埃塞俄比亚海尔·塞拉西皇帝强行把厄立特里亚划归埃塞俄比亚的一个省，厄立特里亚人民为了争取独立进行了长期不屈不挠的斗争。1974年海尔·塞拉西皇帝被推翻，门格斯图军政府上台，埃塞俄比亚发生内战。在内战中，提格雷人民解放阵线与厄立特里亚人民解放阵线并肩作战，于1991年推翻了门格斯图政权。此前双方曾有协议，夺取政权后允许厄立特里亚独立。1993年5月，厄立特里亚进行全民公投后获得独立。

在1961年到1991年的30年争取独立的斗争中，厄立特里亚有6.5万战士和9万民众牺牲。厄立特里亚独立后，把每年的6月20日定为烈士节，以纪念为国家独立而牺牲的烈士，全国上下举行纪念活动，群众到各地烈士陵园参加集会悼念活动。1997年，在阿斯马拉郊区建立了国家烈士陵园（Martyrs National Park），此后每年首都的纪念活动都在这里举行。

1998年到2000年，厄立特里亚与埃塞俄比亚爆发战争，厄立特里亚有约2万人牺牲。

2001年6月20日，是我们来厄立特里亚后的第一个烈士节，也是埃厄战争后的第一个烈士节。2000年的今天，这里还弥漫着战争的硝烟，每一分钟都可能有人倒下。6月19日晚上，首都开始烈士节的纪念活动。全市实行灯火统一管制，熄灭所有的电力灯光，很多家庭门前点着蜡烛，纪念牺牲的家人。人们从四面八方汇聚到独立大道。独立大道上，人们

烈士节前夜

摩肩接踵，手持蜡烛游行纪念。街道上无数盏一闪一闪的烛光，形成一条光亮的河流向前涌动。那一苗苗燃烧的烛光，似一个个闪耀的生命，向人们展示自己为国捐躯的光荣；那融化滴流的蜡珠，又似在流泪哭诉自己的悲伤。乐队在前方伴奏开路，人们神情悲凄，步履迟缓，阿斯马拉笼罩在巨大的悲哀之中。我们也和当地人一样，手持蜡烛参加了当晚的游行活动。在独立大道的中段搭设了舞台，台上有演员唱歌跳舞——非洲人特殊的纪念方式。有的歌舞欢快，有的悲凄，台上人跳，台下一大片人也跟着跳。表演得精彩的演员，就会受到观众上台献礼——把钱贴到演员的额头上。当晚的游行纪念活动一直持续到午夜后。

烈士节全国放假一天。首都当天的烈士节纪念大会在国家烈士陵园举行，我和队友张松欣大夫参加了这次活动。烈士陵园前，用帐篷搭设了主席台，布置了会场，伊萨亚斯总统和众多高官参加。会场上人们身着白色民族服装，沉静肃穆，没有了平日里爱说爱笑的场面。一个个发言人走上主席台，他们神情凝重，声音低沉悲凄，有对烈士们为国家独立光荣牺牲表示赞扬，有对失去亲人表示悲伤和怀念，更有对和平幸福生活表示向往。

最后，伊萨亚斯总统发表了长时间的讲话。他回顾了30年国家独立的艰难历程，特别提到刚刚过去的埃厄战争。说烈士们奋不顾身，不怕牺牲，用自己的生命换来了国家的独立，捍卫了国家的领土和尊严。他高度赞扬烈士们为国家民族而英勇献身的精神，向烈士们表示敬意，向烈属表示慰问和感谢，说国家永远不会忘记这些为国献身的烈士们。他号召人民团结起来，为厄立特里亚的独立、尊严和人民的幸福而奋斗。

集会结束后，人们哭喊着扑向自己家人的坟墓。白发苍苍的老母亲哭喊着寻找自己儿子的坟墓；年轻妻子在丈夫坟前诉说自己的思念和哀怨；年幼的孩子哭喊着要自己的父亲；有一家人围着坟墓哭泣，也有的坟墓孤独冷清，无人问津……整个陵园一片哭声，凄惨悲壮的场面令我们感到悲伤。我看到有很多是新坟，都是在不久前埃厄战争中牺牲的年轻士兵的坟，墓碑上有的年龄只有十八九岁。这些年轻的生命，正是憧憬美好未来的花样年华，现在却长眠于此，生命永远定格在了青春岁月。

看到这个场面我不禁感慨，厄立特里亚再也不要发生战争了。这个只有300万人口的新独立的国家，现在还一贫二白，何以能再承受战争的摧残！非洲之角多年的战乱和干旱，已经让这里的老百姓受够了苦难，生命不能承受如此之重。

从烈士陵园归来，我的心情久久不能平静。非洲历来是动荡不安的大陆，有多少人在战乱中无谓地丧失了生命，造成多少个家庭悲剧，这是多么巨大的灾难啊！这个烈士节更让我认识到，珍惜生命，热爱和平，人类应该放弃仇恨、屠杀、恐怖和战争等一切摧残生命的手段，所有的争端都应该通过和平方式解决，远离战争，让人们永远生活在和平的阳光里。

厄特国际医疗援助散记

厄立特里亚那时人口只有三百多万，医务人员很少，全国只有三十多名注册医生，缺医少药，医疗资源极度匮乏。由于刚独立不久，自己还没有培养医生的能力，首都阿斯马拉大学没有医学专业，只能培养医技人员和护士，原有的医生大多是在埃塞俄比亚受教育的。自埃厄战争以后，这个交流也中断了。

1998年，中国向厄立特里亚派遣了第一批援外医疗队，期间厄立特里亚和埃塞俄比亚交战，我医疗队在厄特救死扶伤，发挥了很重要的作用，也因战争3次回国。曾为总统治疗，治好了他的腰椎间盘突出症，挽救了他的政治生命，在厄特广受赞誉。我们是第二批医疗队，由18人组成，基本上各个专业都有，是在厄立特里亚人员最多的医疗队。

古巴医疗队是第二大援外医疗队，有队员12人。古巴人讲西班牙语，医学教学也是西班牙语，虽然和美国断交40年，但古巴医生的英语比我们好。古巴也是社会主义国家，古巴人对他们的领袖菲德尔·卡斯特罗充满了爱戴和崇敬之情，就像我们过去对于伟大领袖毛主席一样。泌尿科医生（忘了名字）对我们说，卡斯特罗是他的亚父（Second father）。这是第一批古巴医疗队，由于来得较晚，他们被安排到另外的住处。他们被分配的医疗单位多是些较小的医院和诊所。古巴国内医生每月的工资不到50美元（当时合人民币400元）。来这里队员的收入是国内的工资加上厄特当地医生的工资，当地医生工资是2000多纳克法（Nakfa），合人民币1000多元。其他国家医生在这里是完全义务的，工资待遇由自己国家发放。他们也是两年时间，中途可以回国休假一个月，机票由厄方提供，这一点比我们强。我们那时是不允许回国休假的，家属可以来探亲，费用还要自理。

古巴和中国都是社会主义国家，两国关系很好，我们有共同的话题。谈到美国，他们对美国非常反感，说美国到处称王称霸，当世界警察。古巴医疗队有一名黑人医生（名字记不清了），开始我们以为他是当地医生，后来才知道他是古巴医生，闹了不少笑话。古巴有很多黑人，多是当年被贩卖到美洲的黑人的后裔。我们请中国公司的师傅教我们太极拳，他也经常来学，但他的动作样子实在好笑。这不足为奇，我们从小看太极拳长大，动作还做不到位，更何况他们。有一次，卫生部组织古巴医疗队外出旅游，不幸发生车祸事故，一位女医生脊椎骨骨折，双下肢瘫痪，被送回了国。

除中国和古巴派来两支医疗队外，其他国家的医生很少，只能算是医疗小组。

埃及派有四名医生，分别是外科、眼科、儿科、麻醉科。他们的大学医学教材就是英语的，所以，他们的英语普遍比我们好。

意大利曾殖民厄立特里亚一百多年，很多肤色浅的厄特人都是他们的后裔。意大利派遣有两名骨科医生，他们自己开着一辆红色轿车上下班，和我们交往不多。大约我们去有一年的样子，他们就回去了，再也没有派人来。意大利对厄特援助不少医疗设备和物资，哈利贝特医院ICU病房的急救床，就是意大利援助的，款式和质量都非常好。

德国每年一次定期派专家来，每次一周，并且还援助不少药品、材料和器械。他们派来的都是大学的专家教授，水平很高。我曾经与一位德国老教授一同上台手术。他们自带手术器械，不用医院里的。他们的手术器械质量非常好，有的大气坚实，有的精致灵巧，堪称完美，让人爱不释手。他们自带有手术包，里面应有尽有。德国人做手术非常认真，一丝不苟，哪怕是小的渗血，也要处理。作为助手我帮他用钳子止血，他坚决不让，说这是术者的活儿，术者就是术者，为整个手术负责，我只能拉钩剪线。和他上手术能真正学到东西，他边做边讲，围观的人很多。他们是用德语教学的，但他的英语也不错。他说他的英语不如他儿子，他儿子也是一名医生。德国医生来前，医院提前为他们约好病人，这一周里手术室一切为他们让路。他们能吃苦，加班加点，从早上8点一直工作到下午4点，中途在手术室吃些东西。德国人的敬业精神确实值得我们学习。

瑞士派医生是一年一次，每次一周一人，也是提前约好病人。第一次也是个老教授，手术做得很不错，但也有无力回天的时候。有一次做前列腺手术，术后病人导尿管一直出血，怎么处理都止不住，最后推到手术室再次手术，打开也没有发现明确的出血部位，又重新放置导尿管压迫止血，术后还是出血，病人最后死了。第二次来了一个跟我年龄差不多的外科医生，可能是搞血管外科的，在这里只做静脉曲张手术。他的做法很特别，他用的不是静脉剥离子，而是特制的静脉钩。先从大腿根部处理大隐静脉及其五个分支，在膝关节内侧切口，抽取大腿的大隐静脉，而后在小腿静脉曲张处用尖口刺破皮肤和曲张的静脉，用静脉钩把静脉钩出来，切除结扎，切口很小，不用缝合，术后不留疤痕。这个办法不错，主要是要有这个特殊的静脉钩。在他要回国时，我问他静脉钩能不能卖给我，他回欧洲再买，他没有答应。瑞士也捐赠了不少药品及医疗物资。

俄罗斯也派遣有两名医生。记得神经外科医生名叫维克多，40岁左右，带着自己的妻子。妻子是小儿科大夫，陪着丈夫在这里。听说有人建议她去儿科医院，按当地医生的待遇给她发工资，她嫌少不去，有时维克多手术时她帮忙当助手。还有一个普外科医生，水平很一般。他们的英语不好，跟他们交流也不是太顺畅。

乌干达对厄特也有医疗援助。他们有两名医生，一个有六十多岁，听说已经退休，说话很客气。另一个年轻医生名叫西蒙，才二十多岁。我们都是二线值班，而他和当地年轻医生一样值一线班。他在中国留学过，会说中国话，这样一来，大家就拉近了距离。

在我们109栋楼上，还住着一名美国女医生和一名澳大利亚女医生。

美国女医生近50岁，是搞公共卫生的，每天风风火火的，自己开车上班。澳大利亚女医生30岁出头，搞病理的，和我们医疗队的范支援医生同在国家检验中心工作。但工作不是太顺心，来了三个月就回去了。

印度派有一名牙科医生，和我们在一个医院上班，但和他交流不多。

厄立特里亚是个小国，工业十分落后，当时连胶布和盐水都生产不了，所有的医疗用品都靠进口。但又没有外汇，购买力极其有限。但小国自有小国的好处，几个国家援助一点，他们也够用了。

大巴车上的小联合国

我们居住的森堡小区109号住宅楼归属厄特卫生部，厄立特里亚、中国、埃及、意大利、美国、澳大利亚等国的医疗援助人员居住这里，俄罗斯、印度、古巴、乌干达等国的医生住在这个小区或附近。美国、意大利和澳大利亚的医生都自己开车上班。每天早上，厄特卫生部的大巴车来到楼下，把这些国家的医务人员送往首都各医疗单位。

在这些医务人员当中，中国医生人数最多。每天早上7点多，中国医生就陆陆续续从楼上下来，在楼下等车准备上班。先去看看自己种的菜园，交代负责保安的老先生给菜园浇水。7点半，大巴车来了，中国医生都很准时地上了车。车子刚出小区，就有印度医生在路边等着；车子再行不久又有三个古巴医生上来。接上了这些外国医生，大巴车开始把这些人员送到各个单位。依此是阿斯马拉理疗中心、哈利贝特医院、儿童医院、检验中心，最后到眼科医院。午饭时候则反方向接大家回来，下午2点还有一次接送，但人不多。

这些来自不同国家的医生，乘坐同一辆大巴车，使之成为名副其实的国际客车，一见面就相互热情问候，"Good morning, How are you?"成了最最常用的语言。车上有七个国家的人，说八种语言，这第八种语言就是英语，我管这叫"七嘴八舌"。车上的人分属亚洲、欧洲、非洲、美洲，白人、黑人、黄种人都有，不大的车厢像个小联合国会议大厅一样热闹。由于中国医生最多，自然成了车上的主角。许多国家医生都想学中国话，但中文太难了，他们能学会的也就是"你好"，还有人把"你好"说成"尿"，惹得我们捧腹大笑。

上了车大家自然是用英语谈论共同的话题，医院有什么情况，哪个病人怎么样处理，这个病在我们国家怎么治疗。但更多的是谈国际形势。谈到台湾时，有些人说台湾是一个"国家"，他们的地图上就是这么印的，经我们解释和驳斥，他们才得到了正确的认识。也有人说车臣可能会独立，俄罗斯医生坚决反对……联合国大会里的辩论，同样发生在这个车厢里。

车上我们中国医生最多，这无疑成为谈论的主角。中国医生的英语总体不是太好，但人多嘴多，相得益彰。中国是个大国，永远有谈论不完的话题：从古老的历史到当代的中国；从万里长城到中医针灸；从毛泽东到邓小平；中国经济的高速发展，中国商品的价廉物美，中医针灸的神奇……但中国足球不行，在2002年世界杯足球赛上，没赢一场，也没有进一个球，让他们嘲笑。中国医疗队库房有很多药物，有人病了，给他们些药，他们很是感激，风油精、清凉油、膏药贴片等尤其受欢迎。

古巴和中国同是社会主义国家，两国关系很好，在车上和车下古巴医生都跟中国医生谈得来。有一位古巴黑人医生，我们开始以为他是当地医生，闹了不少笑话。他们很敬佩中国的发展，说中国什么都能制造。美国是世界警察，到处插手干预，对古巴封锁几十年也没有作用。他们对他们的领袖菲德尔·卡斯特罗格外崇敬，称他是"我们的亚父（Second father）"，是民族英雄，美国中情局暗杀他二三百次都没有成功，他是不死鸟。

车上有两位俄罗斯医生，在车上往往不语，不太发表言论。当有人说车臣有可能会独立时，他们立即反驳说"It's no possible!（这是不可能的）"主权和领土问题上是丝毫不会退让的。

车上还有两名乌干达医生一老一少，年龄大的60岁，已经退休，麻醉专业，说话很客气。年轻的才二十多岁，是个全科医生。他在中国学习过，会说中文，跟我们也谈得来。

中途上车的还有一名印度医生，在我们哈利贝特医院口腔科工作。印度人讲英语很难懂，我们交流不多。

这个每天接送国际医生的大巴车，好似一个小联合国，大家和平相处，既辩论又合作，很有意思。他们有一个共同的目标，那就是为厄立特里亚人民的健康而辛勤奉献。

高邻赛义夫

来厄特后三个月的样子，我的对门住进一位埃及眼科医生。他主动登门自我介绍，这样我们就认识了。

他告诉我他叫Saif（赛义夫），而我发音说成是Thief。他纠正着我的发音，说Thief是贼，他可不想当贼，惹得我忍俊不禁。但这个名字确实不好念，因为好多中国医生都和我一样把他念成了Thief（贼）。

赛义夫和我是对门的邻居，经常串门。赛义夫请了当地的保姆给他做饭，两天来一次，把屋子打扫一遍，再给他做好饭放在冰箱里，他吃的时候热一下就行了。

赛义夫认识的人多，有一次他从他们医院的职工家里买到鲜牛奶，问我要不要，我要了一些，每天早上煮牛奶喝。赛义夫会做酸奶，亲手教我怎么做酸奶，从此我知道了酸奶也可以自己在家里做。有一次，赛义夫的冰箱坏了，他把食物放到我的冰箱。他可能是怕我偷喝牛奶，当着我的面在牛奶瓶子上划出了牛奶的刻度，让我哭笑不得。

过去我只知道埃及是一个信仰伊斯兰教的国家，从赛义夫那里我才知道在埃及90%的人信奉伊斯兰教，还有10%的人信奉基督教。赛义夫信仰的是基督教中的东正教。在厄特，人们主要信仰东正教，很多教堂都悬挂着东正教菱形的十字架标志。有时我周日一个人去市中心的圣母玛利亚大教堂，赛义夫去东正教教堂。一个周六下午，他让我和他一起去参加东正教教堂的宗教活动。我和他一起去了，人很多，活动也很隆重，有唱歌跳舞，还有诗经朗诵，很热闹。很多人都认识赛义夫，他和这个打招呼，和那个说话，很亲切，真是教会内一家亲，而我只是跟着他行动。赛义夫对信仰很虔诚，跪拜时双膝跪地，双手扶地，头叩到地上。赛义夫说东正教和天主教差别不大，都属于基督教，去哪个教堂做礼拜关系不大，只要心里有主，这才是最重要的。有时周日我们一起去东正教堂，有时去天主教堂。

赛义夫每天晚上都要读《圣经》，英文版的。我问他哪里有卖的，我也想要一本。赛义夫说不用买，他找人给我要。几天后，赛义夫送给我一本英文《圣经》，他在扉页上写道："To my brother Dr. Wu—Dr. Saif"（赠贤弟件医生——赛义夫医生赠）。从此我有了英文版的《圣经》。

三个月后，赛义夫的妻子带着一对儿女来了。他的妻子是一名五官科医生，女儿上高中，儿子上初中。两室一厅的房子有些拥挤，赛义夫就在客厅为儿子安置了一张床，用屏风隔开，这样一家人高高兴兴过日子，和我的来往就少了很多。

中国人勤劳，到哪里都爱干活。队员们在楼前的空地上种了不少蔬菜，郁郁葱葱，很是养眼。赛义夫的儿子看着很喜欢，也嚷着要种。可怜天下父母心，平常不干活的赛义夫，向我们借了工具挖地种菜。从未干过这些活的赛义夫，挖地的样子笨拙可笑，把种子胡乱撒在地上就不管了，出来的菜苗稀稀拉拉，连他自己也不想看一眼。

赛义夫每天和我们一起乘坐卫生部的大巴车上班，7点半准时发车，赛义夫经常姗姗来迟，有时头发和衣服也没有整理好，惹得大家笑话。他和我们医疗队的王绪保医生同在眼科医院工作，王医生不善言辞，赛义夫则话多，见谁都搭讪。他比王医生年长近十岁，但论业务技术，远不如王医生。王医生一天能做十几个白内障手术，全院人都佩服他，汇报到卫生部长那里，部长向我们大使赞扬王医生的工作。赛义夫自己也对我们说："Dr. Wang's operation is clever than me（王医生的手术比我强）"。

有一次我们队上有人腰疼，搞中医针灸的张桂萍医生给做理疗按摩。赛义夫见了，也要跟着学，说自己的妻子也经常说这里痛，那里不舒服，我笑了。他说女人就是这样，在自己的男人面前撒娇。后来我妻

赛义夫（中）在作者家做客，左为王绪保大夫

子来探亲，我把这事跟她说了，她笑了。因为她也经常说这里痒，那里疼，老让我给她挠呀揉呀的。看来我和赛义夫不愧是邻居。

赛义夫很喜欢交际，经常有朋友到他家来。有一次他在家里设宴请客，招待朋友。有埃及大使馆官员、来自埃及的医生、医院的领导和同事、教堂认识的朋友，还有王绪保医生和我。他对他们大使说，他也请了卫生部长，但部长因事不能来。大使说你把总统请来好了，大家都笑了，他好像没有听懂其中的含义。

两年工作结束，所在医院为我们送行。王绪保大夫所在的眼科医院只有他一个中国医生，但由于王医生出色的工作表现，医院为他一人举行了隆重的欢送会，我们全体医疗队员应邀参加。会上医院领导为王医生颁奖，让赛义夫上台陪王医生一起合影，他却站在王医生和院领导中间，和王医生一起拿着获奖证书照相，那神气劲儿，仿佛他是今晚的主角，引得大家哄堂大笑，他却全然不知。

赛义夫就是这样一个可爱的人。

室友秦历杰

按照中厄两国政府原来签署的援外医疗协议，我和内科医生秦历杰，要到距首都一百多公里的港口城市马萨瓦去工作。到厄特以后，使馆才知道我们这一批医疗队只有一个普外科大夫和内科大夫（上一队是各两个）。在首都阿斯马拉，内科和普外科的疾病最为常见，这两科的大夫不在首都，如果有人病了，治疗会很不方便。所以大使馆和厄特卫生部做了协商，把我们俩留在了首都。

在森堡小区，其他中国医生都住在109号楼一单元的房子，楼上楼下都是我们的医疗队员，而我和秦大夫被安排在了上一队驻马萨瓦队员的房子，在二单元四楼东。

秦大夫是河南省人民医院急救中心的内科大夫，是我们队仅有的两名研究生之一。虽然小我三岁，但样样都比我强。业务自不用说，会开车、会唱歌跳舞，还做得一手好菜。

一开始我们在一起搭伙做饭，我只能做一些北方很普通的饭菜，只能做熟，但色香味都不咋地。秦大夫一看，也不说啥，就自己动起手来，还教我怎么切菜不易伤着手，什么菜怎么切。他做起饭来很快，一会儿几个菜就做好了。秦大夫早上大多起得晚，我就简单做些汤、菜和馒头；晚上他常常大操大办，弄好几个菜。他会卤猪蹄、猪耳朵、猪头，炖牛肉，做鱼也很有一手。饭菜上桌了，没有酒是不行的。我说我肝脏不好不喝，但他非要给我满上，让我慢慢喝。喝着说着，谈天说地，一顿饭要吃很长时间。我的米饭下去很多，而他则是只管喝酒吃菜，不动饭碗。他说和他在一起搭伙花费多，问我介意不，我说我吃得比他多。

秦大夫好喝酒。他喝酒很痛快，酒量也好，不管是白酒还是啤酒。厄特物资很匮乏，刚到那会儿，没有中国白酒，他就自己买啤酒或当地产的茴香白酒，说虽有些味儿，但喝惯了也还不错。我知道在那样的环境里，只要有酒喝他也就满足了。他为人豪爽，又好交朋友，不久就能从中国公司那里买到国内的白酒，令其他好喝酒的人羡慕不已。但他从不独享，总是和队里几个好喝的人一起享用。

我们俩住一个屋，他经常晚上回来很晚，多半是喝酒会友，回来也不时酩酊大醉，我扶他上床，给他准备茶水。有一次周末，他也是出去喝酒。第二天早上6点，我起床后看见他卧室的门开着，屋里没有人，便打电话问昨晚和他一起喝酒的人。他们都说不知道，我这下急了。这么早又是星期天，能去哪里呢？我想起有朋友说过，有人喝醉了，晚上到楼顶上睡觉的事，我想他会不会也这样呢？我爬上楼顶一看，他正在楼上，铺着席子盖着被子。见到我对我说，睡在这里真好，空气新鲜，还能看见月亮和星星。我偷着笑了。

医疗队大家都没带家属，周末没事有时玩麻将。秦大夫打麻将也很豪爽，常常在喝酒之后招呼人来玩。他的胡放得很大，往往是大喜大悲，有时赢得很多，有时也输得很惨，但他根本就不在乎。

秦大夫生活很讲究，回来进门后鞋子总是很规整地放在门口。他的衣服很多，总是经常地换，洗后还要熨烫，再挂起来，很是井井有条，还经常指导我怎么做。他在厨房每次做完饭后都收拾得干干净净。

经参处的林参是我们医疗队的直接上级领导，秦大夫和林参是很好的朋友。有一次意大利洲际宾馆举行钓鱼比赛，两人一组，他和林参一起去红海参加比赛，还拿了冠军。

这里缺少仪器和药物，再加上语言不通，影响发挥。秦大夫是内科专业，技术全面，什么都行。医院有一台心电图机，有人做但没有人会出报告，秦大夫是这方面的专家，解决了这方面的问题。还有一个胃镜，闲置多年，同样没有人会操作，秦大夫读研究生之前曾在胃镜室工作，帮医院解决了大问题，每周开展两次胃镜检查。院长高特姆是内科医生，医学博士，对秦大夫很器重，要求他留在厄特继续工作。秦大夫开玩笑地说，你是院长，我回去也想当院长。

医疗队刚到不久，中国驻厄特大使病了，夜里高烧不退，秦大夫和队长到大使官邸为大使诊治，他和队长整夜守在大使床边，后来几天里经常去看望，让大使一家很感动。在厄特首都的中国人头疼发热，腹痛腹泻，都是秦大夫的工作，他每次都不厌其烦，认真地给他们治病。他说他们远离家乡，很不容易，病了更是受罪，一定要善待他们。

和秦大夫在一起生活两年，我觉得很有意思，收获不少。我寡言少语，秦大夫豪爽热情，我们相得益彰。我从他那里学到很多东西，而秦大夫说跟我相处也受益匪浅。回国后多年，我们还是很好的朋友。

欢乐除夕夜

按规定，医疗队员工作一年后家属可以来探亲。2002年春节，我本没有让爱人和孩子来厄特探亲过年的打算。和我同一个单位的张桂萍医生，准备让爱人和孩子春节来厄特过年。临走前她爱人到我家看望，问我爱人要不要给我带什么东西。我11岁的女儿静静得知他们要去厄特探亲过年，哭得死去活来，非要跟着来不可。我爱人只好痛下决心，以最快的速度在一周内办好护照、签证和机票，和医疗队一行探亲的家属，登上了同一航班。

听说我爱人和女儿要来，和我同屋的秦历杰医生主动搬到医疗队库房的一间屋子，为我们一家人团聚提供了方便。

妻子和女儿的突然到来，让我喜出望外。我们到机场去接机，女儿一下子就扑到我的怀里。女儿上小学五年级，一年不见，长高了不少，穿着深蓝色的校服，我都认不出来了。

母女俩见到我特别高兴。当时医疗队从国内订了不少生活物品，春节前到货，女儿和我一起领取分发的物品。有大米、黄豆、挂面、木耳、海带、粉条、烟酒、茶叶等。我又在市场上买了猪羊牛肉和鱼，一家人热热闹闹，团团圆圆过年。家属们的到来为医疗队增添了几分新气，孩子们楼上楼下院子里跑着玩耍，护士王会玲的儿子鹏鹏，在院子里放鞭炮，给我们这栋楼带来了些许新年的味道。

大使馆的迎新春晚会定于除夕之夜，让各单位准备节目。当时在厄特的中国人不多，18人的医疗队可算是一个大单位，大使馆说医疗队必须有节目。我们医疗队的针灸科女医生杨方，是个文艺骨干分子，拉丁舞跳得非常好，她和闫峰山医生编排节目，也拉我女儿静静和张桂萍医生的女儿点点加入，几个人经常排练。

除夕下午，国内已是晚上，我们一家人高高兴兴地一边包饺子，一边收看中央电视台的春晚节目，其乐融融。对门邻居埃及医生赛义夫来我屋借东西，看见我们一家人观看中国的春节晚会，节目欢歌笑语，观众欢聚一堂，赞叹不已，说你们中国人过年真热闹。

晚上，大使馆举行迎新春晚会，邀请驻厄特的各国大使和夫人参加，我们医疗队员和家属全体参加。大使馆里，红红的对联、巨大的灯笼和中国结，让人感受到节日的气氛，大家热情问候、互祝新春。晚8点钟，厄特总统伊萨亚斯及多位部长的到来，给晚会增添了隆重的气氛，各国使节们相互举杯问候致意。听说我们是医疗队员，为总统治好了病，他们表示敬意。先是用餐，来宾们拿着盘子到自助餐台自己盛取，其中也有我们医疗队员做的饭菜。看到外交使节们一个个津津有味地吃着中国饭菜，我们心里很高兴。饭后总统发表了简短的讲话，向中国人祝贺春节，感谢中国政府和使馆在过去一年里对厄立特里亚的无私援助，讲话中也赞扬了我们医疗队的工作。

文艺节目开始了，在厄特的中资机构都有节目。演出的节目有歌曲、舞蹈、小品、京剧和地方戏等。各国外交使节和夫人看着中国人演的节目，非常高兴。医疗队的节目最多也最好。杨方和闫峰山演出的《娶亲》，表现中国传统结婚的仪式。在欢快的唢呐吹出的《迎亲》曲的伴奏下，一对新人出场了：新郎牵着红缎带，拉着轿子，喜气洋洋；新娘坐在轿子上，顶着红盖头，羞羞答答。一会儿轿夫开始摇晃轿子，新娘左右摇摆；轿夫上下颠簸，新娘花容失色……这个节目新奇热闹，来宾们拍手叫好。还有一个舞蹈节目叫《编花篮》。在河南民歌《编花篮》音乐的伴奏下，杨方带着静静和点点跳了起来，两个小姑娘虽然有些跟不上节奏，但演得活泼可爱，憨态可掬，结束后观众鼓掌不息。主持人让两个小演员上去向观众谢幕。点点还小才六岁，静静上外语小学五年级，她用英语做了自我介绍并向观众问候致谢。这些外国大使和夫人对中国孩子的

陈占福大使与作者的女儿静静和张桂萍医生的女儿点点

英语啧啧称赞——谁说中国人英语不好。下来后有个外国大使夫人拉着静静问这问那，孩子不好意思地回答她的问题。

节目结束了，杨方和闫峰山的《娶亲》获得了奖品，静静她们的节目没有拿到奖，她有些不高兴。当我指给她哪个是大使，哪个是大使夫人时，她一下子跑到大使夫人跟前，"奶奶"、"奶奶"地叫个不停，委屈地说节目没有演好，说着要哭起来。大使夫人让工作人员从库房里拿来一套做工精美、又薄又轻的小瓷器送给她，说我们给总统送的礼物也是这样的，她这才高兴起来。

初一一大早，陈占福大使就和大使馆人员来医疗队驻地给大家拜年，问候探亲家属，感谢大家一年来对厄特医疗工作的贡献及对使馆工作的支持和帮助。他还提到昨晚的节目很成功，医疗队的节目非常好，特别值得一提的是老佧家姑娘的表现，让外国使节们看到了中国改革开放的变化和中国下一代风貌。

厄立特里亚的咖啡

咖啡由西方传入我国，喝咖啡对中国人来说既高雅又时髦，充满浪漫情调。咖啡起源于什么地方？我们喝的咖啡是用咖啡树的叶子还是种子做的？它怎么变成我们喝到的又香又浓的咖啡？

我不是一个与时俱进的人，总是赶不上时髦。80年代末第一次在朋友家里喝了一次速溶咖啡。过去听说过咖啡怎么怎么好喝，可到我嘴里却感到又苦又涩，没有丝毫好感。朋友问我味道怎么样，我怕他说我老土，皱着眉头说好喝。

咖啡的发源地在非洲，到了非洲，自然少不了喝咖啡。在厄特刚上班不久，医院泌尿外科医生费什的母亲意外骨折，我们去他家里看望。进去后，费什先是领我们去他母亲的屋子看望病人，看完后就招呼我们在客厅里就座。我们讨论着他母亲的病情，费什的妻子用手工编织的小箩筐，给我们端上了用当地小玉米刚做的爆米花，爆米花香甜酥脆，跟国内的口感不一样。一会儿，从厨房传来炒豆子的声音，不多时就闻到一阵焦香味，那种香气，从来没有闻过。接着，费什的妻子端着像炒勺一样的长把小锅到客厅里来，小锅里冒着缕缕热气伴着浓郁的香味。她走到我们面前，我们看到小锅里炒的是豆子一样东西，已经有些焦黑。费什告诉我们，这是炒好的咖啡豆，他妻子要给我们做咖啡。他自己用手扇扇从锅里冒出的青烟，然后赞美地说"Zibug, Zibug"（好香，好香）。然后他妻子又把小锅送到我们每个人跟前让我们闻，我们学着他的样子，用手扇扇从锅里冒出的青烟，果然香味浓郁——太香了，我们也用当地话说"Zibug, Zibug"（好香，好香）。

我们聊了大概有15分钟，费什的妻子端着一个托盘子进来，盘子里放着一个带把的类似烧瓶一样陶土烧制的咖啡壶和几个瓷杯，杯子不大，大概还不到50毫升。费什妻子到我们每个人面前倒咖啡，浓郁的香气从咖啡壶里溢出，让人陶醉。费什问我们要不要加糖，他知道中国人不习惯喝这么太浓太苦的咖啡。他说他喜欢不加糖的，那样才有原味、才过瘾。我们也试着按他的方式去喝，确实是苦，但味道十足，我们又加了糖，喝起来真香。

交谈中费什告诉我，咖啡最早起源于非洲的埃塞俄比亚，而厄立特里亚和埃塞俄比亚曾是一个国家。公元9世纪，在古埃塞俄比亚的咖法省，有一个牧羊人发现羊吃了一种植物的果子后异常兴奋，就自己去尝试，发现吃了咖啡果后很精神，能解除疲劳。于是当地人开始把这种果实煮水喝以解除疲劳，这就是最早人们喝的咖啡。后来经过红海传到也门，以后又从也门传到欧洲，经过多次的改良加工，才成为现在我们喝的咖啡。

后来我们应邀到其他人家做客，也都被以咖啡招待，同样的礼节。按当地风俗，咖啡要喝三遍。第一道咖啡味道最浓，喝后加水继续煮；第二道咖啡才正好，不浓不淡；第三道味道寡淡了许多，跟咱们国内喝的速溶咖啡差不多。

在厄立特里亚喝咖啡，用的都是小杯，不可能像国内那样喝速溶咖啡用大杯，那样的话肯定受不了。有一天下午我们去街上的英语学校上课，由于学校没有安排好时间，我们只好在外面等。隔壁是一家咖啡店，我们就一人要了一杯咖啡消磨时间。平时睡眠不够的我，当天晚上怎么也不能入睡，也不知道是什么原因。第二天早上，同事说她喝了咖啡睡不着，我这才想起昨天喝咖啡的事。后来我们周末玩牌，午夜困乏时就自己煮些咖啡喝，通宵一夜也不怎么困。

首都阿斯马拉郊外有一个小湖，湖边是一个休闲场所，房前有一个很高很大的咖啡壶模型，样子栩栩如生，似有咖啡从中流出。由此可知厄立特里亚人对咖啡的钟爱，咖啡已经成为他们文化的一部分。

首都阿斯马拉不大,但街上有好多咖啡店,里面经常坐满了人。当地人们的生活并不轻松,但三五个朋友坐在一起,品饮着咖啡,谈天说地,享受着悠闲和安逸。咖啡店里的咖啡有的加糖,有的不加糖。还有的在咖啡上面喷些牛奶,叫伴侣咖啡,喝起来咖啡的浓香和牛奶的乳香融在一起,别有一番味道。

2003年元月18日,厄特卫生部为我们这些在这里工作两年的医疗队员举行欢送会,会上厄特卫生部长赠送我们每个队员一个做工精美的咖啡壶木雕,意在让我们永远不忘厄立特里亚,也足见咖啡在厄立特里亚人们日常生活的地位。

在厄立特里亚生活两年,我对咖啡产生了深厚的感情,就像当地原汁原味的咖啡那么浓。回国时我买了很多咖啡,有罐装的、袋装的、瓶装的。为了让朋友们开开眼界,我还特意买了1公斤的咖啡豆,准备回国后自己亲手烹制给他们看。可惜回国途经巴黎,因为行李超重,只好忍痛割爱在机场把咖啡豆扔掉,但我还是保留了厄特卫生部赠送给我们的精美工艺品咖啡壶,和一个当地人用来煮咖啡的陶制咖啡壶,包括塞壶口的马鬃。

回来后得知朋友开了一家咖啡店,名叫"不见不散"。名字起得很浪漫,由此可见咖啡在中国人心里的感受。他邀请我去店里喝咖啡,服务员把炒好的咖啡豆磨碎,然后在自动咖啡机上煮,不一会儿就端上来了。我喝起来感觉确是咖啡,但没有非洲咖啡那么浓香,更没有在非洲的那种风味和情趣,如同我在非洲喝当地的茶一般,味淡趣寡。

多年以后,我又去了非洲,去了真正的咖啡故乡——埃塞俄比亚。

在厄立特里亚学太极拳

在非洲人看来，中国人个个身怀绝技，飞檐走壁，出手不凡，一招制胜。他们都知道中国的功夫巨星李小龙、成龙。年轻孩子一见中国人，就用胳膊腿比划着电影里的武打招式，要我们教他们中国武术，可他们不知道不是所有的中国人都会武术。

2002年10月，国内派来了两位农业方面的专家。他们来自江西国际公司，来教授厄特当地人竹子的种植和编织。一男一女，男的姓沈，55岁左右的样子，个子较高，说话和气；女的不到40岁，不大爱说话。

我们医疗队在首都算是个大单位，居住在森堡小区，环境比较好，院落很宽敞。沈师傅到我们医疗队看病，跟我们聊了起来，对我们的环境很是赞赏。聊天中得知沈师傅每天都练太极拳，我们下班后空闲时间比较多，于是就向沈师傅提出能不能教我们太极拳，沈师傅愉快地答应了。

沈师傅的住处离我们不远，第二天早上6点钟天刚亮他就来到森堡小区，在我们楼房前面的树林里教我们学习太极拳。他先教我们太极拳的理论，太极是怎样相生相克，后给我们演示太极拳的套路。他来时带了录音机，随着《二泉映月》的曲子，动作舒缓柔和，如行云流水，我们都十分喜欢。太极拳看似简单，但真正学起来很不容易，开始学我们的动作僵硬，不到位，沈师傅就帮助我们一一纠正。树林里，我们十几人排成两行队，初日的阳光照耀在我们的身上，伴着悠扬的中国音乐，宛似一幅动画图，引来不少外国大夫和当地人来观看。太极拳他们在电视电影里见过，但真正实际观看，都还是第一次。看到我们练习很有意思，有的也跟着学了起来。可太极拳看似简单，实际并不那么容易，他们比划了几下就摇头不学了。

有一位古巴医疗队的黑人大夫，对太极拳很是喜欢，每天都来。起初我们以为他是当地人，一问才知道他是古巴大夫，跟我们不在一个医院。他那动作，实在令人捧腹，但他一直坚持，沈师傅也特别照顾他，帮他纠正动作。

医疗队学习太极拳的消息传到大使馆，陈占福大使也每天开车来我们驻地学习太极拳。陈大使不苟言笑，学习很认真，只要没有事情，每天都来。由于他的到来，我们对学习更不敢怠慢。为了便于学习，沈师傅把自己的太极拳书给我们每人复印一本，让回去自己看书，体会动作要领。

练习太极拳成为我们小区一道独特的风景，路过的人都驻足观看。有几个年轻孩子，很感兴趣，但太极拳对他们来说太难了，学习了一两周也坚持不下去了，看来要练就中国人"飞檐走壁，一招制胜"的功夫实在太难。我们队里学得最好的是王书耕翻译和中医针灸科的张桂萍大夫，他们的动作很到位，下去后自己坚持练习。张桂萍大夫除了练习太极拳以外，还自己练习蹲马步：两脚分开，双腿微屈，腰背略塌，两手分开前伸，闭目养神。这是习武人的基本功，但这个看似简单的动作，一般人坚持不了一会儿，但张大夫却很有毅力，一站就是半小时。有一次她又这样蹲马步，一动不动，宛如雕塑一般。一个当地人从这里路过，不知道这个中国人怎么了，是不是着了魔，就朝她大声喊："China, China, What's your problem? What happened to you?"（中国人，中国人，你怎么了？出什么事了？）张大夫岿然不动，依旧闭目养神静心练功。那人看着一直不走，张大夫轻轻挥挥手示意没事，他这才放心地离开。

通过一个半月的学习，我们基本上学会了陈式太极拳81式。沈师傅说，太极拳贵在坚持，慢慢坚持练习，慢慢体会，动作自然会舒展流畅，自己也会感觉浑身有劲。后来沈师傅不太来了，我们就几个人经常一起练习，晚饭后，趁着夜色练一个小时，跟我们小时候在打麦场上玩一样。

当我们结束了两年的援外医疗任务就要回国时，我们对沈师傅依依不舍。王翻译一直自己坚持练习，我们回国途中在欧洲宾馆的草地上他也不失时机地练习。2008年他参加一个卫生部疟疾防治小组到赞比亚短期巡回，我们老队友又相见了。他说他一直坚持练习，觉得对身体非常好。张桂萍大夫和我一个单位，回去后她参加了公园里的太极拳习练队，现在的拳艺越来越高，而我回去后没能坚持，慢慢也放弃了，但我一直忘不了那段学习太极拳的愉快日子。有时候我给朋友们讲张桂萍大夫在厄立特里亚蹲马步的故事，惹得大家哈哈大笑。

在厄立特里亚的垂钓之乐

厄立特里亚是个小国家，没有什么风景名胜，首都阿斯马拉就相当于我们一个县级市，几条街道，当时也没有几栋高楼，甚至没有一家像样的超市。说起厄立特里亚的好去处，当地人都会自豪地说马萨瓦。马萨瓦是红海上的一个港口城市，距首都约两个多小时的行车路程，盘山公路十分艰险。其实也就是海，没有什么特别的风景，一年四季非常炎热，"五一"节和国庆节我们去，基本上都是早晚游游泳，其余时间在宾馆里待着，不敢出来。

我们要在这里待两年，时间可谓不短。在这样的环境里打发两年的日子，的确不是一件容易的事。最初三个月的新鲜感过去了，我们便寻找休闲娱乐的活动和地方。

由首都向北开车30分钟有一个小湖，周围有村庄，是钓鱼的好地方，我们经常去那里钓鱼。当地人不吃淡水鱼也不捕鱼，所以湖里的鱼很多，每次去都收获不少。通常周末早上天刚亮就出发了，太阳刚出来我们就赶到地方。俗话说，早钓鱼，晚钓虾，中午钓个癞蛤蟆。早上鱼最好钓，挂上鱼饵扔下钩就吃，一提竿就有鱼。有时甚至没有鱼饵扔下钩试试水的深浅，提上来就有鱼。这里的鱼多半是罗非鱼，也就是非洲鲫鱼，嘴里有牙，属于食肉类鱼，当然它也吃其他的鱼类。这种鱼肉很细腻，口感非常好。

我们每次去钓鱼都有当地孩子来围观。玩是孩子们的天性，他们自己也钓鱼玩，用一根线绑上鱼钩，在鱼钩上挂上蚯蚓或面包，往水中一抛，然后就向岸边拉。这个看似简单的方法也能钓上鱼来，因为鱼在水里看见活动的东西就来追咬,就钓上来。这样钓鱼很有意思,是非洲最古老的钓鱼方法。钓鱼首先得有鱼钩,当地没有卖鱼钩的,所以他们最喜欢的是我们的鱼钩。当然,他们钓鱼是玩的,他们家里是不吃这些鱼的。有时他们想把钓上的鱼卖给我们。我们不会买他们的,因为自己钓的鱼都吃不完,再说我们钓鱼主要是休闲。

这里的鱼确实好钓,每次都收获不少。我们钓鱼的人吃不了,送给不钓鱼的人或女队员,其实垂钓者看重的不是鱼,而是钓鱼的过程。

钓鱼是个技术活,这里的鱼虽然好钓,但不会钓鱼的人也钓不上来。我们队里的张松欣和刘春凡大夫,看见大家钓鱼这么得心应手,也来钓鱼。他们信心十足地准备了渔具,钓了大半天,鱼儿也咬钩,可就是一条鱼也钓不上来,其他人则上鱼不断。他们生气再也不去了。其实钓鱼一要有耐心,二要瞅准时机,太早太晚都不行。不过张松欣很会做鱼,我钓的鱼,他经常帮我们做,有糖醋鱼、酸菜鱼,都非常好吃。

我们的几个渔友每个周末都去,回来时天就黑了,每次都收获颇丰,到了驻地楼下,呼喊没有钓鱼的人下来拿鱼。王永功很聪明,他钓的鱼经常是最多最大。杨方作为女队员,也是不让须眉,每次都收获不少。

有一次许主任的鱼竿被拉到了湖中心。他下水拉回了鱼竿。上岸提鱼竿时发现鱼钩上有一条两斤重大鱼!让他喜出望外。许主任两年中很少买肉,基本上是以鱼当肉。他说上年纪了,少吃肉,多吃鱼好,也有道理。

旱季鱼好钓,湖里的水位下降,鱼的密度相对大。雨季湖水上涨,从坡上冲下去的泥土淤积在湖底,鱼饵和坠子很容易沉到淤泥中,比较难钓。但我们这些渔友们经常是风雨无阻,每次出去都打着伞,旱季是为了遮挡强烈的太阳,雨季是为了避雨。有时候下着瓢泼大雨,仍然在雨伞下钓鱼。

有一次,中建公司带我们到一百多公里外的一个地方去钓鱼。那里有一个小湖,是一个管理区,虽然鱼是野生的,但要收门票。那里的鱼非常多,都是鲶鱼,也比较大。不停地上钩,太好钓了,时间不长鱼兜

厄立特里亚篇

杨方钓鱼

就装满了。中建公司经常来这里钓鱼，一人一天能钓七八十斤鱼！我担心他们怎么吃得了这么多鱼。他们说他们人多，有好几个工地，送到几个工地食堂。这不是钓鱼，简直是捕鱼！那天闫峰山大夫还钓了一只大乌龟，大家都满载而归。

在厄立特里亚钓鱼，打发了我们不少的空闲时光，给我们带来莫大的乐趣，至今难忘。后来我又去了赞比亚和埃塞俄比亚，虽然也可以钓鱼，但都没有这里的鱼好钓。不仅我们把钓鱼当作最喜欢的业余活动，后来每批去厄立特里亚的队员，也都是如此。我想这有两个原因，一是厄特的业余生活单调，没有什么好去处和娱乐活动，二是这里的鱼太好钓了。

红海之歌

黄河起舞，红海扬波，
中国医疗队来到非洲厄特。

祖国使命，人民重托，
牢牢记在我们的心窝。

不辱使命，无私奉献，
大爱无疆我们争光为国。

救死扶伤，舍己忘我，
白求恩是我们的光辉楷模。

诊断室里，手术台座，
是我们日常的工作场所。

小小银针，手术神刀，
手到病除，降伏病魔。

疑难病症，总统医疗，
我们有中国的医术和绝招。

厄特人民,异乡同胞,
都对我们交口称道。

厄特大夫,他国同仁,
我们真诚地医疗合作。

文化交流,技术协作,
共享欢乐我们把友谊收获。

战云密布,雷霆咆哮,
我们坚守到最后时刻。

撤退无路,红海漂泊,
心里向往着亲爱祖国。①

离别之际,依依不舍,
总统饯行把光荣收获。

同志友谊,危机时刻,
鲜血共谱爱的赞歌。②

上有父母,下有女儿,
她把生命献给他乡异国。③
……

黄河起舞,红海扬波,
中非友谊牢不可破。

长江长城，黄山黄河，
我们无愧于伟大的祖国。

（注：①第一批中国医疗队因埃厄战争机场被炸，撤退无路，在红海上漂泊52小时，与外界暂时失去联系。②③第二批医疗队发生车祸，翻译唐秀荣老师生命垂危，四位同志挺身而出，在高原环境下献出宝贵的鲜血。但唐翻译终因伤势过重，抢救无效去世。）

光明使者

——记眼科医生王绪保

非洲之角,红海之滨,
有这样一位中国医生。

寡言淡定,平和谦逊,
忘我工作默默无声。

一丝不苟,精益求精,
患者的安危在他心中。

兢兢业业,不记名分,
他像张仲景又似白求恩。

医白内障,治青眼病,
十几台手术他自如轻松。

拨开眼障,重见天日,
他让患者再见光明。

美国大夫,埃及医生,

对他的技术交口称颂。

撞肩拥抱，贴脸亲吻，
衷心感谢他的恩情。

厄方人员，患者病人，
终生难忘他的姓名。

欢送会上，情景感人，
要授予他荣誉公民。

恳求挽留，情切意诚，
随时再来都热烈欢迎。

答言寥寥，泪水盈盈，
他对非洲人民爱得深沉。

离妻别女，骨肉亲情，
他更想念祖国和亲人。

永远难忘，厄特人民，
中非友谊万古长存。

（注：王绪保大夫当时是河南省南阳市眼科医院科主任，副主任医师。因在厄立特里亚工作出色，2003年在全国援外医疗队派遣40周年纪念暨表彰大会上，被评为先进工作者，现为南阳市眼科医院书记。）

乡 愁

乡愁是漂泊的小船，
乡愁是回归的大雁。
乡愁是异乡的无助，
乡愁是深夜的难眠。
乡愁是父母的惦记，
乡愁是游子的思念。
乡愁是儿时的风筝，
乡愁是昔日的伙伴。
乡愁是恋人的相思，
乡愁是旅人的归盼。
乡愁是古老的童谣，
乡愁是故乡的小河。
乡愁是天边的白云，
乡愁是远方的炊烟。
乡愁是枯藤老树昏鸦，
乡愁是小桥流水人家。
乡愁是西出阳关无故人，
乡愁是天下谁人不识君。
乡愁是巴山夜雨涨秋池，
乡愁是不知何日是归期。
乡愁是慈母手中线，游子身上衣，

乡愁是举头望明月，低头思故乡。
乡愁是白发三千丈，孤蓬万里征，
乡愁是故国三千里，家书抵万金。
乡愁是海上生明月，天涯共此时，
乡愁是举杯邀明月，对影成三人。
乡愁是每逢佳节倍思亲，
乡愁是乡音未改鬓毛衰。
乡愁是同是天涯沦落人，
乡愁是且认他乡作故乡。
乡愁是马革裹尸还，
乡愁是叶落归根眠。
乡愁是海枯石烂，地老天荒，
乡愁是山无棱，天地合，乃敢与君别。
乡愁是断肠人在天涯，
乡愁是迟暮人看落花。
乡愁是欲哭无泪，才说还休。
乡愁是才下眉头，又上心头。
乡愁是恰似一江春水向东流，
乡愁是别有一番滋味在心头。
乡愁是山高水长，远隔一方，
乡愁是千山万水，海角天涯。
乡愁的泪似黄河水，
乡愁的吟如南山风。
乡愁是杨柳依依，
乡愁是羌笛悠悠。
乡愁是阴晴圆缺，
乡愁是花开花谢。
乡愁是除夕的团聚，

乡愁是清明的小雨。
乡愁是七夕的星星，
乡愁是十五的月亮。
乡愁是未改的乡音，
乡愁是久违的故知。
乡愁是隔阻的大山，
乡愁是纵横的阡陌。
乡愁是一枚邮票，
乡愁是一件包裹。
乡愁是一杯浊酒，
乡愁是一把泥土。
乡愁是一封家书，
乡愁是一本家谱。
乡愁是故乡川流不息的小河，
乡愁是他乡潮涨潮落的大海。
乡愁是风，乡愁是云，
乡愁是水，乡愁是虹。
乡愁是亘古的情怀，
乡愁是千年的遗恨。
乡愁的情丝萦绕在旅人的脑海，
乡愁的情网织就在游子的心中。

赞比亚篇

重返非洲

2003年元月，我们援厄立特里亚第二批医疗队结束了两年的援外医疗任务，登上了回国的飞机。飞机爬上了高空，我俯瞰着机下的城市、山峦和村庄，自言自语地说：再见了，厄立特里亚；再见了，非洲，我可能再也不会来非洲了。两年里，我在这里领略了东非高原的奇异风光，见识了红海的汹涌波涛，感受到了当地人民的淳朴善良，当地贫穷落后和缺医少药的状况，丰富了我的人生阅历，但远离祖国和亲人，经历生离死别的悲壮——我们的好队友，医疗队翻译唐秀荣老师在这里献出了宝贵的生命，每当想起就像噩梦一般。

离家两年，我所在城市和全国一样发生了巨大的变化。一栋栋楼房拔地而起，城市在向远处的村庄扩张延伸；经过改建的城市街道更加宽广畅通，街道中央和路边到处是绿树花草，生机一片；一家家大型商场超市货物琳琅满目，熙熙攘攘；新建的工厂和服务机构不知何时冒起；人们的穿着打扮也光鲜起来，精神面貌焕然一新……这一切都让我感到新鲜兴奋，目不暇接。工作单位变化很大，医院规模扩大了，来了很多新人，开展了不少新业务，医院的医疗技术水平有了很大的提高，有的同事高升了，有的朋友高飞了。看到这些，心想这两年在外虽有所收获，但损失也不小，自己一定要加倍努力，迎头赶上。

一位曾经去过非洲的老前辈说过这样的话，中国人对非洲，"没去之前怕非洲，去了之后爱非洲，离开之后想非洲"，这话一点不假。虽然我已经离开了非洲，但那里的一切还是那样的难以忘怀，魂牵梦绕，我经常在晚上梦见非洲。2004年7月的一天，医院传达省卫生厅精神，说又要

援赞比亚第13批医疗队出国前与省卫生厅领导合影

组建新一批援外医疗队，不知怎么的，我一下子又兴奋起来。想起在非洲的日日夜夜，每天都是蓝天白云，原生态的自然环境，人民淳朴善良，生活简单快乐，对中国人很友好，为他们治病很受尊重，有一种成就感和荣誉感，那里虽然艰苦，但我觉得虽苦犹乐。那里缺医少药，最需要的是医生。在国内，我只是一名普通的外科医生，在那里却能发挥更大的作用，所以我就又报了名。有人觉得我可能只是闹着玩，可当我再次被选中时，出乎许多人的意料。院长也来做我的工作，说非洲你已经去过了，能不能不去，但我意已决，犹如射出去的箭，无法收回。

有人认为我去非洲是不适应国内的环境，逃避现实，其实完全不是。我不是一个随波逐流的人，我有我的理想和追求。当今社会，每个人都在不断努力寻找适合自己、能最大发挥人生价值的角色和平台。历朝历代都有一些人退出官场和社会选择隐居，这未必不好。陶渊明如果不罢官还乡，当时朝廷也不多他这一个与官场格格不入、愤世嫉俗的官员，中国历史上却少了一个真正伟大的田园诗人，他为我们构想了一个人人向往的理想社会——桃花源；李时珍如果留恋官场，就写不出伟大的《本草纲目》……我也要寻找我人生的价值所在，我要做给大家看。

有人说我这次去非洲是为了钱，其实也不是。因为这次是厄立特里亚、赞比亚和埃塞俄比亚三个国家一起组队，我完全有理由去向领导要求再去我熟悉的厄立特里亚，那里的津贴待遇要比赞比亚高出许多，赞比亚是三个队中最少的一个。我也没有选择去埃塞俄比亚，因为它和厄立特里亚曾是一个国家，那里的情况应该和厄立特里亚差不多。赞比亚是中国人熟知的国家，那里有中国人引以为豪的坦赞铁路，它是中非友谊的象征。去赞比亚，除了医疗援助以外，可以更全面地了解非洲，丰富我的人生阅历。

飞机在卢萨卡国际机场降落了，我的心也来到赞比亚。赞比亚属南部非洲，这里与非洲之角的厄立特里亚完全不同，像是另一个非洲。我人生的又一个两年就要在这里度过了（没想到一待就是四年），我认为等待我的将不是苦难，而是实实在在的人生，我对此信心十足。我要在这里更加努力地工作，用我的医疗技术为赞比亚人民服务，为他们解除疾苦，做一个真正白求恩式的好大夫，为中非友谊再作贡献。

恩多拉中央医院

我们援赞比亚第13批医疗队28名队员，在首都卢萨卡进行了为期一周的培训之后，分别被赞比亚卫生部分配到首都的赞比亚大学教学医院、中央省的卡布韦总医院、南方省的利文斯顿总医院、铜带省的恩多拉中央医院、基特韦中央医院和恩多拉儿童医院。

我和副队长俞梅、闫文学、孔西建、刘晓萍、张永豪、张龙斌7人被分配到恩多拉中央医院。恩多拉是铜带省省会所在地，是赞比亚第二大城市，距首都卢萨卡约320公里。恩多拉中央医院是赞比亚第二大医院，也是我医疗队员人数最多的医疗点。

我曾对恩多拉中央医院（Ndola Central Hospital）名称的翻译感到不解，恩多拉不是首都，为什么不翻译成中心医院而是中央医院？后来才知道，赞比亚最大的3家医院——赞比亚大学教学医院（UTH）、恩多拉中央医院（NCH）和基特韦中央医院（KCH），直属于赞比亚卫生部管辖，所以译成中央医院更为合适。

恩多拉中央医院规模宏大，院内有很多附属机构，主楼走廊弯来拐去，地下室曲径通幽，科室繁多，经过一个多月时间的工作，我们才对它有所了解。

恩多拉中央医院建于1964年，由原南斯拉夫援建，是社会主义国家对被殖民非洲国家的支援，当时赞比亚刚从英国殖民下独立。这个建于20世纪60年代的医院，现在看来仍然一点也不落后。医院设计先进，布局合理，整个大楼呈"工"字形，中央最高处有9层。一楼部分区域为行政区，院长办公室、医务处、财务处、后勤处等都在这里；另一处有口腔科、急诊室、放射科、食堂餐厅、图书室等。地下室是各科门诊诊室、检验科、学术厅、消毒供应室、太平间等，二楼以上是手术室和各科病房。

恩多拉中央医院有床位800多张，医院设有内科、外科、骨科、妇产科、口腔科、眼科、耳鼻喉科、急诊室、病理科、检验科、手术室、ICU等科室，分布在主楼的各层。恩多拉市区有一家儿童专科医院，也是赞比亚唯一的儿童医院，所以恩多拉中央医院没有儿科。主楼的最高两层是热带病研究所（Tropical Disease Research Institute），归属赞比亚卫生部管辖。

赞比亚是疟疾和艾滋病的高发区，死亡率很高。主楼有两个紧挨的电梯，一个供职工使用；一个通往地下室的太平间，专门运送遗体，白天晚上不时有电梯上下运送遗体。地下室另一处还有一个学术大厅（Lecture Theatre），是阶梯教室，每周三安排有学术讲座，后来我也在这里做过讲座。

赞比亚曾是英国的殖民地，官方语言是英语，这里的病人基本上都会说英语，所以如果你英语好，查房、门诊、手术都可以与病人直接交流。这里好多医学名称都是英国叫法：如手术室不叫Operation Room，而叫Theatre；急诊室不叫Emergency Room，而叫Casualty Room；第一层楼不叫First floor而叫Ground floor，二层才叫First floor，女护士叫Sister……

恩多拉中央医院还有一个精神病病房，在主楼南一个僻静的地方，经常大门紧锁，有人严格看护。

医院院子很大，除医疗科室都集中在主楼里外，在医院的后边，还有一个生化医学院（Ndola college of biomedical sciences）与一个护理和助产士学校（Nursing and midwife school），两个学校距离不远，培养检验人员和护士助产士。赞比亚一千多万人口，只有赞比亚大学医学院可以培养医生。

医院有不少白人大夫，分别来自乌克兰、乌兹别克斯坦、埃及、印度、孟加拉国、巴基斯坦、古巴等国。当然黑人大夫更多，起初以为都是赞比亚大夫，后来才知道多半是刚果（金）大夫。跟我们医疗队员不一样，他们都是个人受聘于这里工作，享受和赞比亚本国大夫一样的工资待遇。当地大夫收入很高，每月约15000元人民币（2005年）。

一楼最里面是医院的厨房和餐厅。医生餐厅不大，但很优雅，专为医生服务，其他工作人员是不能进来用餐的。交不高的伙食费，一天3顿，饭菜质量不错，有鸡、鱼、牛肉、牛奶、面包等。其他职工是一个大食堂和餐厅，行政后勤工作人员、护士、学生等都在这里用餐，餐厅很大，吃饭时熙熙攘攘，饭菜也较简单，多是西马（白玉米面做的饭团）、黄豆、蔬菜等。

医生餐厅旁边有一个图书室，里面全是英文版的医学书籍，不过比较陈旧，多是20世纪70年代的书籍，凭证借阅。当时图书室里只有一台电脑，不能上网。相比之下，在9楼的热带病研究所的图书室藏书要丰富得多，还有4台电脑，可以上网，我交钱后经常去那里借阅上网。

这里医生的地位很高，不但有单独的食堂，还有一个医生俱乐部（Doctors' Club），位于医院主楼的东南处，有一个幽静的院子，环境很优美，下午晚上医生可以去那里喝酒、打台球、聊天、娱乐等。当然俱乐部是营业性的，只要付钱谁都可以去，但其他人员去得很少。

这里医生与护士的收入差别很大，是护士的七八倍。医生护士工作之余都可以去私人医院和诊所兼职挣外快，医生还可以在公立医院上着班，同时自己开诊所。私人医院和诊所收费很高，技术也并不是很好，但服务态度好，病人不用排队，药品比较齐全，手术随时都可以做。私人诊所的医生甚至可以收病人的高价钱，把病人领到公立医院为病人做手术。

这里的护士职责与我们国内不太一样：输液扎针、化验抽血等对病人有侵袭的操作都是由医生操作（当然没有医生时他们也会操作），而外科伤口换药、拔管、拆线却由护士操作（国内是医生操作）。这里各科都有不少男护士。

赞比亚实行全民免费基本医疗制度。病人到医院看病首先要预约挂

恩多拉中央医院的医疗队员

号（急诊除外），挂号费约10元人民币。挂号之后，其他化验、药物、检查、操作等都是免费的。住院病人只需交很少的钱（约200元人民币），住院后一切的费用全是免费的——药费、手术费、输血费、化验费、床位费、护理费，等等。住院不需要陪护，亲属只能在每天固定的时间探视病人。病房虽然有些陈旧，但很干净，护工每天上午不停地打扫。在主楼二楼有病人食堂，专为住院病人做饭，做好后按时用车子送到病人房间，一人一份，病人吃饭也是完全免费的，当然饭菜要简单些了。

这里虽然大多数的医疗服务是免费的，但只是满足基本的疾病治疗，有些特殊药物病人需到院外自己购买，有些特殊检查病人也需付费，病人住院手术需要排队等候（急诊手术除外），一般最少需3月以上。当然如果你有钱，可以住高收费病房（High cost ward），那里条件好，有电视空调，病人少而清静，饭菜都是西餐，手术也会提前安排。但收费标准很高，按实际花费和天数收费，所收取的费用一部分作为全院职工的分红（Bonus）。因为住的病人少，收入也不多，一个季度每人的"分红"还不到100元人民币。

虽说恩多拉中央医院规模宏大，但设备还是很简陋，医院连一台CT机也没有，只有一台B超机，X光机器很陈旧，做B超和拍片也要另外收费。病人术前检查很简单，不做常规艾滋病检查，急诊手术有时只查个血色素。

应该说这是一家科室齐全、条件还不错的医院。这里病人多，工作繁忙，有好多外国大夫，工作富有挑战，但也为我们提供了较高的工作平台。只要我们牢记使命，不忘重托，不怕困难，努力工作，是能够干出一番成绩的。

一例拆线引起的死亡

俗话说人命关天，我觉得这里面有两层意思：对病人而言，伤病很严重，得赶快送医院治疗；对医生而言，生命很贵重，医生责任重大，病人的生命掌握在医生的手里。

我至今记得上大学时，外科学老师张宏恩教授说，《外科学》教科书的每一句话，都有血淋淋的教训，可能就是患者的生命换来的。每一个看似简单的操作，都有死亡的病例记录。我从此对任何的手术操作都不敢掉以轻心，但我从来没有想到拆线会导致病人死亡。

2005年4月25日（周一），我在恩多拉中央医院做了来后的第二例乳腺癌手术，手术很成功，术后病人恢复顺利。从4月30日（周六）我们开始休"五一"节一周长假。一周后我们休假回来上班，早上查房，我问当地的黑人小大夫，那个乳腺癌病人怎么样？他先是不回答，我再问，他说病人死了。死了？我感到非常惊诧，因为我走时病人已是术后第5天，切口无异常，吃饭和下床活动都没事，一切都好好的，病人年龄不大，才46岁，又没有其他疾病，怎么突然说死就死了呢？

小大夫对我说，5月2日术后第7天，病人说家里有事想出院，于是有人给病人拆了线，让病人出院。回家后当天晚上，伤口裂开，出血不止，被送到医院处理，由于乳腺癌手术创面大，广泛渗血，他们只能用大纱垫压迫止血，可怎么也止不住，还是出血不止。后来给病人输血，但也无济于事，最后病人因失血过多而死亡。

听完他的讲述，我的心情非常难受，惋惜、气愤、无奈，各种感觉都有。惋惜病人经过手术，已经基本恢复了，却突然死亡了；气愤的是当地医务人员没有经验，出现了这样本不该有的严重后果；无奈的是非洲缺医少药。

普通人认为术后7天拆线，其实并不是这样，拆线时间以切口的愈合为准，拆线时间以手术的部位及病人的身体情况而定。一般来说，头部、面部和颈部手术的拆线时间为术后5—6天，胸背部和上腹部为7—9天，下腹部、会阴部是6—7天，四肢10—12天，如果病人营养不好，或者有糖尿病，拆线时间需要延长一些天。乳腺癌手术切口长，创面大，切口缝合有张力，我一般通常在术后第12天间断拆线，根据情况过两天后再考虑全部拆线，而当地医务人员经验不足，导致这一悲剧的发生。但不管怎么样，我还是感到内疚，因为我走时没有把有些事情交代清楚，使这个不该发生的悲剧发生了。那以后我还做了不少乳腺癌手术，每次都对下级医生和护士强调注意事项，什么时候拔引流管，什么时候拆线，其他手术也是如此。

我把这个故事讲给很多人听，大家都觉得惋惜。现在我要把它写下来，让更多的人看到，从中汲取教训。医生是高风险的职业，人命关天，任何的疏忽大意，都会给病人带来意想不到的伤害，甚至死亡。

医学生誓言第一句话就是："健康所系、性命相托"，这不是口号，而是实实在在的责任。

成功开展食道癌手术

我负责的女病房住进一位吞咽困难的病人。起初我想可能是贲门失弛缓症，因为病人只有36岁，肿瘤的可能性不大，可经过钡餐检查发现确是食道癌。食道癌在国内虽然常见，但属胸外科范畴，普外科大夫（General surgeon）很少涉及它。在国外，General surgery（普外科）一词在英语中有总外科、大外科的意思。在没有专科外科的情况下，它什么外科都包括，食道癌当然也不例外。

我所在的恩多拉中央医院是赞比亚国内第二大医院，有床位八百多张，但只有普外科和骨科两个外科专业，没有胸外科。院长齐琳奎兼我们普外科的主任，由于行政工作繁忙，他很少来科里，一个月也来不了一两次，科里的工作基本上都是我和乌克兰主治医师安德烈做。自从从乌克兰引进了普外科主任尼古拉以后，院长基本上就不来科里了。

大查房时，我和尼古拉讨论起这个病人。在肯定了我对病人食道癌的诊断后，尼古拉用疑虑的眼光看着我说："你会做食道癌手术吗？"我说："我会"。虽然以前我没有独立做过食道癌手术，但凭着多年的工作经验和为国争光的精神，我相信我一定能把它做好。这不仅是为了我个人的颜面，更是为了国家的荣誉。

手术前我做了充分的准备。首先我查阅了有关书籍和资料，因为自己毕竟不是胸外科大夫。我亲自到手术室准备胸科手术器械。记得在两月前的一次急诊胸腹联合伤手术时，由于胸科手术器械不全，在关胸时费了很大的劲才关住。我给病人准备了800毫升血液，以防出血过多。我又和ICU取得联系，因为这样大的手术，术后需要严密监护。他们听说

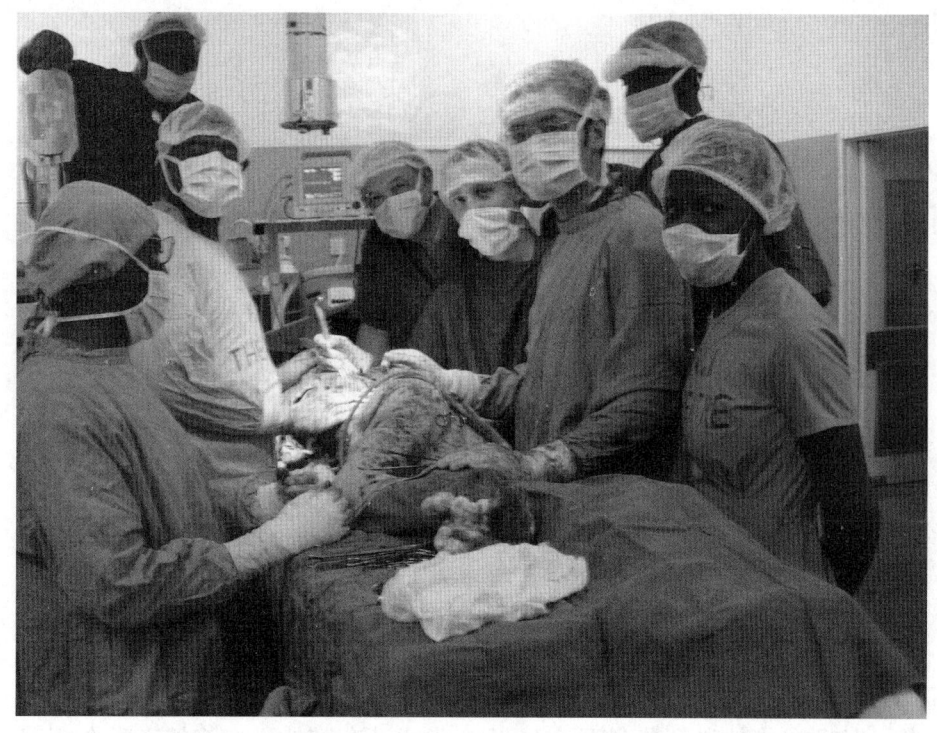
| 作者施行食道癌根治术

是食道癌大手术，也非常重视，积极配合。

手术前一天上午，我在医院走廊碰见院长齐琳奎，向他谈起次日食道癌手术的事。他问我怎么做，我说如何如何做。好久不来手术室的他，说到时候他也上台。

第二天我早早就来到手术室，齐琳奎、尼古拉、安德烈，还有刚果的麻醉师等都来了。麻醉后，我给病人摆好体位，然后消毒、铺巾。我与院长齐琳奎和乌克兰大夫安德烈上台，我原以为院长会自己主刀，没想到在手术台上他把手术刀递给了我。我欣然受命：切除左侧第七肋骨，打开胸腔，游离食道，切开膈肌，游离胃网膜，切除肿瘤，将胃上提在主动脉弓下与食道吻合。手术顺利，历时三个多小时。院长齐琳奎很高兴，外科主任尼古拉一直在旁边观看，在场的各国大夫和护士也大开眼界，因为他们很多人从来没有见过食道癌这样的大手术。

手术结束后很多人围着我问这问那，我一一做了解答。他们伸出大拇指对我说："Dr. Wu, You are great.（仵大夫，你真了不起！）"。那位在手术室工作几十年，退休后返聘的和我一起上手术台的男护士对我说，他在这个医院从来没有见过食道癌根治手术。

中国大夫救了我们一家

2006年12月3日,赞比亚最大的报纸《赞比亚时报》在周末版头版头条,报道了我成功切除患者腹部重达20公斤巨大肿瘤的消息,附有大幅照片,并在第六版做了专题评论,在当地产生不小的影响。

患者是一位名叫格兰黛丝年仅23岁的女性,5个月前因生产在恩多拉中央医院住院。在做剖腹产手术时,当地妇产科大夫发现患者腹部有一拳头大的肿瘤,请值班的乌克兰大夫尼古拉会诊。尼古拉的意见是只做剖腹产,肿瘤待手术三个月以后再说。三月后病人如期来院,没想到此时患者腹部隆得比足月妊娠还大,行走已非常吃力,不得不用手托扶着。面对如此巨大的肿瘤,尼古拉颇为惊叹,他让我发表意见。我为病人做了检查,腹部肿瘤虽然巨大,但尚有一定的活动度,可以手术探查。尼古拉说手术风险太大,不如先做针刺活检,如果是恶性,就放弃手术。这实际上是推诿,因为肿瘤生长如此之快,十有八九是恶性。

两周后,病检结果来了,报告为恶性肿瘤,病人被安排住在我管的女病房里。尼古拉

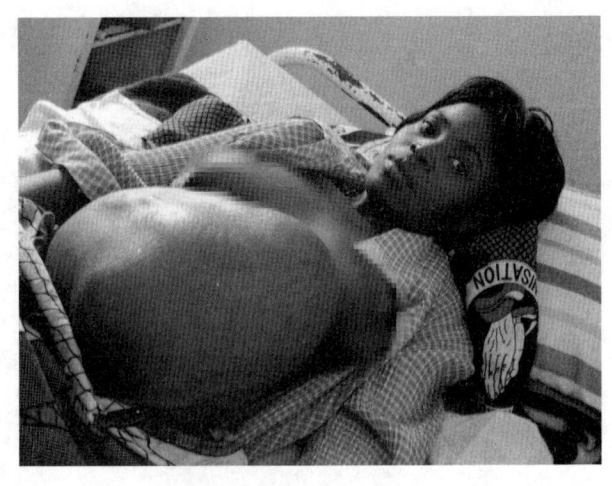

| 患者手术前

患者手术后

说该病人没有手术必要,要么转到首都赞比亚大学教学医院。但病人和家属要求做手术,并说没钱拒绝去首都,坚持要在当地做。还对我说通过前两次的接触,她们对乌克兰大夫不信任,非让我做不可。我对家属解释说,肿瘤是恶性,可能切不掉,手术风险很大,甚至会死在手术台上。但病人和家属说只要有一线希望,她们也愿冒这个风险,因为如果不做手术病人也只有等待死亡。

看到病人和家属对我如此的信任,我决定尽我全力为病人做好手术,因为这也关系中国大夫的声誉。

11月30日,在做了充分的术前准备后,我给病人做剖腹探查。切开腹壁,血管非常丰富,出血较多。打开腹腔,发现肿瘤为实质性,很硬,来自腹壁,与腹腔脏器侵犯不多,较顺利地切除了肿瘤。由于肿瘤巨大,出血较多，手术输血400ml。术后称量肿瘤标本，重达20公斤。

这么大的手术我放心不下，晚饭后我便到医院去看望病人。此时病人已完全苏醒，精神状况很好，就像孕妇刚生完孩子一样如释重负，脸上带着喜悦。她的母亲一见到我就给我跪了下来，万分感激地说："非常感谢仵大夫，感谢中国政府派来的好大夫，挽救了我女儿的生命，也救了我们一家。要不然，我会失去女儿，孩子会没有妈妈。"她的弟弟说，中国的医学这么先进，问我他怎么能去中国学习医学。

三天后，《赞比亚时报》报道了此事，医院不少人见了我就伸出大拇指称赞，格兰黛丝也一下子成了新闻人物，很多人到病房来看望她。她的母亲逢人就说，是中国大夫救了她女儿，也救了她一家，每次查房见到我都要感谢一番。

两周后病人痊愈出院。后来得知，出院后母女俩又去了当地一家基督教广播电台，现身说法，说是在她们的虔诚祈祷下，上帝借中国医生之手，治好了她女儿的病。

夜 诊

——记妇产科大夫俞梅

白天值班累,和衣刚入睡。
夜半叩门急,惊梦闻犬吠。
又是有急诊,慌忙披衣起。
询问来者谁?答者气喘吁:
"有一初产妇,生命在危急。
子宫大破裂,手术非得你。"
生命攸关天,哪管困顿疲。
一脚踏门外,天寒夜又黑。
快步奔医院,一切顾不及。
病人床上躺,脸色无生机。
血压不平稳,脉搏快又细。
赶快排手术,又把血来备。
赶到手术室,不巧无氧气。
若要再迟疑,危命在旦夕。
生命诚可贵,一切不足惜。
再也无退路,病情把人逼。
迅速上手术,快速来处理。
准确止住血,方才缓口气。
……

输血未完毕,病人转安危。
心跳强有力,脸色红润起。
手术刚结束,人人夸赞你:
"中国好医生,医德高尚美。
技高人胆大,生命创奇迹。"

(注:俞梅大夫是河南省洛阳市妇幼保健院业务副院长;第13批援赞比亚医疗队副队长;主任医师。)

我与艾滋病的亲密接触

非洲是艾滋病的发源地和高发区，要去非洲的人都知道那里艾滋病的危险。2001年我赴厄立特里亚参加援外医疗工作，在去之前，作为医生的我对艾滋病有高度的心理戒备。刚下飞机，就觉得自己到了一个艾滋病的国度，空气中仿佛弥漫着艾滋病的气息。在厄立特里亚的两年中，每次查房和检查完病人，我都要洗手或用酒精搽手。手术中有三次被针和手术刀片刺伤，术后化验病人都是艾滋病阴性。出国前我从来没有见过艾滋病病人，但我在这里急诊科看到一个割喉自杀的艾滋病病人。当地护士告诉，病人因忍受不了艾滋病的痛苦而自杀，我感到了对艾滋病的恐惧。

据官方报道，厄立特里亚艾滋病的感染率为3%，但实际上大约有10%左右。由于手术前都不做艾滋病检查，两年中我在外科明确知道感染艾滋病的病人不到十例。两年工作结束回国之前，我自己做了一次艾滋病检查。当我到厄国家检验中心取检查结果时，看见登记簿上多半是用红笔标记的阳性病人。我感到惊讶，问工作人员，怎么会有这么多的艾滋病病人呢？他告诉我，非洲医疗资源有限，只有对临床上高度怀疑的病人才做艾滋病检查，所以阳性结果多。当我看到自己的检查结果是阴性时，仿佛自己从艾滋病人群中逃出来一样。

2005年我参加援赞比亚第13批医疗队。因为有在厄立特里亚工作经历，我自认为非洲的艾滋病不过如此。可到了赞比亚，情况却完全出乎我的意料。大街上、宾馆、饭店、学校、医院、车站等公共场所，到处都是艾滋病的预防宣传标语和漫画，告诉人们哪些行为会传播艾滋病，哪些行为不会传播艾滋病，怎么预防艾滋病等，厕所里也免费放着安全套。到了医院以后，发现内科住院病人大多数是艾滋病病人，因为隐私的原因，外科手术病人术前都不做艾滋病检查。

　　我所在的恩多拉中央医院病人很多，不论是门诊、急诊还是病房，病人总是排队等候。当地医生护士每次给病人做检查和操作前都要戴手套；做完手术搬病人，他们总是先要戴上手套才搬病人，否则他们是不碰病人的。有一回搬病人，我没有戴手套，护士批评我不按医疗操作程序来。我知道这里艾滋病人多，每次接触处理完病人后我都要洗手。我觉得为搬个病人浪费一双手套不值得，搬完后马上洗手不就行了吗？后来想人家是有道理的，预防为先。如果我手上有微小伤口而没觉察到，不戴手套是有感染风险的，事后洗手不能完全起到预防作用。而先前我们在国内的教育是如果你戴手套，病人会认为你嫌他脏，嫌弃他有病会传染；为了体现对病人的关怀和亲密关系，打针、抽血、换药、检查病人伤口等与病人密切接触的操作都不戴手套。

　　三个月后的一天，我在给一位56岁女病人做胆囊手术时，缝针时不慎将手指刺破出血。我当时并不紧张，因为这种情况在国内也常发生。当我准备换双新手套继续手术时，小大夫和护士要我立即停下来，并帮我反复挤压针眼的出血，然后用酒精帮我消毒伤口后，我才换了双新手套继续手术。做完手术，护士给病人抽血，做艾滋病检查。

　　下午我和小大夫去化验室取结果，化验单上用红笔写着"Reactive"。我当时没有明白过来，我知道阳性是"Positive"。当小大夫告诉我这是阳性时，我一下子懵了，怎么会是阳性呢？小大夫安慰我说，别太担心，这种情况一般是不会感染的。他拿着化验单带我到医院的艾滋病感染控制室。工作人员询问我是怎么暴露的？当时怎么处理的伤口？多长时间了？我一一做了回答。她又查看我的伤口，问我是不是艾滋病阳性？她说如果我是艾滋病阳性，就不需要进行艾滋病暴露后的药物预防了（PEP）。我感到很不解，我说我怎么会是艾滋病阳性呢？她说那不行，你得化验。这样我又去化验室抽血化验，半个小时后结果出来是阴性。我们拿着我的化验单再次来到感染控制室,她看了结果,给我拿了两种药物让我服用,说这些药物的副作用很大,头晕、呕心、呕吐等,但你要坚持服用,疗程是4周。你不用太担心,一般是不会感染的,"God bless you"(上帝保佑你)。

我拿着药,踉踉跄跄回到驻地,马上服用后,就倒在床上休息。虽然累了一上午,但怎么也睡不着。心想那个病人怎么会是艾滋病呢?她看上去和健康人没有什么两样。我怎么这么倒霉,就摊上这事呢?如果我感染了艾滋病怎么办?我能活多久?这可不是一般的传染病啊!

如果我感染了艾滋病,病人肯定不会让我给他们看病,谁会愿意让一个感染艾滋病的医生为自己开刀手术?这样我会因此失去工作的权利;如果我感染艾滋病,我的朋友和同事会远离我,虽然他们都知道,艾滋病不会通过一般生活和工作接触传播;如果我感染了艾滋病,我会背上生活不检点的骂名,谁知道你是通过什么途径感染的;如果我感染了艾滋病,我的妻子会怎么想,她能接受我吗?她会跟我离婚吗?想到这里,我流出了眼泪。如果真是这样,那我活着还有什么意义?我想起那个割喉自杀的病人。

非洲艾滋病人多,人们不太歧视艾滋病人,即使感染了艾滋病也可以照常工作,我们恩多拉医院就有这样的医生。如果那样的话,我还不如留在非洲继续工作,我想国内卫生部门会同意我继续留任医疗队的。我会和妻子离婚,不想连累她,让她开始她的新生活。我不愿意孤单,也不能把艾滋病传染给别人,这是做人的底线。我会找一个当地女性艾滋病人做我的妻子,同病相怜,相互帮扶,共度余生。

想到这里,泪水湿润了我的双眼。我现在该怎么办?为了不被感染,我只能坚持服药,不管它的副作用有多大。我家信仰天主教,我向全能的天主祷告,求圣母玛利亚救救我,我是无辜的,如果能让我不感染,我愿意竭尽全能、为上帝做一切的事情。

不觉间到了晚上,晚饭我也不想吃。几个同事过来看望我,他们都安慰我说不要紧,一般不会感染的,过去曾有老队员发生过这样的事情。一般不会感染，万一感染了怎么办？只有当事人才能真正体会到那种复杂的感受。晚上我在床上翻来覆去，胡思乱想，一夜都没怎么睡。夜间下床去卫生间，觉得头晕目眩，天旋地转。

第二天上班，仍然头晕目眩，走路都不稳。科里的大夫和护士都安慰我，说只要坚持服药，不会有事的。一位护士对我说，你是无辜的，是为治疗病人而暴露的，上帝会保佑你平安无事的。我感谢他们的关心和安慰，但愿我能平安无事。

就这样每天早晚2次我坚持按时吃药，但头上像戴了紧箍咒一样难受，每天都头晕目眩，恶心欲吐，但又吐不出来，食欲不振，体重减少了4斤。我每天3次向上帝祷告，晚上躺在床上看《圣经》，星期天去教堂望弥撒，求上帝保佑我。2周后，药物的副作用稍小了些，但还是很难受，觉得头晕、恶心想吐，胃里像有水在晃荡。时间一天天过去，就这样艰难的4周我终于坚持过来了，停药之后，很快感觉好多了。

艾滋病感染有3个月的窗口期，在窗口期内，即使感染了艾滋病，用通常的方法也检查不出来。3个月的窗口期过后，我怀着复杂的心情到检验科复查。我是一个人去的，怕万一结果是阳性，我不想让别人知道。抽完血之后，我在医院走廊的椅子上忐忑不安地等待着化验结果。我的心情再次回到当初的感受，万一我感染了怎么办？半个小时后，当护士告诉我化验结果是阴性时，我并没有马上高兴起来，而是又仔细地查看化验单，当我清清楚楚地看到化验单上用蓝笔写着的"Negative"（阴性），我才高兴起来，真是喜出望外，我像获得新生一样，对护士连说谢谢，谢谢。走出医院，我觉得白云在蓝天上飘动，鸟儿在树上欢叫，生活是那么美好！

可这样的日子没能持续多久，2个月之后，我又一次地发生了艾滋病暴露。这是为一位36岁的食道癌女性病人手术时发生的。食道癌在这里很少见，听说多少年这里都没有人做过。我很兴奋，手术中专心致志，太投入了，把一切都忘记了，连针扎到手都没有觉得。手术结束时，我发现所戴的两层手套破了，手指有针扎的针眼，指头上有血迹。给病人化验,是艾滋病阳性。我根本想不到这个36岁看起来很健康的人,怎么能是艾滋病人呢?我的心里浮想联翩,又有了第一次的感受,万一感染艾滋病了怎么办?我的工作、我的家庭怎么办?我能活多久?

但既然是艾滋病,就必须再服用1个月的预防性药物,药物的副作用仍然和上一次一样的难受。但这次有人告诉我,艾滋病暴露后服药的人,由于副作用严重,可以在家休息2周。就这样,我在家休息2周后又上班了。坚持服用完1个月的药物,3个月之后化验结果是阴性,我为自己庆幸不已。

赞比亚病人很多,手术根本做不完。我有时心情急躁,奋不顾身,加上医院的手术器械都老掉牙了,有的比我们队员的年龄还大,持针器夹不牢缝针,经常滑脱误伤。这里的操作不是国内的缝一针穿一线,而是缝针尾巴上带一根线连续用,打结时不慎就会扎到手上。另外这里小

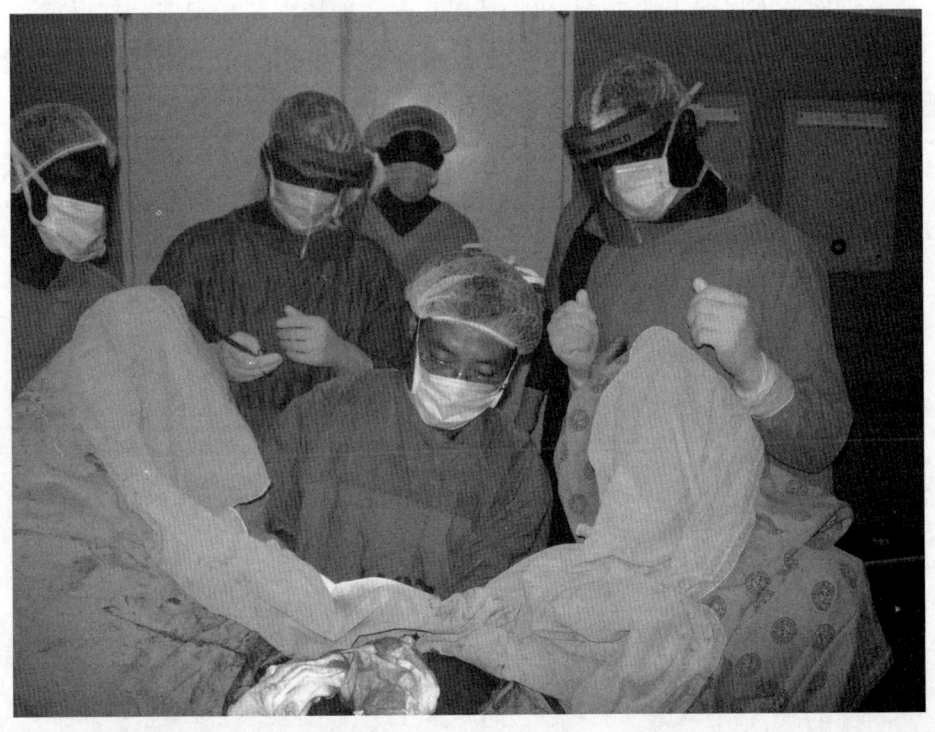

| 腹会阴联合直肠癌根治手术

大夫经常轮换，配合不好，也很容易扎到手上。在赞比亚的4年里，在我身上发生这样的医源性艾滋病暴露8次，其中5例病人是阳性。每次服药都非常难受，最后一次我实在忍受不了了，只服了2周就不再服了。我对自己说听天由命吧。

每次暴露后我都感叹自己的不幸，怎么又是艾滋病？我服着药流着眼泪骂自己太笨，怎么就这么不长记性呢？乌克兰籍外科主任尼古拉开玩笑对我说，你应该戴双金属手套（Metal glove）。

妇产科、骨科等手术科室的医疗队员，大都有过艾滋病暴露的经历，但都没有我的次数多、吃药多。我问他们暴露后的感受和想法，他们说的都和我一样，如果真感染了，就永远地留在非洲工作，因为在国内你无法融入社会群体，你会成为孤家寡人，更谈不上为社会作贡献了。

我庆幸自己在赞比亚4年里暴露那么多次，没有感染上艾滋病。后来我又去埃塞俄比亚工作4年，又有3次扎手，但病人都是阴性，我也没有服药。我对其他队员说，如果我没有感染上艾滋病，你们都不会轻易感染艾滋病的。我们援埃塞俄比亚第17批医疗队队长王进宝大夫，手术时病人的血液不慎溅进眼睛，术后化验病人是阳性。他开始服药，药物的副作用让他难以忍受。他说他服用1疗程药物都这么难受，问我是怎么忍受4次。我说谁都宁可忍受1个月的药物难受，也不愿后悔一辈子。除了忍受，你别无选择。

艾滋病对医疗队员的压力由此可见一斑。我现在都难以想象，我当时是怎么坚持服用了4次半疗程药物的。作为医疗队员，并非自吹自擂，我真要为自己点赞。

搏击艾滋在非洲

我国援外医疗的非洲国家，大多是艾滋病的高发区，有些甚至高到可怕的程度。在赞比亚，普通人群艾滋病的感染率高达27%，而病人中的艾滋病发病率就更高了，甚至高达60%—70%。出国以前，我们都接受过有关艾滋病知识的培训。作为医务人员，最主要的感染途径还是经血液感染。在非洲，医疗队员们每天都跟病人打交道，病人的血液、体液、分泌物，都是艾滋病的感染源。在我认识的手术大夫中，几乎都有过手术中被手术器械或碎骨片刺破手的经历。如果手被扎破，你的心情马上就沉重下来，直到得知病人化验结果是阴性为止。第一次遭遇艾滋病暴露，我觉得天就要塌下来了，几乎所有的人都觉得一旦感染上艾滋病，就不回去了，永远留在非洲工作生活。

我们的副队长俞梅手术中手被扎破，术后化验病人艾滋病抗体为阳性，得知后她几乎哭了。我在这里工作的4年里，手术中手被扎过8次，术后化验病人5次都是阳性，每次被扎后思想负担都非常沉重。好在现在有了预防性的药物，如果在24小时内服用，可以大大减少艾滋病感染的几率。但这需要服药1个月，服药后头晕目眩，恶心呕吐，严重的副作用让人几乎难以忍受，医院为此可以让暴露者休息2周。听说以前医疗队有一位骨科医生，给病人做骨折内固定手术时，不慎被钢针穿透了手掌，病人是艾滋病抗体阳性。他心情格外沉重，觉得天塌下来了，多少天躺在床上都起不来，那时还没有暴露后预防的药物，他好像感到自己的末日到来了一般。幸运的是几个月后化验正常，没有感染上艾滋病，他有一种大难不死，重获新生的感觉。

在非洲，艾滋病属于个人隐私，他人无权过问。医生询问病史，常得不到真实的回答。即使在手术中手被扎破，要想检查病人是不是艾滋病，也得征求病人的同意才行。在赞比亚，医疗资源极度匮乏，病人术前一般只做个血常规检查，其他检查基本上不做，更谈不到给每个病人都做艾滋病抗体检查了。医生只对可疑病人做检查，可即使阳性又能怎么样呢？手术还得照样做。所以也就都不做艾滋病检查了，只能把每个病人都当做艾滋病人来对待。在我们接诊的病人中，你无法知道哪个是艾滋病感染者。每三个病人中，至少就有一个是艾滋病感染者。你一看到骨瘦如柴、脓肿、全身淋巴结肿大或一些"怪病"的病人，多半都是艾滋病病人。我们哪一天不接触十几个这样的病人，也就是说我们每天都在艾滋病的海洋里与艾滋病浴血搏击。来赞比亚之前看过一篇文章，说的是医疗队员给一位艾滋病病人做手术，颇感惊奇。来之后发现这里艾滋病太普遍了，简直就是家常便饭。但作为援外医疗队员，我们无法回避，只能时时留心，处处防护，好自为之。据说医院里就有医护人员因操作感染艾滋病，但感染率到底有多少，尚不得而知。

作为医务人员，谁能保证自己在医疗操作中不会有意外失误呢？在赞比亚，当地医生的工资比我们在国内的工资要高好多，甚至比我们医疗队员的国内外津贴还要高。但他们多半都跑到南非、博茨瓦拉、纳米比亚等国家去挣比他们在国内高两三倍的工资，而把自己国家这些多灾多难的病人，留给我们援外医疗队员和外国打工医生。作为中国政府派遣的医疗队员，我们义无反顾地承担起这高风险的工作。

赞比亚的疟疾

我参加援外医疗队去过三个国家：厄立特里亚、赞比亚、埃塞俄比亚。非洲是疟疾的高发区。2000年我第一次参加援外医疗队在郑州的出国培训期间，卫生厅邀请河南省防疫站（现在的省疾控中心）一位刚从厄立特里亚回来的专家，给我们讲解疟疾的防治知识。他是应厄特卫生部邀请，在那里进行了为期三个月的疟疾防治培训。他对我们讲厄特首都阿斯马拉海拔2500米，是高原气候，那里没有疟疾，但其他丘陵平原和沿海等天气比较热的地方疟疾不少。到厄立特里亚以后，我们18名队员都在首都工作，两年中没有人得过疟疾，但不时会有首都之外的中国人来医疗队治疗疟疾。

2005年我参加援赞比亚医疗队。去之前知道赞比亚是疟疾高发区，但我并没有太当回事。因为有那么多的中国人在那里，不少人得过疟疾，即使得上疟疾，也应该不要紧。虽然有思想准备，但我还是没有想到赞比亚的疟疾如此之多，如此之严重！

我们7人被分配到铜带省的恩多拉中央医院工作。上班不到一个月，我们的副队长俞梅就出现发热、头疼、乏力、全身不适等症状，到医院检查是疟疾。虽然我们上大学时都学过有关疟疾的知识，但工作20年都没有人见过，现在在这里第一次见识了疟疾。后来我们医院7个人陆陆续续都得了疟疾，但各自的症状不尽相同。有人全身不适、发热，一查就是疟疾；有人咳嗽老不好，一查是疟疾，吃药就好；有人耳鸣，一查又是疟疾，吃药就好了。大多数觉得像感冒症状一样，很少有像教科书中所讲得那样典型。好在这里的疟疾似乎不像人们想象那么严重，大多数像普通感冒一样，吃几天药就好了。

疟疾俗称"打摆子"，发作时忽冷忽热，全身发抖，最后高热，大汗淋漓。教科书中讲的疟疾一般分三种：间日疟（隔一天发作一次）、三日疟（隔两天发作一次）、恶性疟（每天发作）。疟疾发病有规律——（1）寒战期：全身颤抖，下颌抖动、皮肤起鸡皮疙瘩，盖再厚的被子仍然喊冷；（2）发热期：寒去热来，体温高达40度以上，面部潮红，口渴喜饮凉水，心率达120次/分以上；（3）多汗期：体温急剧下降，大汗淋漓，衣服湿透。但这些典型的疟疾发作在赞比亚很少看到，因为赞比亚多是恶性疟疾。间日疟和三日疟不经治疗，一般6—8周后多能自行缓解；而恶性疟不经治疗，难以自行缓解，这也是赞比亚疟疾致死率高的原因。

在非洲，发病率和致死率最高的不是令人谈虎色变的艾滋病，而是这个由蚊子传播、肉眼看不见的小虫子引起的疟疾。艾滋病是可以预防的，它的发病是有特定的人群，即使得了艾滋病，以现在的医疗水平，存活十几年是完全可能的。而疟疾由蚊子叮咬传播，即使晚上有蚊帐，也不能完全防范，白天随时都可能被蚊子叮咬，所以防不胜防。疟疾的发病率和死亡率都很高。有一次我参加医院的病例讨论，一个月全院竟有28例病人死于疟疾！令我十分惊讶。在赞比亚，每年都听说有中国人因疟疾死亡，多是耽误治疗导致病情恶化。

外科护士玛格丽特曾对我说，她弟弟前年8月份去北京出差，突然发病，高热、抽搐、昏迷，在北京的医院治疗，很快就死亡了，问我可能是什么疾病。我说可能是流行性乙型脑炎，因为乙脑发病就在7、8、9这三个月。后来我看到一个报道，说有一个从非洲回去的中国人在国内发病，高热、昏迷、抽搐。当时是盛夏，正是乙型脑炎的发病季节，医院按乙脑治疗，后病人死亡。后来医院讨论病例，发现一些化验检查与乙脑不符，追问病史才了解到此人刚从非洲回来不久，很可能是脑型疟疾，因为脑型疟疾和乙脑的临床表现极为相似，国内没有疟疾，意识不到此病，导致误诊误治死亡。后来想她弟弟可能死于在非洲感染的疟疾。

我们的副队长俞梅大夫春节回国休假，在家里发热、头疼、全身不适,自己怀疑是疟疾。可跑了洛阳市好几家大医院检查,医院检验科人员都不会查疟原虫,因为国内几十年都没有疟疾了。她自己想按疟疾治疗,可各大医院都没有抗疟疾药物,最后在洛阳市疾控中心终于找到了药物。我汲取了她的教训,每次回国休假都要带抗疟疾药物回去。2007年我暑假回国,在家里发热、全身不适,我就自己服用带回的抗疟疾药物,几天就好了。

2009年春节,我妻子和女儿来赞比亚探亲。有一天夜里女儿全身发冷、寒战、牙关直打哆嗦,捂着被子还喊冷。我知道她是得了疟疾,给她拿来抗疟疾药物,坚持服用几天后好了。

我们恩多拉点上的一位大夫,在工作后期患上了疟疾,发热、头晕、全身不适,非常难受。经口服抗疟疾药物治疗一疗程,无明显好转,化验还有疟原虫。后来又多次服用其他的抗疟疾药物治疗,也没有效果。在万般无奈的情况下,只有应用奎宁静脉治疗。奎宁副作用很大,输液治疗需要住院。住院期间,他全身无力、头晕、恶心。想起此前不久手术时针扎破了手,病人是艾滋病人,他怀疑自己是不是感染上艾滋病。他的艾滋病抗体检验是阴性,由于在窗口期,这不足为凭。但他的CD4细胞只有300,这是免疫力下降的指标,艾滋病病人低于这个数字是要开始治疗的。他吓坏了。我又带他到50公里外基特韦的中赞友好医院检查,也是查不出CD4细胞降低的原因。他又怀疑自己是艾滋病窗口期,按抗体查查不出来,我们又去条件较好的恩多拉儿童医院去做艾滋病抗原检查。3天后结果出来了,是阴性,他病情好了一半(心理因素)。虽然排除了感染艾滋病的可能,但第二天他的病情依旧,就这样一直拖拖拉拉不好不坏的,最后几个月也一直没法上班。现在他提起赞比亚和疟疾,还心有余悸。

河南省援外医疗已经42年,所援助的埃塞俄比亚、赞比亚、厄立特里亚医疗队,各有一名队员牺牲。埃塞俄比亚和厄立特里亚的队员都是因为车祸,而赞比亚的是因为疟疾。第9批医疗队队员陈雅丽在赞比亚发病,时间较长,按疟疾治疗,有所好转。后来因劳累,再次发病、发热、全身不适、腹痛，并出现腹膜炎症状。开腹探查，腹腔有渗出液，没有发现明显异常，治疗无效死亡。后来推测，是疟疾病情加重，引起的腹部病变，导致死亡。

  赞比亚的疟疾如此之多，防不胜防。我在赞比亚4年，得过10多次疟疾。有人开玩笑说，没有得过疟疾，就不算到过赞比亚。虽然及时治疗一般不会出现严重后果，但每年都有中国人因疟疾死亡。每当听说同胞因疟疾客死异国他乡，我们的心情都非常沉重，他的家人会多么的悲伤啊！赞比亚的疟疾像普通感冒一样常见，多数都不太严重，但疟疾毕竟不同于感冒，若治疗不及时，会出现严重的后果甚至死亡。我们援外医疗队员，为了非洲人民的健康，自己也冒着不小的风险。但这是医疗队员的职责，也是医疗队员的崇高和光荣之处。

在非洲亲历传染病

2005年元月，我再次参加援外医疗队来到赞比亚。赞比亚地处撒哈拉沙漠以南的艾滋病高发区。据赞比亚官方公布的数字，艾滋病感染率高达27%。刚到赞比亚，大使馆的人员就告诉我们，除艾滋病以外，这里疟疾非常多，几乎每个人都要得。还说有一种通过芒果蝇传播的疾病，衣服如果晾在外边，芒果蝇会在衣服上面产卵，人穿衣后苍蝇卵和皮肤接触，虫卵便会孵化生长，钻入皮下，在人体皮下生长成蛆。所以一定不要把衣服晾晒在屋外；在屋外晒过的衣服一定要用熨斗熨烫后再穿。

11月是赞比亚雨季的开始，也是芒果成熟的季节。一天我突然发现大腿内侧起了一个大疖子，红红的，但不疼痛。吃了几天抗菌素也没有动静，又过了几天，开始一阵阵疼痛，过去了又不疼了，并发现顶部流清水。我用针挑开，发现一条像蛆一样的虫子，我这才想起刚来时人们所说的芒果蝇病。挑出虫子后不久就好了，我不知道怎么能跑到这个特殊的部位。后来想起我曾把手术衣带回家，洗后在太阳下暴晒，可能是芒果蝇在衣服上产卵，由此感染的。

雨季不久，听说我们医院就发现好几例霍乱，后转到传染病医院。有报道首都卢萨卡有70多例，死了不少人。卢萨卡城市的排水系统不畅，雨季时雨水横流，霍乱病菌随着水源四处传播，每年都要爆发，都有死亡，想起这些真可怕。我们被告知不要饮用生水，一定要烧开后再饮用，好在我们中国人没有饮用生水的习惯，我们免于此病。

赞比亚与刚果（金）是邻国，我们铜带省和刚果（金）接壤。听刚果（金）小大夫说，刚果（金）有埃博拉烈性传染病，死亡率很高，不时有

作者与刚果（金）大夫

小范围流行，人们谈虎色变，所幸在赞比亚没有发现过。

很多中国人来非洲之前都打听，前往的国家有没有中国医疗队？有没有中国人开的诊所？如果有，他们心里才踏实些。因为在非洲，很多传染病得不到控制，一旦感染，生命很难得到保证。

亲历四次交通意外事故

我国对外医疗援助已走过50多个年头，有50多名援外医疗队员牺牲在异国他乡。他们牺牲的主要原因不是枪声四起的战乱或谈虎色变的传染病，而是车辆交通意外事故。河南省援外医疗工作40年，援助3个国家，有3人在非洲牺牲，其中2人死于交通事故，他们是第一批援埃塞俄比亚医疗队队长梅庚年，第二批援厄立特里亚医疗队翻译唐秀荣。我当时在厄特参加了对唐翻译的抢救并于后出席葬礼，后来在埃塞又多次为梅庚年烈士扫墓，所见所闻，终生难忘。所以，历届医疗队都对车辆安全尤为重视，每个队挑选安全意识强、驾驶技术高的队员作为医疗队兼职司机，并上报卫生厅和卫生部备案，其他队员除特殊情况一律不许开车。

我在赞比亚4年，亲身经历了4次危险的交通事故，虽然最后没有出现大的伤害，但回想起来还是让人非常后怕。

2005年"五一"节，队里分两批组织医疗队员到赞比亚最有名的旅游胜地利文斯顿去旅游，那里有世界第二大瀑布——维多利亚大瀑布。利文斯顿位于南方省，距首都约300公里，距我们铜带省700多公里。5月4日我们第二批队员从铜带省出发，由基特韦点分队长庄志刚驾驶车辆到首都卢萨卡，稍作休息后由队长李彦伟亲自驾驶去利文斯顿。车上有12名队员，当行驶到距利文斯顿150公里的地方，队长突然刹车，把车停了下来。我们当时还没有反应过来是怎么回事，队长神色紧张地让大家都下车，说车胎爆了。我们下车后发现车辆左后轮胎爆了。队长忙让大家在车辆前后用树枝设置障碍物做标志，然后从取下备用轮胎，用千斤顶顶起车辆，取下爆胎，换上备胎。为了防止再出现爆胎，我们又跑了几个地方买了备用轮胎，然后才继续赶路。

事后队长告诉我们，当时车胎爆裂时他非常紧张，采取缓点刹车的办法，使车辆平稳停下来。要知道当时车速110公里，若处理不当，会造成翻车事故，后果不堪设想。我们这才明白当时的危险，不由得出一身冷汗，想想真后怕。

第二次意外事故发生在我和医疗队副队长兼恩多拉点分队长俞梅，从卢安夏回恩多拉驻地的途中。当时我开着我们点上的中巴车，车速80多公里，突然我觉得车辆向左边倾斜，车速也慢了，就缓缓把车停在路边，下车后查看，发现车辆左前轮胎爆了。我和俞队长都是第一次换备胎，中巴车底盘高，千斤顶顶不起来，我们在路旁捡了一块宽扁的石块，垫在千斤顶底下，这样成功地更换了备胎。

第三次意外真是太危险了。2007年5月，新一批医疗队员抵达赞比亚，李彦伟队长让我和留任卡布韦的老队员霍开明到首都开会。回来时队长让首都留任的老队员栾春明把在首都维修过的卢安夏点的车辆送回来，我们顺便坐这辆回来。在离开首都卢萨卡大约80公里的地方，车辆左前轮胎突然爆裂，紧接着右后轮胎也爆炸，当时车速很快，突然失去控制，我们的车辆翻了两个滚，侧翻到右前边的路沟里。车体已经严重变形，左侧车门朝上，前窗玻璃破碎，扎在司机栾春明和副驾驶位我的头上。栾春明让大家动动胳膊和腿，看有没有严重受伤。所幸我们都系着安全带，除了栾春明和我头上有一些玻璃轻度划破伤外，别无大碍。途经的车辆停下来，司机帮我们打开车门，我们才慌恐狼狈地从车里逃了出来。我们急忙给李彦伟队长打电话，当时他正领着新队员参观赞比亚大学教学医院。得知此事后他非常紧张，赶来看到我们三人并无大碍时，才舒了一口气，最后把车拖到首都维修。

第四次是我和队员范解放从基特韦回来的路上。我们乘坐当地的公交中巴车，眼看就要到恩多拉了，车厢里突然有一股烟的味道，越来越浓，最后从车底下冒出一股黑烟。这时人们才意识到车辆出问题了，赶紧让司机停车。车辆一停，人们慌忙逃出车厢，跑到远处，最后看到车辆被浓浓黑烟笼罩，好在没有燃烧和爆炸，我们也是有惊无险。

　　非洲天气炎热，常年处于高温状态，轮胎很容易老化爆裂，这是事故发生的重要原因。另外，当地路上跑的车辆多是较陈旧的二手车，很容易发生故障和事故。我在赞比亚四年多，经历了这几次意外事故，虽然幸运脱险，但还是心有余悸。医疗队员的平安是国家和每个队员家庭最大的愿望和期盼。

中秋月下会诗友

这是我们来赞比亚后的第一个中秋节,早在一个月前我就开始惦记。平常工作忙,计划着一定好好过一个节日。一周前我们去基特韦玩,邀请那里的队友们到我们恩多拉一起过中秋节,他们愉快地答应了。可到了中秋节的前三天,他们突然来电话说有事来不了,我感到很失望。这年的中秋节是星期天,周六又不上班,所以周五下午有人就走了。到了周日中秋节当天,医疗队驻地就只有我一人在家里值二线(On Call)班,偌大的院子冷冷清清,孤零零就只剩下我一个人。

古人云:"独在异乡为异客,每逢佳节倍思亲。"在遥远的非洲,适逢中秋佳节,我一个人的心情自然难受。上午我无所事事,找院子里给我们看门的保安聊天。下午,一个人在菜地里干活,打发寂寥的时光。晚上9点,驻地还没有人回来。月亮已经升起来了,非洲的月亮又明又亮,月光如水银一样泻在大地上。我一个人望着明月,平时不怎么喝酒的我也自斟自饮起来。想起今晚家乡的圆月,想起古人吟诗赏月,遂写了一首小词《忆江南·今夜美》,趁着酒兴不觉间用手机发给在首都卢萨卡的李彦伟队长:

"今夜美,月光如流水。遥望海上生明月,独酌月下思故里,今夜在哪里?

在哪里?他乡八千里。舍家为国离高堂,离恨别愁思妻女,何日归故里?"

李队长好像也是一个人过中秋节,似与我有同感。他随即回复道:

"逢佳节,倍思亲。身异国,尤为甚。悬玉盘,泻水银。鸿雁来,念伊人。"

十五的月光照得大地通明,似白昼一般。我啃着自己做的"月饼",坚硬无比,难以下咽,想到没有月饼的中秋真是索然无趣,就开始埋怨起队长。心想作为一队之长,又是上一队留任人员,他应该知道异国他乡队员们的感受,应该给大家提前准备些月饼,于是写道:

"有月无饼过中秋,兴味索然似谪囚。异国他乡明月下,独仰玉兔对酒愁。"

底下写道:"明年最好准备一些月饼。"

队长好像知道我的心情,也觉得这件事上似有欠妥,遂安慰我道:

"面包会有的,月饼也会有的。"

但我的心情还不好,也无心赏月,又写道:

"今夜月又圆,无心观赏。独自把酒对青天,凄凄惨惨。

佳节情更切,独自难眠。遥把伊人来思念,缠缠绵绵。"

可能是我的心情糟透了,我也没有想到我会写出这样伤感的句子。

队长回复道:

"有情天地宽,心越万重山。两情相寄若鸿雁,千里共婵娟。"

是啊,队长说得对,我何必这么伤感呢?苏轼说过:但愿人长久,千里共婵娟,此事古难全。我们这些援外医疗的白衣使者为了非洲人民的健康,为了中非友谊,舍小家为国家,虽然不能和家人团聚,但也应该无悔无怨。

"四朝元老"李彦伟

2004年12月底,我们援赞比亚第13批医疗队出国前的为期4个多月的培训工作即将结束。12月23日,卫生厅突然通知来自鹤壁市第一人民医院神经外科的孙双华大夫说,由于原医疗队队长李彦伟继续留任赞比亚工作,神经外科专业医生就不用去了。厅里对孙大夫说,他很优秀,两年后河南省对口援助的三个国家,可以任意选择。这是我第一次听到李彦伟这个名字。

2005年元月,我们援赞比亚第13批医疗队抵达赞比亚首都卢萨卡,李彦伟队长亲自到机场迎接我们。他50岁左右,中等身材有些清瘦,但精神干练。他老远就向我们打招呼,过来帮我们拿行李,招呼大家注意事项。初到异国他乡,大家都有些兴奋和焦虑的感觉。到宾馆安顿以后,李彦伟队长让大家每个人用他的手机,给家里打电话报平安,并和我们一起聊天,给大家介绍赞比亚的一些情况,让我们感到亲切。

后来得知李彦伟队长原是安阳地区人民医院业务副院长,神经外科主任医师。他是上一批赞比亚医疗队队长,本已完成两年的援外医疗任务准备回国,由于工作非常出色,直到最后赞比亚卫生部才强行挽留住了他,这也是孙大夫到最后未去赞比亚的原因。

第一次来到赞比亚时,李队长带领队员到赞比亚大学教学医院(UTH)参观了解情况。交谈中,他得知医院院长兰巴特和自己一样,都是神经外科大夫。由于有共同语言,两人相谈甚欢。最后,兰巴特院长向他提出请求,希望他能参与临床医疗工作,助自己一臂之力。

按规定,队长只承担队员的管理协调工作,不用参与临床治疗。兰巴特院长提出这样的请求实属无奈：当时，整个赞比亚只有他一名神经外科大夫，而他本人还要兼顾医院的行政管理事务，工作繁忙，分身乏术。考虑到对方的实际困难和需求，在征得国内同意后，李彦伟队长义无反顾地承担起了这份工作。

赞比亚大学著名非洲语言学家卡绍基教授患蝶骨嵴巨大脑膜瘤，赞比亚卫生部原拟让他到南非的医院手术治疗，可是卡绍基教授不想出国治疗，想在赞比亚国内的医院手术。这样的手术在赞比亚从来没人做过，即使在发达国家，此类手术也有很大的难度。卫生部的官员找到李彦伟队长，想知道中国专家能否完成这一艰巨任务。李队长认真地研究病情，充分地准备，经过6个多小时的手术，成功地为卡绍基教授切除巨大脑膜瘤，为此受到赞比亚国家电视台专访并播出，在赞比亚产生了很大的影响。

援外医疗队员每两年轮换一次，两年期满，由于医术高超，工作表现出色，兰巴特院长舍不得他走，并向前来考察工作的中方卫生部领导提出，希望李队长能够留在赞比亚继续工作，就这样他留在了赞比亚，而且一次又一次，他一直干了8年。

李队长还是赞比亚大学教学医院专家组成员，每个季度都要举行学术报告会。因为工作上的出色表现，赞比亚报纸和电视台多次报道他的事迹。在结束四届任期回国之前，赞比亚卫生部为他颁发了"神经外科领域杰出贡献奖"。

在国外工作，语言是第一位的。李队长是40年来河南省援助的三个国家医疗队中唯一没有翻译的队长，他兼任了翻译的工作，等于为赞比亚多派了一名医生。我过去曾在厄立特里亚医疗队工作过，自认为自己的英语还不错，见到他，方知天外有天，人上有人。刚到后不久，赞比亚卫生部长齐图接见我们医疗队队员。接见中部长用英语讲话，大家都不太听得懂，连我这个老队员也没全懂。而我们的李彦伟队长，代表医疗队讲话，不但英语讲得很流利，而且思路和逻辑十分清晰，令我们这些队员佩服不已。

后来有一次，卫生部和河南省卫生厅组成国内代表团，来赞比亚慰问医疗队员，团里有随行翻译。我们医院是赞比亚第二大医院，也是医疗队员最多的医院，由于时间关系代表团不能到每个医院一一慰问，就把铜带省三个医疗点的队员都集中在我们医院。在赞比亚卫生部官员的陪同下，代表团和我们14名队员与恩多拉医院的领导，在恩多拉医院的会议室举行座谈会。这是这次代表团活动中最大规模的会议。赞比亚卫生部领导主持会议，恩多拉医院领导汇报我们的工作。这是一次官方的正式会议，会议中需要把双方的语言互相翻译。随团的翻译很年轻，对于赞比亚人的英语发音和一些有关医疗方面的问题知之不太多，没翻译几句就有些跟不上了，而李彦伟队长及时准确又自然地接上了翻译，又把代表团领导的发言翻译成英语。他的翻译是那么的完整和准确，令我十分佩服。早前我也曾搞过一些英译汉的文字翻译工作，知道要把一种语言翻译成另一种语言，并不是一般人想象得那么简单容易。因为你只懂得原意是远远不够的，要把它翻译得准确流畅，不晦涩拗口，符合汉语习惯和语法，是很难的，更何况是实时现场翻译。我听到李队长每一句话，都翻译得非常恰当，滴水不漏，没有相当的汉语文字水平是做不到的。

在赞比亚的8年时间里，李队长与当地卫生部门接触，都是直接用英语交流，不论是口头对话的还是书面材料，都是他一人干。

在国外工作，不会开车就等于少了一条腿。出国之前，李队长就开车多年，有着丰富的驾驶经验。他的车就像他的人一样，经常保持着干净整洁。他开车时总是带着很薄的白手套，显得那么的潇洒干练。他经常检查车辆，稍有问题就即时处理和维修，不敢有丝毫的侥幸和懈怠。他经常嘱咐我们要严格执行车辆管理制度，注意行车安全，亲友们盼望着我们平安归来。

医疗队员在赞比亚四个省六个医疗点工作，距离跨度近1000公里。每一个季度，他都要驱车到我们各个医疗点看望慰问队员，检查指导工作、生活和学习。每次来前要准备好几天，给基层队员带生活物资用品和发放国外津贴。他先和会计出纳算好账目,这样下来后就能省些时间。他们来我们北部几个点,早上7点钟出发,自己开车。先到卡布韦点,那里离首都1个多小时,有我们5名队员。然后再驱车两个半小时到我们恩多拉,再一小时到基特韦,最后半小时到卢安夏。虽然出纳栾春平大夫也是队里的兼职司机,每天送队员上下班,但每次下来都是李队长亲自开车。

在赞比亚华人很多,李队长和医疗队也承担着为我华人的医疗健康服务的工作。同胞发生急性疾病、意外事故、车祸等情况,他们第一时间想到的就是李队长和医疗队。每当此刻李队长总是首先赶到抢救第一线,亲自或组织指挥队员积极救治,挽救了不少同胞的生命,这方面的故事太多了。李队长在首都多年,为华人在赞比亚投资提供建议、咨询和联络。2009年他还被推选为中国商会卢萨卡分会会长。

李队长还很有文学才华,他经常出口成章,妙语连珠。一次交谈中,他对我们说,到这个年龄,他已经把兴趣转向人文领域。他的散文《游莫西奥图尼亚大瀑布》,让我读着震撼,这是我读过的有关大瀑布最好的散文。2005年中秋节晚我一人在医院值班,明月当空,佳节思亲,我用手机给李队长发了我写的小诗。李队长即兴回复:"逢佳节,倍思亲。身异国,尤为甚。悬玉盘,泻水银。鸿雁来,念伊人。""有情天地宽,心越万重山。两情相寄若鸿雁,千里共婵娟。"让我敬佩之至。

李队长说他是完美主义者,任何事情都力求做到最好。他说任何事情都要尽量做得尽善尽美,但实际上,由于客观条件和各种因素的影响,你不可能做到尽善尽美,能达到80%就不错了;但如果你按80%的标准去做,最后可能就不一定合格了。这句话对我启发很深,尽管我至今仍然做不到。但他一直都是这样做的,这也是他为何能取得成功的原因。

援外医疗肩负着国家的政治使命和人道主义的双重责任,代表着国家的形象,医疗队内部管理又是一项十分艰难的工作。作为老队员,我对此体会很深。医疗队是一个临时集体,队员们来自全省不同的医疗单位。身在异国他乡,面对特殊的环境,两年漫长的时间里,远离家乡亲

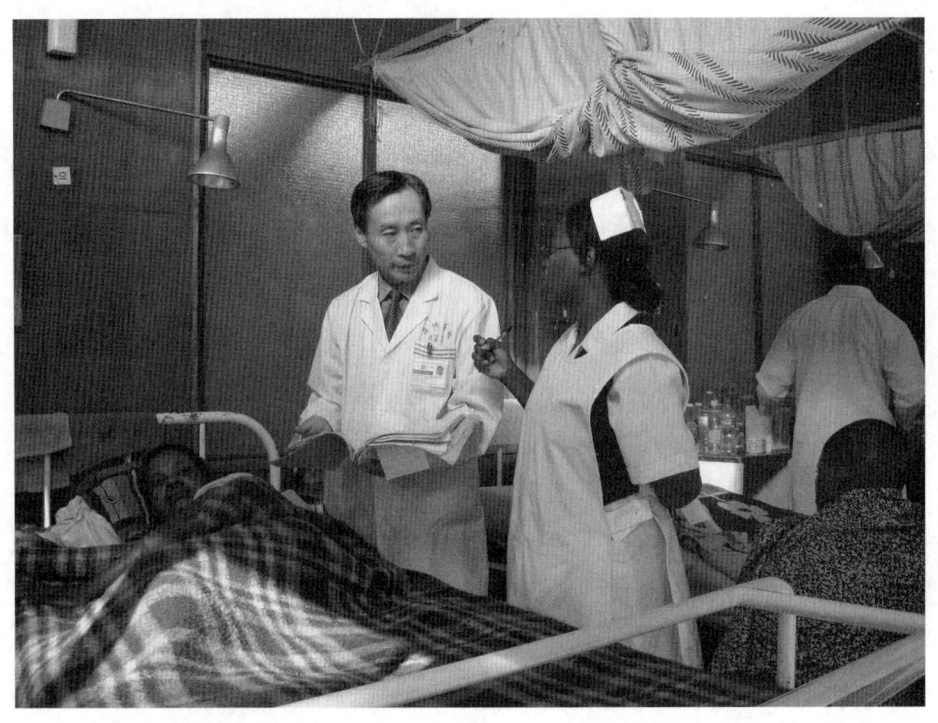
李彦伟队长查房

人，生理和心理都有很大的变化，管理实属不易。赞比亚医疗队28人，分布在4省7家医院里，管理十分困难。李队长以人为本，建立起了援外医疗队管理的良性运行机制，完善医疗队人、财、物的具体管理办法，严格车辆管理，预防意外事故发生。在生活上他处处关心，总是尽最大可能地为队员提供生活上的便利。在学习上热情鼓励，要求队员们加强政治、专业及英语学习，相互帮助，相互包容。他及时发现问题，积极疏导，化解矛盾纠纷。由于李队长管理有方，在长达8年的时间里，没有出现大的问题，多次受到大使馆和卫生厅的称赞，多届队员们对他的管理表示敬佩。

从2003年开始，李彦伟在赞比亚医疗队连续担任队长工作8年，没有专职翻译和司机，这在我国50年的援外医疗历史上是绝无仅有的。2007年第5期《半月谈》杂志，以"纪录10个中国人的非洲故事"为题，报道了他的事迹；2008年，他被评为河南省援外医疗工作先进个人、全国援外医疗工作先进个人；2013年他又被评为全国援外医疗工作先进个人。

2011年6月在医疗队工作即将结束之际，李队长的妻子被查出胰腺癌，他含泪交代了队里的工作提前回国，他觉得自己愧对妻子。卫生部和卫生厅领导高度重视，安排他们到北京协和医院住院治疗，请著名的专家手术。手术后李队长每天陪着妻子，后期恢复治疗、喂汤喂药，精心伺候，他知道自己欠妻子的太多了。一年之后，妻子去世了。过去有新闻媒体报道称李彦伟队长舍小家，为大家；而如今，他真正失去了自己的家，自己的妻子。

赞比亚是李彦伟队长援外8年的地方，他对援外事业和赞比亚都有深厚的情结。他在赞比亚的工作和生活可以说是：不辱使命，无私奉献，舍家为国，无悔无怨。

遭遇罢工

在恩多拉中央医院工作三个月后，我们对这里的工作基本上熟悉了。这里早上8点钟上班，行政后勤人员和护士一般都能准时上班，而有些医生总是姗姗来迟，快9点才到医院。

一个早上我去上班，医院看上去和平常一样，没有什么区别，我到医生办公室等候交班，可奇怪的是今天没有一个赞比亚大夫，只有几个刚果（金）的大夫。9点多钟了，只见院长兼外科主任齐琳奎匆匆赶来，连办公室也没有进，在门口说赞比亚大夫今天strike，大家都到病房去，让病人出院。我感到不解，strike这个词这么熟，怎么一下想不起来。问身边的刚果（金）大夫，他说赞比亚大夫嫌工资少，今天都不上班了，我这才知道他们是罢工了。其实这个词早就在中学英语课文里学过，这么多年不用忘记了。

院长解释说，从今天赞比亚医生罢工了，没有人工作，只好让还没有做手术的病人和轻病人出院。齐琳奎快人快语，和我们一起查看病人，自己亲自在床头为病人办理出院手续。病人听说要他们出院，显得很无奈，也没有不满或情绪激动的样子，看来这种事情在赞比亚经常发生，不足为奇。

处理完病人我问齐琳奎，你是医院院长，又是医生，如果大夫们的诉求得到满足了，你也有份，你是支持还是反对他们罢工？他说，我是院长，罢工对医院工作肯定有影响，但罢工是他们的权利，他们有自己的诉求，我不支持，也不反对，如果工资增加了也不是什么坏事。

我又问护士她们对医生罢工的看法。有个护士说，罢工是他们的事，与我们无关，不过他们罢工了我们也能少干些工作，说着笑了。我无语，在这里干多干少一个样，当然没有人愿意多干了，许多护士下班后在私人医院或诊所工作。

这次赞比亚医生罢工是全国性的。在首都医院工作李彦伟队长是老队员，曾多次经历过赞比亚的罢工。他上午打电话过来说，这是赞比亚内部的事情，我们对罢工不支持，不参与，不反对，不发表看法，要我们继续按医院的安排上班。

这里外国大夫很多，按有关规定，外国大夫在这里享受和本国大夫一样的待遇（我们医疗队除外），但不能参与罢工。也就是说，在赞比亚大夫罢工期间，他们要继续在医院上班。我们医疗队不能罢工，也不愿罢工，我们是来援助的，怎么能罢工呢？那样会影响我们中国医疗队的形象，何况我们在国内就没有见过罢工。所以我们和其他外国大夫一样继续工作。

由于赞比亚大夫罢工，医院工作都受到影响，门诊也取消了，各科室只能应付急诊，刚果（金）大夫参加急诊科和所在科室的值班，我们参与二线值班，但工作明显不忙了。这期间我遇到两个急腹症病人，带领刚果（金）大夫做手术。他们颇有怨言，觉得赞比亚大夫罢工，工作都让他们干了。我说他们也是为你们罢工，罢工成功了，你们的待遇也同样提高了，而我们依旧啥也没有，他不吭声了。

询问罢工的原因，小大夫说工资太低，现在物价不断在涨，原有的工资已经无法满足生活需要，要求增加工资。我能理解他们，刚毕业不久，工资和收入不高，要结婚、买车等，现在正是花钱多的年龄。

一周后赞比亚大夫都开始上班了，他们的诉求得到满足。从下月起，每个人的工资都增加了，不光赞比亚大夫，其他外国大夫都有，当然我们是没有的，因为我们是来无偿援助的。

这是我平生见到的第一次罢工，没有吵闹，没有冲突，没有物品破坏，很平静，有组织性。医师协会提前向卫生部递交了罢工的正式材料，他们接受罢工，罢工后又恢复平静地上班，没有秋后算账、开除、记处分等，和我们过去课本上讲的京汉铁路工人大罢工不一样。

大约半年以后，护士也罢工，要求增加工资待遇。赞比亚护士和大夫的工资差距很大，只有大夫的八分之一到六分之一。他们工作时间比大夫长，还不自由；大夫经常处理完病人就走了，在外面走穴挣额外的收入。后来行政后勤人员也罢工，要求增加工资也成功了。

但不管谁罢工，医院的工作肯定受影响，受损失的还是病人，有的病人可能会因为罢工而得不到及时有效的治疗而死亡。

赞比亚各行各业都有工会组织，维护职工的权利，往往全国一起行动。罢工在赞比亚司空见惯，不足为奇，大多数情况下，诉求都能得到满足或部分满足。

这是赞比亚国家的内政和国情，做为中国政府派遣的医疗队我们无权对罢工发表评论，只是期待罢工能早点结束，回归正常的工作和生活状态。

赞比亚篇

留守的日子

2007年元月，援赞比亚第13批医疗队完成了两年的援外医疗任务，就要回国了。元月13上午，卫生部的大巴车载着基特韦和卢安夏两个医疗点的队员，来到我们恩多拉点，准备和这里的队员一起去首都卢萨卡。看着大家有说有笑、兴高采烈地拿着行李上车，我的心里有一种说不出的难受。我们一起来的赞比亚，两年任务结束，大家要回家和家人团聚了，而我还要再在这里待上两年。虽然我是自愿要求继续留任的，但两年也不短暂。虽然在过去的两年里自己在这里工作生活还算愉快，但心中也有说不出的苦衷。自己受点苦不算什么，但家里还有老人、妻子和孩子，我对不起他们。

车子启动了，大家向我挥手告别，我流出了眼泪。大家都走了，偌大的院子只剩下我一个人，昔日热闹的院子，一下子平静下来，平静得有些寂静，我感到空前的落寞和孤独。

我拿着大家留下的各自房子的钥匙，一一打开房门，检查屋里的公共财物，要知道从现在起我要为这里的公共财物负责。

我打开每个人的屋子，他们两年里的生活情景又浮现在我的眼前：熏黄了的台灯罩、翻旧了的书籍、记满了的笔记本，是他们学习留下的印迹；衣柜里留下的旧衣物，让我想起他们穿着时的样子；厨房里的炊具，两年里曾一天三顿都和他们打交道……如今已是人去屋空。

屋子里有些乱，要走了，都没有心思整理屋子，我让院子里的清洁工阿龙，收拾打扫这些空屋子。每个人的屋子都留了一些生活用品，除公共物品外，我让阿龙拿去。他家里很穷，过日子用得着，这也算是他劳动的收获。

院子大门口的两个保安，现在也平静放松下来。往日里他们严防死守，每天24小时按时交接班。现在闲下来，显得也有些无聊。

当天晚上天已黑了，在恩多拉做生意的福建人阿桂突然来到我们院子，说有几个中国人发生车祸，现在在恩多拉医院。队友们都走了，只有我一个人，我急忙赶到医院急诊科。有四个中国人受伤，一个较重，右腿股骨骨折，其他人伤势不重，我帮他们处理伤口。因为医疗队的骨科医生今天走了，医院不能做手术，最后联系转到基特韦的中赞友好医院。

一个人的生活是艰辛的。队友们临走前一周，自来水就断了。我们住处的水供应有两条路线，一条是市政统一供应的自来水，由于我们住处位置高，水很难供到我们住处；另一条是我们院子自有一口水井，用水泵把水抽到一个自备的大水箱里，由自动压力泵压到每个房间。所以有时停电，即使水箱里有水，到房内水龙头的水也很小甚至没水。在我们生活的两年里，停水停电不时发生。医院办事拖拉，经常忘记交电费导致停电停水，我们报告给医院，两三天才能交上电费，有了电也就有了水。

但这次不是停电，是井里的水泵出现了问题。我们报告给医院，后勤工作人员检查，发现是水泵主机发生故障。我们问什么时候能修好，他们说得需要些时间，因为需要买新水泵主机，这就需要钱，而且不是只买个配件的小钱。

别人再有二天就要走了，也等不到水泵修好了。从水箱旁有淅淅沥沥的一些水流出，大家每天早上用脸盆接一些水凑合着做饭，洗澡和洗衣服到医院里去。

大家都走了，医院对买水泵的事也不着急了。但对我来说，生活的第一大困难就是水的问题。每天早上我得用脸盆接一些水（上午就没有了）以备做饭用。由于缺水，有时菜也洗不干净，有一次我吃了后拉肚子。时值雨季，正是赞比亚霍乱流行的时候，医院报告有霍乱死亡的病人，我担心自己是不是得了霍乱，如果真得了霍乱会是什么结果？我只能随时观察身体情况，吃了药几天就好了。由于缺水，卫生间不能用了。好在偌大的院子就我一个人,我就到院子后面的地里去解手,但雨季茂盛的杂草,让我担心会不会有蛇。

一个人生活很是寂寞。我们这里过去有七个人,平日里大家热热闹闹,现在除了看门的保安就我一个。白天我和过去一样上班,下班回来,自己做饭休息,看看电视,玩玩电脑(不能上网),在自己的房子里大声唱歌。

医疗队有很多报纸杂志,《人民日报》《河南日报》《健康报》《中国医学论坛报》《读者文摘》《环球》《大众电影》《英语学习》等。过去人多,大家都争着看,经常不知道杂志在谁那里,现在都归我一个人所有。我翻看着这些东西,了解国内两周以前的新闻(当然电视可以看到即时新闻)。

一个人长期不说话,会导致语言障碍甚至失语。一个中国人长时间不说中国话,不知道有多少人体会过这种滋味。我上班时和同事与病人用英语交流很流利,但有一次我见了中国人却不会说中国话了,张口结舌,思维凌乱。那人不知道我怎么了?脑子是不是有问题了?连我自己都觉得脑子出现问题了,我感到十分难受和痛苦。于是,我就自己在屋内跟着电视播音员说中国话,他说一句,我跟一句;我又拿着报纸杂志大声朗读。我想如果此时有人进来,肯定会认为我疯了。可没有办法,如果不这样,我可能就真的疯了。我的普通话说得不好,也权当是练习说普通话。好在我一个人有一部车,有时自己开车到中国人那里去聊天,打发闲暇时的孤独寂寞。

每天出去上班,我都要经过邻居张宝善大夫夫妇的诊所门口,有时我也到他们诊所去玩,说话解解闷。张大夫为人很好,生意做得也很不错,过去经常给我们医疗队帮忙,我们有时也给他们帮忙。临近春节,中国人活动也多起来,张大夫去时也不忘喊上我。初一晚上,铜带省的中国人在基特韦一家中国饭店举行联欢会,参加的有近200人。平日很少见面的中国人聚集在一起,欢度春节,好不热闹。联欢会由赞比亚中国商会和赞比亚反独促统会举办,中国铜矿公司赞助。李会长讲话谈到中国在过去一年取得的巨大成就,大家非常振奋。他对赞比亚华人对中赞

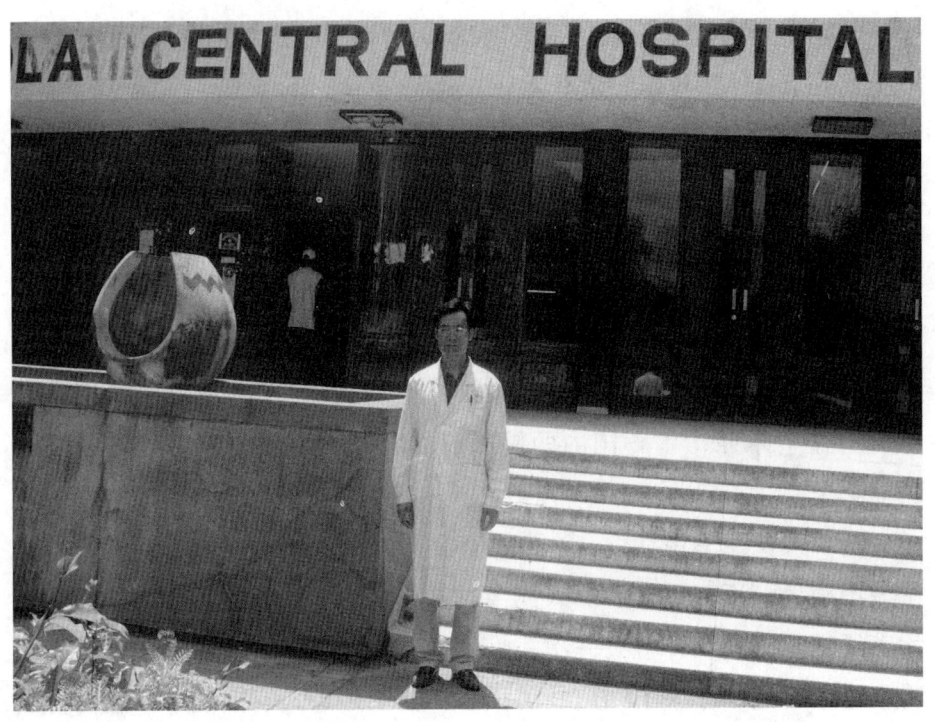

作者在恩多拉中央医院

友谊和对赞比亚作出的贡献表示感谢,强调华人加强团结,遵守赞比亚法律,为中赞友谊作贡献。烟火绽放,爆竹齐鸣,夜空火树银花,璀璨夺目,引来当地人的赞叹。

    2007年2月3日至5日,中国国家主席胡锦涛对赞比亚进行正式友好访问。赞比亚政府对此做了充分的准备,各大报纸和电视台都做了大量的报道,称赞中赞友谊。在恩多拉市街道和路边,竖立着胡锦涛主席的巨幅照片。胡锦涛主席和姆瓦纳瓦萨总统举行会谈,中方决定在基特韦的谦比西建设赞比亚—中国经济贸易合作区,这是中国在非洲建设的第一个经济合作区,还准备在恩多拉市建设一个能容纳8万人的体育馆,当地人很高兴,见我们就说。老队员回国了,我在恩多拉点看点,李队长代表医疗队参加了胡主席的接见。随访的李肇星外长代表胡主席向在赞比亚的医疗队员问好,并向留守的每位队员赠送了由他亲笔签名的书籍

《为了世界更美好——江泽民出访纪实》，队长后来转送给我们。

老队员走了，队长同我说按国内指示，任命我为恩多拉医疗点的分队长，负责点上的全面工作。我让阿龙把所有的屋子打扫整理一遍，发现了不少问题。两台冰箱有毛病，不能制冷，几乎所有的热水器都坏了，我向医院做了报告。

几个屋子的墙都脏乱不堪，为了让新队员有一个较好的环境，我让医院重新粉刷墙壁。一切都准备好了，就是找不到梯子。一个油漆工说他家有梯子，于是我开着队里的中巴车到十公里外的他家拉来梯子，把几个屋子粉刷一新。送还梯子的那天下午，天阴沉下来，快到他家时下起了大雨，我把梯子送到后马上就走。回来的路上，瓢泼大雨倾盆而泻，转眼间道路水流成河，泥泞难行。到一个上坡处，水从上面哗哗流下，车轮不断地打滑，险些溜下。又到了一个低洼路段，水深淹没了车轮，车子在积水里涌动，险些熄火。一路上不见行人和车辆，只有瓢泼的大雨，此刻我想，有谁知道我——一个中国人在暴雨里挣扎！如果出现不测情况谁来救我，我向谁求救？

3月中旬，赞比亚的雨季基本上结束了。我一直在医院上着班，上班很愉快，可下班后依旧寂寞和无聊。4月中旬，在我的反复催促下，医院终于花150万夸查（合当时人民币约2.5万元）买来了水泵，安装在院子的水井里。我高兴得不得了，就像沙漠中的人找到了水源一样。我再也不用每天接那点点滴滴的水了，终于可以在家里洗衣服、洗热水澡了！

新队员原定2月份到，可到2月底还没有消息。我打电话问李队长，他说3月应该能来，两国协议马上就签。原来，两国协议还没有签！到3月底我又问队长，他说新一队4月份能来，新一队组队及培训工作元月份就结束了，队员们都在家里等待。只等着赞比亚这边签协议，协议一签，马上就能来。可4月底还没有消息，我再问队长，他说不好说，他们那批医疗队培训完在家里等了7个月。

5月10日，新一批医疗队抵达卢萨卡。我很高兴，这艰难又孤独的留守日子终于结束了。

停电的日子

2004年赴赞比亚以前了解到医疗队员用电炉做饭,觉得很不习惯。当时在国内电磁炉用得少,普通家庭做饭主要是用液化气和电饭锅。到赞比亚后发现城里人基本上都是用电炉做饭,队员厨房都有一个立方体柜式的电炉,体积较大,跟灶台和案板一样高,上面有四个炉盘,两大两小,电炉前有开关和调节炉火大小的旋钮,电炉下有一个烤箱,可以烤肉烤饼烤红薯什么的。用电炉做饭,虽然没有液化气那么快,但并不慢,炒菜煮饭都很不错,而且干净卫生。

用电炉做饭自然需要电,如果没有电,饭就没法做了,因为医院没有给我们配备液化气炉灶。好在赞比亚的电还挺正常的,来了3个月,一直没有停过电,我们感到还不错。

突然有一天中午我们下班回到驻地,两个屋子停电没法做饭。查找原因,不是线路和电器的问题,向看院的保安一打听,原来医院几个月没有缴电费,电力公司(ZESCO)把我们的电给断了。这下副队长俞梅着急了,赶快和我到医院交涉。医院说忘记了缴电费的事,下午马上就缴。于是两个停电屋子的队员,到其他队员屋子去临时凑合做饭。可是第二天第三天还是没有电,到医院去询问,说最近忙还没有来得及交。俞队长督促他们赶快缴电费,说再不缴就影响上班了。在三番五次的督促下,两天后电费终于缴上了,停电的两个屋子终于来电了。

这两个屋子来电了,可没过几天另两个屋子又断电了。怎么回事?原来我们每个屋子单独有一个电表,这两个屋子又因为没有缴费停电了。而且这回停电,屋子的水也几乎没有了,因为我们的自来水需要压力泵才能把水箱里水压到每个屋子。没有办法，俞队长再次去医院督促尽快缴费。几天后，电费缴上了，电来了水也有了。

这样的情况在我前两年任期内发生过好几次，有时候是医院忘了缴费，有时候是医院没有钱，停电的时间更长。

2007年我留任下一批医疗队，并负责恩多拉医疗点的工作。吸取以往的经验，估计快到缴费时间了，我就到医院提前督促他们缴费，这样断电的情况就少了，但又出现了更严重的情况。从2007年年底开始，赞比亚全国范围内经常停电。医院有台发电机，仅供医疗用。这样的停电我们很无奈，有时到医院的医生餐厅去吃饭，虽然是免费的，但我们不习惯吃当地的主食西玛，宁愿先用馒头饼干充充饥，等来电后再自己做饭。有时一停电就是好几天，冰柜里的食物都变坏了。晚上我们的屋子一片漆黑，常常几个人搬个凳子，坐在院子里望着天空的星星和月亮天南海北地侃大山，还不时遭受蚊子的叮咬——这里的蚊子可是传播疟疾的。

2008年春节，在赞比亚各个医疗点上的医疗队员到我们恩多拉聚会，人数有20人之多。除夕的当天上午很幸运，在我的屋子里我们赶做了一大桌丰盛的年饭，刚做完就停电了。第二天大年初一早上又是停电，那么多人要吃饭，我们只好在院子里用一个汽车轮毂支起锅来做饭。好在是春节，大家都不上班，吃早吃晚不要紧，就这样凑合一顿是一顿地过去了。

春节后停电更是频繁，询问原因才知道赞比亚的发电站都是几十年前建设的，这些年来容量并没有增加，而随着人口和经济的不断增长，原有的电力不能满足需求，便出现了拉闸停电的现象。

看来拉闸停电不是短期内能解决的。电脑和电器不能用，不能按时做饭，大家难免要抱怨。我作为恩多拉医疗点的负责人，感觉似在抱怨我有些工作没做好，才出现这种经常停电的情况。我向在首都卢萨卡的李彦伟队长反映了停电的情况，并提出能不能在我们恩多拉医疗点安装一台发电机，因为恩多拉是医疗队最大的医疗点，有七名队员在这里工

大年初一停电了

作，大家同住在一个院子里，今后会有医疗队员长期在这里工作，购买安装一台发电机是必要和可行的。李队长同意我的看法，但说目前经费困难，发电机经费一时难以解决。

小儿外科乔锋元大夫提议给大家每人买一个煤油炉做饭。我觉得不可思议，煤油炉火力那么小，怎么能够炒菜煮饭呢？乔大夫说没有问题，他刚毕业那阵就用煤油炉做饭。我半信半疑，但别无他法，不妨一试。于是我们去超市，那里竟然就有煤油炉，我们买回一个一试果然能行，不光煮饭，炒菜蒸馍都没有问题。我把买煤油炉的情况向李队长做了汇报，他同意我们买煤油炉的请求。就这样，给我们七人每人买了一个煤油炉，又从加油站打了一大塑料壶煤油，加注到每个人的炉子里，从此，大家不再为做饭犯愁了。

用煤油炉做饭也并不那么容易，眼睛经常被烟熏得流泪，屋里老有煤油味儿；熄灭火苗时需要把炉子搬到室外，要不然屋内刺激的浓浓煤烟味让人真受不了。但不管怎样，毕竟可以做饭了。

2009年全球金融危机，全世界的经济都受到冲击，赞比亚也不例外。一些企业限产、停业或倒闭，电力不再紧张了，我们也不怎么停电，煤油炉也基本上不再用了，偶而医院迟缴电费断电后我们也不着急了。

"五一"劳动节获奖

2008年4月29日早上,像平常一样,普外科十几个医生在会议室晨会交班。交班结束后科主任尼古拉在会上宣布,我被评选为赞比亚"五一"节奖获得者,在座的赞比亚、刚果(金)、乌克兰、乌兹别克斯坦等国的医生都向我投来赞赏和羡慕的目光,并向我祝贺。我开始没有在意,以为中国医疗队的所有医生都有。尼古拉说:不,只有你一人。我顿时感到十分意外和激动。因为我在赞比亚已经三个年头,每逢"五一"节,我们都休假出去旅游,没有注意过当地的活动,更不知道还有这个奖。尼古拉是外科主任,又是医院管委会成员,很显然是他推荐了我,我对他充满了感激。

5月1日,我们医疗队组织队员到利文斯顿去旅游,在首都的李彦伟队长和武卫国大夫早早就赶到恩多拉来接队员。武卫国大夫和我们恩多拉医疗队点的李锋大夫以及我都是上一届留任的老队员,利文斯顿已经去过几次,这次我们不去了,武大夫是顺便来我们这里玩的。

李队长和队员们开车走了。武大夫从首都来,又是老队员,好久不见,格外亲切。我告诉他,今天恩多拉有"五一"节的游行集会活动,非常热闹,咱们去看一下。另外,在集会庆祝活动上要给我颁奖,希望他们陪我一起去领奖。武大夫一听很高兴,并向我祝贺。

上午9点多,我们开车去市中心逛商场,顺便去了王海大夫的诊所。王大夫是过去的老医疗队队员,在这里开诊所多年,和我们相处得很不错。我们聊着天,谈论着在赞比亚的工作和生活。10点多钟,从楼下的街道上传来汽车的鸣笛声、欢快的乐鼓声和人们的口号声。我们下楼去看，只见街道上走过来长龙般的游行队伍。青春朝气的少年打着彩旗走在最前面，紧跟着是由穿着白色制服的青少年组成的乐队，乐鼓喧天，小号齐鸣；一队身着白色服装的男孩子手持彩色的棍子，一边走，一边整齐地舞动着手中的棍子；后面是身着鲜艳民族服装的女孩子，一边走，一边跳着舞。长长的队伍看不到尾，一队队方阵走过，都是铜带省各个单位派来的游行队伍，打扮各具特色，人们又说又笑，挥舞着手中的小彩旗，还不时喊着口号。

游行的队伍浩浩荡荡，紧跟在后面的是游行花车。人们用鲜花和树枝搭建成不同造型的花车，花车上花卉成堆，有的像动物，有的像飞鸟，造型很奇特，上面的人做着滑稽好玩的各种动作。巡游的车一辆接一辆，有的车上还演示着劳动的场景。一辆加长的卡车，上面布置成餐厅，厨师在做饭，烟雾蒸腾，香气四溢，几个顾客坐在餐厅里悠哉游哉地享用着美食——这些人今天真幸福。恩多拉儿童医院的车辆上，演示着手术室的场景。有意思的是原先的医疗队员，现在受聘于儿童医院工作的牛学义大夫也在车上，他在其他当地黑人中显得与众不同。无影灯下，他身穿手术衣，戴着口罩、帽子和手套，在人体模型上操作着做手术缝合的演示，惟妙惟肖。有的车上展示着车间工人劳动的情景，还有电力工人架设电线、农业灌溉的模型等。从这样隆重场面，可以看出赞比亚人对劳动者的赞美和对劳动节的重视。

快到正午了，游行的队伍在恩多拉中央医院东北处一片宽阔的空地上集合。像运动员入场一样，各个单位的队伍和巡游车辆绕广场一周。通过主席台时，略作停留，表演自己的节目：有的昂首挺胸走正步，不时挥舞着手中的旗子，喊着口号；有的列队表演，载歌载舞……我们坐在主席台上，看着这一排排的方阵从台前走过，非常高兴，不停地拍照、录像。

队伍集合完毕，主场活动开始了。这是铜带省的"五一"劳动节庆祝活动，邀请了赞比亚政府的高官参加。主持人邀请各个单位的代表发言，讲本单位劳动者的辛勤劳动，讲本单位取得的成就和未来的远景计划等。最后是赞比亚外交部长讲话。他没有拿讲稿，而是即席演讲，讲

赞比亚外交部长为作者颁发"五一"劳动奖获奖证书

"五一"劳动节的来历,讲赞比亚人民的辛勤劳动,劳动使我们富足,劳动让生活更美好,鼓励大家热爱劳动,向劳动者致敬。

最后是颁奖仪式。获奖者每人获得由赞比亚企事业雇主联合会颁发的荣誉奖励证书,一等奖是四炉盘带烤箱做饭用的电炉子,二等奖是一台小冰箱,三等奖是一件毛毯。主持人喊着一个个获奖者的名字上前领奖。在众人的注视下,我走向领奖台,人们报以热烈的掌声,他们没有想到一个中国人会在这里获奖。外交部长为我颁奖,他握着我的手郑重地对我说:"Thank you for your hard working, Thank you so much.(感谢你辛勤工作,非常感谢你。)"

我获得的是一等奖,领奖回来,好多人向我表示祝贺。外科主任尼古拉握着我的手向我祝贺,我也感谢他对我的推荐,我们一起在奖品前合影。

武卫国、李锋和我把获奖的电炉子装上我们的中巴车,高兴地回到家里。中午我们几个老队员聚集在一起,谈笑风生,举杯畅饮,是老朋友的欢聚,也是为我的庆祝。

当天晚上我发短信给去利文斯顿旅游的好友吉立新,告诉他我获奖的消息,他又把消息告诉了李队长。5月3日下午,队长驾车和旅游的队员返回恩多拉,他们看了我的获奖证书和奖品,纷纷向我祝贺。队长问我获得的奖品准备怎么办?我说这东西也带不回去,就地用吧。

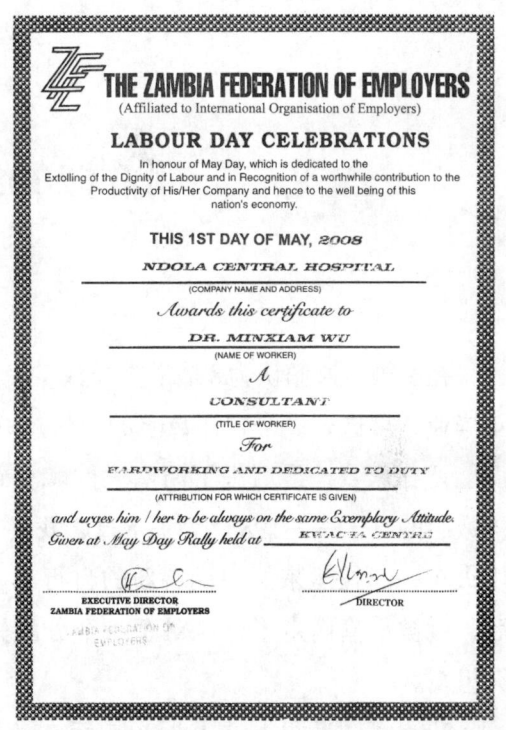

| 获奖证书

队长说,你到街上商店看看这种同类的商品多少钱,队里把你的奖品按原价买下,也算是对你的鼓励。他还让其他队员们向我学习,说以后谁做出成绩,队里都会有奖励。

张宝善大夫是我们的隔墙邻居,原先也是医疗队员,现在在这里开诊所已十多年,他得知此事后觉得很惊喜。他说从他1994年来赞比亚,从未见过有中国医疗队医生在这里获此奖励。他说你确实干得不错,得到了医院的认可,并向我表示祝贺。

几天后,我们几个人上街时顺便在商店查询了一下,同类电炉子的价格是135万夸查(约500美元)。队里按原价买下,炉子放在我屋子里。后来吉立新和乔峰元他们厨房的电炉子老坏,让他们用上了。

我的2008年

在中国，人们认为8是个吉祥数字，可我一直不这么认为。我是1988年毕业，可这么一个吉祥数字的年份却并没有给我的毕业分配带来好运，没能留在家乡，最后去了河南三门峡。到三门峡报到的当天更是一个吉祥数字的日子——1988年8月8日，我终生都不会忘记。当天，我从西安用火车一起托运来的一辆崭新的自行车，只在三门峡市区骑了一个上午后，就被小偷偷走了，这对于一个分配失意初到异地的年轻人而言是多么沮丧。

2008年，是我大学毕业20周年。又是一个带8的年份，我不知道这一年等待我的将是什么。我要晋升正高职称，晋升是否顺利，这是我最关心的。此外，工作、身体和安全也是我要注意和提防的。

从元旦之日起我便谨慎起来，不论是工作还是外出驾驶车辆，我都十分注意。几个月过去了，一切都很平静。4月份，河南省援外医疗工作总结会议召开，我被评为河南省援外医疗工作先进个人。5月1日，在赞比亚"五一"劳动节集会上，我获得了"五一"劳动奖，这是几十年来中国医生首次获此荣誉。这些都完全出乎我的意料，看来，2008年我的运气还不错。

5月12日中午下班后，我从电视新闻上得知四川汶川发生了8.0级强烈地震。虽然当时还没有地震伤亡和损失的报道，但从震级来看，伤亡肯定会很大。当晚温家宝总理乘飞机抵达灾区。此后的电视上几乎都是地震伤亡和损失的报道，看到的画面是到处房屋坍塌，瓦砾废墟一片，我的心都碎了。我们的子弟兵，不怕困难，不怕牺牲，危难之中更显英雄本色。全国人民万众一心，众志成城，抗震救灾，出现了许多可歌可泣的感人事迹。每每看到从废墟里救出人来，都让我感动。看到地震的惨烈场面，我几乎每一天都看着电视流泪。5月19—21日为哀悼日，山河肃穆，举国悲痛，我们也和全国人民一样处在巨大的悲痛之中。一方有难，八方支援，灾后的重建工作，让我们看到社会主义制度的优越性和改革开放30年中国积累的巨大财富和实力。

5月24日我回国探亲休假。亲戚到机场接我，路上他们向我介绍了地震当天家里的情景，还有灾区的惨重损失，我不由得心情又沉重起来。快到家了，他们才告诉我，我的岳父大人也在地震当天去世，我感到十分惊讶和难过。原来5月11日，85岁的岳父因心脏病发作被紧急送往县医院抢救，次日病情稳定了下来，还能在床上活动。地震当天，陕西关中大地也山摇地动，所有建筑都颠簸摇晃得很厉害。为了病人的安全，医院组织人员把所有住院病人从楼上搬到院子，以防余震后发生不测。可岳父被搬下来后不久，他的心脏病再次发作，经抢救无效，不到两个小时突然去世。我的岳父对我疼爱有加，经常牵挂我在非洲的工作和生活。我给他带回了他最爱喝的酒，可就在我到家前十多天他离开了人世，我感到非常的痛苦。我来到他的墓前洒酒祭奠，焚纸哭泣。他是个文化人，知道自古忠孝不能两全。

我回到老家看望母亲，母亲头发花白，面容也苍老了很多。我在外多年，很少孝敬母亲，把她带到她想去的华山游览。我们先来到华山脚下的玉泉院里游览。当天太阳很毒，也没有一丝风，我们沿着院内的小径散步，突然一个带着绿叶的大树枝从路边的树上掉下来，不偏不倚地砸到我的肩背上和母亲的头上。我倒没事，母亲左额头上出现一分硬币大小的包块。我问母亲怎么样，她说不大要紧。我自己是医生，也觉得问题不大，就没有找院内的管理人员。可回去后第二天包块增大，并青紫瘀血，左边半个脸都肿了，连眼也睁不开，但母亲没有觉得头痛、头晕、恶心。我领她到医院拍片检查，也没有发现骨折等异常。作为医生的我，认为只是头皮血肿，软组织损伤。经过二十多天的休息治疗，到6

月底我临走时，瘀血基本上消失了，我想着不会有事了，也就稍安心地返回赞比亚。可到了年底母亲行走不稳，脾气急躁，孝顺的弟弟领她到县医院检查，她血压不高，头也不痛，也没有近期外伤史，医生也不知道怎么回事。后来做CT发现是颅内血肿，追问病史，才想起半年前在华山曾有过外伤。医生说颅内血肿需要做手术，弟弟陪护母亲在县医院做手术，忙来忙去，我在非洲一直放心不下，每天打电话询问病情，但也爱莫能助，直到母亲手术后平稳了，才放心了些。

2008年是中国的奥运之年，这是全国人民关注的大事。北京曾申办2000年奥运会，但没有成功，这次奥运会更是来之不易。这是全体中国人民的梦想，它将向世界展示中国改革开放30年的巨大成就和中国人民的精神风貌。奥运火炬在世界各地传递，我们的心也跟着火炬一站一站地接力，感到无比的自豪。8月8日晚，第29届北京奥运会开幕式在鸟巢体育场举行。璀璨的烟火，欢乐的人群，激动人心的入场式，令人震撼的表演，让世界为之赞叹。鸟巢、水立方聚焦了全世界的目光，我国奥运健儿在赛场上顽强拼搏，为国争光，以51枚金牌雄居奖牌榜首，让我们感到无比自豪。这些日子里，非洲人和外国朋友都对我们赞叹不已，中国的发展令世界瞩目，中国已完全走向了世界。

12月底，全国援外医疗工作45周年总结表彰大会在北京举行，我被评选为全国援外医疗工作先进个人。我在赞比亚虽然没能参加表彰大会，但感到十分光荣，这是祖国和人民对我多年来援外医疗工作成绩的肯定和褒奖。也是在12月底，我顺利通过了正高级专业技术职称的评定，被评为主任医师，这是医疗行业最高的职称。

2008年对祖国和我个人来说都是极不平凡的一年。这一年，国家遭受了汶川强烈地震，有6万多人失去了生命；我失去了我的岳父，母亲也遭受了外伤和后来的手术痛苦。这一年，祖国家成功举办奥运会这一具有历史意义的盛事；我先后获得多项奖励，成功晋升职称。我会永远记住这一年，因为我，也因为我的祖国。

我与赞比亚前总统夫人

我们去赞比亚时是第三任总统利维·姆瓦纳瓦萨（Levy Mwanawasa）执政。

上了年纪的一些中国人都知道，赞比亚的第一任总统是肯尼思·戴维·卡翁达（Kenneth David Kaunda），他是赞比亚的开国总统。在他任期内中国和赞比亚建交，他曾多次来华访问，受到毛主席和周总理的亲切会见。举世闻名的坦赞铁路就是在他和坦桑尼亚总统尼雷尔的共同提议下，由中国政府援助修建的，他在赞比亚执政达27年之久。第二任总统是弗雷德里克·齐鲁巴（Frederick Chiluba），他的总统任期两届共10年，2001年任期结束。

2005年8月6日是个星期六，我们都在驻地休息。下午3点钟突然接到医院打来的电话，通知我和骨科张永豪大夫去医院，说有紧急情况。我们不知道什么事情，迅速赶到医院急诊科。到那里发现有好多医生和护士聚集在一起，有乌克兰来的外科主任尼古拉、赞比亚骨科主任布莱亚、五官科和口腔科主任等。问他们是什么事，他们也说不清楚。只是说有个重大交通事故。

等了大约40分钟的样子，救护车的鸣笛声从远处传来。这时院长齐琳奎从办公室里出来了，说在200公里外，前任总统齐鲁巴的前妻温瑞夫人一行发生车祸，用飞机送到恩多拉机场，现在马上到我们医院治疗。救护车进了院子，一群医护人员赶忙上前搬病人，直接送到ICU，安排好床后我们各科专家上前给温瑞夫人做检查会诊。她看上去五十多岁，身材高大，和这个年龄的当地女人一样，身体有些发福。她神情焦虑，表情痛苦，每检查一下她都喊疼，但还是很耐心地接受我们的检查。

检查完后发现她的伤势不轻，但暂时没有生命危险。头部、胸部和腹部有多处瘀血和挫伤，右小腿后方有较大面积的撕裂伤。我们各科专家在一起研究治疗方案，最后院长决定，伤口做局部处理，在ICU继续观察治疗。

次日我们去ICU查房，温瑞夫人的情况稳定，情绪也好多了。三天后转到高收费女病房（FFPW）。交流中我得知她曾三次随齐鲁巴总统访华，对北京印象很好，对中国人也很有好感。她说中国是在西方国家不愿意做的时候帮助非洲修建坦赞铁路。后来还修了好多公路、桥梁，派遣你们医疗队，等等。中国对非洲的援助是无私的，不附加任何政治条件。过去西方人殖民赞比亚，占据赞比亚的铜矿，现在很多富矿都被他们占着。

一天下午，我常规查房。一进门，看见一个熟悉的赞比亚官员，我一时想不起在哪里见过他。温瑞夫人马上介绍说这是卫生部长，我这才一下子想了起来。我们刚到赞比亚时，在首都卢萨卡卫生部受到过他的接见。他叫齐图，曾是恩多拉中央医院的院长。我向部长问好。温瑞夫人介绍说我是中国医疗队的医生，负责为她诊治，为人可亲，英语很好，技术不错，她很信任我。部长感谢我对夫人的医疗，要我多关心夫人的病情，并要我向在赞比亚的中国医疗队全体队员问好。

温瑞夫人的右小腿后方有不小面积的皮肤坏死。小腿血运差，愈合慢，我隔日换药一次。时间长了，慢慢了解她的一些情况。她是前任总统齐鲁巴的前妻，他们有五个孩子，不过他们在齐鲁巴总统任期满后离婚了，总统和他的秘书结了婚。她是赞比亚的国会议员。

又过了一段时间，温瑞夫人痊愈出院了。她问我在哪里住，我告诉了她。几天后，她亲自来我们驻地邀请我到她家做客。她参观了我们的驻地，还要我带她看我们的菜园。看到我们种的中国蔬菜，她大加赞赏，说你们中国人真勤劳，到一个地方就自己动手，解决生活问题。

她在首都卢萨卡有房子，在恩多拉也有房子。其实她家离我们驻地不远，开车也就10分钟的样子。

我们坐车来到她家，车子在一个院墙拉有电网的大门口停下，司机按了喇叭，门卫打开大门。院子很大，有一大片草坪，园丁正在那里劳作，房子前的空地上养着各种花草，很漂亮。房门的上面镶着一个巨大的羚羊头标本，两个犄角向前伸着，似在把守门口。客厅里摆放着各种各样饰品：有精美的象牙雕刻工艺品；有非常大的一个铜板画——赞比亚盛产铜，这也是当地有名的工艺品；也有欧洲的一些古玩。让我惊奇的是有很多中国艺术品：两个很大的中国瓷花瓶，放在客厅两边；一幅很古老的中国画，好像是唐宋时期的；还有许多小玩意也令人赞叹，中国的东西占到三分之一。中国离赞比亚这么遥远，我不知道她怎么会有这么多的中国藏品。她告诉说她很喜欢中国的工艺品，有些是访问中国时作为国礼送给总统的，有些是中国使馆或朋友送给她的。

我询问她的病情，又检查了她的伤处，恢复得还很不错。她告诉我她有四个儿子，一个女儿。她现在已有了孙子。一个儿子在恩多拉，一个在首都卢萨卡，一个在南非，还有一个儿子在狱中服刑，女儿最小，现在英国。

她领我到她的屋子看，几个屋子都很宽大整洁。她的卧室地上铺着波斯地毯，宽大的衣柜，明亮的梳妆台，还有各种非洲特色装饰。

卧室通常是家里最私密的地方，可见夫人是把我当做最信任的人了。想到这我心里很感激。这不仅是对我的信任，也是对中国人的信任。中国人在非洲人眼里，是可以信任的朋友，后来我又去过几次她家。有时带点我们中国的药：风油精、清凉油、人丹、膏药和一些抗疟疾药等；有时带点我种的中国蔬菜。

有一天，外科病房来了一个由军警荷枪实弹押送的病人，二十七八岁，护士告诉我说他是齐鲁巴总统的儿子，现在在恩多拉的监狱里服刑。第二天，温瑞夫人来了，她告诉我说几年前她的儿子因车祸脑子受伤，后形成脑积水，在南非做了脑室分流术，现在头疼。要诊断脑部疾病，需要做CT检查。恩多拉中央医院没有CT。整个赞比亚只有两台CT，

作者在医院与赞比亚前总统夫人合影

一台在赞比亚大学教学医院,一台在我们临近的城市基特韦的中赞友好医院。我请放射科孔西建大夫陪同他们到中赞友好医院做检查,回来后经过几天的治疗,头痛缓解,出院了。

2006年元月,我们在这里工作一年了,到了该休假的时候,我准备回国和家人团聚过年。临行前我向温瑞夫人告别,问她需要我从中国带什么东西。她说什么也不需要,要我向家人问好。探亲归来,我去看她,给她带了一些小礼物:一个鲜红色的大中国结,一副很精美的竹筷子,一件中国瓷器。她非常高兴,握着我的手不停地说谢谢。

2008年8月,时任赞比亚总统姆瓦纳瓦萨因病去世。9月底赞比亚举行全国大选,执政的多党民主运动在大选中获胜,继续连任,温瑞夫人被任命为旅游和环境部副部长。我打电话向她祝贺。此后,她一直在首都卢萨卡工作,很少回恩多拉。我们的联系就少了。

2011年我参加埃塞俄比亚医疗队，2013年6月工作结束回国。当年8月有朋友想到赞比亚投资，邀请我和妻子到赞比亚考察，我们到旅游和环境部去看望温瑞夫人。得知政府换届，她已不在那里，秘书很热情，帮我找到她的联系电话。我打电话过去，她感到很惊喜，连连向我问好，并邀请我们到她家里去。

按她说的地址，我们乘出租车过去。她家搬到首都郊外新建的别墅区里。她亲自为我们开门，和我们亲切拥抱。进屋后她请我们坐下，一面吩咐让侍者为我们倒茶，一面喊小女儿和我们见面。她对女儿说我是她的医生，让女儿给我行跪礼。我以为只是简单的礼节，跪一下就起来了，可她跪着不起。我就赶忙要扶她起来，温瑞夫人说这是他们的风俗，不能起来，因为我是她的医生，是她的恩人。在我们交谈中，她一直双膝跪地聆听我们的谈话，问到她时才回答。谈话中我们了解到，小女儿叫维拉，在武汉华中科技大学读心理学两年了，现在放暑假回家。于是在我们交流不畅的时候，她就给我们当起了翻译。半个小时过去了，维拉一直跪在我面前，我实在不忍心，让维拉起来，她母亲这才同意她起来。温瑞夫人询问我离开赞比亚后的情况，并与我的妻子和朋友亲切交谈。

2013年9月初维拉从赞比亚返回武汉上学。10月国庆节，我们邀请维拉来三门峡做客，维拉带着朋友来玩得很开心，宴席间我给温瑞夫人打电话，她十分高兴。年底我的书《在十三个月的国度里》出版，我寄给维拉一本，她很珍惜，说她带回去给母亲读。

走过雨季

在中学地理课中我们学习过热带的气候特征,知道有旱季和雨季之分。可是生活在春夏秋冬,四季分明地区的我们,难以想象非洲的雨季到底是什么样子?是每天雨下个不停,见不到太阳?是一阵暴雨过后雨过天晴?还是阴雨连绵,像我国南方梅雨季节?

2001年元月,我有幸作为中国援厄立特里亚第二批医疗队队员,来到东非的红海之滨——厄立特里亚。厄立特里亚地处非洲之角的东非高原,海拔近2500米。从我国北方数九寒天的严冬一下子进入气候温暖的地带,我们真有点不知所措。时值厄立特里亚的旱季。白天,火红的太阳炙烤着大地,干坏的土地上只有一些仙人掌之类长刺的热带植物。晴空万里,阳光灿烂,连一个阴天也极少看到。每天都是如此,这不免让人觉得单调和枯燥。当地人告诉我们,现在是旱季,每天都是这样,到6月份雨季时才会有雨。于是我们只好眼巴巴地盼望着雨季的到来。

到了6月份,每天中午过后,就有一些乌云从西边飘来,而且越来越多,偶然还夹着闪电,但仍然不见雨的到来。到了中旬,终于有一天,乌云伴着电闪雷鸣,带来了人们盼望已久的甘霖。我们驻地的小区里,人们纷纷打开窗户,欣赏户外的雨景。远处的几个农夫在田里张开双臂,仰望上天,似在迎接这久违的雨水。一群小孩欢叫着在雨里奔跑,任凭家长呼唤也不回。我们也出来站在雨中,仰望天空,任凭这久违的雨水冲刷干燥的脸庞。久旱逢甘霖,是多么愉快的事啊!

从此以后,雨就这样来到我们的身边,而且越来越多,越来越大。雨季这里的雨多半是在下午下,早上依旧是晴空万里,你丝毫想不到下午会有一场大雨。可一到中午过后,黑压压的乌云便从西边涌了过来,伴着轰隆隆的雷声,铺天盖地地下了起来。但傍晚前雨常常悄然而止,以晚霞收场。早上出门,不管天多么晴朗,都会发现当地人带着伞。开始觉得奇怪,经历了两次被淋成落汤鸡后,我们也不得不像当地人一样未雨绸缪了。

来到郊外,原来干旱荒芜的原野,已是满眼葱绿,一片生机盎然。山野花四处绽放,空气中弥漫着湿润和花香。原来干涸的小河,有了欢快的流水。从未见过的野鸭水鸟也飞来飞去,四处啼鸣。雨后的天空常架以美丽的彩虹,令人赞叹不已。好一个美丽的雨季,就像春天一般。到了七八月份,雨越下越大。一阵雨来,铺天盖地,霎时间整个世界一片汪洋。经常听到有道路被冲垮,人畜车辆被冲走的事情。我们驻地小区后墙外有一条小河。暴雨来时小河涨满,奔流而过,后墙被冲倒,有

世界第二大瀑布——维多利亚瀑布

好几回淹没了我们小区里的菜地。看着我们辛辛苦苦种的蔬菜被水冲没，心里有说不出的难受。

有一次中午我正做着手术，外边惊雷乍作，似有天开地裂之势。霎时间暴雨骤起，瓢泼而泻。当我做完手术时，外面已是一片汪洋。下午雨过天晴，当我乘坐医院的车辆回家时，道路上还是水流成河。快到驻地时，小河里的水泛过桥面，深达腰部。我只好在附近一家意大利洲际酒店的大厅里等待。等傍晚我淌着没膝的水回到驻地时，我们楼的四周还是一大片积水。

2005年元月，我再次作为援外医疗队员来到地处南部非洲的赞比亚，时值正是赞比亚的雨季。早晨6点钟天已亮了，从飞机上鸟瞰赞比亚大地，地面上郁郁葱葱。不论是山坡还是平地上，看不到裸露的土地，使人无法把它与非洲的干旱联系在一起。昨夜刚下过雨，一下飞机，一缕缕清新湿润的空气扑面而来。我们乘车去旅馆，路边的各种鲜花绿草和庄稼树木滋润了我们一夜劳顿干涩的眼睛。一周后，我们开赴各地不同的医院。午后下起了小雨，雨中的田野别有一番景象。车子在雨中行驶，一路上映入我们眼帘的是一片片茂密的树林和绿油油的庄稼，树上坠满了不知何名的热带水果，不时有各种奇花异草从车边掠过。有的形似灯笼，有的状如喇叭；有的花红似火，有的叶红如花；有的含蓄羞涩，有的婀娜多姿；姹紫嫣红，争奇斗艳。雨滴在花瓣上起舞，蝴蝶在花丛中萦绕，鸟儿在树林里啼鸣。不时经过的一条条小河从丛林中悄悄穿过……一切都是那样的朴真自然，就像想象中的伊甸园一样，让人赞叹不已。

到了驻地以后，发现这里的雨季并不像我们期待的那样每天都下雨，但还是每两三天就要下一场。当地人告诉我们，今年的雨没有往年那么多，但要比2002年多。2002年赞比亚大旱，粮食大面积减产。美国援助赞比亚20万吨转基因玉米，但赞比亚担心转基因玉米的安全性，硬是把已运到的玉米给退了回去。

在非洲我问许多当地人，你们喜欢雨季还是旱季。他们说当然是雨季了。有了充沛的雨水，才能有好收成，来年才不会闹饥荒。是啊，在靠天吃饭，温饱问题还远没有解决的非洲，雨水就显得格外宝贵了。他们听说在中国可以人工降雨，颇感惊奇。我说那得是天空中有一定的湿度和水分，不然也不成。旱季的非洲大草原，野草枯萎，土地干裂，动物们四处寻找水源，人们也不时为用水而争斗。相比之下，雨季就像是非洲欣欣向荣、生机勃勃的春天。有谁不赞美这可爱的春天呢？

（注：本文曾在2006年1月1日的《健康报》上发表，现有所修改。）

非洲的春天

非洲有春天吗？非洲常年高温，四季不分明，怎么能有春天？没有去过非洲的人问。

非洲有春天吗？非洲只有雨季和旱季，没有分明的四季，怎么会有春天？如果有，我怎么没有见过？去过非洲的人说。

我在非洲也问过当地人这个问题，他们说有。我曾不以为然，非洲四季不分明，你们那所谓的春天能叫春天吗？

在人们的想象中，非洲好像非常炎热，把人们的皮肤都晒黑了。可当你到了非洲以后会发现，非洲大多数地方，完全没有像我们想象的那样热，也不是我们想象中的那种热。我们的夏季，炎热难当，户外热，室内也热，到哪里都热。可在非洲大多数地方，即使是旱季最热的时候，也没有我们国内那么热；即使在太阳下很热，但当你到树阴下或屋内，马上会觉得凉爽舒服。

第一年到非洲的人并不觉得非洲最冷的时候有多冷，可第二年就会觉得早上和晚上还是比较冷的。我们中国人不怕热也不怕冷，因为我们经历过最冷的季节和最热的时候，身体耐受力强。而非洲人既怕热也怕冷，稍冷一点就喊冷，不怎么热也喊热，让我们中国人觉得好笑。可在非洲待久了以后你会发现，他们的怕热和怕冷都是有道理的。

既然有寒冷的冬天，那就有春天，只是我们很多人感觉不到。我也是在非洲多少年以后，才感受到非洲的春天。

埃塞俄比亚和厄立特里亚位于非洲东北部的非洲之角，属于北半球，它的气候变化基本上跟北半球的中国是一样的。6月国内天气开始热了，

赞比亚篇

非洲的春天

这里也热了起来。但这里是高原,雨季来临后,降雨平抑了气温,所以并不怎么热。当10月我们天气开始变冷的时候,这里的雨季也结束了。天气也渐冷,草木开始枯萎,有些树木落叶。你会感到晚上睡觉寒气袭人,必须盖被子;夜间门卫值班人员起来开门,都裹着厚厚的毛毯。上午在街上,你会发现穿什么的都有,有穿T恤、短袖和裙子的,也有穿毛衣、皮衣和羽绒服的,千奇百怪,实在有趣。

按我国农历,立春是春天的开始。这时在国内,你基本上感觉不到气温上升,甚至还会更冷,可在这里春天的气息很明显,成群结队的大雁向北方溯归,最直接的感觉是晚上盖被子有些热了。比人感觉更敏感的是地上的植物。虽然这里一年四季都不太冷,有些花终年开放,但这时你会发现有更多的树开始开花,花绒飞絮在空气中飘扬,就像我们春天里的柳絮一样。我们院子里枝枯叶黄的葡萄树,开始长出了新绿叶,没多久就结出一串串芝麻大小的葡萄。走到户外,热暖的空气包绕着你,你会发现很多树木生长开花。有的树叶一长出来就是红的，如花似火，经过一段时间后才变为绿叶；有的树花开似白棉花，有的像紫罗兰……空气中弥漫着花香和飞絮。埃塞俄比亚是咖啡的故乡，每年3月在咖啡产区，漫山遍野白色的咖啡花，远看似雪压枝头，近看像茉莉花一样洁白无瑕，芳香沁脾。

而位于南半球的赞比亚，却刚好与这里相反，它的春天是从9月开始的。此前的6、7、8这三个月属于干凉季，有的树木落叶，早晚也比较冷。可一到9月，马上会看到万物复苏之景，枯败的树木开始长叶、开花。让我印象最深的是紫罗兰树和凤凰木，一个紫色淡雅，一个花红似火。

非洲的春天不像我们国内那样分明，但同样春光明媚惹人醉，这全要靠你自己去仔细感受。我们不能拿中国的春天和这里比，就像不能拿北方的春天和广州的春天相比较一样。在非洲待久了，你就会感受到这里的春天。

虽然非洲季节不分明，但不是每个季节都能播种收获。不过，不管在哪里，春天都是播种的季节。农民开始在田地里播种、育苗，当然只能种植蔬菜，粮食是不能种的，雨季才是种庄稼的时候。雨季里雨水充沛，到处是碧草连天，生机盎然。我觉得，雨季更像是是非洲春天的延伸。

坦赞铁路亲历记

坦赞铁路，在二十世纪六七十年代的中国可以说是家喻户晓。几十年过去了，这个由中国政府援建的铁路工程，迄今依然是建国以来最大的援外项目。在那个如火如荼的年代，我们的领袖们高瞻远瞩，在自己国家还非常困难的情况下，帮助坦桑尼亚和赞比亚修筑了这条铁路。这条友谊之路，是历史的丰碑，也是中国人的骄傲。作为中国人，到赞比亚不乘坐坦赞铁路列车体会一番，会留下遗憾的。

作为援外医疗队员，什么时候去最合适，一直是我们考虑的。春节和国庆节我们休长假，只有这两个假期才有时间。我们医院手术室有一名男护士是坦桑尼亚人，他在赞比亚工作三年，每年都要乘坦赞铁路列车回去两三次。他告诉我说10月去最好。这个时候干冷季刚过天不冷，雨季还没到来，旷野的灌木丛和杂草正干枯，沿途可以看到很多野生动物。而春节正值雨季，每天都下雨，旅行很不方便。

10月的赞比亚正值旱季，火红的烈日如火炉一般炙烤着干裂的大地。放眼望去，广袤的大草原到处是一派枯黄凋落景色。我们在赞比亚四省六个医疗点工作的12名医疗队员，汇聚在坦赞铁路的终点站——赞比亚的新卡皮里姆波希火车站。利文斯顿医疗点距车站有700多公里，为了能和我们一起去坦桑尼亚，那里的队员前一天就从南方省乘车到首都，第二天和首都队员一起赶到车站。

我们医疗点的队员从恩多拉出发，一路比较平坦，一个多小时赶到车站的所在地新卡镇。车子从公路上东转而下，远远就看见一幢高高的方正的建筑，那就是车站大楼。大楼上方绿色的几个英文大字NEW

▎作者在新卡皮里姆波希火车站（赞比亚）

KAPIRI MPOSHI（新卡皮里姆波希）格外醒目。车站大楼像大会堂，又像博物馆，似曾相识，使我怦然心动。车站广场很大，两侧是高大的绒花树、橡树和芒果树，广场的右侧，矗立着巨大的铁锹塑像，象征着中、坦、赞人民用勤劳的双手完成这一宏伟工程。上面用英文写着："赞比亚共和国总统卡翁达、坦桑尼亚共和国总统姆维尼见证，中华人民共和国国务委员陈慕华女士揭幕，以志坦赞铁路运营10周年"。左侧是一段铁路路轨承载一节火车构建，充分展示了中、坦、赞三国人民修建世纪铁路的伟大壮举。

我们来到候车大厅，这里宽敞明亮，除了黑皮肤的非洲人，还有来自世界各地不同肤色面容的外国人，而我们这些黄皮肤的人在这里格外引人瞩目。因为他们知道，正是这种肤色的人帮助他们修筑了这条铁路。有人用中文跟我们打招呼说："你好"。虽然他们多数人只会说这一句,也让我们感到亲切。

由于事先和坦赞铁路中国专家组取得联系,经他们介绍,我们很顺利就找到车站站长。站长见我们要乘车,非常高兴,说欢迎来自修筑这条铁路的中国的朋友乘车,并很快为我们办理了去坦桑尼亚的车票和铁路签证。这里出境手续很简单,交1万夸查(相当于人民币20多元),在护照上盖一个图章就了事,这有利于两国之间的民众往来,难怪乘坐这趟列车的人这么多。

候车室里有不少乘客,有的几人结伴而行,有的大人小孩拉家带口,有的则单人独行,见我们都报以微笑。我询问他们都去干什么,有的走亲戚会朋友,有的做生意,也有的是工作学习。虽然在赞比亚境内有好多站点,但他们多数和我们一样,目的地都是坦桑尼亚。赞比亚是一个内陆国家,进出口物资都要通过他国转运,坦桑尼亚的达累斯萨拉姆港是赞比亚货物进出口的重要港口。当年修筑这条铁路的重要目的,就是为了赞比亚的货物进出口。现在赞比亚很多商人通过这条铁路到达累斯萨拉姆进货,再回赞比亚出售。

两名当地女子过来和我打招呼,她们说认识我,甚至说出我的名字,我感到惊讶。一个说我在恩多拉中央医院给她看过病。我看她们拿着大包,问她们去坦桑尼亚做啥,她们说每两三个月都要到坦桑尼亚进货,那边的中国服装很便宜。她们开玩笑地说,乘中国人修筑的铁路,去买中国货,中国人给我们带来了实惠。

下午2点,乘客们陆陆续续进站上车,列车是和国内一样的绿色车厢。我们买的是卧铺票,从始发站到终点站票价是12万夸查,相当于人民币300元。走进车厢,随处都能看到中国建造的印迹:车厢连接处的压力表上,有中文写着"上海自动化仪表四厂生产"的字样;车上的电流和电压表合格证是中文;厕所的门把手处印有"有人"两个汉字;眺望窗外,铁轨的水泥枕轨上印着"中华人民共和国制"的字样,让我们倍感亲切。

卧铺车厢的结构和国内相差无几,虽然车厢有些陈旧,但很干净。每个卧铺的面积比国内大,只有上下两层的卧铺让人觉得宽敞舒适。车厢除厕所及洗漱间外,还有一个淋浴室,可供长途旅客洗澡,这是国内没有的。

随着汽笛一声长鸣,火车缓缓启动了,站台上送亲友的人群挥手告别。火车离开了车站,我们的心也随着火车驶向远方。

列车在非洲原野上行驶。极目远望,平缓的高原像印度洋上的波涛翻滚。列车一会儿跃上大桥,桥下是湍急的河流或险恶的峡谷;一会儿钻进长长的隧道。据统计,坦赞铁路有大小桥梁320座,总长度16520米;隧道22个,总长度8898米;车站93个;全长1860.5公里的坦赞铁路穿越高山、峡谷、湍急的河流、茂密的原始森林,荒无人烟的沼泽地和野兽群出没的地区,有些地段的路基、桥梁和隧道土质为淤泥、流沙。我们很难想象我们的先辈们在当时机械设备还很落后的情况下,是怎样修筑坦赞铁路这么艰巨的工程。

列车每到一个停车站,都有不少人上下车,但总体是上多下少。站台上有许多小贩吆喝着卖东西,我们下去散步,他们热情地和我们打招呼,不少人还会说几句中文。两个卖水果的人跑到我们跟前,一个说他叔叔曾在中国留学;又一个说中国医生用针灸治好了他父亲的腰腿疼痛。虽然我知道这可能为了让我们买他们的水果,但还是让我们感到亲切和欣慰。

第二天晚上8点多,列车员过来收乘客的护照,因为列车夜间要进入坦桑尼亚境内,需要办理入境手续。天亮醒来,我们已进入坦桑境内。9点多列车在桥上通过野生动物园,不时有驯鹿、大象、野猪、犀牛等动物从我们视野掠过,我们赶快拿起相机拍照。这些动物在自己的领地悠闲自在地活动,丝毫不被行驶的列车干扰,这里是它们的乐园。今天,在地球被人类过度开发的大环境下,非洲的草原和丛林成为动物们少有的栖息地,但愿这些地方能永远都是动物们的天堂。

当天11点钟,列车抵达终点站——坦桑尼亚首都达累斯萨拉姆。坦赞铁路中国专家组的人员前来接我们。站在车站广场回头望,DAR ES SALAAM(达累斯萨拉姆)几个英文字母高悬在车站大楼上。几十年过

作者在达累斯萨拉姆火车站（坦桑尼亚）

去了，宏伟庄重的车站大楼依然壮观，和周围建筑相比毫不逊色，其设计到今天仍不落后，甚至汽车可以直接开到二楼。广场宽大舒畅，车站对面有一小段铁路，一台机车停在那里，作为坦赞铁路的象征。

　　我们被接到当年坦赞铁路会战的总部大院。院子很大，一排排平房整齐有序。当年好几百人工作的总部，现在只有六人。坦赞铁路早已完全交付坦、赞两方管理，中国专家组现在的工作任务主要是联络，铁路上需要中方协助解决的由他们及时汇报到国内，如车辆零部件、技术和资金等问题。经常有国内和邻国的中方人员到坦桑尼亚来旅行，当然参观坦赞铁路是必不可少的，他们也就业余做起接待工作。偌大的院子和闲置的房子就成为接待的场所。院子很大，绿化得很好，种植着木瓜、椰子、芒果等多种非洲树木，院子后面还有他们种的各种中国蔬菜和瓜果。

原来几百人用餐的餐厅现在平常只有他们六人吃饭,有一名专职厨师每天做饭。我们的到来给餐厅带来了许多生气。

中国专家组组长杜坚在坦桑工作了18年,他的夫人孙晓军在坦也有13年了。他告诉我们,1968年5月15日,坦赞铁路在坦桑尼亚境内开始勘探;1970年10月26日在坦桑尼亚境内开始施工;1975年6月7日铁路全线通车;1976年7月23日铁路全线正式运行。

在坦赞铁路建设期间,中国先后派遣5万人次支援铁路建设,有65人牺牲,其中在坦桑尼亚安葬47位,在赞比亚安葬17位。一位名叫李新民的烈士在远洋客轮离开黄埔港不久,因心脏病突发死亡,经电报请示国内后施行海葬。坦桑尼亚有10万多人次支援铁路建设,其中有175人牺牲。坦赞铁路交工后,中国履行技术合作协议,一期又一期的技术专家到坦桑尼亚和赞比亚工作,期间又先后有5位中国人牺牲。

杜坚告诉我们,在位于达累斯萨拉姆西郊靠近坦赞铁路处,有一个

作者在原坦赞铁路总部(坦桑尼亚)

作者返回赞比亚新卡皮里姆波希火车站时与列车员合影

中国援建坦赞铁路暨援坦中国专家公墓。每年清明节，驻坦桑尼亚的中国政府工作人员都要到烈士墓地瞻仰墓碑、扫墓和献花，所有到坦桑尼亚访问的中国政府代表团也要到墓地扫墓祭奠，我们为因行程安排紧张而不能去祭扫感到遗憾。

坦赞铁路货车每周不定时发车，客车每周五从两端对开一列。结束在坦桑尼亚的行程后，我们登上了返回的列车。坦桑尼亚是沿海国家，物资远比赞比亚丰富，而且价格也便宜。上车的人大包小包鼓鼓囊囊，有的从车门挤，有的从车窗爬。我们这些"赞比亚人"买了一些有名的坦桑蓝宝石、坦桑大米、大蒜、腰果等。下午2点40分，列车离开达累斯萨拉姆。

第二天下午，列车进入赞比亚境内。火车在行驶中，我在车厢内活动，看见车厢交界处有一位铁路工作人员，就和他攀谈起来。他告诉我他叫班达，是赞比亚人，在坦赞铁路坦桑尼亚的一个小站上工作。在坦桑尼亚工作一周，回赞比亚休息一周。我问他坦赞铁路的事，他说坦赞铁路是一个奇迹。在西方国家都拒绝的情况下，是中国政府帮助他们建成了这条铁路，非洲人民永远忘不了。他说坦赞铁路至今发挥着不可替代的重要作用，给两国人民带来很大的方便。现在存在的问题是运力不足，不能很好地发挥作用，这是管理不善造成的。

第三天上午列车到了终点站新卡站，人们蜂拥而下，大包小包在站台上堆满了，来接亲友的人也赶过来帮忙拿，久别的亲人相互拥抱着。虽然坦赞铁路目前出现了一些问题，但它确实为当地人民提供了很大的便利，坦赞两国人民是不会忘记的。

2008年北京奥运会海外火炬传递，在非洲唯一的一站就在坦桑尼亚。这足以显示，由修筑这条友谊之路而凝聚和缔结的中国和坦、赞两国之间的传统友谊牢不可破。

埃塞俄比亚篇

初到埃塞俄比亚

2011年2月13日夜，我们中国援埃塞俄比亚第16批医疗队一行15人，从北京国际机场出发，乘坐埃塞俄比亚航空公司ET605次航班，赴埃塞俄比亚执行两年的援外医疗工作。对大多数医疗队员来说，这是他们第一次走出国门，有人甚至是第一次乘坐飞机，既新鲜兴奋又紧张担心。而我则很平静。这是我第三次参加援外医疗工作，这条航线也飞过多次，再熟悉不过了。

次日早上6点，东方渐渐露出光亮来。初升的太阳从天边的云彩里喷薄而出，绚丽的朝霞映红了东方，蔚为壮观。大家从舷窗口向外观看、拍照，颇为惊叹。

7点钟飞机抵达位于埃塞俄比亚首都亚的斯亚贝巴的国际机场。经商处领导朱沧洋秘书、第15批医疗队队长曹清云带领老队员前来迎接我们。在遥远的异国他乡见到祖国的亲人，大家心情都很激动，相互寒暄问候。但看见老队员个个黝黑憔悴的面容，可以想象他们在这两年里工作和生活的艰苦。

老队员过来帮我们把行李装上车，然后大家一起驱车到我们临时住处——中国经援招待所。经援招待所是中国在埃塞俄比亚较早的接待处，院子很大，两边是平房，正面有一栋三层的楼房，院子中央种着很多花草。分配好住处后，大家把行李卸下搬到各自的屋子。招待所许总经理招呼我们吃早餐。经过一夜疲劳的旅行，在飞机上吃过三次的单调快餐，大家肚子都不舒服，现在终于可以吃上中餐了。早餐有稀饭、油条、馒头、鸡蛋、小菜等，大家都吃得津津有味。有意思的是鸡蛋，比鸟蛋稍

顾小杰大使、科拜德·沃库副部长和张秀珍队长在交谈

大些,我从来没有见过这么小的鸡蛋,但吃起来很香,是真正的柴鸡蛋。

下午,在老队长曹清云的带领下,我和我们队张秀珍队长一起去经商处。钱兆刚参赞和朱沧洋秘书放下手头的工作,热情地接待了我们。钱参赞对我们新一批医疗队的到来表示欢迎,向我们介绍了埃塞的总体情况。钱参赞说,埃塞俄比亚是非洲很重要的国家,非洲联盟总部就设在这里,非盟大厦由我们中国政府无偿援建。中埃关系很好。这里治安状况还算好,但人身安全、财产安全、交通安全都还要注意。现在在埃塞的中国人很多,每年都有一些中国人出现安全问题。埃塞俄比亚是非洲极少数没有被欧洲殖民过的国家,人们自尊心很强,要尊重他们。埃塞俄比亚经济十分落后,医疗条件很差,大家要有思想准备。上批医疗队在这里工作两年,干得很好,获得埃塞和中方的赞誉。钱参赞要我们接替他们,为当地人民解除痛苦,为中埃友谊继续多作贡献。张秀珍队长则表示不会辜负国家和领导的重托和希望,一定把各项工作做好。钱参赞还对我们的工作做了具体的指示和要求，并说我们初来乍到，让我们有事找经商处。

2月15日上午，张秀珍队长和翻译任多喜老师去埃塞卫生部，拜会了卫生部副部长科拜德·沃库（Kebede Worku）。晚上中国大使馆在招待所举行招待会，欢迎新队员，欢送老队员。顾小杰大使、钱兆刚参赞、徐庄声参赞、朱沧洋秘书等和大家一一握手。会上欢声笑语，新老队员做了自我介绍。老队长曹清云发言，谈了他们第15批医疗队两年来的工作和生活情况，其中有辛勤付出收获的喜悦，也有艰难困苦和生活的烦恼，不时流下泪水，大家都被感动了。新队张秀珍队长发言，表示一定不会辜负国家的重托，不畏艰苦，克服困难，圆满完成两年的援外医疗任务。顾大使对老队的工作表示肯定和感谢，对我们新队寄予殷切的希望。

会后举行招待晚宴。新老队员穿插坐在一起，满堂欢声笑语。新队员向老队员询问这里的工作和生活情况，老队员传授两年的经验和应该注意的事情，殷切之情溢于言表。新队员还各自找自己同专业的老队员，了解自己所在医院和专业情况，也算是工作上的交待。新队员都急于想知道这些情况，以便早些适应这里的工作和生活。

2月16日上午，我们新老两队进行工作交接。两队都是15人，专业变化也不大。老队在首都有11名队员，分别在黑狮子医院、圣彼得医院、牙科中心3家医疗单位，队员们也分住在3处，另外还有4名队员在距首都80公里的纳兹瑞特的阿达玛医院。我们新队除首都原有的3家医院外又增加了圣保罗医院。老队原来在纳兹瑞特的4人医疗点要撤销；而我们新队有3名队员要搬往新建的位于奥罗莫州距首都80公里的图卢布卢医院，那里是时任总统吉尔马·沃尔德-乔治斯（Girma Wolde – Giorgis）的家乡。两队进行了有关的财务交接，财产交接。财产交接时，我们看到老队员们的住处和屋内的情况，多数屋子较陈旧，还漏水，就知道他们的艰苦。他们告诉我们这里虽然是首都，但经常停水停电，要用桶、盆、锅、缸等贮存些水，以防停水无法做饭。

由于时间紧张，我们没法到纳兹瑞特医疗点交接那里的财物，张占利点长在首都向我们书面交待了那里的财产。说那里虽然没有队员看守，但有医院的保安值班,还有三条狗看门,财产应该是安全的。

2月16日晚上,埃塞俄比亚卫生部在民族饭店(Culture Restaurant)举行招待会,欢迎新队员,欢送老队员。中国驻埃塞俄比亚大使顾小杰、埃塞俄比亚卫生部副部长科拜德·沃库等中埃双方官员参加。会上,科拜德·沃库副部长盛赞中埃友谊,对老队的工作给予充分的肯定和感谢,对新队表示欢迎和期待。顾小杰大使对埃方长期以来为医疗队工作和生活上的支持和便利表示感谢,表示中国医疗队会永远在埃塞俄比亚工作下去。新老队长也分别代表两队发言。作为对医疗队员工作的肯定和感谢,埃方卫生部还为每个老队员颁发了援埃医疗荣誉证书。老队员们一个个上台领证书,脸上写满了欣喜和自豪,让我们羡慕不已。我们期待两年后也能拿到同样的证书。

接下来开始用餐。饭菜都是当地的特色饮食,有牛肉、羊肉、鸡肉和各种蔬菜,是自助餐性质,大家排队去领取。主食是英吉拉(Injera),是当地一种叫苔麸(Teff)的农作物做的,样子很像毛巾,卷成卷状。10年前我在厄立特里亚吃过,味道酸酸的。很多新队员第一次吃,难以下咽。当地人吃饭不用餐具,而是直接用手抓着吃。看见他们用手抓着吃的样子,新队员觉得新奇。老队员们在这里生活习惯了,也用手抓着吃。但饭店为我们新队员准备了刀叉等餐具。

饭后是当地的民族舞蹈表演。非洲人热情奔放、能歌善舞,跳起舞来令人着迷陶醉。舞者身材特好,男子高挑俊健,女子苗条秀美。跳起舞来时而热情奔放,时而如痴如醉;时而默默羞涩,时而大胆直率。有的舞蹈着重于甩辫子,有的则是抖肩部、扭臀部,舞者服饰奇异多彩,乐队乐器古老独特,这些让没有见过异域舞蹈的新队员大开眼界,惊奇不已。演员还下来和我们队员互动对舞,老队员舞姿还像模像样,新队员则拙态可掬,引来一阵阵欢笑,大家度过了一个难忘的夜晚。

2月18日晚上,第15批援埃塞医疗队员在完成两年的工作之后,就要乘飞机回国。我们到机场为他们送行,大家依依不舍,互道珍重。老队员祝我们保重身体,工作顺利。我们祝愿他们旅途愉快,回国后家庭幸福,万事如意。

人犬情未了

2011年2月中旬，援埃塞俄比亚第15批医疗队，完成两年的援外医疗任务准备回国。在纳兹瑞特医疗点工作的医疗队员回到首都，参加我大使馆举行的欢送老队员、迎接新队员联欢会。同时他们向我们移交那里的工作和财物。由于该医疗点这次要撤销，那里的财物需要搬运到新医疗点图卢布卢。在移交过程中，他们特别向我们提及驻地三条看家护院的爱犬——狗熊、贝贝和盼盼。说三这条狗忠诚懂事，活泼可爱；如果我们要就全部带走；如果不要，那里的中国公司已经打过招呼说要，就送给他们。

由于新医疗点图卢布卢距离首都约80公里，只有我们三名中国医生。出于安全考虑，看家护院有条狗是必需的。我们说要，他们要我们答应一定要照顾好这三条狗，它们是我们中国医生的忠实朋友。特别要照顾的是那条老狗狗熊，现在已经十多岁了，年老体弱。它是我们上好几届医疗队留下来的，为我们医疗队立下了汗马功劳。它对我们医疗队忠心耿耿，只要是中国人来，就会上前摇尾示好，表示欢迎。自从有了它，医疗队院内再也没有丢过东西。有一次，有一位中资公司的中国朋友想试试狗熊的忠诚和聪明程度，就拿着医疗队的东西往大门口走，结果狗熊上去咬他，不让他出门；他放下东西，狗熊又跟他亲热起来。

两年里他们和狗熊朝夕相处，产生了深厚的感情。狗熊不但是他们的忠实护卫，更是他们生活的乐趣。平日在驻地，他们和狗熊逗乐、嬉戏、玩耍，其乐无穷。外出钓鱼带着狗熊，它曾击退两只土狼，逮住过几只野兔。如果没有狗熊，他们的生活可能是另一番样子。现在狗熊年事已高，身体越来越衰弱，近来不吃不喝，生命快要走向终结了。队员们给狗熊打针喂药，维持它的生命。他们说着说着，不禁唏嘘流泪，连我们也感动得流下眼泪。他们还叮咛我们，驻地的狗食不多了，在去纳兹瑞特的路上有家肉店，给这三条狗买五公斤鸡爪子。搬家时一定不要遗弃狗熊，可把它装在笼子里带走，让狗熊在我们中国人的看护下平静地死去。

第二天，我们即到纳兹瑞特考察情况，准备搬迁事宜。经过近两个小时的行车，我们抵达纳兹瑞特。医疗队驻地就在阿达玛医院斜对面的一条主要街道上。黑人保安刚打开大铁门，就有两条狗跑上前来。虽然我们是第一次来这里，但看见我们是中国人，就前来和我们亲热起来。我们问狗熊在哪里？当地厨娘说狗熊病了，在屋内躺着。

我们走进屋，一条灰黄色大狗躺在地上，神志恍惚，目光呆滞，身体羸弱。我们喊狗熊的名字，它前腿挣扎着站起来，点点头，算是对我们的问候。我们把在路上买的鸡爪子送到它跟前，它连闻也不闻。我们知道狗熊将不久于人世，但如果我们搬家，一定要把它一同带走。

考察结束后我们下午回到首都的临时驻地，即派两名队员樊长河和郭喜勇去纳兹瑞特看守财物。当他们晚上7点多钟到达时，发现狗熊已经死了，样子很平静。

可怜的狗熊，为我们多届医疗队看家护院，忠心耿耿。直到最后要看到我们新队员的到来才平静地死去，也算是它向我们完成了交接任务。

他们当即把这一不幸消息电话报告给张秀珍队长。张队长说狗熊为我们多届医疗队服务，功不可没，定当厚葬。并嘱咐他们把狗熊埋葬在医疗队驻地院内，就让它永远留在多少年来一直守护的地方，也算是对它的一种褒奖。

两队员按张队长的指示，葬狗熊于院内一棵大树下。两人在泪水中埋葬了狗熊，在坟上插上鲜花，并按我们中国的习俗，点上了香火，以表示对狗熊的敬重和哀悼。我在首都感慨万千，代表医疗队写了一首小诗，用手机短信发给在纳兹瑞特的两名队员，作为对爱犬狗熊的悼词：

悼爱犬狗熊

爱犬狗熊,呜呼哀哉。
寿终正寝,天赐遗爱。
看家护院,十余年载。
耿耿忠心,队队信赖。
机智勇敢,聪明顺乖。
啧啧口碑,人人爱戴。
今辞我去,涕零伤怀。
葬于院内,融入家宅。
永世守护,以志我爱。

初到图卢布卢医院

根据中埃两国协议，中国医疗队原来在纳兹瑞特的医疗点撤销，增设并搬往奥罗莫州的图卢布卢。根据工作安排，我和小儿外科的樊长河大夫、麻醉科郭喜勇大夫三人被派往这家医院。

刚到埃塞俄比亚不久，经参处钱兆刚参赞和朱沧洋秘书即和我们医疗队五名队委去图卢布卢医院考察了解情况，准备搬迁设点事宜。队里经过充分准备，又和埃塞卫生部及图卢布卢医院多次联系，决定搬往图卢布卢医院。

3月14日，在张秀珍队长的带领下，几名队委及我们三人一同前往医疗队增设的医疗点图卢布卢医院。图卢布卢位于距首都亚的斯亚贝巴西南约80公里的小镇，这里是时任总统吉尔马·沃尔德-乔治斯的家乡。新建的图卢布卢医院2010年才开业，是一家初级医院（Primary hospital），只有两名医生，严重缺医少药，这是他们强烈要求中国医生去那里的原因。

经过一个半小时的行车，我们到达图卢布卢。医院坐落在镇边靠近主干道公路一个空旷荒野里。远远看去，荒芜的院落里，看不到人影，几栋蓝顶白屋的新建平房在周围简陋民房的衬映下，显得格外醒目。

得知我们到来，院长和医院职工都出来迎接，和我们一一握手问候。院长名叫伊德欧，30岁出头，很热情，招呼后勤人员帮我们搬行李物品。我们三名医生，只有两间房子，另一间房子还没有准备好。当天我和郭喜勇大夫先搬进去，樊长河大夫只能暂回首都驻地，等过几天房子腾出来后再搬来。

埃塞俄比亚篇

作者在图卢布卢医院门口

房间很小，只有十几平方米，是为单身医生特意设计的。进门就是客厅兼卧室，一张床、一张桌子和两个单人沙发，已经基本上占据了所有的空间，连放一张茶几的地方都没有。里面的厨房和卫生间也是小得不能再小了。

搬完行李物品，院长带领我们到医院参观，向我们介绍医院的情况。医院一年前开业，有职工近百人，50张病床，但只有两名当地医生。去年这里曾来过两名古巴医疗队内科医生，因工作生活条件艰苦，不到三个月就走了。医院其他接诊看病的都是保健官员（Health officer），可以看病，有处方权，相当于我们过去的卫生员（但不能算作医生），急需我们外科医生。

整个医院院落挺大，一切都是新的，蓝顶白屋的平房坐落得整齐有序。院内连稍大的树木都没有，一排排新栽的小松树还不到30厘米高，整个医院就暴露在空旷的烈日下。门诊诊室很小，屋内设置很简单。门诊部有急诊科、全科、儿科、口腔科和母婴保健科，只能看一些简单的疾病。还有几个我们意想不到的门诊：艾滋病自愿咨询检测门诊（VCT）；抗病毒治疗门诊（ART，实际上就是艾滋病治疗）；结核和麻风病门诊（TB and Leprosy）。

随后我们来到辅助科室。放射科有一台中国产的X光机和一台美国产的B超机，有两名技师负责拍片，不出报告；B超则由临床医生自己操作。检验科只能做简单的三大常规，我们外科医生最需要的手术输血根本无从谈起。

手术室大门紧锁，从来没有启用过。院长告诉我们，听说中国外科医生要来，医院在两个月前就派一名大夫外出学习妇产科剖腹产手术，两名护士学习手术室业务，以帮助我们开展手术。

参观结束，我们感慨万千，这是一家条件简陋的乡镇级医院。虽然我在非洲援外多年，但都是在比较大的医院，像这样的医院从来没有待过。一同来的队员有的为我们在这里的生活和工作担心，但我还是蛮有信心的。既来之，则安之。我在非洲这么多年，没有我吃不了的苦。只要脚踏实地，一切从头做起，就没有克服不了的困难，就一定能在这里做出成绩来！

从艰难中开始

我们来后才真实感受到图卢布卢的艰苦。

图卢布卢是奥罗莫州一个无名的地方小镇，位于从首都亚的斯亚贝巴到季马的长途公路上约80公里的地方。虽然这里距下一个小镇沃里苏（Wolisu）只有35公里，但情况大不相同。沃里苏气候适宜，野外绿色苍莽，适合多种水果生长，还有温泉，是有名的旅游景点。而这里什么都没有，甚至没有一栋两层以上的楼房。小镇位于公路两旁，除这条公路外，镇上仅有的几条街道都是凹凸不平的土路，偶尔驶过车辆便会扬起漫天尘土……

镇上没有超市，只有两家代销店一样的商店，东西也很不全。乞丐、流浪汉很多，我们外出购物时经常遭到当地人围堵要钱。一个人不敢上街，郭大夫就曾被人抢过钱——虽然不多。一周两次的集市上，人们交换着各自的农畜产品——这是他们主要的经济来源。镇上物资供应匮乏，大米、面粉有时断货；蔬菜水果严重短缺；猪肉从来没有，牛羊肉也很难买到（正值当地东正教斋月）。这里经常停水、停电，晚上常常是漆黑一片。手机信号不时中断，甚至没有一家网吧。

图卢布卢医院是一家乡镇级医院。病人常常赶着两轮马车来看病。牲口就拴在医院大门口外的木桩上，不时发出嗷嗷叫声。医院大门口保安持枪上班，很是恐怖。职工每天下班经过门卫，保安都要一一搜身检查。医院有职工近100人，病床50张，但只有2名当地内科医生。我们3个中国医生算是医院的主要力量，一有疑难病人便向我们求教。但我们连一间正式的办公室都没有，我上班只能在一间门诊治疗室的屋子里接诊病人。没有影像科大夫，只有两名X光技师，拍片的质量很不好，还需要我们不时去指导。一台B超机，没有专业人员操作，有了病人我们只能自己动手操作。检验科只能做简单的三大常规化验。医院没有阅览室，更不能上网查阅资料。

医院传染病很多，有疟疾、阿米巴、艾滋病、结核病、鞭毛虫病、麻风病、霍乱等。

医院后面是为医生修建的单身职工宿舍，房间很小，只有十几平方米，连个衣柜都没有，我们的衣服一直委屈在行李箱里。更没有电视冰箱，我们只好搬来我们医疗队在纳兹瑞特的电视和冰箱用。早上5点钟，从教堂喇叭里传来的念经祈祷声灌入我们的耳朵。院内没有树木，中午强烈的阳光炙烤着大地和我们的屋子，炎热难当。我们的房屋周围杂草丛生，蚊虫很多。虽有蚊帐，但蚊子常常在半夜把我们叫醒，身上留下又痒又痛的红斑。

这里经常停水，我们只好也像当地人一样用塑料桶存些水备用，洗澡更是难得。一天几次停电，即使有电，电压也很低，电灯如蜡烛光亮。厨房电器常无法正常工作。煤气根本没有，必须到首都去买，医院不报销，交通也不方便，我们自己去了两次都空手而归。无奈之际我想起在赞比亚时，有段时间经常停电，我们用煤油炉做饭。于是我们为每人买一个小小的煤油炉，维持一日三餐的生活。但一顿饭下来，弄得鼻涕眼泪手乌黑，屋内斑斑多黑迹。

整个镇上只有我们三个中国人，看不到报纸电视，又没有网络，和家里联系很困难。信息非常闭塞，埃塞的、中国的、世界上发生的事情全然不知，仿佛与世隔绝。没有任何文体活动，生活相当孤单，还存在安全隐患。

医院职工多是年轻人，但都不是本地人，在医院外租房子住。他们来这里是要完成埃塞卫生部要求的三年农村工作经验，结束后都要离开，没有人愿意在这里久待。之前来的古巴医疗队的两名医生不到三个月就走了。

埃塞俄比亚篇

图卢布卢镇街头

虽然这里条件异常艰苦，但既然国家把我们派到这里，我们就要在这里安心工作。看到院长和当地居民对我们的热情和期待，还有病人默默求助的眼神，我们也甘愿在这里工作。院长经常到我们住处来看望，询问我们还缺少什么，能解决的尽量帮我们解决。不少同事也来看望，邻居班琪经常煮好咖啡喊我们过去一同喝。这些都让我们感动。我想，越是困难的地方越需要我们，我们要在这里干出些成绩来！

我们已经正式开始工作，做一些门诊小手术，如脂肪瘤、粉瘤、腱鞘囊肿，包皮等。有空我们三人就到手术室摆弄手术床、无影灯、麻醉机、电凝器等，然后亲自到库房去挑选手术器械，为手术室开张做准备。我们也预约了一些疝气、甲状腺等简单的外科手术病人，待手术室正式启用后，就可以开展一些较大的手术。

173

院长对我们的工作很满意。我们需要什么，都给予大力支持，这让我们感到欣慰。

这里的工作生活确实艰苦，但我们勇敢地面对这些困难与挑战。我们会克服困难，创造条件，干出一番事业，闯出一片天地，让非洲人知道我们中国人的不屈和顽强！

我在院子里用近似原始的锄头开垦了一片菜园子，种上了中国蔬菜，已是郁郁葱葱，人见人爱，当地人对我伸出大拇指称赞。我还在房前屋后种上多种果树，有芒果、木瓜、油梨、咖啡树等。看着它们慢慢地发芽、生长，我心里也充满了希望。不管这些果树在我们走之前能不能开花结果，这都不重要；我们要让这里人知道中国人的勤劳，也让这些果树在他们的心中繁茂地生长、开花和结果。

赶 集

这天是周六,是我和郭喜勇来图卢布卢后的第一个周末。这里周六周日不上班,周日人们要去教堂做礼拜,周六就成了人们上街赶集的日子。

一大早就有零零散散的赶集人,从医院旁边的路上往集市上赶:有乘坐两轮小马车的,有骑马牵驴的,有肩扛背驮的。有的赶着羊群,有的抱着老母鸡,有的背着小孩子;有结伴成群的,也有单独成行的;披着初升的霞光,不紧不慢,宛若一首悠闲自然的晨曲。

我们的邻居班琪是医院影像科的一名女技师,清早和两岁的孩子在门口玩。她告诉我们,今天是镇上赶集的日子,问我们有什么东西要买。我们说想买些肉和鸡蛋及一些日常生活用品。她说现在是东正教的斋月,人们不吃肉,早上也不吃饭,直到下午3点后才能吃饭,要持续两个月,商店和集市上都没有肉卖。要买鸡蛋,过路赶集的人就有,如果我们想要,她可以为我们代劳,我们答应了。

10点多我们去赶集。一出门,村庄的人们就用好奇的目光打量我们。虽然图卢布卢距首都只有80公里,却很少有外国人在此停留,更没有中国人在这里赶集。对于突然出现的我们两个中国人,他们感到新鲜好奇,不时回过头来张望。没走多久,就有一大群孩子呼喊着跑过来围住我们。他们年龄还小,大概还没有上学,也不会说英语,用当地话向我们问好。我们也听不懂,只能用微笑和手势向他们示好。

孩子们一个个非要伸出小手来和我们握手。我们也乐乐呵呵地和他们一一握手。不知哪个孩子握完手后还亲吻了我的手,这下其余的孩子

赶集路上

也都要过来亲吻我的手。孩子们手脸脏兮兮的,有的还流着鼻涕,有一个孩子亲吻时还把鼻涕抹到我的手背上。但我并不觉得脏,孩子的吻是世界上最纯洁的吻。这一吻,在他们幼小的心灵里,会永远留下对中国人的美好记忆;在我们心中,这也是最好的见面礼节。

来到异国他乡,最惦记的自然还是家里。小郭思家心切,要给家里发一封信。邮局就在主街上,我们轻松地找到了。一个不大的院子里,杂草丛生,房子很旧,大概有五六十年的样子了。营业室只有一间屋子,这边是卖邮票信封;那边是一格一格的带锁信箱。全镇有信件来往的单位和个人都可以在这里申请信箱,有寄来的信件邮局就放进各自的信箱里,由用户自己开锁来取。

小郭买了信封和邮票,要发往国内,一共还不到五比尔(合人民币不足两元)。工作人员是一位五十多岁的男人,稳重负责,英语说得很不错。当得知我们是图卢布卢医院新来的中国医生时,他还为我们查了医院的信箱号,让小郭写在信封上,说这样有回信医院就会帮他取回。

我们住的院子很大,想种些中国蔬菜,所以想在镇上买些锄头、铁锨、耙子之类的农具。可我们费尽口舌,连说带比划,找了好几个当地人,包括警察,都不明白,只好作罢,只有等下周跟院长再说。

当地刚进入小雨季,外出道路泥泞。我们医院内的道路是用碎石子铺就的,很费鞋子。来时行李太多,我没有带运动鞋,打算到镇上买一双。在一条街上,有不少卖衣服鞋帽的,进去一看,多是中国生产的。我看上了一双运动鞋,问老板价钱,他说950比尔。这么贵?我试了试,有点小。又转到了一家商店,店里没人,我选了一双试了试,大小还行,但没人,只好等回来再买。这里店开着没人也没事。

小郭要买手机充值卡,转了好几家商店才碰到一家店里有,而且也只有两张25比尔的(合人民币约8元)。他的手机卡是当地人用的,充值提示是阿姆哈拉语,我们只好让旁边的当地人帮忙。一个当地人自告奋勇帮小郭充好了,我们表示谢谢。

我们在一条街上逛,看见有不少人带着农副产品朝一个方向走,我们猜想那里可能是集市,想去看一看。

拐过一个弯,远远就看见集市——偌大的集市设在一个大而空旷的露天空地上。人们熙熙攘攘,没有机动车辆,自行车也极少,两轮马车随意停放。蔬菜调料,衣服鞋帽,锅碗瓢盆,木炭柴火,咖啡豆和恰特草,牛羊乱叫……稀稀拉拉的,但各家的东西都不多,像我们八十年代农村的集市。有意思的是这里的东西都是按堆、个、捆卖,没有一家是用秤称卖的,说多少就是多少,也没有讨价还价这一说。蔬菜和其他农产品倒还便宜,但大蒜很贵。

到了一个卖活鸡和鸡蛋的地方,东西少得可怜。鸡较贵,一只大约60比尔。鸡蛋10比尔8个,非常小,比鸽子蛋大些,但都是柴鸡蛋,肯定是自家养的。各家也只有十几个鸡蛋,要多买得找好几家。这让我想起小时候在老家农村,母亲养几只鸡,攒下来几个鸡蛋,全家人根本舍

集市一角

不得吃,拿到集市上换几角钱,为我和弟妹们买铅笔本子之类的用品。看到这些,眼泪在我的眼眶里直打转。

　　转得差不多了,我们也该回家了。在回来的途中,碰到两个小伙子,约十六七岁的样子,凑上来和我们聊天。英语说得还算溜,一路上问这问那。我要去来时的店里买鞋子,他说要帮我。老板回来了,因为刚才鞋子已经试过了,我就直接问他价钱,回答说400比尔。我觉得这个价钱还不算贵,先前那个老板要950比尔。虽然我知道当地人一般都不砍价,但我还是问能不能便宜点。回答说350比尔,这出乎我的意料。

　　付了钱就走。路上我问小伙子,如果你们买这样的鞋子会多少钱?他说250比尔。看来哪里都一样,都宰外国人,因为都觉得外国人有钱,又不懂行情。我今天真做了一回"二百五"。

　　镇旁边几处家门口都竖立着一个半人高的木杆,木杆上端扣着一个搪瓷缸。我们不得其解，问小伙子。他们说当地人家里酿一种酒叫苔拉（Tela，阿姆哈拉语），这个标志是表明他家酿有苔拉酒，你可以去买酒喝。这让我想起我们古时酒家房上屋前悬挂着的酒旗，迎风飘舞；还有唐朝诗人杜牧的诗："借问酒家何处有？牧童遥指杏花村"。这相当于酒旗，也无需牧童指路，你寻着这个标志就可以找到酒家。

小伙子问我们是否有兴趣，我们也愿意一尝，就进了一户人家。院子里脏乱，还拴着一头头牛。我们走进屋里，里面光线很暗，摆着一张低矮小桌和两条长凳。年轻人说明来意，一个中年妇女出来从缸里为我们盛酒。酒水很浑浊，污黄色，上面还漂浮着黑色和黄色渣滓。一人不大不小一搪瓷缸，一缸子才1比尔。喝起来味道还可以，淡淡的略有些苦，有些啤酒的味道，没有什么特别的怪异味。喝下去一会儿，我脸上就有热热的感觉。

年轻人告诉我们，这是用当地的苔麸、大麦等发酵酝酿的。当地人很爱喝，喝多了也会上瘾。我想起前天下午下班后院长请我们出去喝咖啡，回来的路上碰到一个神经兮兮的老头，老跟着我们胡言乱语，院长说他嗜酒成性，喝的大概就是这种酒。

出了门回家，邻居见我们回来，给我们每人端出8个鸡蛋。她说有赶集卖鸡蛋的人路过，她替我们买下了，1个1比尔。我们给她10比尔，她找给我们2比尔。

虽然我在非洲待了多年，但都是在比较大的城市。像今天这样的经历还是头一次，觉得也挺有意思的，所以就像流水账一样记了下来。

煤油炉的故事

在图卢布卢这个小镇,一切生活都很困难。

夜里整个小镇常常因停电一片漆黑,四周的村庄都淹没在黑暗之中,旷野里不时传来动物的叫声,蜗居在十平方米的简陋小屋,我常常难以入眠。经常一个人躺在床上想,自己怎么到了这么一个荒凉地方,我的母亲和家人如果知道我晚上的这般境地,肯定会伤心流泪,寝食难安。我的领导知道我在这个地方的情况,也会为我担心的。黑暗使人恐惧,有时晚上在想,我会不会看到明天的太阳。

天亮了,光明驱散了黑暗,也驱散了我心中的阴霾,又一天开始了,又要开始新一天的工作了。工作使我忘记了一切烦忧,这里需要医生,需要我,这是我坚守这里的理由。

图卢布卢医院开业才一年,只有两名当地医生,生活条件异常艰苦,经常停水停电。刚来时,我们的厨房都配有液化气炉灶和气罐,还有一个简易的做饭电炉,我觉得生活应该没有问题,谁知我和郭喜勇大夫的液化气只有一点点,用不到两周就没有了。我们向医院报告此事让派人去买,院长说买不起,没有这笔经费。我们觉得诧异。按有关协议,院方应该为我们提供这些必需的生活设施,买不起你配备液化气炉灶是什么意思?后来才知道原来他们是想吸引我们来这里工作,因为先前的古巴医疗队大夫工作不到三个月就走了。我们把此事向在首都的张秀珍队长做了汇报。张队长说队员生活问题是大事情,院里买不起我们队里出钱买。我们很高兴,和司机一起到镇上去买。谁知镇上就没有一家卖液化气的。这也难怪,这里很穷,做饭都是用柴火、木炭和干牛粪之类的,谁能用得起液化气？大多数人连液化气是什么样子都没有见过。

镇上没有煤气，我们只好驱车近100公里到首都亚的斯亚贝巴去买。我们很高兴去首都，首都亚的斯亚贝巴是大城市，我们这些"乡下人"，望着首都的街道、商店、繁忙的交通和人群，眼花缭乱，目不暇接。司机经常去首都，他对那里非常熟悉，可跑了好几家液化气店都没有，店门口堆放着许许多多的空罐子。店里人告诉我们，这些空罐子都在这里排队，等候有了液化气以后再充气。我们不在首都，液化气来了无法及时赶到，也就没有把气罐留在这里。

没有液化气，我们只好用电炉做饭，但这里经常停电，饭正做着突然停电，饭生在锅里。更常见的是电压很低，电炉子只有热热的感觉，看不到一丝红热，这样是没法做饭的。樊长河和郭喜勇不时向我抱怨，但又有什么办法呢？

抱怨的时间长了，我突然想起用煤油炉做饭。我在赞比亚时有一段时间经常停电，在别人的建议下，我们就曾经用煤油炉做饭，而且还不错。我想镇上如果有煤油炉就就地买，镇上没有就去首都购买，一定要解决吃饭问题。我把这个想法跟他们两人说了，他们不相信煤油炉能炒菜蒸馍，我说没问题，我在赞比亚曾用过。我又向在首都的张秀珍队长做了汇报，她也半信半疑，说你们可以试一试。

我们开车到镇上的杂货店去看，果然有煤油炉，还是中国生产的那种邮政绿。我喜出望外，有了煤油炉，就可以解决我们做饭的大问题了。好在镇上的加油站有煤油，我们灌了一塑料壶，兴冲冲回到家里。

添加了煤油，整理好捻子芯，点燃捻子，煤油炉燃起了红红火光，还可以通过旋钮调节火量的大小。当天晚上我们用煤油炉做饭炒菜，虽然火力有限，但毕竟可以把饭做熟了，樊长河和郭喜勇也相信了我的话。

从此我们再也不用担心做饭时停电和电压低的事了。一个人的饭好做，想什么时候做，点燃煤油炉就可以做了。用煤油炉蒸馍也能蒸熟，只是时间要长一些。

虽然煤油炉可以做饭，但并不那么容易。经常捻芯烧焦了，火苗不旺，需要修正。熄灭火苗时要把炉子搬到室外，要不屋内就有一股很难闻的煤油味。我的煤油炉经常冒黑烟，由于燃烧不完全，锅底锅侧边有一层煤黑，锅放在地上一片煤黑，手碰到也一手煤黑，屋子里到处是黑迹斑斑。有时做饭煤油炉冒出的煤烟使我流泪，眼睛流泪，心里也流泪——这是一种什么样的生活啊？

半年以后医院安装了变压器，有电的时候，电压可以保障电炉做饭，但经常停电，我们又不得不再点燃煤油炉做饭，但再也不用担心饭做不熟了。再后来医院又安装了发电机，没电的时候可以发电，但仅供给医院，没有连接到我们的住处，我们做饭还和从前一样。

2012年中国援建埃塞俄比亚的提露内丝—北京医院建成。按两国协议，在埃塞俄比亚各个医院工作的所有中国医生都集中搬到这家医院，我们也不例外。虽然北京医院有集体厨房，用电磁炉做饭，但搬家的时候，我们还是把煤油炉也一同搬走。虽然再也用不着了，但我们对它有着深厚的感情，是它解决了我们吃饭的大问题，使我们在非洲那个偏僻的小镇没有忍饥挨饿。后来有时在医疗队的库房里看到它，心里还有一种心酸和感激的感觉。

小小的上网卡

世界已经进入信息化时代，而非洲却被远远地抛在后边。2001年我去厄立特里亚时，那里还没有BP机和手机，电脑还是稀罕物，互联网也刚刚开始使用，基本上不能用（见厄特篇，没有手机的国度）。2005年我去赞比亚时，那里的手机基本普及，但互联网网络好像都是卫星无线网络，很少有电话线或专线，网络信号很差，安装费用昂贵。街上虽有网吧，但网速非常慢，还按分钟收费。我去过一次，没有浏览到多少，花了50多元人民币。我们医疗队员在4省6个医疗点，虽然援外经费有这项支出，但安装费用贵，网速慢，管理难。鉴于这种情况，队里把上网费发给每个队员让自己解决，一些人不上网，有的人去中国公司或街上的网吧，我则到医院9楼热带病研究所的图书馆缴费上网。在赞比亚4年多，我和队员们曾几次想给医疗点上安装宽带网络，还请中兴公司技术人员来看，但由于种种原因始终没有做成。

2011年我来到埃塞俄比亚，鉴于先前的情况，我对网络没有抱多大的希望。听说有些医疗点有网络可以上网，但速度很慢，只能发个邮件，简单聊天什么的，但浏览网页、查资料也还是很困难。因为只有一台电脑能够上网，大家都需要，只能一人一天地轮流。

3个月后听说埃塞俄比亚有无线上网卡，只要有手机信号的地方，把上网卡插到电脑就可以上网，是中兴公司生产的，用起来很方便，这实在太好了。但价格不菲，按流量收费，2G流量一个月500比尔（合人民币160多元）。但考虑到大家跟国内和家里联系确实是一大问题，队里经过一番计算和考虑之后，决定为每两人购买一张上网卡，轮流上网。

有了上网卡我们太高兴了，因为那时还没有3G手机和3G网络，在我们非常偏僻的图卢布卢，医院不能上网，街上没有网吧，发邮件、上网查资料都没有办法。我和樊长河、郭喜永三人共用一张卡，每人一天，但谁有急事如给国内打通网络电话、发邮件和查资料，都相互照顾。因为流量有限，不到月底流量用完就得自己充钱，所以大家都自觉节省，尽量用在需要的地方，一直也没有出现超资的情况。

有了上网卡就可以浏览新闻、发邮件、聊天了。出国前我们队建立了"清风飘埃塞"QQ群，现在大家可以在群里发布队里的通知、队员工作和生活动态，还可以聊天。首都的队员也不在同一个医院和同一处住，平时见面机会也不多，大家在聊天室聊天，相互交流，谈工作谈见闻谈生活，也发布一些笑话，原来寂寞无聊的夜晚，也变得有意思起来。

两人一张上网卡用起来不方便，也不敢大量浏览和查阅资料。不久经队里研究，给大家每人买一张卡，这下大家都方便多了。不过埃塞网络不好，有时好几天没有网络信号，有时信号很弱，经常断网，不过比起先前我在那两个国家不能上网好得多了。

我在图卢布卢把自己写的一些文章发到队里的QQ群里，得到队友们的赞扬和鼓励。为了和国内的朋友交流，我开通了博客：椰风季雨，记述我在非洲的工作、生活、见闻和故事，还配有照片。网友们看了很高兴，纷纷给我留言鼓励，要我多写一些非洲的情况。

在网上用阿里通打网络电话非常便宜。阿里通是国内网络电话，收费很低。但网络无国界，在国内国外打都一样，我们从埃塞打阿里通国内电话一分钟不到一毛钱，通话质量还可以，而打一般国内电话一分钟要四元钱！通过网络视频，还可以和家人相互见面说话。我端着笔记本电脑通过摄像头，让母亲看我房间里的情况。母亲看到我屋子基本的东西都有，生活条件还能说得过去（当然我是报喜不报忧），也放心了。我还把笔记本电脑端到户外，让她看我住处周围的环境，我的菜园。母亲看到我的菜园很是高兴，她也喜欢种菜。有一次母亲过生日，我和母亲视频通话，给她念我为她写的诗《生日感恩》，我念得哽咽，母亲流泪了。

2011年下半年，是队员们孩子上学和职称晋升的时候，大家跟家里和单位的联系和沟通非常多。我们队有八个人要晋升职称，最后全都晋升了，皆大欢喜。

2012年元月，我们统一搬迁到首都亚的斯亚贝巴的北京医院。北京医院由中国援建，每人屋子都有网络线接口，但由于附近没有网络接线头，不能有线上网，我们还是继续用上网卡上网。

2013年5月，第17批医疗队抵达埃塞俄比亚，我们到机场去迎接，去时我带着笔记本电脑和上网卡。到宾馆安顿以后，我让大家用我的笔记本电脑上网，用阿里通网络电话给家里打电话报平安。大家怕花钱不敢多说，当我告诉他们这样打电话一分钟不到一毛钱，比在国内还便宜时，大家都诧异了。

小小的上网卡连接着祖国和亲朋，连接着世界。

终于能看到中文电视了

我们来图卢布卢的时候，就把原医疗点纳兹瑞特的电视机、解码器和卫星天线一同带来。在屋内东西都安顿以后，我们着手开始安装卫星电视。我在厄立特里亚和赞比亚两个医疗队，都能看到中文电视，这次自然也不会例外，国家在这方面是大力支持的。图卢布卢是一个穷乡僻壤的小镇，信息闭塞，如果没有中文电视和报纸，很难想象我们会是一种什么样的生活。

在非洲，电视都是一家一户，没有像国内那样提供统一的有线信号。凡是有电视的家庭，楼上或门前都有一个接收卫星信号的小锅，有的整齐得俨然一副风景。我们住的是平房，几个邻居家门口都有这样一个小锅，收看电视节目，主要是埃塞当地的节目和CNN、BBC、半岛电视台等这样的频道。对我们来说，主要想收看中文频道，了解国内的新闻。这些年国内发展很快，如果看不到中文频道，国内形势、重大事件、医疗改革等这些与我们自身有关的消息无从知晓，我们将彻底与国内隔绝两年。

樊长河喜欢摆弄电脑、电视和手机这些玩意，是一个能人，他来给我们安装这台有线电视。我在国外医疗队待过多年，也安装调试过卫星电视。这东西其实并不复杂，只要把各种连接线接好，把大锅对准卫星信号的来源，就能接收到节目。其中最关键的是对准，对准了才能接受到节目；其次是固定，如果固定不好，风吹雨打位置稍有偏移就收不到节目。我和樊长河用这种办法，收到了当地的节目，都是当地阿姆哈拉语，我们看不懂。后来翻来覆去调试了大半天，还是怎么也收不到中央台的

埃塞俄比亚篇

邻居家的电视天线

频道,只好作罢。

6月上旬 我们来图卢布卢三个月,经商处钱兆刚参赞到我们图卢布卢参加药械捐赠和视察工作。看到我们三个人在这个偏僻的小镇孤独无助,看不到中文电视,很替我们着急,说他从首都请中国有关人员帮我们调试,我们很高兴。

两周后,钱参赞请的中国技术人员风尘仆仆来到这里,他们是北京广播电视公司的技术人员。我们很高兴,心想晚上我们就可以看到中文节目了。他们四个人查看了我们住处的周围环境,像邻居家一样,在我们门前支起了大锅。他们反复搬动大锅,以期能有中文频道出现,可是怎么调试,就是没有中文画面出现。他们觉得这个位置不佳,想把锅支在我们的房顶上。我搬来梯子,他们爬上一看,觉得房屋顶是斜面,难以固定,也不行。又想了不少的办法,这样忙乎了一个上午还是搞不成。

中午我们在镇上一家小饭店简单吃了些当地饭菜,下午又开始工作。他们说中文国际频道的卫星在这里与地面角度很小,很容易受到附近建筑物的干扰。这次他们想把大锅安装在离我们住处稍远的地方,但费了很大的工夫，还是没有效果。几个人也很不好意思，说他们都是在户外架设线路的，对这个不专业，说回去后找公司专业的人员下次来帮我们调试。

两周后我们到首都办事，回来时和北广电的人员一起来到图卢布图。这次他们公司很重视，还来了一位公司领导，一路上我们交谈得很融洽。到了驻地，他们从车上取下笔记本电脑和卫星定位什么的仪器在地上测试，看起来很像一回事。郭喜永说这回应该没问题，他们拿着这么先进的工具。他们拿着电脑仪器测试，选择几个地方调试一整天，还是调试不出中文频道来。他们说埃塞俄比亚是非洲屋脊，中文频道很难调试，大使馆调试出来后时间不长就看不成了。看来真是这样，因为在首都的队友他们也都看不到中文电视。

我们也认命了。

有一次樊长河和郭喜永到镇上去购物，看见一家饭店大厅里的电视开着，主人在不停地换频道，他们看到了中文频道。回来跟我说，人家当地人能收到中文频道而我们中国人反而收不到，这就奇怪了。我说咱们问问是谁给安装调试的有线电视，把他请来给咱们调试。后来我们联系到了这个人，但要价不菲，谈好价钱后，他同意帮我们安装调试。

一天下午下班后这个人来了，手里只拿着一个电工钳子。我们有些怀疑，中国人带着电脑都弄不成，他能弄成？他把几个连接线接通之后，让我们在屋里看着电视屏幕，等有中文频道出现告诉他。只见他不慌不忙，双手握着大锅的边缘不停地轻轻搬动，不到一分钟中文节目就出来，我们喜出望外。然后他固定了大锅，从解码器上接线到我们每个人的屋子，当天晚上，我们看上中文电视。

我们感谢他为我们调出了中文频道，当然也感谢北广电的中国技术人员，他们先后来过两次，虽然没有调出来，但确实尽了力。这不是他们的主业和专长，而这个当地人是这一行的"专家"。

我们看到了中文电视，别提有多高兴了。因为在这个偏僻小镇，没有中文报纸，不能上网，手机信号经常中断，没法与家人和朋友联系，我们信息闭塞，仿佛生活在与世隔绝的另一个世界。

从此我们有了中文电视。只要在屋子里，我都会让电视机开着，实际上只有中央4这一个频道，但也从不厌烦，这是这个偏僻小镇唯一能听到的中文声音，倍感亲切。看晚上9点的《新闻联播》重播节目是必不可少；《远方的家》让我们这些远在异国他乡的游子看到了祖国的山山水水、风土人情、美丽富饶和发展变化；《百家讲坛》让我学到了很多历史和人文知识；电视连续剧也经常一集不落地看……

邻居班琪和当地医院的工作人员看到我们的中文频道，很是喜欢。虽然他们听不懂中文，但从高清画面上看到中国的辽阔土地、壮美山河、风景名胜、城市里的高楼大厦和人们的精神面貌，很是感叹，中国原来这么好这么先进，都想有机会到中国旅游观光。

我们三个远在偏僻小镇的队员看上了中文电视，但首都的其他队员都还看不到。我向张秀珍队长建议让这个人去首都，给每个点的医疗队员调试中文台。她同意了，不久大家都看上了中文电视，很是欢喜。不过时间不长，四个月后我们统一搬迁到中国援建的提露内丝—北京医院，那里每个人的屋子里都能看到中文电视。

最高兴的一天

这一天是我来埃塞俄比亚三个月以来最高兴的一天。上午我在当地医院完成了一例较大的手术，经商处钱参赞一行到这里慰问我们并给医院捐赠药械，新华社记者还采访了我。

我和樊长河、郭喜勇来奥罗莫州图卢布卢医院工作已三个月。该院是埃塞俄比亚一家初级医院，相当于我们国内的乡镇医院。这里生活和工作条件异常艰苦，手术室从来没有启用过。听说我们要来，医院才派有关人员出去进修手术室业务。我们来后手术室没有工作人员，无法开展正常手术。我们一方面做手术室准备工作，一方面坐门诊并开展一些局麻下的小手术。

上一周进修人员回来，手术室才开始正式启用。周一上午，当地大夫盖雷姆请我会诊一个病人。病人家住较远，步行而来，约有两小时的路程。她患右乳房肿瘤有近一年，在首都亚的斯亚贝巴看过，说是乳腺癌，但手术排队要等到三个月以后。她听说镇医院来了中国医疗队专家，就直接来了。我给她做了检查，发现右侧乳房有一个大茄子一样大小的肿块，肿块右侧有两处破溃，流着脓水。右侧腋窝有多个肿大淋巴结。多年的经验告诉我，这是一个中晚期乳腺癌。病情不容等待，我让她马上住院。

我们的手术室上周才开始启用，手术器械还很不齐全，第一例手术就是乳腺癌这样的大手术，又没有血库，风险非同小可。我向我们医疗队张秀珍队长做了汇报。队长问我能不能完成这种的手术；在这样简陋的条件下做这样大的手术有没有把握；万一需要输血怎么办？我说技术没有问题，条件是差，压力也有，但只要把各项准备工作做扎实，手术成功还是有把握的，万一需要输血可以从家属中抽血来输。

这里是时任总统吉尔马·沃尔德–乔治斯的家乡，又是我们新设的医疗援助点。来时大使馆和经商处领导指示我们，要努力工作，为国争光，如果有什么比较大的事件或活动可以请记者做新闻报道。张队长把这一情况向经参处钱参赞做了汇报。钱参赞说这是扩大我们中国影响，宣传我们中国医疗队的好机会。不久前我们的医疗物资刚办完清关手续，有些需要捐赠。原来就打算捐给我们医院，钱参赞说这正是个好时机，两件事放在一起做，请新华社驻埃塞记者前来报道。我们听了非常高兴。

我把这一情况告诉医院领导，说我们中国医疗队准备给医院捐赠一批医疗器械、药品、材料等。院长听了很高兴，并表示感谢。按队长的指示，我让医院做一些准备，到时摆几张桌子，把捐赠的医疗药械摆上去，举行一个仪式，不需要医院招待午餐。

这天早上，我早早就起了床。这里8点半才上班，我们不到8点就赶到医院病房。麻醉师郭大夫把病人推到手术室，发现病人血压高达200/100mmHg。病人以前曾有高血压病史，但入院后血压一直也不高，前一天晚上因手术紧张，没有休息好，导致血压升高。郭大夫给病人用了一些降压药物，血压有所下降，但还是较高。

这是第一次在新医院做这么大的手术，物品缺这少那，电源接触又不好等等，耗费了不少时间，到开始手术时已9点40分。我主刀手术，小儿外科樊长河大夫当助手，配合得力。手术室好在还有电刀电凝，让我们省去了不少切割止血的时间。10点多钟，经参处钱参赞、朱秘书、新华社梁尚刚记者和我们的张队长等一行人，载着捐赠物资驱车赶到。医院领导接待了他们，并在手术室外的走廊上布置了桌台椅凳，把要捐赠的仪器、器械、药品、材料等摆放好。后来钱参赞、朱秘书、新华社梁记者、我们的张队长和通讯员杨来福穿上手术参观衣，进入手术室参观我们的手术。他们不时询问我们手术和医院的情况。

手术进行得很顺利，出血不多，也无需输血，手术结束正好12点

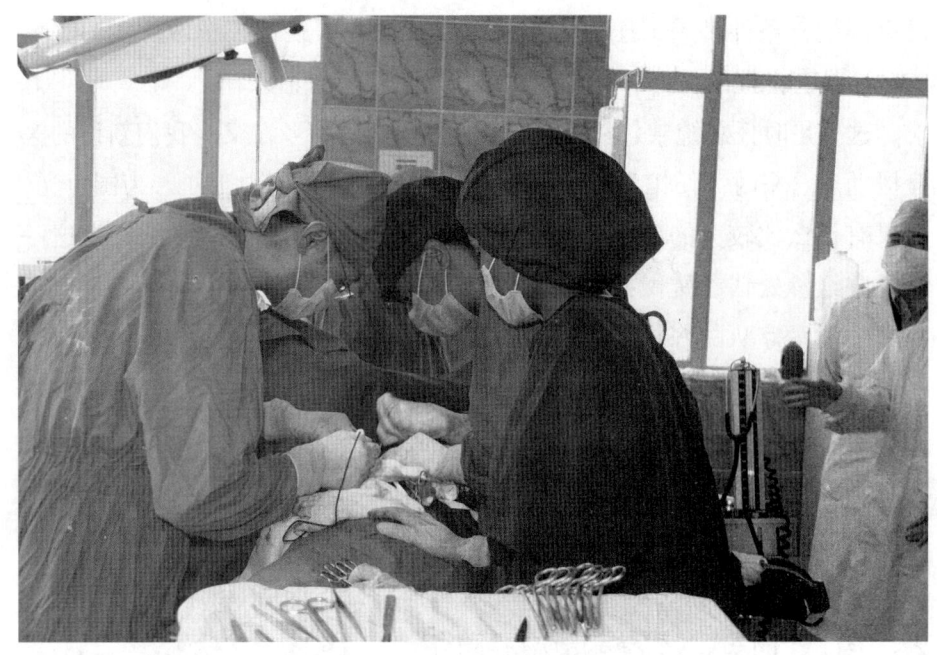

乳腺癌手术中

作者接受采访

整。走出手术室，新华社梁记者问我病人和手术的一些情况，后让当地雇员记者采访我。我问他用英语还是汉语，他说都行。我说我的汉语普通话说得不好，就用英语吧。于是他用英语采访问我今天是个什么病人？情况怎么样？手术顺利吗？这是不是你在这里做的最大的手术？病人以后的预后怎样？你在埃塞俄比亚工作多久？和当地医务人

中国医疗队向图卢布卢医院捐赠药品器械

员相处合作怎么样等。我用英语流利地一一做了回答。我问采访怎么样,他说非常好。这是新华社驻外记者的采访,拟在新华网和中央电视台英语频道播出。我很高兴。我之前在赞比亚上过报纸、电台,但还没有上过电视,这下全了。

由于时间已晚,捐赠仪式简化了许多。钱参赞、朱秘书和我们医疗队人员站在前台一边,受捐赠的院方领导和人员站在另一边。张秀珍队长作了简短的讲话,希望这些医疗物资对患者能发挥积极作用;对方医院负责人讲话,感谢医疗队为医院捐赠医疗物资,并赞扬我们在这里的工作。接着我方向院方移交捐赠物资,新华社记者忙着拍照。收到我们捐赠的医疗物资,院领导非常高兴,一再表示感谢。

捐赠仪式后,我们一行去吃午饭。餐前,队长和我向经参处领导汇报了队里和我们点上的工作。钱参赞对我们的工作表示肯定和赞赏,并主动答应帮助我们解决至今看不上电视和没有衣柜的实际困难,还给我们三人送上中国的白酒和香烟表示慰问——在这里是非常难得的,让我们非常感动。新华社梁记者还要我把我们点上的工作和生活情况写出来发给他,他要写报道。

午餐后,我们医疗队七人乘坐一辆中巴车回到医院。远远看见我开种的菜园子,郁郁葱葱,队友们啧啧称赞。他们回首都时,我挖了几棵大白菜给他们,大家高兴得不得了。

下午我到病房查看病人,术后病人情况稳定,我放心了。和往常一样,下班后我又到菜地里干活。今天心情特别好,我哼着小曲《千里之外》。路边有两个当地人路过,向我招手,远看像是我们医院的大夫,就走了过去,走近后才发现不是。他们说我种菜很好,当地人不爱干活,就爱喝咖啡、吃恰特草、聊天,我给他们树立了Model(榜样),并伸出拇指称赞。听了他们的话,我心里很高兴。我原来种菜的其中一个目的,就是要让当地人知道中国人的不屈和勤劳(见"初到图卢布卢医院"一文),看来我的努力没有白费。

作为一名中国医疗队医生,还有什么比当地人的赞许、手术的成就感和荣誉更值得高兴的事?所以,这一天是我来埃塞俄比亚三个月来最高兴的一天。

我为九旬老翁做手术

埃塞俄比亚是世界上最贫困的国家之一，人均寿命只有42岁。但地处东非高原，这里气候适宜，四季如春，也不乏高寿老人。在那里，我曾为一位93岁高龄的当地病人做了手术。

病人是一位患有双侧睾丸鞘膜积液的老人，病史有12年。由于年龄偏大，没有人愿意为他冒险做手术，只是为他简单地抽取积液，暂时缓解症状。由于没有解决根本问题，没多久就又复发。经过多次的复发、抽液，病人已经厌倦。听说镇上来了中国医疗队的医生，他抱着一线希望求助于中国医生。

在此之前，我还没有见过93岁高龄的病人。要为93岁的病人做手术，我从来都没有想过。

我为病人详细做了全身检查，发现病人一般情况尚可。没有高血压、糖尿病、老慢支、前列腺肥大等老年疾病，但有冠心病、心律不齐、胃病等。左侧阴囊囊性肿大，像个巨大的茄子；右侧阴囊也异常肿大，穿刺都有黄色液体。诊断很明确：双侧睾丸鞘膜积液。

鞘膜积液虽然不是什么大手术，但病人毕竟是93岁的高龄，而且还有心律不齐。病变也是双侧的，一侧为巨大的鞘膜积液，手术的高风险是不言而喻的。但为了给病人解除痛苦，也为了我们中国医疗队的荣誉，我决定尽我的能力为病人做手术。

我们所在的医院是埃塞一家乡镇初级医院，条件非常差。连肾上腺素、多巴胺、麻黄碱和地塞米松等这样最基本、最重要的麻醉备用药物都没有。由于病人年龄大，心律不齐，腰麻、硬外麻醉的风险都比较大，

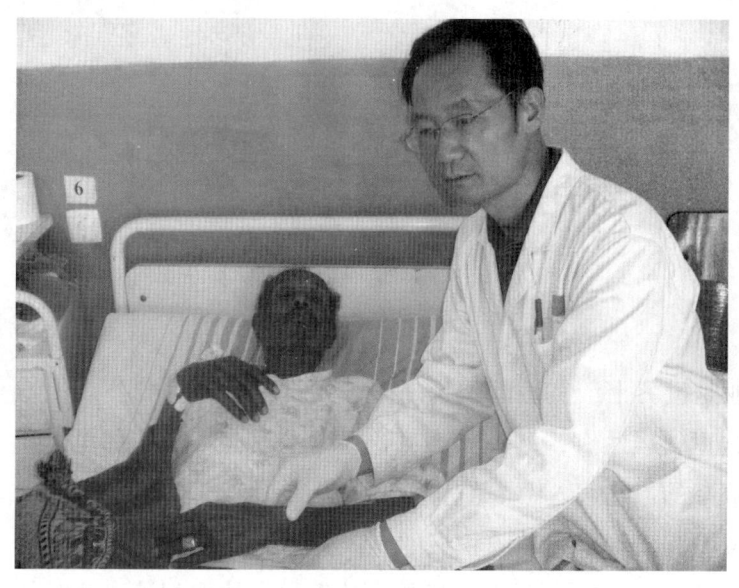

作者为九旬老人做术后检查

我决定为病人做局部麻醉加镇痛。麻醉师郭喜勇大夫为病人建立静脉通道，连接监护仪，密切监护病人的一切情况，为手术保驾护航。为了安全，我把2%利多卡因稀释到1%，施行局部浸润麻醉。手术并不复杂，也很顺利。切皮、止血、游离出鞘膜、切开鞘膜，吸出积液约500ml。然后切除部分鞘膜、翻转后缝合、放置引流，缝合皮肤。再用同样方法处理另一侧病变。手术顺利，术中病人情况稳定，术后平安返回病房。

下午查房，病人情况良好。已进食，还能下床活动，切口敷料渗出不多。第二天早上查房，病人一切情况都很好，病人和家属都很高兴，因为这解决了他十多年的痛苦。这么高龄的病人的手术能取得成功，医院工作人员都表示赞叹，我也感到很欣慰。

作为一名中国医疗队的医生，为病人解除疾苦，是我们的职责。每当我看到一个个病人痊愈康复，心里都充满了喜悦。这不仅仅是我们个人的成绩，更是祖国的荣誉。我们为非洲人民解除了疾苦，为祖国赢得了荣誉。

图卢布卢义诊

埃塞俄比亚是世界上最贫穷的国家之一。贫穷和疾病本是一对孪生子，在这里我们真正体会到什么是缺医少药和贫病交加。

为当地人民解除疾苦，是我们援外医疗队的职责。来后不久，梅莱斯总理就想让我们医疗队到他的家乡去义诊，我们很高兴地接受了任务。梅莱斯总理的家乡在提格雷省，非常偏远，交通很不便，原准备安排我们队里七八名队员乘直升机去，但后来不知什么原因给取消了。听说政府高层有人开玩笑说，总统家乡有中国大夫；总理家乡中国医疗队去义诊，那还有议长、部长，怎么办？看来中国医疗队在这里很受欢迎。

国庆节后，我们队里决定再组织一次大型义诊活动，帮助当地人民解除病痛，扩大医疗队的影响。图卢布卢是总统的家乡，我们有三名中国大夫在当地工作。这家医院又是一所新医院，条件和技术都很差。为了给医院更多支持，队里决定把义诊活动放到我们图卢布卢医院。我们把这一想法告诉院长伊德欧，院长非常高兴。因为这是家新医院，目前病人不多，各方面条件都很差，中国医疗队来义诊，可以扩大影响，促进医院的发展。

义诊活动定在11月2日。医院提前3周就开始做宣传。不仅向职工做了传达，而且还在街上做了宣传广告，给所辖下的5个保健中心（Health center）做了通知，要他们提前预约病人。原来怕病人少，可到义诊的前两天，预约病人竟达到四百多人！我们说中国医疗队只有一天的时间，这么多病人肯定看不完。能不能选择一部分病人。院长说，大多数病人在偏远乡村，没有电话，无法通知他们更改。

早上天刚亮，医院门前就陆陆续续有病人到来。到7点半，医院门口像赶集一样，熙熙攘攘，人山人海，与平时稀稀拉拉的情况形成了鲜明的对比。为了便于诊治，我们让医院提前把病人按专业分开，不同病人安排到不同的专业门诊区就诊。当天早上，登记就诊的病人超过了500人。

9点钟，在张秀珍队长的带领下，在首都工作的12名队员和新华社驻埃塞记者梁尚刚等，驱车近100公里，风尘仆仆赶到。看到这么多的病人，大家都惊呆了。梁记者更是感慨万分，忙着抓拍熙熙攘攘就诊的场景。在手术室门前的平台上，院方为我们举行了简短的开诊仪式。院长不在，医务科长盖雷姆致欢迎辞，张队长代表医疗队讲话，新华社梁记者负责摄像和拍照。因为我们三人在图卢布卢医院工作，梁记者还专门采访了我。

接下来开始义诊，队员们到自己不同的专业门诊区，每个诊室配有一名当地护士。由于病人太多，根本就看不完，医院不得不把病人压缩了一半。

口腔科的病人最多。平时一天只有两三个病人的口腔科，今天一下子就来了130多人。大多数是龋齿牙周病，也有不少需要拔牙、补牙、镶牙的。但由于缺乏必要的设备和材料，只能给病人做一些简单的治疗，提出下一步治疗建议。

妇产科病人也很多，预约了90多人。最后看了40多人。不孕症、盆腔炎、阴道炎、功血、子宫脱垂等，病程都很长。妇科病病史复杂，还要做特殊的妇科检查，很费时间。尤其是不孕症，一次就诊根本解决不了问题，身为妇产科医生的张队长也很无奈，能到首都就诊的，张队长索性把手机号码留给她们，以便随时联系。

神经外科和康复科在一个门诊区，病人有60多人。有的拄着拐杖，有的坐着轮椅；有的一瘸一拐，有的肢体残缺，样子实在可怜。经过仔细检查，给出诊断及治疗的药物和建议，针灸科杨来福大夫还给10多个病人当场做了针灸治疗。针灸在这里很稀罕，当地医院的很多职工都没有见过。但他们都听说过针灸的神奇，纷纷前来观摩。

我们有普通外科和儿外科大夫在图卢布卢医院工作，这些病平时能得到及时的诊治，但也预约有48名病人。有巨大甲状腺肿、乳腺包块、体表肿瘤、疝气、鞘膜积液等。不少病人来是为了做手术，因为听说中国医疗队今天是免费诊治才来了。我们告诉病人，今天太忙了，没有时间做手术，需要做手术的病人以后来医院做。我们中国大夫诊断和手术是免费的，但必要的药费、材料费等医院要收。病人听了有些伤感，我们也觉得很无奈。我还遇到一位患者，右侧有非常巨大的乳腺肿瘤，令我感到惊奇，预约到近期住院手术。

骨科病人也不少，慢性骨髓炎、畸形愈合、腰腿疼痛等，多是因为治疗不及时造成的。也有需要手术的病人，由于这里条件受限，我们建议病人三个月后，到首都我们中国新援建的提露内丝—北京医院去治疗。

▍等待就诊的病人

中国医疗队在图卢布卢义诊

我们队的两位内科专家，和当地的全科医生一起看门诊病人，帮他们分析诊断疑难疾病，解决了不少问题。

医院影像科只有一名技师，只能简单地拍片，不能出报告，拍片的质量也不好。我们两位影像科医生指导她怎么做，才能拍出高质量的片子。有不孕症需要做输卵管造影，由于没有造影剂只好作罢。当地影像科也包括超声检查，技师希望能给予超声方面的一些指导，可惜我们的两名影像科医生会操作CT和MRI，但不会做超声，因为在国内超声医生都是专业的。

尽管我们午饭时间仅用了短短一个小时，想尽心竭力多看一些病人，但一直忙到夜幕快要降临，还是有一部分病人没有看完。为此，院长找我们张队长商量。首先对我们这次义诊活动表示感谢，同时询问能否延续一天或另外再预约到下一次义诊。因为首都的队员只请了一天假，最后双方协商决定，把下一次义诊的时间定于两周后的11月18日。

义诊活动结束了，但我们的心情还不能平静。我们深切地感受到当地人民的穷苦和缺医少药的状况，也感受到了当地人民对我们的期盼。我们来非洲就是为当地人民解除疾苦的，今天有一半病人没有看到病，我们心里也很过意不去。我们希望下一次义诊早早地来到，为所有的病人都看完病。

在埃塞俄比亚过新年中秋节

当今世界上几乎所有的国家都以公历纪年，或辅助于自己民族传统的历法。而有非洲政治和文化中心之称的埃塞俄比亚，至今仍然顽强地坚持着他们的历法，全国上下及政府部门，都一律采用埃塞日历。当世界的脚步跨越2011年9月11日的时候，埃塞俄比亚却刚刚迈出2003年，迎来2004年。

在埃塞俄比亚的日历（Ethiopia calender）中，一年有13个月。前12个月每月30天，共360天；第13个月5天或6天，这一个月叫作Pagume（小月）。新年一般在公历的9月11日，但由于2003年的第13月有6天（闰年），所以2004年的新年则延至9月12日。巧合的是和2011年我们中国的传统节日——中秋节同一天。

9月9日，周五，农历8月12日晚上，中国驻埃塞大使馆提前举行中秋招待会。在埃塞的中国各大公司及单位来人参加，我们医疗队则全体参加。晚上6时，各中资机构的代表陆陆续续赶到大使馆。大使馆院内树木繁茂，花草灼目，棕榈树、芭蕉树在微风中轻轻摇曳婆娑。招待大厅前的场地上，参加招待会的中国人聚集在一起，或三五成群，或几人一堆。大家见面后格外亲热，问候各自的工作和生活情况。我们大多数人初次来这里，大家都忙着拍照留念。红红的灯笼映照着院落，增添了许多节日气氛。

晚上7点，顾小杰大使来到招待大厅，全体人员热烈鼓掌欢迎，顾大使热情地和大家打招呼，在大厅里发表了热情洋溢的祝酒词。他首先代表大使馆向在埃塞的所有华人祝以节日的问候。盛赞祖国这些年的快速

中秋招待会之夜

发展,感谢在埃塞的华人为埃塞经济和社会发展作出的贡献。要求在埃塞华人遵守当地法律,为两国人民谋福祉,为中埃友谊增光彩。现在埃塞华人已超过1万,在各自不同的领域里发挥着积极的作用。

祝酒词后,大家开始用餐。一样样香喷喷的中餐,令人目悦口馋。中秋时分,月饼自然必不可少。我们吃着月饼,遥想家乡的亲人。大家举杯畅饮,祝愿祖国更加美好,祝愿个人健康平安。招待会8点多结束,钱参赞又邀请我们医疗队到经商处唱卡拉OK。大家一展歌喉,唱情抒怀,非常愉快。

两周前,当地人就开始着手过新年。临近新年,节日的气氛渐渐浓了起来。街上的行人多了,平日里冷清的商场也熙熙攘攘,镇上的农贸市场比平日更加热闹。牲畜市场更是繁忙,一群群的牛羊在这里交易。街上有好多买青草和鲜花的,当地人崇尚自然,过节都要在屋内地上撒些青草和花瓣,增强节日的气氛,跟我们春节贴春联糊窗花的用意相似。住宅小区，经常看到有人杀鸡宰羊，跟我们乡村过年杀猪宰羊一般。

埃塞新年，全国放假一天。跟我们一样，人们也都要赶回家和家人团聚。街上的车辆和行人明显少了许多。这里新年气氛没有中国春节那么浓，不管是城镇还是乡村，大人和小孩很少有穿新衣服的。但也都走亲访友，在家里用最丰盛的饮食招待来客，饮酒娱乐，载歌载舞，要持续一周的时间。

孩子们是最喜欢过年的。虽然没有新衣服穿，但他们仍然是最快乐的。他们没有压岁钱，但这一天也能得到零花钱。小伙伴们聚集在一起，挨家挨户去"讨钱"。他们来到你家门口，一起唱歌跳舞，不给钱他们是不会离开的。当然这一天，谁也不会拒绝孩子。一群孩子，你给两块三块他们也不嫌少，会很高兴地接受后再离去，到下一家去讨。钱由一个孩子掌管，最后孩子们平分或一起买东西共同享用。想起我们国内孩子们过年的压岁钱，我觉得这里孩子们用的这种方式更有意思。

2011年埃塞新年这一天（也是中国中秋节当日）全国放假，我们队里利用这个难得的机会出去游玩。听说距首都东北120公里有一个叫"鸡蛋桥"的旅游景点，光名字就很有意思，于是决定去一游。

当时是埃塞的雨季。凌晨4点钟，外面下起了大雨，把我从睡梦中惊醒。早上8点钟我们出发时，雨基本上已停了。驱车出去，首都街道上没有了平日车来人往的繁忙景象，显得有些冷清。大街上的商店基本上都关着门，但路边不时有买青草和鲜花的。郊区的牲畜市场，聚集着很多的羊群。人们在忙碌地挑选买羊。当地人不吃猪肉，牛羊肉是他们主要的肉食。市场上有专门现场宰杀的，也有的人把羊带回去自己宰杀。他们带羊的方式很特别，不像国内牵着头或前腿走，而是双手抓住羊的一双后腿推着走；还有的干脆双手把握羊的前后腿，扛在肩上走，很有意思。

不觉间出了城，天彻底放晴了。现在雨季快要结束，天朗气清，蔚蓝的天空中白云朵朵。有的像雪白的长毛小狗，有的似洁白的绵绵羔羊；有的如卷曲的棉团，还有的像白皑皑的雪山。旷野上是一望无际的绿色平畴，好似莽莽的大草原，牛羊群悠闲自在地吃草。一片片苔藓、小麦、大麦、燕麦、蚕豆等作物从车旁掠过，让人赏心悦目，心旷神怡。

车子经过几个村庄和小镇，看不到热闹的情景。大人小孩没有新衣服，房前院落里也没有什么新气象。你怎么也不会想到今天就是他们自己的新年。

经过一个多小时的行程，我们到达旅游目的地。远远看去，一边是悬崖断壁，有几个瀑布像一条条素练，挂悬崖上；一边是裂谷河流。由于这里靠近河流，水分充沛，道路两边树木繁茂，郁郁葱葱。路到尽头，是一个东正教教堂。教堂的右后方就是那几个瀑布，不是太大，估计旱季会断流消失。一个上了年纪牧师样子的男导游，主动为我们讲解这里的情况。教堂是个神圣的地方，拒绝拍照，还禁止经期妇女和48小时内有房事的男女进入。每人门票要100比尔，我们18人还不优惠，也就没有进去。

裂谷的上面，有几间房子，是埃塞俄比亚—德国饭店，因鸡蛋桥的景点设置的。一个大的圆形木质结构的茅屋算作餐厅，周围有几处平房是客房。餐厅地上铺满了青草和野花，散发着清香。墙上悬挂着埃塞当地的木雕、羊皮画等工艺品。一个当地少女在地上用木炭火炉煮咖啡。餐桌和椅子都是当地款式，很是古朴庄重，原始笨拙，有几个欧洲人围着一个餐桌啜饮聊天。

我们询问鸡蛋桥的地方，导游告诉我们沿着山坡的小路下去就是。在下坡的路口，有一个标志牌，上面写着 Portuges bridge（葡萄牙桥）。我们沿着曲折不平，乱石满道的小路下行，两旁荆棘丛生，行走很不方便。这里有很多仙人掌，有的比人还高，大家纷纷在这些高大的仙人掌下留影。现在是仙人掌结果成熟的时候，我们想摘些仙人果一尝，可这东西浑身是刺，一不小心就扎手，细小的毛刺刺入肉里，很难取出，所以也就不敢造次。

不远处传来哗哗的流水声。一条小河从山坡上流下，水流湍急，向裂谷奔腾而去，在陡峭处形成瀑布。瀑布上方不远处就是我们要游览的

| 鸡蛋桥

鸡蛋桥，桥头的坡顶立着一个标志牌，上面用英语写着葡萄牙人于16世纪修建此桥。这是一座真正的石桥，桥身全部是用石块砌成，没有一点金属和木料的痕迹。桥下有三个桥孔，从山上下来的激流穿过桥孔，向远处的裂谷奔去。大桥看上去古老凝重，当年应该是很宏伟壮观，经过数百年风雨激流的浊蚀和冲击，大桥依旧岿然不动。河对岸的山坡上，一群野生狒狒在那里嬉戏玩耍，悠然自得。

听导游说，由于当时还没有石灰和水泥，葡萄牙人用鸡蛋做黏合，用一块块石头砌成这座桥。我第一次听说鸡蛋可以做建筑用的黏合剂，很难想象到底用了多少鸡蛋。我很佩服葡萄牙人的智慧。鸡蛋蛋清的黏合性很强,在那个没有石灰和水泥的年代,鸡蛋发挥了特殊的作用,作为黏合的建筑材料,时光见证了它的坚固。

返回饭店准备吃饭。老板是一个当地黑人,年龄有六十多岁,身材高俊,头戴一顶牛仔帽,样子很酷。老板娘是一个白人,德国人,年龄有五十多岁,长相也不错。关于他们的故事我们不好询问,但这也是埃塞和欧洲来往的见证。吃饭中发现陆陆续续有一些欧洲人去鸡蛋桥参观游览,却很少有当地黑人。这说明这座葡萄牙人建于16世纪的石桥,在欧洲有一定的影响。

正吃着饭,外面传来一群孩子的唱歌声。到门口一看,一群十岁左右的孩子,在门口又唱又跳。老板给他们一些钱,他们高兴地离去。新年是新生活的开始,孩子们用这种欢乐的方式讨要些钱,能高高兴兴地

新年里孩子们唱歌讨钱

过个新年。

雨季的天气说阴就阴，说晴就晴，还常常是东边日出西边雨。回来的路上天气晴朗，阳光明媚。可走了有一半的路程却下起了瓢泼大雨，车外雨雾茫茫，车辆不得不减速行驶。但行驶不到20分钟，前面却一点雨也没有下。进了首都，来时的羊市已悄然退去，空气中弥散着羊肉的膻味，路边是成堆成堆的羊皮。新年里是一年中宰杀羊最多的时候。

晚上队里组织大家到大唐饭店吃饭赏月。我们早早赶到饭店，大厅的电视里正直播中央电视台的中秋晚会，大家不由得触景生情。晚上这家中国饭店几乎满员，来的都是中国人。每逢佳节倍思亲，月到中秋分外明。大家高高兴兴地聚在一起，谈天论酒，吃月饼，叙乡情。可惜晚上天阴，没有月亮，但每个人心里家乡的月亮却分外明亮。

吃完饭，我们一起去唱卡拉OK。歌曲多以月亮为主题，唱对故乡明月的思念，唱月亮下的浪漫；唱明月几时有，唱月亮走我也走。诉说着对家乡和亲人的思念之情和无限感慨。

这个埃塞新年和中国的中秋节，在异国他乡这样度过，也别有一番意思。

洗 礼

洗礼一词对大多数中国人而言比较陌生。过去我们多是从如"战斗的洗礼"、"革命的洗礼"这些词中认识洗礼,却不知道它真正的出处。我在埃塞俄比亚,亲身经历了当地东正教一个新生命的受洗仪式。

在非洲主要有基督教、伊斯兰教和当地原始宗教。基督教又有很多分支:基督新教、天主教、东正教、耶和华见证人等。埃塞俄比亚人主要信仰东正教。凡基督教都有洗礼一说,东正教也不例外。

洗礼对基督教来说是很神圣的。据《圣经》记载,上帝派耶稣来人世之前,曾先派遣一个叫约翰的圣人来到人世。他在约旦河一带宣讲悔改并为人洗礼,人称施洗者约翰(St. John the Baptist)。后来耶稣来到约旦河,也让约翰为他施洗。约翰认出本身是上帝,又是上帝儿子的耶稣,不敢为他施洗。《圣经》上是这样记载耶稣受洗的:

"后来,耶稣从加利利来到约旦河要约翰为他施洗。约翰想要拦住他,并说:'应该是你为我施洗才对,你反倒来找我?'。耶稣回答说:'你就这样做吧,我们理当这样遵行上帝一切的要求'。于是约翰答应了。耶稣受了洗,刚从水中上来,天立即开了,他看见上帝的圣灵像鸽子一样降在他身上,同时又有一个声音从天上传来:'这是我所喜悦的爱子'。"

后来耶稣也为人们施洗,并要他的门徒把这种仪式传承下去。基督教认为洗礼是进入基督教的正式仪式;经过圣水的洗礼,可以洗去污垢和罪孽而纯洁,死后才能升入天堂。

我们的邻居,也是我们医院的职工班琪,三个月前生下一个女孩。

班琪（右）与同事和孩子

昨天对我们说，今天她的孩子要去教堂受洗，问我们是否愿意一看。我们不知道洗礼是怎么回事，教堂就在镇上不远，也想去一看，就答应了。

不到六点，就听见她家屋内的动静，我们也就起来了。教堂离医院不远，不到十分钟就到了。天还没有亮，教堂门口只有几个人。洗礼的地方设在教堂后边的一间屋子，是一间不小的平房，门没关，里面一片漆黑，我们就在外面等着。

环顾教堂院子，高高的教堂上矗立着东正教标志性的菱形十字架。教堂不是很大，前面是一片场地，场地上有一排排石块，算作是教徒的凳子。正值雨季，地上绿草茵茵。前面还有一棵树干有近两米粗，树冠很大的老树，看样子有近百年了。想象平日里教徒们在院子里诵经祈祷，是多么的虔诚和静谧。

院子的四周有一些平房，作为牧师和神职人员的住处和办公用。班琪告诉我们说，这些房子都是一些有钱人建的。谁建房子，家里人死后就可以埋在房子下面，这样死者不会感到孤独凄冷和寂寞，死者的灵魂会在教堂的祈祷和诵经中，早早升入天堂，而教堂也有了房子使用。教堂看上去有几十年了，但四周的房子并不多。看来当地人多不富裕，谁不希望自己的灵魂和躯体，安放在教堂这个离天堂最近的地方。

七点钟天亮了，又来了两家有孩子要受洗的人。几个牧师拿着十字架、经书、水壶和脸盆来了，大家跟着他们进了屋。屋子里没有灯，刚进去里面很暗，等适应过来才发现屋子还不小。地上撒着当地作物苔麸的秸秆（比麦秸秆要细短），两边放着几个长条凳子，再也没有其他的物品。牧师上前先是询问几个孩子的一些情况，然后开始洗礼的仪式。他们先把脸盆放在受洗礼人群的前面，把铝壶里的水倒入一个脸盆中，三个人并排站着面对脸盆和人群，开始念诵经文，大约有十分钟的样子。

牧师为孩子施洗

经过这个过程，脸盆里的水就成了圣水（Holy water）。接下来牧师要家长把孩子衣服全部脱光，一个牧师接过裸体的孩子，另一个牧师用手在脸盆里掬些水撒抹在孩子身上，嘴里念诵经文。意思是：我信我全能的上帝；我奉圣父、圣子、圣灵之命为你施洗。我注意了每个孩子都撒抹了三遍。奇怪的是在整个洗礼过程中，孩子们全裸着身体，早晨冰冷的水撒抹在他们身上，三个孩子竟然都没哭。然后牧师把孩子还给家长，并赐给孩子圣名或教名（Christian name，Baptismal name）。班琪的孩子是个女孩，牧师给赐名叫玛利亚——耶稣母亲的名字。这时我们才发现在墙角，好像有一位成人也要受洗礼。几个人在这个光线幽暗的屋子里，用当地人去教堂穿的传统白色披纱遮挡住受礼者，她也是脱得一丝不挂，牧师为她洗礼。

出了洗礼屋我们问班琪，孩子多大可以受洗礼？她说男孩子出生40天，女孩子80天。受洗礼后才算入教，才能得到上帝的保佑。我们又问那个成人为什么也受洗礼？她说那人可能原来没有受洗过，或原来不信教，或从其他教转过来。

教堂内传来阵阵诵经声，我们跟随班琪他们进了教堂。进教堂要脱鞋，而且男女有别。男的从左边的门进，跪在左边；女的从右边的门进，跪在教堂右边。右边女的那边跪了不少人，而男的这边却稀稀拉拉，没有几个人。男的这边放着几排的排椅让年长者和尊者坐，还给每个男的一人一个很长的手杖，作为长时间站立的扶持。我们刚坐下就有孩童给我们送来了手杖。在这里就是诵经唱诗，牧师不时地出来进去，做着各种圣事程序，持续时间很长。最后圣事结束，家长们抱着孩子领圣餐。基督教认为圣餐是用耶稣的血肉做的，很是神圣。实际上这个圣餐就是稀粥，牧师用勺子把圣餐喂到每个孩子嘴里，这才算结束。

回到家里准备做饭，班琪过来邀我们去她家吃饭，说这是习俗，我们不好拒绝就去了。屋内像过节一样，来了不少亲朋好友。不大的屋子，地上撒着一些青草，散发着自然的清香。桌子上放着一个自家做的很大很大的面包；里面的地上放着一个小盘子，一个木炭火炉上坐着咖啡壶，一位妇女在煮咖啡。这边的床上，今天受洗礼的宝宝着一身粉红色的衣服，悠闲自在地蹬腿舞肢。

　　班琪招呼我们拿盘子，去吃当地的传统食品英吉拉。这些我们吃过好多次，而桌子上的大面包实在诱人。吃完英吉拉，一个老妇人把一张和面包一般大的英吉拉铺盖在面包上，让班琪把孩子放在上面，象征和预示着孩子长大后衣食无忧，一生幸福。面包寓意着现代美食，英吉拉代表着传统的佳肴。然后老妇人取下英吉拉，用刀子把大面包切开，大家愉快地享用。

　　面包还没有吃完，屋子里弥漫着咖啡的醇香。主人为我们端上了自家现做的咖啡。这里的咖啡正宗地道，味道纯香，你永远喝不厌。品啜着浓郁的咖啡，想着孩子从今天起就有上帝保佑了，是多么美好的事。喝完咖啡，我们向班琪告辞。刚要出门，她的朋友笑着说，你们还没有向孩子祝福呢。这是当地的习俗。我返身回去，双手合十对着床上的孩子说："God bless you（愿上帝保佑你）"。

这个星期天

写此文时国内已是星期一了,但这里是星期天晚上八点钟。这天,几个初到埃塞的中国人在这里遭遇了搜身、见总统、食生牛肉、邂逅婚礼等鲜有经历的事情,让他们哭笑不得。

早上8点半,我按计划去镇上的一家新工厂。这个购买中国机器和设备生产塑料编织袋的工厂,今天要举行正式投产仪式,总统要来剪彩。

一周前,医院手术室麻醉师的丈夫带我出去,让我去见几个中国人,去后才知道是三个浙江温州人。他们厂生产的塑料编织机器卖到这里,他们来这里安装调试机器。这些人初来乍到,英语都不太好,交流上不很顺畅,而工厂一个星期后就要举行投产仪式,总统要来剪彩,工期赶得很紧,叫我去帮忙,给几个中国人当翻译。此后我每天下午空余时间就去,帮助他们解决了不少语言交流方面的问题,提高了安装速度。

快到工厂时,温州朋友打电话过来。说今天工厂大门口搜身检查,他们不愿意被搜身,认为这是对他们的不尊重,生气不想去了。我说今天总统要来,安检肯定是必需的;我们平时去当地银行、电信局、大商场等都要搜身检查的。我已快到工厂,问问情况再说。

到了工厂,外面有不少全副武装的军警持枪守卫。平常走的厂门今天开着,一个身着蓝色制服、手拿乐器的乐队进去了,但不让我进,让我走正门。到了正门口,陆陆续续有当地人进去,一一被搜身检查,而且很严,掏出衣兜和包里的东西仔细检查,然后还要到身上摸搜。有一个记者刚好通过,安检人员还要他把摄影机打开检查。

我说明来意要进,他们说必须检查。我给总经理打电话,他出来了。我说几个中国技术人员要被搜身,他们今天不想来了。因为在我们中国只有嫌犯才被搜身,他们认为这是对他们的不尊重。总经理说,今天总统要来,安检自然要做的,任何人都不例外,即使奥罗莫州的官员也要检查。针对的是所有人,不只是你们中国人,你们是我们的好朋友。我说那他们今天上午不来行不行,等下午剪彩仪式结束了再来。他说几台机器刚开始运转,一旦出现问题,总统来了怎么交代。我说如果要搜身他们是不会来的。最后总经理和安检官员说了说,说他们来就不要搜身了,我这才过去喊他们来。

见到他们,说明情况,他们还是不高兴。我说入乡随俗,在这个国家就按这个国家的法律和惯例去办,人家没有别的意思。如果咱们不这样,他们会认为是对他们的不尊重;总经理已答应说不再搜身。他们这才勉强回工厂。

到了工厂正门口,要进去的人一一被搜身检查,人们都很配合。我们要进去他们还是要搜身。梁工程师很不情愿,他说我们可以把身上所有的东西全部掏出来让你们检查,但不能碰我们的身体,那是对我们的侮辱。安检人员是联邦政府的,他们不听任何人的解释。梁工一气之下把上衣给脱了,让他们查。他们也笑了,最后不了了之地过去了。

安检进门费了不少事,进去后就没有事情了。院子里有很多来自全国各地的农民代表,在临时搭设的棚子下等候。每人进来后发给一顶工厂员工戴的长沿蓝色工作帽,还有一枝月季花。我们进去后就直接到车间工作,因为还有很多活要干。他们各自忙碌着,而则我四处走走,看需要什么,有啥不懂的帮他们翻译解释。我不时到外面瞧瞧动静,看总统什么时候到。

快到11点钟,我听见外面乐队的奏乐声,就出了车间去看,总统的车队才姗姗而到。总统坐的是越野巡洋舰,车直接开到院子里剪彩的地方。

剪彩就设在车间门口,很是简单:一道红绸缎,中间系着一朵花。车门打开,在他人的帮助下,总统下了车。他看上去有七十多岁,个子不高，戴着眼镜，拄着拐杖。两个七八岁的小女孩给他献上了塑料花束，他递给身旁的工作人员，然后走到彩带前。工作人员递给他一把剪刀，也没有人说剪彩仪式开始之类的话语。他把彩缎剪断，周围的人稀稀拉拉地鼓鼓掌。然后，他向车间走来。记者们在前面拍照、摄像，一旁有许多荷枪实弹的保卫人员。

总统在门口的一台编织机旁停了下来观看，了解机器生产的流程。机器轰鸣地旋转着，织就的纱袋向上缓缓地延伸，在一边卷成卷。稍后他向里面走去，没有再到生产纱锭的大机器那里去看，就被人领到大厅里，那里早就为他准备好了椅子，在他人扶持下他坐了下来。一群记者上前拍照，周围有几个手持冲锋枪的保卫人员担任警戒。其他人员则在几个机器前参观，不时询问，我帮着翻译解释。其中有一个好像是农业部长的人问我机器的产量、性能等问题，我做了翻译解答。总统在大厅里坐了大概有十分钟的样子，就被人用轮椅推走了。

当地人告诉我说，埃塞俄比亚总统只有象征意义，没有实际权力。总统由无党派人士担任，不得有任何政治组织背景，卸任后亦不得参与政党活动。现任总统名叫吉尔马·沃尔德－乔治斯，在任已近十年了。图卢布卢是他的家乡，于是邀请他来参加投产剪彩仪式。

这一天是埃塞俄比亚农民协会成立十周年，来自全国各地的农民代表来这里参加会议。会场布置得不错，有一个舞台，舞台两侧前方是临时搭建的棚子，一边是总统和官员嘉宾，一边是普通代表。舞台上有人唱歌跳舞，台下就有一群人跟着跳起来了，好不热闹。非洲人就是这样，他们都是天生的舞蹈家，随着音乐的铿锵节奏，手舞足蹈，就地起舞。有人甚至跳到台上和演员一起对舞，无拘无束，没人干涉，也不管总统是否在场。

接下来是代表们的发言讲话，因为说的都是当地语，我们也听不懂是什么意思。好像是协会的阶段总结，工厂的筹建、开工、投产之类的话。还颁发了奖品，和我们国内一样的奖励。最后是总统讲话，结束时已经是下午一点半了。整个过程中，厂房外有警戒人员，院子房屋的拐角处，大会现场上都有戴墨镜、手持冲锋枪的保卫人员。

在安全人员的保护下，总统和高官们一一离开，其他人也渐渐离去。有的代表又回到车间看机器，问这问那。有些人看完出门时，对我们脱帽鞠躬致意表示感谢。在厂方的安排下，我们来到镇上最好的那家饭店。饭店外面有持枪保卫人员，所有代表都在这里排队进门领餐券用餐。看到又要一个个搜身，几个温州朋友不想在这里吃了，要厂方把他们送到住处用餐。最后也没有再搜身。

进去一看，原来总统正在院子的席位上用餐，我们才明白为什么还要搜身。用餐的人员排成长长的队伍，我们进去的虽晚，但他们要我们去洗手（当地人用手吃饭，饭前饭后都要洗手），洗完手就让我们直接排到前面用餐。午餐是当地的主食英吉拉，配以各种的肉类蔬菜，由自己挑选。各类菜肴的最后，挂着几扇生牛肉。记得在厄立特里亚，有一次我在餐厅见过挂着一头烤好的全羊，到跟前大家每人用刀自己切割一块。莫非这里还让人们吃生牛肉的不成？然而事实确是如此。餐厅人员切一块生牛肉放在每个人的盘子里，男女一样。我这才想起有一次路过饭店，见过当地人吃生牛肉，可我们从来没有尝过。今天有这个机会，就不妨一尝，到了跟前我要了一块。

几个温州朋友不敢吃，怕闹肚子，也就没有要。我问我旁桌的人怎么吃，让他教我。他左手拿着生牛肉块，右手拿着刀子，把牛肉切成一小块一小块。然后蘸上点当地的调料吃，咽下后喝口啤酒。我学着他的样子，把生肉放在嘴里嚼，发现生肉不像我们想象的那样嚼不动，也不像不太熟的牛肉那么容易塞牙缝，还是容易嚼烂的，并且有一种鲜味，就着当地的佐料，没有一点腥味的感觉。日本人吃生鱼片，开始我们觉得不可思议，可吃了后觉得也可以。我觉得埃塞俄比亚人至今仍吃生牛肉，也一样不足为奇。不同的民族有不同的饮食文化，生牛肉更能体现埃塞人勇猛豪爽的性格。

一顿饭拖拖拉拉吃了近两个小时，总统在保安人员的保护下乘车走了。厂里的车辆还没有来，我们只好在饭店里聊天等待。大厅里有一台

为当地工厂安装机器的中国人

电视,正在转播尼日利亚和埃塞俄比亚的足球比赛,埃塞俄比亚以2∶1领先对手,饭店里的人顿时欢呼雀跃。非洲人非常喜欢足球,在最偏僻的乡村上都有孩子们踢球的身影;因为贫穷无钱买球,有的孩子用布做成球团当足球踢。尼日利亚是非洲的足球强队,能领先他们自然是高兴的事。

伴随着欢快的歌声,外面有几台车辆进来,我们赶快出来看。车子在院子里停下来,走下来一对身着婚纱礼服的新人,他们要在这里举行婚礼。一帮伴娘伴郎还有亲朋好友,围着新人的车子尽情欢唱,载歌载舞,好不热闹,我们赶快拿起相机拍照。饭店的环境很优雅,有好多花草树木,还有喷泉造型。随后新人们围着喷泉缓缓漫步,新娘长长的婚纱拖在地上,亲朋好友伴随其后,唱歌助兴,载歌载舞,很是欢快。摄影师则不停地拍照摄像。我也拍了不少照片,还和新人们一起拍了合影。没想到新郎还认识我,而我对他却没有一点印象。在这个小镇只有我们三个中国人,自然有很多人都认识我们而我们不认识人家。

忽然间哗啦啦下起了大雨,大家赶忙躲到饭店里去。现在到了雨季,季雨常常骤然而来,毫无先兆,但又会戛然而止。婚礼仪式继续在饭店里举行。

不多会儿雨又停了,天空中还出现了彩虹,婚礼又搬到院子举行。这样的婚礼我在当地见过多次,几个温州朋友第一次见,不时随着歌舞的节奏晃动着身体。

厂里的车来了,一辆车送我回医院,一辆车送他们回住处。

这个星期天就这么过去了,是一个很有意思的星期天。

我在非洲拙园乐

我喜爱的高原雨季即将过去，漫长而干燥的旱季日渐来临，但我并不感到失望。虽然生机勃勃、欣欣向荣、如春天般的雨季要离我而去，但我可以育出满园的春色。我喜爱拙园种菜，我的菜园绿波荡漾，生机盎然，是我旱季里的春光。

雨季里几乎天天下雨，旷野里芳草萋萋，碧草连天，放眼望去，莽莽绿绿。但菜园野草疯长，蔬菜荒芜，泥泞积水无法进去锄草耕耘。雨季里气温低雨水多，菜不好长，菜价上涨。旱季的到来给菜园带来希望。

我们的所在地图卢布卢，是埃塞俄比亚一个偏僻荒凉的小镇。土地贫瘠，物产稀少。蔬菜主要是包菜、洋葱、土豆和西红柿老四样。来后不久就吃烦了，于是我决定自己种些中国蔬菜。

当然我种菜之与我，并不单为解决吃菜问题；而是兴趣使然，一种心情的愉悦。

我是农家子弟，上大学之前一直在农村生活，放假帮家里干些农活。祖辈们在土地里的辛勤劳作我耳闻目睹，农民的艰辛我深有感受。于是我曾下决心一定要跳出农门，永远地离开农村，远离土地。然而，不曾想到在我的内心深处，耕种的意识就像一粒种子，深深地埋在我的心里，只要有水分和阳光，就会发芽生长。

2001年，我作为援外医疗队员来到厄立特里亚。当地蔬菜单一，工作之余，我和队员们开始种菜。大家都是医生，过去平日里都没有种过菜，我这个从来没有种过菜的书生，在这里成为种菜的"行家里手"，因为队里不少人从来没有见过种菜。而我虽然没有种过菜，但在农村见过

作者与队友在厄立特里亚驻地前种菜

父辈们种庄稼种菜。凭着这些记忆和上学时学的农业基础知识课,我种的菜虽不是每样都能长得很好,但大多数都还长得不错。队里我们四个爱种菜的人成为种菜小组的"专家"。

2005年我参加赞比亚医疗队,去时带了很多蔬菜种子,继续种菜。我们驻地的院子很大,每天下午天凉了,我就去菜地干活。挖地、做垄、播种、浇水、施肥、间苗、除草。种的有洋葱、包菜、大白菜、萝卜、韭菜、生菜、香菜、芋头、豆角、茄子等。菜园生机勃勃,赏心悦目。后来我扩大园地,还种了不少玉米、花生、草莓等。凡到过我们驻地的人都对我的菜园大加赞赏,不仅解决了我们大部分的吃菜问题,也给我们单调的生活增添了乐趣。

我来到埃塞俄比亚,种菜自然是少不了。我们驻地的后面是一大片荒地,杂草丛生,荆棘遍野。但屋后有水管,浇水方便,我便选择在这里种菜。从街上买来了小锄头、铁锹等工具,在茅草地里开荒挖掘。每天下午日落时和天亮后，乘着天气凉挖掘不止。每天挖一点，不着急也不急慢，只在享受这拙园的乐趣。没想到，两周后竟然挖出那么大两块地，连我都感到吃惊。我在地里先后种了白菜、萝卜、生菜、豆角、香菜、韭菜、蒜苗、黄瓜等当地没有的中国蔬菜。种菜成了我每天早晚的必修课，浇地、除草、间苗、松土、施肥，乐在其中。看着自己种的菜一天天发芽、长大，心里充满喜悦，也有一种成就感。不仅可以食用，更是为了欣赏。闲暇时来到地头，看着自己的菜园，绿波荡漾，满园春色，心里有说不出的高兴和喜悦。菜园也成为院内一道风景，引来不少当地人的观赏和赞许。

多年种菜，我对拙园种菜产生了浓厚的兴趣。它使我忘却了艰苦，淡忘了烦忧，锻炼了身体，愉悦了心情，更知道一粥一饭的来之不易。拙园让我有一种如陶渊明那种心归田园的淡定感觉。"采菊南山下，悠然见南山"；"种豆南山下，草盛豆苗稀"。并不在于耕种的收获，而在于享受恬静的田园生活。我在这艰苦的环境里，"顶烈日以壮体，迎清风似沐浴"；"疗病似乡里郎中，锄耕如山野村翁"（我的歪诗），觉得我自己也融入在这山水中。

有了自己的菜园，什么时候吃都是最新鲜的，也是绿色无害的。我种的菜我们三人吃不了，送给首都的队友们，大家很高兴。让当地医生护士和邻居尝尝，他们赞扬我们中国人的勤劳。我们的两家邻居看见我种的菜好，自己花钱雇人开垦种菜，可他们哪知道自己亲手种菜的乐趣。雇来的人只应付差事，菜园无人管理，自然是草盛苗稀，长不好菜。

都说中国人勤劳，我们自己并不怎么觉得，可一到国外才知道原来我们是这样的勤劳。很多中国人到非洲，工作之余都自己种菜。非洲蔬菜单调，没有我们中国人喜欢吃的萝卜、白菜、韭菜等。种菜让非洲人最直接地认识到中国人的勤劳。种菜其实也是一种化解思乡之情的好办法，吃上了中国蔬菜，也不那么想家了。

在非洲种菜，也使我感知了人生的道理。其实人生犹如这一粒的种子，播种在哪里，就在哪里落地生根，发芽长大。土地是最忠诚的，一分耕耘，一分收获。你对它辛勤付出，它给你丰厚回报；你欺骗它，它冷漠你。人生只有不断地付出艰辛和努力，才有最终的收获和成功。

　　我曾对队友说，在非洲的岁月是我人生最愉快的日子。不但能悬壶济世，拯救病患，还能躬身亲耕，乐在其中，收获颇多。我曾对家人说，等以后退休了，在老家租一块土地，不要太大，种些蔬菜瓜果、花草树木。每天在地里浇水耕锄、侍弄赏玩，怡然自得，欢度晚年，该是多么惬意的事。

乐以忘苦，图卢布卢

援外不言苦，离妻别父母。华夏儿医郎，悬壶僻异乡。晨迎朝霞，暮观落日。日诊疾病，夜伏笔耕。

天湛蓝而云逸，地苍茫于屋脊。山川赐我以仁厚，河溪予我以灵犀。登高山以舒啸，临池渊而垂钓。顶烈日以壮体，迎清风似沐浴。聆翠鸟之鸣啼，观孩童之嬉戏。疗病似乡里郎中，锄耕如山野村翁。

室虽陋尚可纳人，院偌大以当闲步。虽荒水而弥其珍贵，常断电而篝烛归朴。茹血肉而似蛮野，啖以手而如土著。食寡淡而益健康，无电视以清耳目。习书法以养志，吹箫笛以怡情。慕仙掌之高洁，赞桉树之无蠹。修仁慈之心，步医圣之路。

吾本一医者，遵贤医之诲，济病家之疾，此乃医者之本分。然若能视患者如亲邻，推己及人，感同身受，诚为其疗疾，则其感汝深也。不敢比于白求恩，但求尽责竭能，无愧自扪。

闲暇之余可以阅医书，觅诗文，习书法，学土语，吹箫笛，拙朴园。尝恰特草，饮苔拉酒，品普洱茶，啜浓咖啡，食英吉拉，逍遥如此，不亦乐乎？

无嘈杂之乱耳，无繁物之累身。有淳朴之风，铿锵之舞；无市井之气，靡靡之音。清风拂我面，季雨荡我心，烈日炼我灵，孤寂修我性。耳净目明，心朗气爽，情雅志皓，怡享乐天朴真之趣也。

别了，图卢布卢

我们援埃塞俄比亚第16批医疗队共15名队员。有12名队员分别在首都4家医院工作；另外还有我们3人在总统的家乡奥罗莫州的图卢布卢医院工作。根据两国协议，待中国援建的提露内丝—北京医院（Tirunesh - Beijing Hospital，简称北京医院）建成后，我们在埃塞的所有医疗队员都要搬到新医院工作。

北京医院于2009年10月18日开工建设，由中国江西国际建筑公司承建，于2011年11月16日建成正式交付埃塞方，我们中国医疗队2012年元月准备进驻。

当我们把元旦后搬迁的事宜正式告知图卢布卢医院后，院方感到惊讶和突然，虽然他们也知道中方援建的新医院就要建成，到时我们可能要搬过去。图卢布卢医院开业两年，我们来时只有两名当地低年资医生。整个外科和手术室都是我们来后才开张起来的。而现在外科病人越来越多，病房基本上都住满了。如果我们走了，以后外科病人怎么办？院长让我们向大使馆领导请求，让我们留在这里。我们说这是中埃两国政府做出的决定，我们队里和队员都无权选择。院长又给我们张队长打电话，强烈要求我们留下来。张队长对他们的诚意表示感谢，说这是执行两国政府的协议，不管在哪里工作，都是为埃塞人民服务；到了新医院能更好地发挥我们的集体作用。

医院职工听说我们要走，都感到惋惜。因为我们离开后外科工作将无人开展。尤其是我，病人较多，工作无人替代。他们说其他两位队员或许可以走，但你不能走。医务科长盖雷姆甚至说，院里要让我一个人留在这里，为我配备专门的司机，我随时想去哪里都可以走。我为他们对我的认可和重视感到欣慰，因为我确实在这里干了不少工作。我的离开，对医院是一大损失。但我也爱莫能助，只能服从队里的安排。

离开的日子越来越近，大家更珍惜最后的时光。同事每天和我们交谈聊天，邀请我们到医院的咖啡屋喝咖啡。几个好朋友还送给我们每人一条埃塞当地生产的围巾，虽然质量欠佳，但代表着他们的心意。临走前两天晚上，邻居班琪邀请我们和医院几个要好的朋友到她家做客，喝咖啡；他们还现场自编自唱了歌曲为我们送行，曲调委婉忧伤。我们喝着咖啡，听着歌曲，心里很是感动。

院长伊德欧在外脱产学习，两周后才能后来，他吩咐医务科长盖雷姆为我们举行欢送仪式。

医院很小，到现在包括我们三人在内只有六名医生，还有一些护士和其他人员。他们在我们的住宅前搭起了柴火堆，点燃了篝火，为我们举行篝火送别晚会。大家搬凳子围坐在火堆旁，熊熊的篝火，映红了每个人的脸庞。大家喝着啤酒，亲切地交谈。邻居班琪，为我们举行埃塞俄比亚传统的咖啡仪式。一件件的咖啡器具摆上来，一项项咖啡的程序在进行……医务科长盖雷姆代表医院对我们的工作给予充分的肯定，还是不愿让我们走。他说："I don't have the power, otherwise I will keep you here.（我没有这个权利，不然的话，我不会让你们走。）"我也对医院对我们在工作和生活上的支持和帮助表示感谢，并让他转达我们对院长的问候。谈到以后我会定期来医院会诊、手术……我们欣赏着咖啡仪式，听着这些感动的话，心里真是难分难舍。

虽然我们在这里工作只有九个月，但这里有我太多的记忆。刚来时艰苦的生活，成天停水停电，夜晚整个医院一片漆黑。生活的艰难困苦，精神的孤独寂寞，手术室的启用困难，都让我至今记忆犹新。进入雨季以后，情况有了改善。医院安装了变压器和发电机，外线没电时有发电机。虽然电到不了我们屋子，但起码院内有了照明。经过我们的辛勤努力，手术室开了起来，病人多了起来，我们也忙了起来。

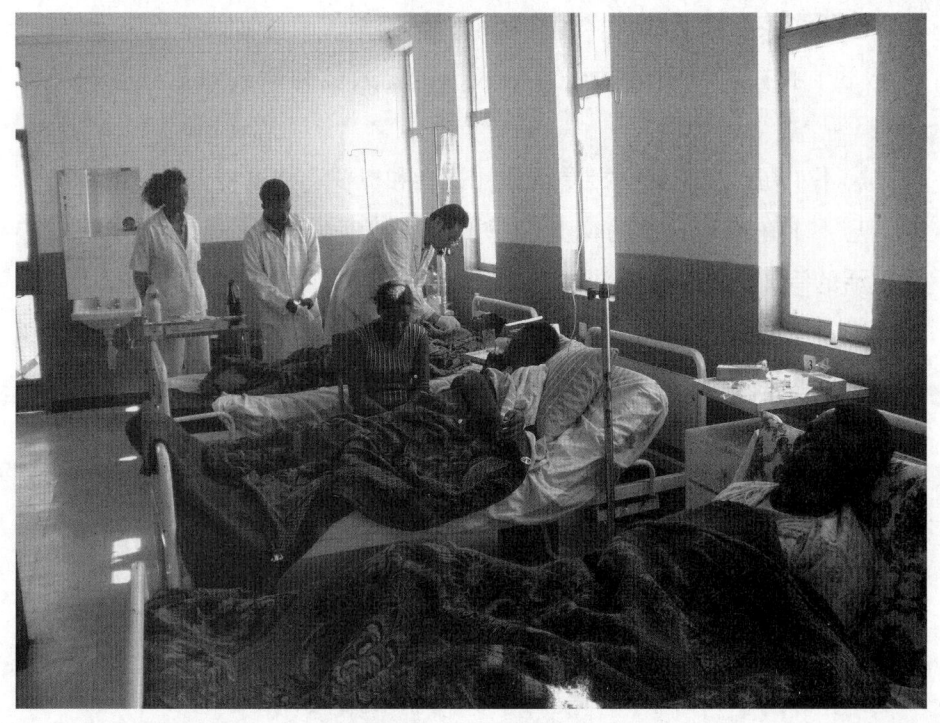
作者在图卢布卢医院查房

忘不了来时的生活困难，我自己亲手开荒种菜，打发着每天闲余难熬的时光。看到菜园一片生机，心里充满了希望，当地人对我种的菜交口称赞。

忘不了刚来时我们不得不经常用煤油炉做饭，满手乌黑，双眼烟泪的情景。

忘不了停水停电三天，屋内的存水用完。当我们就要像当地人一样外出打水的时候，水管里传来哗哗的流水声，幸福得眼泪几乎流了出来。

忘不了为乳腺癌病人成功手术，查房时病人亲吻我手的情景。

忘不了在这偏僻的角落，我们有了无线上网卡，可以跟家人和朋友聊天视频时的高兴。

忘不了经过多方的努力，我们终于能看到中文电视时候的兴奋。

忘不了我们医疗队来这里义诊，那人山人海、人头攒动的场面。

忘不了我椎间盘脱出，躺在床上，队长带领队员从首都赶来看望我；也忘不了我拄着木杖到病房看病人，医院人员和病人对我嘘寒问候的情景。

忘不了在这里我几次接受新华社记者和奥罗莫州电视台采访的情景。

忘不了在孤独寂寞的晚上，我手敲着键盘，写出一篇篇在埃塞工作和生活的诗文，并为此而沾沾自喜。

忘不了……

忘不了你，图卢布卢。这里有我的艰辛，我的困惑；有我的喜悦，我的收获。我永远也忘不了你。不管以后怎样，我都不会忘记在这里工作和生活的日子。

2012年元月2日，是我们离开的日子。医院人员帮我们把物品和行李一件件装上了车，医务科长盖雷姆和医院职工和我们一一握手道别。车辆启动了，出了医院大门上了公路，医院离我们远来越远。我回过头从窗户看着渐渐远去的医院，心里依依不舍地说：别了，图卢布卢……

在梅庚年同志墓前的祭文

2011年清明前夕,我们援埃塞第16批医疗队全体队员长途驱车360公里,奔赴季马市,为第一批援埃塞医疗队队长梅庚年同志祭扫陵墓。我代表医疗队写了祭文,张秀珍队长在墓前诵读了祭文。

尊敬的梅庚年同志:

清明时节,我们中国援埃塞俄比亚第16批医疗队全体队员,怀着无比崇敬的心情,来到您的墓前,深切缅怀您的光荣事迹,表达我们无限的思念。

1974年,您率领中国第一批援埃塞俄比亚医疗队,在地处偏远的季马医院工作。您在当时条件极端恶劣的情况下,不怕艰苦,克服困难,领导医疗队积极开展工作,做出了巨大的成绩,受到埃塞政府和当地人民的称赞。不幸的是,您外出工作时意外发生车祸,以身殉职。

虽然多少年过去了,但您的英名一直在中埃两国人民之间传颂。在您的家乡河南省的医疗界,鲜有不知道您的光辉事迹。每年清明节,我援埃医疗队员都要长途驱车360公里,奔赴季马祭扫您的陵墓。在埃塞,当地医务人员和居民不时提起您,对您充满无限的敬意。至今仍然有当地居民自愿为您看墓守陵,足见您的人格魅力。

从您以后,一批又一批的援埃医疗队员以您为榜样,沿着您走过的路,在埃塞为当地人民解除疾苦。我们第16批医疗队队员现在初到埃塞,今天来到您的墓前,向您表达深深的敬意,同时表示牢记使命,不负重托,为国争光。请您放心,在今后的日子里中,我们一定会以您为榜样,

梅庚年烈士之墓

克服工作和生活中的困难,为当地人民服务。我们会把您的精神传给下一批医疗队,让一批又一批援外医疗队员,以您为榜样,做中非友谊的白衣使者。

异乡埋忠魂,青山映丹心。

日月同光辉,英名永留存。

安息吧,我们尊敬的梅庚年同志。

清明时节祭烈士

2015年4月4日，我们援埃塞俄比亚第17批医疗队队员从首都出发，驱车360公里，去季马为第一批援埃塞俄比亚中国医疗队的队长梅庚年烈士扫墓，缅怀他的英雄事迹，表达我们的哀思。

2015年是梅庚年烈士牺牲40周年。1974年3月29日，受中国政府派遣，梅庚年烈士率第一批中国援埃塞俄比亚医疗队来到埃塞俄比亚，在当时的季马市工作。1975年8月11日，在为中国救灾医疗队去咖法省准备工作途中发生车祸，不幸以身殉职，年仅51岁。

早上8点，我们从首都亚的斯亚贝巴出发，一路长途奔波，翻山越岭，穿过崎岖险峻的山沟，不时有土狼、狒狒等野生动物出没，一路上看见有两辆车翻在沟边。由此可想象40年前的危险路况，梅庚年烈士发生车祸的场景是不难想象的。

经过一路艰难的长途行车，下午4点多我们终于到达季马市。晚饭前我们到烈士曾经工作的季马转诊医院（Jimma Refer Hospital）看望，想了解烈士当年工作医院的情况。医院建在季马市区东北部的半山坡上，与季马大学相通。虽说是省级医院，可还远不如我们一般的县级医院。医院没有像样的建筑，病房都是平房，呈十字形连接在一起，门窗朽木斑驳，油漆脱落，看来还是当年的样子。医院设备简陋，CT、彩超都没有，药房只有不多的常用药物。由于是下班时间，医生护士很少，但病房里都住满了病人。

我们和医院的医生护士交谈。当我们提到梅庚年大夫时，他们肃然起敬，都知道这位中国医生曾在这个医院工作，牺牲在这里。他们说在医院东北方向的山上，有梅庚年大夫的坟墓；季马人都知道，他是为了我们埃塞人民而牺牲的。我们询问有没有见过梅庚年大夫的？他们都说没有。这也难怪，梅庚年烈士牺牲已经整40周年了，即使当时二十多岁的年轻人，如今也已经退休了。

当天晚上，季马淅淅沥沥下了三场小雨。第二天早上我们去烈士墓地扫墓，虽然没有"清明时节雨纷纷"的景象，却有"路上行人欲断魂"的悲凉。商店里买不到鲜花，我们买了一些香蕉、芒果等当地水果和一些糕点，聊表我们的心意。司机所罗门多次陪老队员来这里祭扫，所以轻车熟路，顺利赶到墓地。

梅庚年烈士安葬在季马东北方向的半山上。车子在山下停住，我们徒步而行，沿着曲曲折折的土路小道迤逦而上。山上树木茂盛，野花开放，远远我们就看见半山上一座圆形的坟墓。

坟墓建在半山上一处平坦的地方，周围几十棵高大的松树苍翠碧绿，肃穆庄重，似在守卫着烈士。墓旁有两个水泥长桌和几个小石凳，看来这里已经是当地村民休闲的地方，烈士在这里并不孤寂。坟墓前方竖立着一个巨大的石碑，石碑立于1999年梅庚年烈士牺牲25周年之时，上有时任河南省卫生厅厅长刘全喜的题词："白衣战士的楷模，中埃友谊的使者。"后边不远便是梅庚年烈士的坟墓。石砌的圆形围墙护卫着坟墓，直径大约有三米，中央是半球形的坟茔。坟墓有五级石阶，墓前有一个近两米高的大墓碑，墓碑中央竖写着："梅庚年大夫之墓"，两边是梅庚年烈士的生平简历："梅庚年大夫，1924年10月15日生于中国河北省易县。1938年参加抗日战争，1947年毕业于军医大学，曾任医师、院长等职务。1958年被聘为中国医学科学院心血管委员会委员。1974年3月29日受中国政府派遣来埃塞俄比亚，任中国援埃医疗队队长。1975年8月11日，在为中国救灾医疗队去咖法省准备工作（途）中，不幸以身殉职。无产阶级国际主义战士梅庚年大夫永垂不朽！中国援埃医疗队敬立。1975年9月1日。"两旁有两个小石碑，上面分别是用埃塞官方语言阿姆哈拉语和英语书写的简历。

埃塞俄比亚篇

| 医疗队员于清明祭奠梅庚年烈士

按预先的安排，队员们在烈士墓前献上了果品，随后在墓前站成一排，举行庄严的祭奠仪式。大家神情凝重，肃穆庄严。在王进宝队长的主持下，队员们向梅庚年烈士三鞠躬。然后王队长代表医疗队向梅庚年烈士诵读了祭文，缅怀他的英雄事迹，队员们感慨万千，眼泪盈眶……

我们的到来，惊动了当地的居民，他们纷纷前来观看。有一个年近六旬的妇人向我们走来，她就是多年来义务为烈士守墓的老人，我们甚为感激。坟墓后面不远处有一间土房子，老人几十年如一日就住在这里，默默地义务为烈士守墓。由此可见梅庚年烈士当年在这里的影响及当地老百姓对烈士的崇敬之情。

我们在和老人交谈中得知，40年来她家一直义务为烈士守墓。起先是她母亲，母亲去世后，她又接替母亲为烈士守墓。有树叶尘土落在墓上，她就扫去；有顽皮的孩子在墓上涂鸦，她就擦去；有砖块开裂脱落了，她就把砖块搬回家，让人修补好。她说你们中国医生每年都来这里扫墓，也有很多在季马工作的中国人来祭奠。我们为老人的善举所感动，为表达我们的感激之情，王进宝队长代表医疗队送给老人1000比尔（合人民币300多元）的慰劳费，聊表我们的感激之情。

  我们绕坟墓一周，仔细端详梅庚年烈士的坟墓，心里充满无比的崇敬之情。一个中国医生，为了中埃友谊，为了非洲人民的疾苦，把自己的生命永远地留在这里。这是什么精神，这是白求恩式的国际人道主义精神。虽然40年过去了，但这种精神永远值得我们医疗队员学习。虽然我们这批医疗队三个月后就要回国了，但我们要把他的精神传给下一队，让一批又一批援外医疗队员以他为榜样，牢记使命，无私奉献，努力工作，为国争光，为中埃友谊作出新的贡献。

提露内丝—北京医院

提露内丝—北京医院（Tirunesh – Beijing Hospital，简称"北京医院"）位于亚的斯亚贝巴市郊区的阿卡奇区，距首都约20公里。2006年召开的中非合作论坛北京峰会上，中方承诺为非洲无偿援建30所医院，该医院就是其中之一。医院于2009年10月18日开工建设，于2011年11月16日建成正式交付埃塞方。2012年元月我们中国医疗队开始进驻。

在2008年北京奥运会上，埃塞俄比亚女运动员提露内丝·迪巴巴（Tirunesh Dibaba），荣获奥运会5000米、10000米两项长跑冠军，为埃塞俄比亚争得了荣誉，为北京奥运会增光添彩。所以以提露内丝和北京命名这所中国政府无偿援助的医院，生动地体现了中埃两国的深厚友谊。

在埃塞俄比亚，许多国家都以不同的形式进行医疗援助。有的派遣医疗队；有的援助药品器械；有的建设医院。在首都亚的斯亚贝巴，最有名的医院是俄罗斯医院和韩国医院。他们自己经营管理，收费不菲，但病人不少，影响很大。我们中国政府自1974年开始为埃塞派遣医疗队，两年一期，到我们现在是第16批。医疗队在埃塞的影响不小，为当地人民解除疾苦，也为在埃塞的中国公民服务。现在在埃塞的中国人上万，医疗保健也是一大问题。北京医院的建成，填补了我们在埃塞没有医院的空白，扩大了影响，也为中国人的医疗保健服务提供了方便。

提露内丝—北京医院总建筑面积6832.34平方米，由中国江西国际建筑公司承建。医院设计庄重大气，融合中国元素和现代特色，环境优雅，布局合理，门诊楼和病房楼连接在一起。东边有大片活动场地，后边是我们中国医疗队员的驻地小院。医院总体设备完善，质量上乘，在

援埃塞俄比亚第16批医疗队全体队员合影

埃塞也应该算是比较好的医院,代表着中国政府的良好形象。从医疗设备、器械、仪器到救护车都是我们中国无偿提供。医院设置有内科、外科、妇产科、儿科、急诊科、口腔科、眼科、手术室、检验科、影像科、ICU、VCT及ART室等科室。拥有住院床位一百多张,是埃塞俄比亚功能最齐全、条件最好的综合性医院之一,并具备部分教学医院的功能。

医院位于从首都亚的斯亚贝巴到纳兹瑞特的公路边,该公路是埃塞最繁忙的公路,直通邻国吉布提的港口。这里交通方便,以后病人会很多,中国人看病基本上都会到这里来,为中国人医疗服务提供了很大方便。医院建成后交付埃塞政府，归属亚的斯亚贝巴卫生局管理。医院从领导班子、医务人员到后勤服务都是埃塞方提供。中国医疗队医生都在这里工作，但完全是无偿的，并归院方领导。埃塞方也有医生护士和其他服务人员。可以说是由中方提供医疗服务，埃塞方管理医院。

2011年11月16日，医院举行正式交接仪式，中国商务部副部长蒋耀平和埃塞俄比亚卫生部副部长科拜德·沃库，分别代表各自政府签署了移交文件。以她名字命名医院的埃塞俄比亚著名长跑运动员——提露内丝·迪巴巴也参加了仪式。中国江西国际建筑公司总经理江明开在发言中说，该医院以在北京奥运会获得两块金牌的埃塞俄比亚运动员提露内丝的名字命名，希望该医院能多出生几个像她那样的孩子，将来在奥运会上再创佳绩。

中埃友好医院正式开业

2012年3月4日,由中国政府无偿援建给埃塞俄比亚的中埃友好医院(China Ethiopia Friendship Hospital),又名提露内丝—北京医院(Tirunesh-Beijing Hospital),当地人简称北京医院,正式开业。

开业仪式在门诊大楼前的空地上举行,主席台设在门诊大厅的大门口。前一天下午,埃方卫生部在会场搭起了帆布大棚,准备当天的会

中埃友好医院门诊

场。早上7时,埃塞俄比亚军乐团来到医院,开始演练当天要演奏的乐曲。当听到中华人民共和国国歌时,我们感到很激动,大家都跑出来观看。

8点30分,我们医疗队员来到会场,棚子里已坐满了来参加仪式的客人。主席台两边矗立着中埃两国国旗,台上摆置着花篮,地上铺撒着青草和野花。在乐队铿锵有力的伴奏下,一群埃塞俄比亚青年男女,身着当地传统民族服装,在台前扭腰舒肢,载歌载舞。

9点钟,中国驻埃塞俄比亚大使解晓岩、经商处参赞钱兆刚和朱沧洋秘书等中方官员先后赶来,队员们夹道欢迎,大使和大家一一握手问好。由于仪式10点开始,大使便提议到我们医疗队队员的驻地看望。

医疗队驻地在医院后边,两层楼的队员宿舍清新悦目;刚种下不久的花草树木和蔬菜,给院子增添了绿色生机。在张秀珍队长的陪同下,

解晓岩大使在中埃友好医院开业仪式上讲话

埃塞卫生部长讲话

解大使视察了队员的个人宿舍、医疗队厨房、乒乓球活动室、洗衣房等，后又来到二楼的会议室兼文艺活动室。张秀珍队长向大使汇报了我们医疗队一年来卓有成效的工作，尤其是神经外科大夫胡文忠，在首都最大的黑狮子医院完成了经鼻蝶窦垂体腺瘤切除术；普外科大夫仵民宪，在总统家乡条件极其简陋的乡级医院做了乳腺癌等大手术，产生了较大的影响。钱参赞和朱秘书给予补充和说明。解大使对医疗队的工作给予充分的肯定，对医疗队队员表示慰问。他说现在我们中国在埃塞有了自己的医院，医疗队的工作环境和生活条件改善了，队员们都集中在一起，大家要凝聚力量，再接再厉，做好援外医疗工作，为国争光，为中非友谊作贡献。

10点钟大使和队员们返回会场，仪式开始。首先演奏中华人民共和国国歌和埃塞俄比亚联邦民主共和国国歌，全体与会人员起立。听到雄壮激昂的义勇军进行曲,我们感到激动和鼓舞,感觉到身后强大的祖国。接下来是阿卡奇区区长兼医院董事会主席比鲁·祖德（Biru Zewde）、亚的斯亚贝巴市卫生局长范图（Fantu Tsegaye）、亚的斯亚贝巴市市长库玛·戴迈克萨（Kuma Demeksa）、埃塞国家卫生部长特沃德罗斯·阿达诺姆（Tewodros Adanome）先后发言。他们感谢中国政府援建这一现代化的医院和中国医疗队在埃塞俄比亚的工作,希望医院今后能发挥最大的作用,为当地居民造福。埃塞俄比亚著名长跑运动员提露内丝·迪巴巴（Tirunesh Dibaba）也被请到主席台讲话。她说,北京给了她荣誉,以她的名字命名这所中国无偿援建的医院,她感到非常自豪,她愿做中埃友谊的使者。最后是解晓岩大使讲话。他称赞中埃友谊,感谢埃方对我们医疗队的工作支持和帮助。希望中埃两国医务人员积极合作,为埃塞俄比亚人民的健康服务。

仪式结束后,埃方官员邀解大使、钱参赞等一起参观医院内部设

提露内丝·迪巴巴参加提露内丝—北京医院开业典礼

施。医院由中国援建，内部所有的设备、仪器、器械等都由中国政府无偿援助，性能先进，质量上乘，埃方对此赞不绝口，并请求中国医生培训当地医务人员使用和保养好这些设备。

参观结束已过12点，我们请大使馆和经商处领导到医疗队食堂用餐，解大使因事不能参加。经商处钱参赞、朱秘书、新华社记者梁尚刚、中央电视台记者许弢参加了我们医疗队的午餐。午餐气氛热烈融洽，大家很高兴，队员们表示要在新医院里继续努力工作，为中埃友谊多作贡献。下午，刚来埃塞不久的中央电视台记者许弢对我们医疗队的工作和生活做了采访。经商处钱参赞说这批医疗队不但为当地人民解除了疾苦，还为我中国公民的健康保驾护航，成绩斐然。张秀珍队长谈了本批医疗队的工作和生活情况。忤民宪大夫谈了他三次援外的经历和感受。许记者对此很感兴趣，拟制作后在CCTV-13新闻记录频道播出。

新医院的第一例手术

提露内丝—北京医院是我国政府无偿援建的新医院。医院建成后，我们援埃塞俄比亚医疗队全体队员都到这里工作。由于埃方人员技术原因，原来交付时能正常运转的设备和仪器不能正常工作，供应室的全自动高压消毒炉、X光机、CT、化验室、洗衣房等都不能完全正常工作，给临床工作带来很多困难。基本的检查不能做，医疗器械无法消毒，手术室无法使用。在我们的多次督促下，医院才通过相关程序请中国国内医疗设备技术人员维修，使部分设备和仪器运转起来。

2012年6月8日，医院迎来开业以来的第一台手术。早上刚上班，当地的急诊科大夫请我去会诊一个急腹症病人。病人是一个25岁的已婚女性，腹痛两天，症状和体征都不典型。我经过检查，诊断为急性腹膜炎，原因待查，需要急诊手术。由于是医院开业来的首例手术，外科主任阿莱姆（Alem）正在中国参观学习，临时负责的当地外科医生玛鲁（Maru）还没来，我便向院长什梅莱斯（Shimales）作了汇报。院长听后很高兴，全力支持我手术，告诉我收治住院病人的程序，并把我领到手术室去，亲自安排手术。听说要有手术，手术室人员兴致勃勃，因为这是医院开业以来的第一台手术，都想在这崭新的手术室做第一台手术，留下这个纪念。

由于是新医院第一台手术，病人又是女性，不能完全排除由妇科疾病引起的腹膜炎，我便向我们医疗队队长、妇产科专家张秀珍主任医师作了汇报，并请求她和我一同上台手术。张队长同意我的请求，对这个病人很重视，还通知麻醉科郭喜勇大夫，三人一同配合手术，确保首例

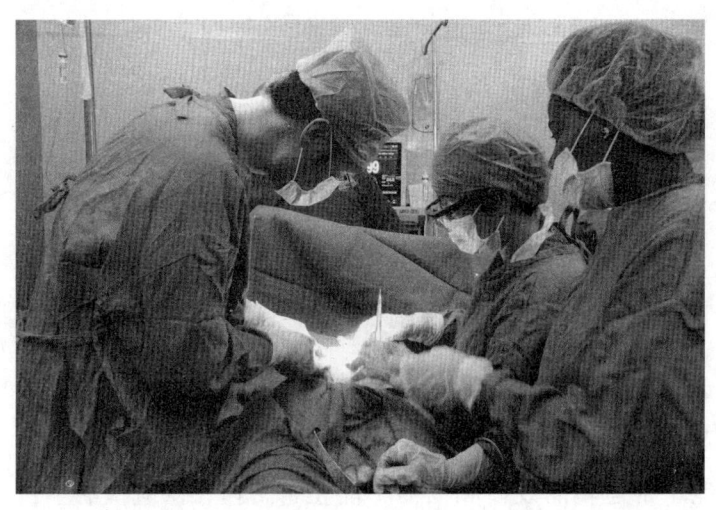

第一例手术进行中

手术的成功。

临时负责的当地外科医生玛鲁(Maru)得此事知后,给病人做了检查,同意我的诊断和处理原则,并要求和我一起手术。我说病人不能排除因妇科病引起的腹膜炎,我已请中国的妇科专家和我一起上台,确保手术安全;如果术中需要再请他,他不好再坚持。

由于医院开业不久,还没有进入正常的运作,术前检查连最基本的血常规都做不了,只做了白细胞计数及分类和艾滋病抗体检查,其他的检查就不用说了。11点钟,病人被推进手术室,由中国医生组成的手术小组开始了新医院的首例手术。手术由我主刀,张秀珍大夫为助手,郭喜勇大夫麻醉。打开腹腔,发现有不少脓液,阑尾已化脓,炎症明显,行阑尾切除术,探查双侧卵巢输卵管及子宫正常。手术顺利,术后病人恢复良好,痊愈出院。

就这样,我们在自己援建的新医院,做了医院开业后的第一台手术,开创了该院手术的先例和历史,心里有说不出的高兴。在条件还不成熟的情况下开展手术,需要的不仅是爱国和热情,也需要胆识和技术。因为中国医生在自己援建的新医院做第一例手术,如果出现问题,将面临难堪的局面。我们旗开得胜,没有辜负祖国的信任。

为巨大甲状腺肿合并甲亢病人成功手术

甲状腺疾病是普通外科最常见的疾病之一，在东非高原埃塞俄比亚尤其多。在提露内丝—北京医院，我几乎每周都有这样的手术。我曾成功地在这里实施了一例巨大甲状腺肿手术；后又为另一位更巨大、病史近40年且合并甲亢的甲状腺肿病人成功手术，甚感欣慰。

病人女性，59岁，未婚，颈前区包块近40年，由于经济问题一直未能接受治疗。12年前包块有茄子大小，悬坠于颈前，影响生活，曾到医院检查为甲状腺肿合并甲状腺功能亢进。由于手术风险较大，没有大夫敢为她做手术，间断服用抗甲状腺药物治疗。最近听说提露内丝—北京医院有中国专家，抱着一线希望前来就诊。

我为病人做检查发现，颈前区包块竟有婴儿头那么大！悬坠于上胸部，质地较硬，但基底部有一定的活动度。病人血压160/90mmHg，脉搏108次/分。甲状腺功能测定，T3、T4都明显增高，TSH降低。我告诉病人，该病需要手术治疗，手术虽有一定的风险，但只要术前充分准备，手术还是有把握的。我给病人开了丙硫氧嘧啶和心得安口服，控制甲亢症状。一个月后复查甲状腺功能，虽然仍然不正常，但较前有明显的改善，我决定为病人做手术。

甲亢病人术前准备较为复杂。这里没有碘剂药物，我只能让病人继续服用丙硫嘧啶和心得安，每天做基础代谢率测定。病人颈部X光片提示颈部包块巨大，内有许多钙化结节，气管向左偏移明显，但气管未受侵犯和破坏。当地麻醉师不敢为该病人做麻醉，我请我们医疗队麻醉师郭喜勇大夫会诊。他说麻醉有一定的风险，但只要做好准备，应该问题

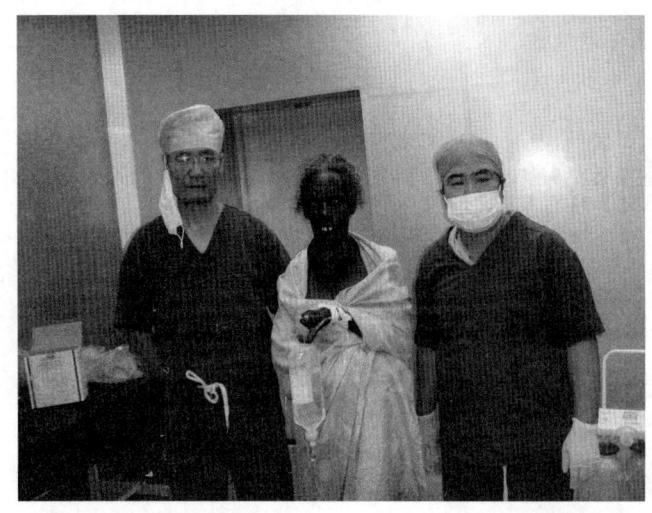

手术前

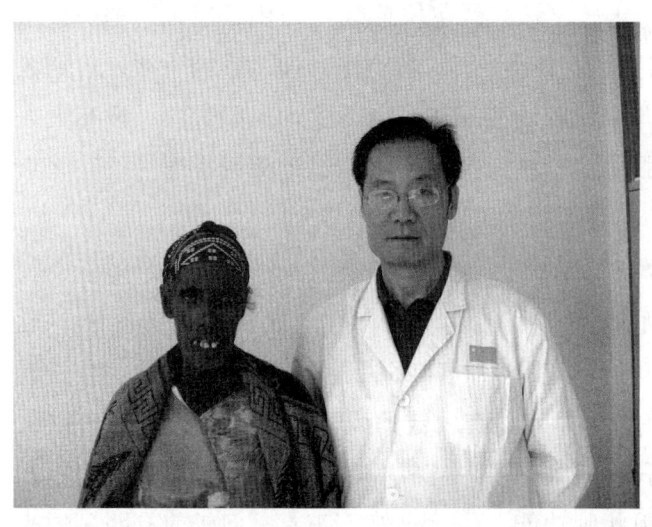

手术后

不大。为了确保手术成功,我从我们医疗队自己的药库里准备了肾上腺素、洛贝林、尼科刹米、地塞米松、硝酸甘油、硝普钠、立止血、维生素C,明胶海绵等药物(这些最常用的药物这里的医院都没有),并备血800毫升。

手术当日,我早早就来到手术室,一切都按事先的准备有条不紊地进行。郭喜勇大夫成功为病人插管麻醉后,我开始手术。由于包块巨大,又合并甲亢,手术中最担心的是手术刺激,导致大量甲状腺素释放,诱发甲亢危象,手术只能轻柔操作。切开后,按层次进行操作。由于没有电刀及电凝,只能一一结扎血管和出血点,比较费时费事。术中一度血压180/110mmHg,郭大夫用硝酸甘油降血压。分离、切断、结扎甲状腺中静脉,甲状腺上动静脉,甲状腺下动脉等;楔形切除甲状腺。由于甲状腺钙化严重,切除时比较困难。由于包块特别巨大,质地较脆，手术创面大，术中出血，输血400毫升。术后放置引流管，郭大夫安全拔除气管插管，待病人情况平稳后送回病房。

为提防甲亢危象的发生，术后一直监护。下午和晚上我两次去病房查看，病人情况稳定。第二天查房，病人一般情况良好。说话声音正常无嘶哑，饮水无呛咳；引流管通畅，引流量正常。敷料稍有渗湿，更换敷料，颈部无肿胀，原来颈前巨大的肿物如今已荡然无存。

由于切除了颈部巨大赘物，病人如释重负。呼吸明显改善，自己能在床上自如活动，自感轻松愉快，每天都带着笑容。医院好多病人和家属都过来看，都为手术的成功而赞叹不已，病人家属多次对我表示感谢。

生命与信仰孰轻孰重？

我曾遇到两个特殊宗教的病人。一个病人是严重静脉曲张，我为他做了手术，没有输血，病人痊愈出院。另一个病人是前列腺增生症，我拟为他行手术治疗，但我的当地同事马柔，让我把病人转到首都大医院。他说担心手术需要输血，而该病人信仰的宗教拒绝输血，这会使病人和医生面临非常危险的处境：不输血病人有生命危险；输血又违背病人的信仰和意愿。病人输血后即使康复了，也活得很痛苦，甚至会把医生告上法庭。

是什么样的宗教置生命于不顾？这在我们中国人看来是不可思议的事。这个宗教叫耶和华见证人（Jehovah's Witnesses）。

耶和华见证人信仰上帝和耶稣，但它不同于传统基督教，主要是对于《圣经》理解的不同。

《圣经》视血为神圣，吩咐人要禁戒血。《新约》使徒行传15：28-29记载："因为圣灵和我们都认为不应该把重担加在你们身上，但请务必注意以下几件事，要远避祭拜偶像的事，不可吃血，不可吃勒死的动物，不可淫乱。你们一一遵守这些事就可以了。祝平安。"这是耶和华见证人拒绝输血的理由。但同样以《圣经》为准则的其他基督教并没有明确禁血。因为耶稣让人要真正信仰上帝，而不必拘泥于《摩西十诫》中如强求割礼等事。如在很多人要求处死一位通奸的妇女时，耶稣却巧妙地放了她，只是责备她以后不要再这样了。

耶和华见证人始于1870年代末，由查尔斯·泰兹·罗素（Charles Taze Russell）在美国发起。罗素二十来岁的时候想到，既然上帝怜悯世人，基督教教义里又说有永恒的地狱，这不是自相矛盾吗？于是他放弃长老会和卫理公会的教义，自创了这个强调启示的教派。一开始叫守望会，1931年改称耶和华见证会。现时已发展至遍布全球，信徒人数超过600万人。在埃塞俄比亚，信徒主要在首都亚的斯亚贝巴及附近地区。

其实我在赞比亚就了解耶和华见证人这个宗教。我也曾为信仰这个宗教的病人做过手术，但没有输血。那时医院里经常能看到耶和华见证人的小刊物——《警醒！》(Awake!)和《守望台》(The Watchtower)，不仅有英文版，还有中文版。里面讲一些耶和华见证人学习《圣经》的体会、信徒的生活等。医院妇产科的一位病人因为大出血需要输血，遭病人拒绝，我当时觉得不可思议。但最后病人还是转危为安，是上帝的力量、精神的力量还是医学的力量就不得而知了。

我想起以前读过的一个故事。

1994年8月28日夜，在美国康涅狄格州的斯坦福医院里，乃莉·维加产后出现了大出血。医生判断，如果不输血，她将因失血过多而死亡。但乃莉和她的丈夫都拒绝输血，因为他们信仰的宗教耶和华见证人认为信徒不能输血。

作为一个医生，治病救人是天职，但也不能违背病人出于信仰而做出的决定。乃莉的医生当时做了或许只有美国医生才会做的事情：冲向斯坦福高级法院，要求法官发出输血的命令。法官深夜2点做出了紧急裁决，允许该医生在未经病人同意的情况下，施行输血。输血后乃莉·维加的生命得救了。可是对于乃莉来说，血管里流着别人的血液，这就违背了她的信仰。她向上诉法院提出申诉，控告医院侵犯了她的宗教自由权利，要求推翻斯坦福法院的深夜紧急裁决。医院方面提出，这一指控已经过时，医生是得到法官命令后才输血的，现在病人已经康复出院，不再存在侵权伤害。上诉法院同意医院意见，不予受理。

乃莉·维加向州最高法院上诉。

1996年4月9日，康涅狄格州最高法院做出裁决，裁定斯坦福医院违反了个人身体有权自主决定的法律传统，侵犯了乃莉·维加宗教信仰的宪法权利。

　　大法官们指出，不管医院治病救人的情况是多么紧急，不管医生救死扶伤的职业道德如何崇高，这些都不能压倒乃莉·维加维护自己身体和精神完整性的权利。最高法院裁决该病人的最高利益是其信仰，故裁定该医生侵犯了病人的自决权而被判罚款。

　　任何法律都不可凌驾于宪法赋予的宗教信仰自由的权利之上。因此尽管世界各地有些医生冒险给耶和华见证人输血，并且出于救死扶伤的理由加以辩护，但是从已经审判的案例可以看出，法律依然首要遵守患者的个人意愿。

　　耶和华见证人禁血，包括不食用血或带血的肉（没放血的肉），不献血也不接受异体全血输血。耶和华见证人告诫它的信徒，接受输血会失去永生的机会："它可能短暂地延长你的生命，但使你失去的是献身基督徒的永生。"

　　由于耶和华见证人基于信仰的理由所采取不输血的坚定立场，引起了医学界的注意，也间接地促使了无输血手术技术的进步。其后出现了无血手术、微创手术、显微手术、人造血液等，都为耶和华见证人信徒的医疗提供更大的安全保证。美国南加利福尼亚大学医院在2001年2月21日，成功使用新的医疗技术拯救了耶和华见证人信徒家庭的一个七个月大的男婴，成为世界上第一例完全没有输血的肝脏移植手术。这次手术的成功，赢得了法律界和医学界的欢呼，为信仰与生命的矛盾打开一条出路。

　　在非洲，虽然医疗条件和技术落后，但耶和华见证人的信仰同样坚强和虔诚。如果一味地坚持救死扶伤的医疗准则，强行为病人输血，病人的生命虽然得救了，但他却觉得失去了灵魂，如行尸走肉，生不如死；医生可能要面临很多的麻烦，甚至被推上法庭。

　　佛教说：救人一命，胜造七级浮屠。耶和华见证人却认为信仰胜过生命。我认为生命是宝贵的，但信仰也是不可或缺的。没有生命，就没有信仰；但没有信仰的生命也是可怜的。没有信仰的人，如迷途的羔羊，只是高级的动物。我想说:"生命诚可贵,信仰价更高,如非不得已,无一可弃抛。"而在面对生命与信仰的两难处境的时候,病人怎样选择,医生怎样选择,这确实是一个难题。为了病人心灵的安宁和医生的职业道德,我们应该尽可能避免这种两难处境,更不要制造这种处境。作为医生,对于耶和华见证人信徒拒绝输血的信念,一是提高手术操作技术,尽可能地减少出血;二是应用现代的医疗手段,如自体输血技术和代血液技术,避免陷入两难抉择的困境。

药械捐赠

2013年5月20日，中国援埃塞俄比亚医疗队在提露内丝—北京医院举行隆重仪式，向医院捐赠一批医疗药械。经商处领导和全体队员出席了捐赠仪式。

提露内丝—北京医院，由我国政府无偿援建交付埃方，2012年3月正式开业，中国医疗队全体队员都在这里工作。援外医疗队每年都向受援国捐赠医疗用品。根据经商处指示和安排，2013年的捐赠原计划在建院一周年院庆之际举行。但由于埃方资金问题，一周年的院庆活动推迟到5月。但到了5月，院庆活动还没有着落，而我们第16批医疗队6月初就要结束工作回国了。经与经商处和院方协商后决定，把药械捐赠仪式放在5月20日举行。

下午2时，捐赠仪式在医院主楼门诊大厅门前的门廊里举行。会场一边悬挂着中华人民共和国的国旗和埃塞俄比亚联邦民主共和国的国旗，另一边是用中文和英文书写"中国医疗队向埃方捐赠药械"的横幅。这两面国旗和红色的横幅给会场增添了欢欣的气氛。主席台的桌子上摆放着中、埃两国国旗。按埃塞俄比亚当地传统，地面上铺撒着青草和野花；会场左前方摆放着当地咖啡仪式的用具，一位年轻美丽的姑娘正在准备咖啡仪式。

由于以汪洋副总理为团长的中国政府代表团近日要来埃塞参加非洲联盟成立50周年庆祝活动，使馆下午举行重要会议，大使馆、经商处领导包括我们医疗队的张秀珍队长都不能参加捐赠仪式。埃方出席的官员是亚的斯亚贝巴市卫生局副局长（提露内丝—北京医院归市卫生局管）、

作者向埃方介绍捐赠物品

医院CEO和院长；中方出席的领导是经商处主管医疗队的肖秘书，我则代替张秀珍队长代表医疗队向医院捐赠药械。全体医疗队员和部分医院职工在会场的座位上就座。

　　医院主持人宣布捐赠仪式开始，首先是我代表张队长和医疗队发言。我简单回顾了医院开业以来取得的成绩，同时也感受到由于新医院缺医少药，很多工作没法开展，中国医生无法发挥最大作用。这批药械的捐赠，能在一定程度上解决这一问题，开展更多的医疗服务，希望这些药械能发挥最大作用。同时感谢埃方和医院对我们工作和生活提供的支持和帮助。接着是医院CEO发言，他感谢中国政府无偿援建提露内丝—北京医院，感谢医疗队员们的辛勤工作，感谢医疗队捐赠这些医疗药械。说医院将妥善使用这些药械，更好地为病人服务。

　　接下来签署交接文件。在插有两国国旗的桌台上，我和医院CEO分别代表中埃双方在交接文件上签字、握手、交换文件。我们一起来到药械桌台前，我向他介绍捐赠的药械。由于与当地用药习惯不同，我们捐赠的主要是各手术科室的手术器械，还有外科、骨科、手术室、检验科、口腔科、放射科用品和耗材等，价值约10万元人民币。CEO听了很高兴，我们一起合影留念。

捐赠仪式请来了中央电视台和埃塞电视台的记者，他们全程摄像和拍照。央视记者许婺采访了埃方卫生局官员和院长；埃塞记者采访了我，并拿走了我的发言稿。

埃塞俄比亚是咖啡的故乡，咖啡仪式是他们引以为豪的传统招待方式。在会场的左前方，那位年轻美丽的姑娘，一直在表演咖啡仪式。现在咖啡也做好了，我和CEO来到这里，两人共同持刀，一起切开一个当地巨大的面包，咖啡可以开始享用了。大家吃着面包、爆米花和炒麦粒，喝着浓香的咖啡，相互交谈。我们医疗队再有两周就要离开埃塞俄比亚回国了，医院同事都有依依不舍的感觉。院长把我叫到一旁说，为感谢医疗队员的工作，医院将为每位队员颁发荣誉证书和推荐信。推荐信在国外很受推崇，它是上一级机构或个人向有关方面推荐某一个人晋升或任用的书面信函。他对我说，由于我的工作出色，医院决定给我写一封与其他队员不同的推荐信，我向他表示感谢。

送走了经商处肖秘书和央视台记者许婺，大家继续喝咖啡聊天。我们就要离开埃塞了，此时此刻，真有些留恋。

2013年5月22日，中国中央电视台新闻频道和埃塞俄比亚电视台新闻节目，分别播出了中国医疗队向中埃友好医院捐赠药械的新闻报道。

图卢布卢巡诊

2015年3月22日至27日,中国援埃塞俄比亚第17批医疗队在奥罗莫州图卢布卢医院,进行了为期一周的医疗巡诊活动。

图卢布卢距首都亚的斯亚贝巴约80公里,是上届总统的家乡。图卢布卢医院是一家乡镇医院,上届医疗队我和两名队员曾在这里工作过一年。2012年元月,中国政府无偿援建的提露内丝—北京医院建成后,在埃塞的全体中国医疗队员都搬到新医院工作,但与该院依旧保持着友好关系。由于我对该医院的情况熟悉,所以就建议队里把这次巡诊活动安排在图卢布卢医院。三个月前,图卢布卢院方向周边的居民宣布,中国医疗队要来这里巡诊了。居民们奔走相告,纷纷来医院提前预约登记。

3月22日早上,在医疗队队长王进宝的带领下,医疗队员乘大巴车来到图卢布卢医院。虽然图卢布卢医院事先告知我们预约筛选了很多病人,但当队员们抵达医院时还是感到非常震惊和意外:医院大门口被围得水泄不通,看病的患者排起了长龙般的队伍,小小的乡镇医院一下来了有四五百人!这熙熙攘攘、人头攒动的热闹场面令王队长和队员们感到惊讶和激动——这是患者对中国医生的期盼和信任。队员们个个跃跃欲试,决心一定要全力把这次巡诊搞好,决不能辜负这些患者对中国医生的期盼。

院长伊德欧和队员们一一握手,对大家的到来表示欢迎,说周围居民期待着中国医生的到来。王队长介绍了各个队员的专业情况,医务科长交代了巡诊活动的安排,医疗巡诊活动就开始了。

医院为每个专业的队员安排了诊室,每个诊室配有一名当地护士负

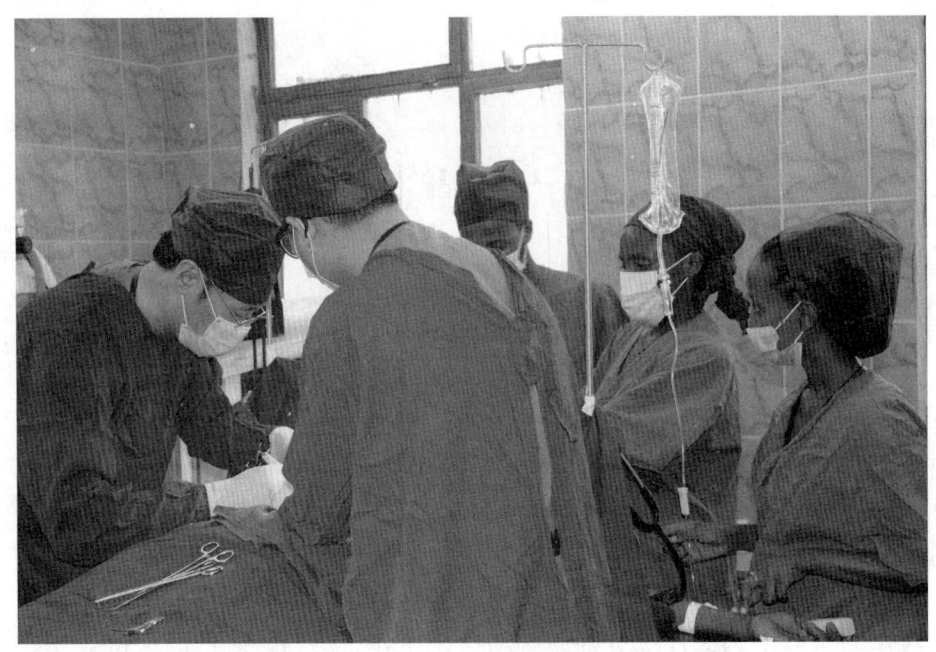
乳腺癌手术进行中

责为中国医生翻译，各个诊室门口都排满了病人。

普外科病人很多，我主要负责在门诊接诊处理病人，然后把一些小手术病人如：体表包块、脂肪瘤、粉瘤、鞘膜积液、腹壁小疝等，介绍到手术室，队长王进宝和王新杰大夫在局麻下为这些病人手术，有一天他们做了10台手术。普外科还收治了一些大手术的病人，在没有血源的情况下开展了乳腺癌根治术、甲状腺手术、疝病手术等，还把一些来不及做手术的病人转到提露内丝—北京医院。

一位60岁的乳腺癌病人，发现乳腺包块一年多，未到医院就诊过，听说中国医生巡诊才来了，结果被诊断为乳腺癌。当她知道乳腺癌的病情和预后，痛下决心，要求手术。图卢布卢医院在我离开后只做急诊手术，如阑尾炎、胃穿孔、剖腹产等，择期手术根本不做。这次我在这里又成功地为病人实施了乳腺癌根治手术，病人十分感激。

骨科病人也很多，有耽误治疗的陈旧性骨折、慢性骨髓炎、先天性畸形及脱位、慢性腰腿疼等病人。杨拥民大夫从早到晚忙个不停。由于没有器械和材料，不能开展手术，他把需要手术的病人转到提露内丝—北京医院治疗。对有些四肢及腰腿疼病人，杨大夫给予局部封闭、止疼药物，还给有些病人亲自贴上中医膏药片，再给一些让他们回去后继续用。病人很感兴趣，连连称好。

针灸是中国传统的特色医学，很多病人虽然从来没有见过，但都听说过这种神奇的治疗方法。针灸室门前患者熙熙攘攘，路都被堵住了，多是长期劳累、受凉和积劳成疾导致的颈肩腰腿疼病人。贾坤大夫忙得满头大汗，上午和下午都没有一刻歇息，他从来没有一天治疗过这么多的病人，但他仍然一丝不苟，娴熟的手法让当地护士和患者叹为观止。有些病人拔针后马上觉得不疼了，连说中国针灸真神奇，贾大夫了不起！

口腔科连个牙科椅子都没有，治疗只能拔牙，王仕良大夫为他们带来许多牙科手术包。病人也不少，王大夫指导当地小技师操作和拔牙，小技师很受感动，要拜他为师。小技师擅长绘画，为了感谢医疗队和王大夫的帮助，他为医疗队和王大夫画了两张漫画作为礼物。

妇产科病人也不少，都是常见病和多发病，如盆腔炎、子宫糜烂、功血、不孕症、阴道炎、子宫脱垂等。由于条件所限，许玲娟大夫只能给予一般处理，把需要手术的病人转到提露内丝—北京医院治疗。

医院没有病理科，病理科专家范支援大夫因陋就简，开展细针穿刺细胞学检查，为临床提供了很大的方便。一位乳腺包块的病人，临床高度怀疑乳腺癌，经范大夫确诊后，第二天成功实施了乳癌根治术。

医院没有超声科大夫，于龙大夫的到来解决了不少困难。一位腹部巨大包块的病人，经他超声诊断为巨脾，由我所在的普外科转到提露内丝—北京医院治疗。

……

3月27日上午10点钟，图卢布卢医院为这次巡诊举行了简短的仪式。参加仪式的埃塞方人员有：奥罗莫州卫生局领导、医院董事会成员、

院方向医疗队员颁发巡诊证书

医院职工、就诊患者及当地群众，奥罗莫州电视台也派来了记者采访报道。中方人员有我经参处领导肖秘书、中央电视台记者许赟、全体参诊的医疗队员。场面非常热烈，大约有500人。当地官员发表了热情洋溢的讲话，称赞中非友谊，感谢中国政府对埃塞俄比亚的大力经济援助，感谢中国医疗队和这次非常有意义的巡诊。院长伊德欧说这次巡诊共诊治病人1600多例次，其中针灸约300例，手术近30例，这是一次非常成功的巡诊。王进宝队长在讲话中说，为埃塞人民治病是我们义不容辞的责任，感谢院方的大力支持，并为辛勤工作的医疗队员们点赞。

为了表彰医疗队员们的辛勤奉献，医院为每个队员颁发了本次活动的证书。仪式上，中国医疗队还向图卢布卢医院捐赠了部分医疗设备和用品，院方深表感谢。口腔科小技师为中国医疗队和王仕良大夫赠送了自己画的漫画，以表达对医疗队和王大夫的感谢。

口腔科小技师向王仕良大夫赠画

简短的仪式过后，医疗队员们又投入到紧张的工作中。病人还是很多，每个队员桌上还有很多病历卡。为了让中国医生下午能按时走，医院不得不停止了挂号。这时，一位25岁鞘膜积液的男子强烈要求手术，说他一个月后要结婚了，他是昨天才知道中国医生在这里巡诊的。我为他做了检查，发现左侧阴囊很大，婚后性生活肯定受影响。但下午的手术已经排得很满，实在无法再为他手术，我让他下周到提露内丝—北京医院手术。

3月27日下午5点，各科队员终于看完了所有的病人，在医院职工和患者的热烈欢送中，乘坐大巴车离开了医院。

从周一到周五，队员们都非常忙碌，为了工作方便，吃住都在当地小镇上。从早上8点半到下午5点半，中午只有一个小时的吃饭时间，大家在镇上的小饭店简单吃些当地饭菜，就又开始了工作。由于劳累和饮食原因，不少人胃部不适，但仍然坚持工作。王进宝队长在为病人手术时，血液不慎溅进了眼睛，病人是艾滋病阳性。为了不影响队员们的工作热情，他隐瞒了病情，在医院悄悄拿到艾滋病暴露后的预防性药物服用。药物的副作用非常严重，当天晚上他即开始头晕目眩、恶心欲吐。尽管这样，他一直坚持到结束的当天才让大家知道。

这是一次非常成功的巡诊。第二天，奥罗莫州电视台做了新闻报道；3月30日早上，中央电视台新闻节目报道了援埃塞俄比亚医疗队的这次巡诊活动。医疗队员们非常高兴，辛勤的工作换来了幸福的喜悦。

银针在非洲屋脊闪耀

贾坤大夫来自医圣张仲景的故乡——河南省南阳市，是南阳市中医医院针灸科主治医师。2013年5月，他参加河南省组建的中国援埃塞俄比亚第17批医疗队，来到素有非洲屋脊之称的埃塞俄比亚。

位于首都亚的斯亚贝巴的提露内丝—北京医院，是中国政府援建埃塞俄比亚的一所新医院，2012年开业，中国医疗队队员都在这里工作。贾大夫和医疗队员初到时，一些设施和条件尚不完备，他所在的针灸科只有他一名大夫、一名当地护士、一间小屋和两张治疗床。贾大夫因陋就简，克服困难积极开展工作。由于他对待病人热情周到，手法操作轻重有度、治疗效果好，深受病人的称赞。很快病人越来越多，小小的诊室无法满足接诊需要，医院不得不为他增加针灸床位，由原来只有两张床的小屋，搬到有五张床位的大房间。可即使这样，还经常有病人不得不坐在或趴在椅子上接受治疗，贾大夫也常常因工作超时而耽误吃饭。

有一位为中资机构服务的当地女雇员穆萨，患面神经麻痹，口眼歪斜、流口水、闭目不能、流泪，当地医生给予她药物治疗，效果欠佳。中国上司把她领到北京医院，经过贾大夫两周的精心治疗，彻底治愈，原来哭笑不得的面容绽放出喜悦的笑容。她逢人就说中国针灸神奇，贾大夫技术高超。

颈肩腰腿疼是慢性病、多发病、常见病。中国驻埃使馆解晓岩大使及夫人和几名工作人员、经商处张霖参赞及一些工作人员都有这些疾病，由于工作繁忙，不能坚持到医院治疗。在医疗队的安排下，贾大夫每周两次上门为他们治疗，保证了他们顺利开展外事工作，受到大使馆和经

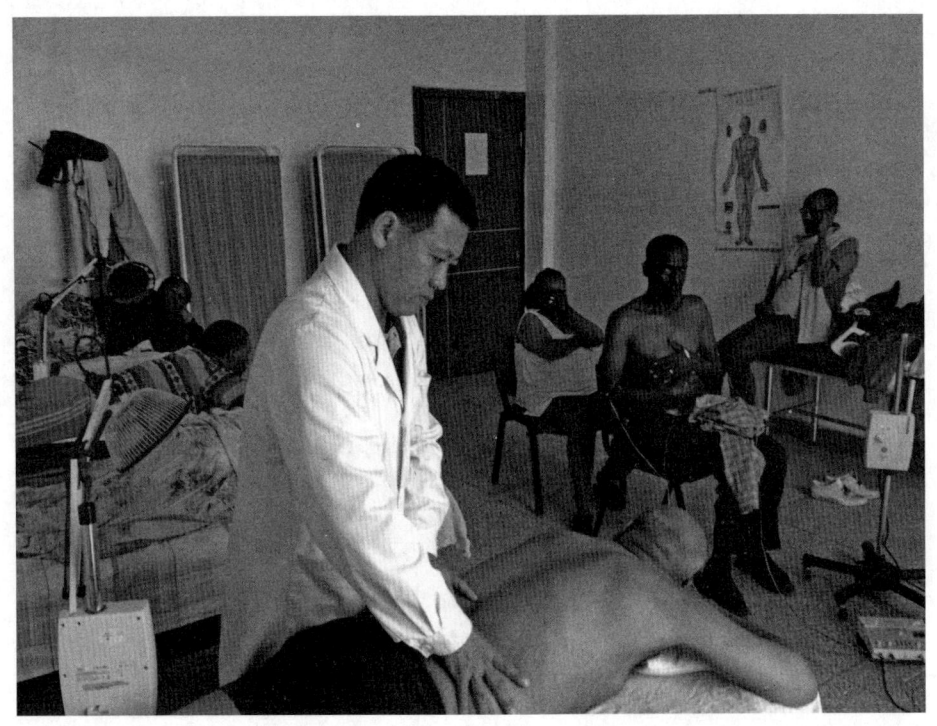
贾坤大夫为患者治疗

商处领导的赞扬。

现在在埃塞的中国建筑公司很多，不少人因外伤、劳累或受凉患上了急慢性颈肩腰腿疼，他们慕名找贾大夫治疗。贾大夫应用针灸、按摩、推拿、理疗等方法，治愈了很多同胞的病，谈到贾大夫，个个交口称赞。

埃塞俄比亚现任总统穆拉图·特肖梅（Mulatu Teshome），曾在北京大学留学并任埃塞驻华大使多年，对中国传统中医有浓厚的兴趣。有一次打球时不慎右肩关节损伤，在我大使馆的安排下，贾大夫和骨科杨拥民大夫到总统府为总统诊治。他们用中药配合针灸为其治疗，使伤情完全康复。总统夫人梅阿扎面部黄褐斑严重，不利于外事活动，曾到中国接受中医中药治疗。回来后在我大使馆的推荐下，贾大夫每周两次用中医刮痧配合刺络拔罐为她治疗，半年后褐斑基本消除。总统一家人非常感激，热情地邀请贾大夫到总统府做客。

由于工作努力和各方面的出色表现，贾大夫多次受到北京医院、我驻埃塞使馆和经商处的赞扬。2015年4月复活节前夕，在全院总结表彰大会上，贾大夫被授予特别贡献奖，并获赠当地民族特色的礼服。

　　几十年来，一批又一批像贾坤大夫这样的中国医疗队员，在埃塞俄比亚辛勤工作，得到埃塞政府和民众的称赞；小小的中国银针更像是神针，在非洲屋脊闪耀着光芒。在埃方的要求下，中埃两国政府筹备在提露内丝—北京医院开设中国传统医学中心，开展中医针灸、中医推拿、中医理疗等，以造福更多的当地人民。

埃塞俄比亚中国中医中心揭牌成立

2015年7月3日上午，埃塞俄比亚中国中医中心揭牌仪式在中国援建的提露内丝—北京医院举行。埃塞俄比亚卫生部部长助理、亚的斯亚贝巴卫生局和北京医院的领导及职工；中国驻埃塞俄比亚大使馆经商处张霖参赞，河南省卫生计生委刘绍杰副主任、国际合作处王培仁处长、苏桂显主任和中国援埃塞俄比亚新老两批医疗队员参加了揭牌仪式。

传统中医中药在我国已有几千年历史，是我国劳动人民在生存和与疾病做斗争中积累总结起来的丰富经验，并形成完整的系统理论，是我国传统文化的瑰宝，也是我国对人类医学的重大贡献。中医中药尤其是针灸已为全世界所接受，我国援外医疗五十多年，几乎每个医疗队都有中医针灸大夫，他们治疗了大量患者，得到广泛的接受和欢迎，中医针灸在非洲已是人人皆知，家喻户晓，被称为"神针"。

埃塞俄比亚是非洲十分重要的国家，联合国一些机构和非洲联盟总部就设在这里。自1974年我国首次向埃塞俄比亚派遣医疗队以来，已向这里派遣了18批医疗队，每批医疗队都有中医针灸专业，针灸治疗在这里很受欢迎。为了传播中国传统医学，为了当地人民的健康和中非友谊，经中埃两国卫生部门协商，决定在埃塞俄比亚提露内丝—北京医院成立中国中医中心。2014年两国签署协议，由中方安排相关专业的医务人员，并配备必要的器材和药械，具体由河南省卫生计生委承办。河南省卫生计生委对此项目高度重视，投资300万元从国内购买了大批设备和仪器。2015年年初设备到达后，又从国内有名的洛阳市中医正骨医院邀请两名专家安装调试设备。他们克服语言交流障碍、设备零部件不全等困难，

埃塞俄比亚篇

在非洲成立的第一个中国中医中心的揭牌仪式

经过积极努力，使这些设备成功安装并投入使用。

河南省卫生计生委历来对援外医疗工作十分重视，此次特派遣省卫生计生委刘绍杰副主任，国际合作处王培仁处长、苏桂显主任专程来埃塞俄比亚，参加此次揭牌仪式及新老两批医疗队的交接仪式。为了成立中国中医中心，加强中医针灸力量，在第18批医疗队中配备了两名中医针灸及理疗大夫。

揭牌仪式在门诊大厅外的走廊里举行。仪式上，刘绍杰副主任代表河南省卫生计生委讲话，赞扬中埃友谊，感谢多年来埃方对河南医疗队的大力支持和帮助。他说河南省和奥罗姆州是友好省州，河南卫生系统愿为埃塞人民的健康服务，愿提供更多帮助，希望两国医务人员相互学习、团结协作，共同把中国中医中心办好，造福当地人民。埃塞卫生部部长助理感谢中方无偿援助这批医疗设备，感谢中方四十多年来向埃塞派遣医疗队。表示埃方一定会积极配合，学习中国传统医学，更好地为埃塞当地人民服务。

张霖参赞、刘绍杰副主任与埃塞卫生部长助理和北京医院院长共同为中心揭牌，全场响起热烈掌声。

仪式上埃塞卫生部还为完成两年援外医疗任务，即将回国的第17批医疗队员颁发了荣誉证书。

仪式结束后，双方领导共同来到位于医院门诊二楼的中国中医中心参观，各种设备和仪器应有尽有：按摩床、牵引床、中药熏蒸床、磁场治疗仪、远红外治疗仪、电子艾灸治疗仪、电子针灸治疗仪、微波治疗仪、空气震荡治疗仪等。当看到如此崭新和先进的医疗设备和仪器时，埃塞方领导啧啧称赞，再次表示感谢。埃塞卫生部领导还询问设备的治疗原理和治疗情况，在场的我医疗队医生做了令人满意的回答。在一个治疗室里，两个当地患者正躺在理疗床上，接受中国医生的治疗。当问到治疗的感受时，患者对中国医生的服务态度和技术表示十分满意。

据了解，这是我国在非洲成立的第一个中国中医中心，目前主要提供针灸、艾灸、推拿、按摩、熏蒸、刮痧、整脊和各种理疗等治疗方法，以后还会有中医和中药。试点成功后，还会在非洲其他国家推广，设立同样的中国中医中心，以传播博大精深的中医文化和中国人民的友谊，造福更多的非洲患者。

一次特别的宴请

"身在异乡为异客，每逢佳节倍思亲。"对我们这些工作生活在万里之外、条件艰苦、物资匮乏的援非医疗队员来说，更是如此。

2012年端午节的前一天晚上，我们医疗队受到中国驻埃塞俄比亚大使解晓岩夫妇的邀请，到大使官邸参加为我们全体医疗队员举行的宴请。

我们第16批医疗队2011年2月来到埃塞俄比亚。在大使馆参加过多次宴会。但作为我国驻埃塞的最高政府官员，单独邀请全体医疗队员到他官邸做客，还从来没有过。

晚上6点钟，我们按时来到大使馆。傍晚的大使馆，棕榈婆娑，芭蕉摇曳，院内的热带花木在晚霞的照耀下更加绚烂夺目。得知我们到来，解大使和夫人及使馆领导在大使官邸门口迎接，和大家一一握手问候，随后引领我们到会客大厅。

会客厅里，解大使和夫人与我们随意而坐，向大家问候节日，拉家常，询问近来的情况。大使对我们医疗队很熟悉，基本上知道我们每个人的名字和所从事的专业。他询问医疗队搬到新医院后的情况，我国援助的医疗设备器械有什么问题。张秀珍队长回答道，医疗队一切情况都很好；我国援助的新设备器械埃方不太会使用，有些缺少配件和耗材。反映到经商处后，迅速从国内请来相关技术人员维修调试，现已开始运转，我们已经开始了一些大手术。大使听了后很高兴，又问有没有血库。当得知没有血库时，大使很着急，说没有血库手术很不安全，并答应向埃方卫生部过问此事，以期尽早解决，这让我们很感动。

随后解大使邀我们到餐厅进餐。餐厅正面墙上是著名画家关山月价

在大使官邸做客

值千万的巨幅梅花原画真迹，侧面是毛泽东主席在北京会见当时的埃塞俄比亚海尔·塞拉西皇帝的照片。两张大餐桌布置得庄重又整洁，刀叉筷勺、碟碗杯盅，一样样摆放得井然有序。餐桌的每个位子上，摆放着写有我们每个人姓名的牌子。姓名的上方，是用鲜红和金黄两色套印的庄严的中华人民共和国国徽！每个餐位上都有一份印制精美上菜菜单。招待的酒是我们的国酒茅台，在使馆通常是用来招待外国使团的。队员中间穿插坐着所有的使馆党委成员，他们是韦参赞、钱参赞、徐参赞、郑参赞、周主任、刘主任，这让我们倍感荣幸和激动。

宴会前，解大使发表了简短的讲话，对我们医疗队的到来表示欢迎，向大家祝以节日的问候，并对我们的工作予以充分的肯定，赞扬医疗队为埃塞当地人民和中方人员的无私奉献，向大家敬酒。张秀珍队长代表医疗队对大使对我们工作的领导和支持表示感谢，并表示将继续努力，争取更大的成绩。席间一道道精美可口的菜肴端了上来，上一道，撤一道，很有品位。大家吃着这上等的佳肴，喝着佳酿茅台，与使馆领导愉快地交谈着在埃塞工作和生活各方面的情况，心里有说不出的高兴，因为大家从未享受过如此高的礼遇。心里暗下决心，一定要不负厚望，把工作做得更好。

宴会毕，大家争相与大使及夫人和使馆领导合影，最后所有参见的人员集体合影。在十分欢欣的气氛中，大使夫妇和使馆领导与大家一一握手道别。

我参加过四届医疗队，大使请全体队员到官邸做客，从未经历过。主管医疗队的经商处领导钱参赞事后对我们说，连他也没有想到大使会用如此高的规格招待医疗队。以往的医疗队没有过，在埃塞的其他中资机构也没有。但这也不足为奇，因为你们做出了很大的成绩，在埃塞当地有目共睹，在中方人员中有口皆碑，医疗队内部团结和谐，这是大使对你们的褒奖。

殷切慰问暖人心

2012年8月20日,以河南省卫生厅副厅长张智民为团长的河南省慰问团一行十人,来到东非高原,对我援埃塞俄比亚医疗队进行慰问。代表团除卫生厅领导外,还有省人事厅、财政厅、教育厅、省人民医院、省职工医学院、医药卫生报社、许昌市和南阳市卫生局的领导同志。

听说代表团要来慰问大家,队员们都很高兴,提前几天就做好了准备。早上6点钟,代表团乘坐的飞机抵达亚的斯亚贝巴国际机场,队员们手持鲜花前去迎接。见到久别的家乡亲人,队员们心情特别激动,有的还流下了激动的泪水。代表团和全体队员在机场高兴地合影留念。

离开机场,在中国大唐饭店用过简单的中式早餐后,代表团不辞辛劳,直接开赴医疗队所在的提露内丝—北京医院。

在院长办公室,医院领导与代表团、经商处领导和部分队员进行了座谈会。队长首先把院领导和代表团成员一一作了介绍,随后院长什梅莱斯·所罗门(Shimelse Solomon)向代表团介绍医院和医疗队的工作。他说,2006年北京中非合作论坛上,中国政府承诺为非洲援建30所医院,该医院就是其中之一。2008年北京奥运会上,埃塞俄比亚长跑运动员提露内丝·迪芭芭(Tirunesh Dibaba),荣获5000米和10000米两项奥运会冠军,所以,以她和北京的名字命名这所中国援建的医院有其特殊意义。该医院2009年10月18日开工,2011年10月16日建成交付埃方,2012年3月4日正式开业。中国医疗队全体队员从原来各个医院搬迁到这里工作。他感谢中国政府为埃塞俄比亚无偿援建这一现代化的医院,感谢中国医疗队员的无私奉献。他说,自医院开业以来,全院接待病人

埃塞俄比亚篇

河南省慰问团和医疗队员在机场合影

9000多人次，其中急诊1500人次，中大手术例63例（6月中旬手术室开张）。中国医生的工作很出色。

　　座谈结束后，张厅长和代表团一行察看了医院的门诊药房、诊疗室、CT和化验室等，询问中国援助的医疗设备和仪器的工作情况，亲身感受到了非洲缺医少药的实际状况。他还特意来到中医医生的针灸室，询问疾病种类、治疗效果、收费情况等。看到中医针灸在这里很受欢迎，他十分高兴，并指示针灸科杨来福大夫要把中医针灸发扬光大。杨大夫说现在已有两名助手跟他学习、一起工作；院长已指示他下月举行针灸培训班，已有近20人报名参加。张厅长听后很是欣慰。他还查看了病房的住院病人，要求随行记者对病人多的针灸科杨来福和外科忭民宪两位医生做采访。

　　出了病房楼，代表团一行来到医疗队驻地，查看了院子里的菜园、队员宿舍、厨房餐厅和文体活动室等，并不时询问队员的生活情况。在二楼会议室，代表团与经商处领导和全体医疗队员座谈。张秀珍队长首先对全队一年多来的工作和生活情况向代表团作了汇报：从刚来时撤销纳兹瑞特医疗点，设立圣保罗医院和图卢布卢医院医疗点，到今年统一搬到现在的北京医院等，及队员们的工作成绩和生活情况。张队长汇报时很激动，不时流下泪水。钱参赞对医疗队的工作做了肯定和补充。代表团听得很认真。后来是队员们发言，谈各自工作和生活的亲身感受，也提出一些建议和要求，如队员在外期间，职称晋升、子女上学等问题。代表团中省人事厅、教育厅的领导分别给予了较满意的答复。张厅长对医疗队员在艰苦的条件下所做出的成绩表示肯定，感谢大家为国家援外医疗所作出的贡献，希望大家再接再厉，把后面的工作做好。最后代表团为医疗队赠送了慰问品，张队长代表全队接受并表示感谢。

中午代表团在医疗队食堂用餐，一是表达我们对家乡亲人的亲近和欢迎，二是代表团也想体验一下队员们的生活。由于用餐人数多，我们提前几天就开始准备工作，还从中水十一局公司请来中国厨师做菜。由于餐厅小，原来的乒乓球室变成了餐厅。张队长代表医疗队对代表团的到来表示欢迎和感谢；张厅长则对医疗队表示慰问和感谢，并向大家一一敬酒。席间非常热闹亲切。省卫生厅国际合作处王培仁处长和队员们坐在一个桌上，详细了解队员们的工作和思想情况；医药卫生报社陈琳君副社长则不时拿笔记录所见及感受；其他代表团成员也从不同方面了解医疗队的情况。队员们表示，虽然这里条件艰苦，但有祖国人民关心，一定会继续努力工作，不辜负代表团和家乡人民的希望，为中非友谊作出更大的贡献。

下午1点半，代表团一行驱车去埃塞卫生部，拜会卫生部领导。卫生部副部长科拜德·沃库博士（Dr. Kebede Worku）接见了代表团。他盛赞中埃友谊，感谢中国政府无偿援建提露内丝—北京医院，感谢中国政府派遣医疗队。他说，中国医生在这里工作很出色，要求派遣更多的中国医生；北京医院临近埃塞最繁忙的公路，交通意外事故较多，希望北京医院健全科室，加强急救力量，把医院办成集医疗、教学、科研为一体的综合性医院。张厅长感谢埃塞卫生部多年来对我医疗队的支持和帮助，表示一定继续支持和帮助埃塞俄比亚的卫生事业。

下午3点半会谈结束，代表团和医疗队员们去非盟大厦参观。非盟大厦是我国政府无偿为非洲联盟援建的会议中心，占地面积13.2万平方米，高100米，是首都最高、最雄伟靓丽的建筑。远远看去，非盟大厦高耸挺拔，宛如一座丰碑直穿云霄。大厦旁还有一座巨大的圆形建筑。这一方一圆的建筑体现了非洲国家处理国际事务的原则性和灵活性。大厦前广场两旁，非盟54个国家的国旗迎风飘扬，象征着非洲国家的大团结。

如果说非盟大厦外观十分雄伟壮观的话，它的内部装饰则更加的大气讲究。非洲的历史和文化在大厦内得到充分体现，中国元素也不时隐含其中。一楼大厅有时任非盟主席让·平（Jean Ping）先生的照片，这位有着二分之一中国血统土生土长的加蓬人，祖籍在浙江温州，这让我们感到亲切。大厦内部有大、中、小不同规格会议厅，满足不同会议需要。还有供各国代表团休息办公的各种设施。会议大厅的主席台、发言席肃然庄重。坐在这里，让我们这些参观者似乎有亲临非盟会议的感觉。

非盟大厦是非洲团结的象征，是中非友谊的象征；是亚的斯亚贝巴的标志，是中国人的自豪。站在这里，你会感到中国的伟大和在非洲的巨大影响。

晚上，大使馆和经商处为代表团和医疗队员举行晚宴招待会。韦宏添临时代办代表大使馆对代表团的到来表示欢迎，对医疗队的工作给予充分的肯定和赞扬。感谢医疗队的工作，感谢河南省卫生厅多年来对医疗队工作的支持，气氛十分热闹融洽。

由于代表团行程安排非常紧张，在埃塞俄比亚只有一天的时间。8月21日上午，代表团结束了在埃塞俄比亚紧张而温暖的慰问，要继续去厄立特里亚慰问。队员们到机场去送行，大家恋恋不舍，依依惜别。队员们感谢祖国人民的关怀，感谢家乡亲人的问候，决心更加努力地工作，为中非友谊作出更大的贡献。

在国庆招待会上

2012年9月28日,中国驻埃塞俄比亚大使馆在首都喜来登大酒店举行国庆招待会,隆重庆祝中华人民共和国成立63周年。各国驻埃塞俄比亚大使馆和在埃塞的各中资机构受到邀请,我们医疗队全体队员都参加。

喜来登大酒店是埃塞俄比亚最好的酒店,各国政要来访都在这里下榻。下午6点钟,我们赶到酒店。酒店院内树木繁茂,鲜花盛开,各国国旗迎风飘扬,今天中国的国旗则格外醒目。

由于时间稍早,我们便在酒店大厅里的沙发上稍作休息,陆陆续续有成群结队中国人赶来。看见有不少中国人,我座位旁的当地人便主动和我交谈起来,问我今天你们中国人有什么活动。我告诉他,我们的国庆节和中秋节在即,今天来这里参加庆祝中华人民共和国成立63周年宴会活动。他听后很高兴,并向我表示祝贺。他告诉我他是亚的斯亚贝巴大学的讲师,曾两次到过广州和深圳。我问他对那里的感受,他说非常漂亮,尤其是深圳,非常现代化的城市。我说那是中国最好的城市之一,而三十多年前年还是一个小渔村。他还告诉我,埃塞俄比亚近些年也发展很快,得益于中国的帮助。非盟会议中心、亚的斯亚贝巴环城公路立交桥、市轻轨交通、尼罗河水电站、从首都到吉布提港的铁路和埃塞俄比亚第一条高速公路,都是中国人在修建。中国为埃塞经济和社会发展作出了巨大贡献。

时间不早了,我们便向宴会大厅走去。入口处竖立着中埃两国的国旗。宴会场外的廊巷里,布置着反映中国经济社会发展成就的图片。这些对于我们习以为常的照片,不少外国人看得认真仔细。在宴会大厅入口处,宴会服务员为每位客人捧上各种美酒和饮料。人们在大厅里或三五一群或五六一堆,举着酒杯亲切地问候,自由地交谈。不一会儿,无意中看见我们医院的CEO和院长也应邀参加宴会,我们忙上前去和他们打招呼。他们很高兴,感谢我们的工作,感谢中国对埃塞的帮助,祝愿中国更加美好和繁荣。他们还对我说,你的工作很出色,医院已向卫生部提出申请,请求你继续在埃塞医疗队留任。我当即表示感谢。我知道国内正在组建下一批医疗队,我原有继续留任的打算。但由于我所在医院的不同意——因为我在外时间太久了,留任已不可能了。但我没有告诉他们这些,还是对他们对我工作的肯定和请求留任表示感谢。

大厅里熙熙攘攘,聚满了各国的宾客,有埃塞的政府官员,有各国使馆的大使和武官。7点钟宴会正式开始,宴会由韦宏添参赞主持。他首先提议为埃塞俄比亚不久前去世的梅莱斯总理表示哀悼,奏埃塞俄比亚民主共和国和中华人民共和国国歌,气氛庄严肃穆。接下来是中国驻埃塞大使解晓岩发表祝词。他说,今天是中华人民共和国成立63周年。新中国成立以来,尤其是改革开放三十多年来,中国已发生了翻天覆地的变化,综合国力排名世界第二,人民群众的物质生活水平和精神面貌也发生了很大的变化。中国的发展,也带动了非洲的发展。2006年的第一次中非合作论坛和今年7月的第三次中非合作论坛,都为非洲的发展作出了贡献。中国会一直支持非洲的发展。中国和埃塞俄比亚是传统友好国家,中埃关系会在埃塞俄比亚新总理领导下,继续巩固发展;他提议为中埃友谊举杯。

接下来是埃塞俄比亚外交部发言人代表埃塞政府发言,他祝贺中华人民共和国成立63周年。敬佩中国的发展成就,感谢中国政府和人民这么多年对埃塞的支持和帮助。相信中埃友谊会在新的领导人的指导下继续发展,并举杯为中埃友谊干杯。

接下来开始用餐,大家排队去领取提前准备好的自助餐,大都是中国的食品。中秋来临,各种月饼更受国人喜欢。各种酒水饮料,威斯忌、葡萄酒、啤酒,更有国酒茅台,各取所好。大家吃着、喝着,非常高兴,各人找自己要交谈的人交谈。无意中我发现身着绿色军装、左臂印有"赞比亚"字样的武官,一下子便勾起了我对赞比亚的回忆。我用赞比亚奔巴语和他打招呼,他感到很惊奇。当我自我介绍后,他便热情地和我聊了起来。我说我在中国援赞比亚医疗队工作了四年多,原来在铜带省的恩多拉中央医院工作,2009年离开。他告诉我,他的妹妹叫露丝(Rose),就是这家医院妇产科的护士,现在去世了。我想起妇产科当时有个叫Rose的护士,因为不在一个科室,现在印象不深了。他介绍他的夫人和我认识,我们还一起合影留念。

快乐的时光总在不觉间流逝。宴会结束了,我们还恋恋不舍。回想起我十年前在厄立特里亚参加的国庆宴会,已大有不同了,今天的中国已远非昔比,国际地位空前提高,所到之处一片赞许声。让我们祝福伟大的祖国更加繁荣强盛,也祝福中非友谊之树万古长青。

"驴友"非洲见国旗

2015年3月1日，农历正月11日，星期天，我们医疗队员都在驻地休息。上午10点多，院子里来了几个不速之客，三男一女共四个中国人，另外还有一个高个子的白人老头。起先我们以为是来驻地看病的，因为这样的事情几乎每天都有。异国他乡，同胞情谊，尤其是生病的同胞，我们都会热情地接待服务。

在接待室坐定后才知道他们不是来看病的，他们是从我国西藏自治区来非洲旅游的一群"驴友"。他们已经到首都亚的斯亚贝巴三天了，准备去埃塞俄比亚南部旅游，途经我们医院时，远远看见随风飘扬的五星红旗，感到格外亲切，决定停车到这里来看一下。

这四个中国人分别是《西藏商报》记者杜冬和他的新婚妻子、德国马普研究院的学者张帆；四川人大刀，摄影师；江西人付磊，工程师。那个白人老头是意大利人，名叫塔奎纽，独身，他在西藏自治区已经生活十年，每年都来非洲旅游，在西藏自治区和非洲资助多名贫困儿童。他们都是驴友，以前并不相识，在西藏旅游时才认识的。塔奎纽对非洲熟悉，在他的建议下，几个年轻人决定一起来埃塞俄比亚、肯尼亚、埃及旅游，塔奎纽做他们的向导。

我们告诉他们，我们是中国政府派遣的援非医疗队。这家医院是由中国政府无偿援建的中埃友好医院，2012年开业，有15位中国医生在这里工作。医疗队每两年轮换一次，除了为埃塞当地人民服务以外，也为我国在埃塞的同胞服务。

午饭时候到了，我们请他们到医疗队餐厅用餐，他们欣然接受。他们在埃塞几天，西餐都厌烦了，非常想吃中国饭菜，包括意大利人塔奎纽，他在西藏待了十年，早已习惯中国饭菜。饭菜上桌了，又在新年里，我们用红酒欢迎他们。塔奎纽的筷子用得很熟练，他说他很喜欢中国饭菜。他告诉我们，他每年都来非洲，对埃塞各地的旅游景点也很熟悉。《西藏商报》的记者杜冬告诉我，塔奎纽在非洲和中国西藏自治区资助过很多孩子，说着拿出一本讲述塔奎纽故事的中文书——《非洲·哈达》，赠送给我。我告诉塔奎纽，我也是老非洲了，我在非洲待了十年，在非洲三个国家工作过。我向他赠送了我自己的书《在十三个月的国度里——一个援外医疗队员在埃塞俄比亚》。他非常高兴，并向我赠献了哈达，他是完全按照西藏的礼节。我们的碗、盘子和碟子都是特制的，上面印有中华人民共和国国旗。塔奎纽对此很感兴趣，并唱起了中华人民共和国国歌，我们感到很惊讶。他问我们能否送给他一个小碗，说对此很感兴趣，想要收藏。我们送给一个小碗和小碟子，他非常高兴，并高兴地和我们合影留念。

这些"驴友"在非洲见到中国国旗，感到亲切激动，我们也有同样的经历。2014年国庆我们去距首都五百多公里的东部城市德雷达瓦义诊，回来途中看见高高飘扬的五星国旗，也感到很亲切，就赶到那里的中国路桥公司休息。他们非常热情，还招待我们一顿午饭。

我相信在国外，每个中国人见到国旗都会感到亲切和温暖。它象征着我们的祖国，代表着13亿人民，是海外游子的精神力量。

过去我们看到外国游客背着行囊、睡袋、帐篷到中国旅游，很是羡慕。现在我们国家的"驴友"们也到世界各地旅游、观光、探险，这是国家强盛、人民富裕的体现。我们祝愿这些"驴友"在非洲的旅游愉快，希望他们返回时再来这里停留做客。

提露内丝—北京医院种菜记

提露内丝—北京医院，是我国政府无偿援建的新医院，我们医疗队全体队员都在该院工作。医院后面有一个小院，是我们医疗队的驻地。我们刚搬过来时，两层崭新的队员宿舍楼爽心悦目，而楼前的院落却空空荡荡，没有一棵树木花草，甚至连杂草都很少。医院位于首都亚的斯亚贝巴的远郊，距中国菜市场将近20公里，买菜很不方便。为了绿化院落和吃菜方便，我便决定在院子前面的空地上种植中国蔬菜。

种菜对于我们这些在国内工作十分繁忙的医生来说是个新课题。我是老队员，在非洲其他国家医疗队有种菜的经历，来此之前在图卢布卢医院里也种过菜，便主动承担了这项工作。从此，每天早上和下午太阳不太强烈的时候，我便到地里去干活，几个有兴趣的队员有时也过来帮忙。医院新建不久，地面上覆盖着薄薄的一层生土，地下掩埋着砖块瓦砾、塑料钢筋、水泥石子等建筑垃圾和很多石头。每挖一下，都是这些东西，大的石块竟有洗脸盆那么大。由于这里海拔近2500米，干不了一会儿我就气喘吁吁，汗流浃背。但想起愚公移山，每天挖山不止的精神，这些困难算不了什么。由于石头太多，我挖了一遍又一遍，光是捡出石头就拉了两皮卡车。两周以后，原来荒乱不堪的院落，出现了平整的土地。

常言道："蔬菜一枝花，全凭粪当家。"为了种好菜，我从周围村子里买来牛粪作为底肥，然后又做畦、耧沟、撒种、浇水。看着菜籽发出幼芽，心中充满喜悦和期盼。有的蔬菜出苗后需要间苗；有的蔬菜需要先育苗，然后再移栽。没多久，院子里就充满绿色生机，着实令人喜爱。

我的菜园

一阵风吹来,沙沙作响,颇有一番景致。早晚队员们来到菜地田头,欣赏这绿色的风景。

在种菜中我发现,埃塞地处高原,昼夜温差大,蔬菜生长缓慢;紫外线异常强烈,叶类蔬菜易老,口感不好,就像一些中国公司那样,搭起了网棚。这样既可以保温保墒,也减少紫外线的照射,提高了产量,长出的蔬菜又嫩又好吃。我们种的蔬菜有:萝卜、大白菜、韭菜、生菜、香菜、莜麦菜、十香菜、大葱、小青菜、空心菜、辣椒、豆角、西红柿、南瓜、佛手瓜、丝瓜等。看见棚里生长的蔬菜,真是很喜欢。

自从种菜以后,我们队里买菜也少了许多,节省了不少的伙食费。有时候来不及买菜,就去地里刀割手薅些现成菜,即新鲜又方便。大家吃着自己种的菜,有一种特殊的喜悦之感,觉得格外亲切香甜,津津有味,一起吃饭时大家又多了菜园的话题。在非洲艰苦的条件下能吃上自己种的中国蔬菜，纾解了大家的思乡之情。

清明时节，这里的小雨季来临，我在院子西边的空地上，种上了大片的向日葵。朵朵葵花每天迎着阳光绽放笑脸，开花时一片金黄，满院清香，招徕无数的蜜蜂来采蜜。

走进我们院子的当地人都对我的菜园称赞不已。他们说，你们中国人在哪里都很勤劳，每天在医院上班工作，下班后还在院子里种菜。有的甚至对我说，以你的种菜技术，在埃塞办个农场，专门种菜，也能挣大钱。

我们医疗队的司机和厨娘看见我种的菜这样好，也萌发了种菜的念头。他们在我们闲余的空地上也种上了当地的蔬菜，可种上以后就不再管了。有的根本就没有出来，有的长得稀稀拉拉，不成样子。我笑他们养孩子也像种菜一样，只管生，生了以后就不管了，那怎么能成才（菜）呢。

自从种菜以后，我几乎每天都到园里去侍弄，浇水、施肥、间苗、除草、搭架……虽然辛苦，却乐在其中。

劳动收获成果，有耕耘才有收获。这看似平常的种菜，也蕴涵着人生的道理。一粥一饭当思来之不易，应珍惜拥有的一切。人生只有不辍地努力和耕耘，才能终身都有收获。

梅莱斯总理去世

2012年8月21日早餐时,我们的当地厨师阿塞眼泪汪汪地告诉我们,他们的总理梅莱斯·泽纳维(Meles Zenawi)于昨晚深夜不幸去世了。

听到这个不幸的消息,我们一下子都震惊了。虽然前一段时间有传说梅莱斯总理去欧洲治病,但具体什么病都不清楚。今年7月,梅莱斯总理没有参加在亚的斯亚贝巴举行的非洲联盟领导人峰会,就有人猜测他的健康问题。反对党宣称,在比利时就医的梅莱斯总理可能已于7月16日去世。副总理兼外长海尔马里亚姆·德萨莱尼(Hailemariam Desalegne)则辟谣说梅莱斯总理是因为小病未能出席。原计划7月18日有关他健康状况的新闻发布会被推迟到本周晚些时候。后来政府承认梅莱斯总理在医院治疗,但说他的情况不严重。G20峰会后,埃塞俄比亚一位显赫有名的东正教领袖去世时,梅莱斯总理也没有露面后,有关他死亡的传闻进一步加深。

上班后见到当地医护人员,他们都告诉我这个不幸的消息。我表示伤心和悲痛,作为外国人,我们不宜谈论所在国的政治。他们对我说梅莱斯总理是多么伟大的人物,领导埃塞俄比亚人民革命民主阵线推翻门格斯图的独裁统治。执政21年,使埃塞国内经济建设和民主政治得到发展进步。近10年来埃塞国内经济发展呈两位数增长,婴儿死亡率大幅度下降,在世界和非洲的地位得到提升……

平日门诊病人很多,但今天明显地减少了。不论是病人还是医护人员,说话时没有了非洲人平常的热情和幽默。手术室的电视里,反复播放梅莱斯总理去世的噩耗。新闻部长拜里克特·西门(Bereket Simon)在国家电视台宣布道：

"今天对埃塞俄比亚是悲痛的一天。领导我们国家21年，使经济建设和民主政治发生巨大变化的一位伟人离我们而去。我们失去了一位敬爱的领袖。梅莱斯总理在国外接受治疗，本已经好转，我们期待着他回来。但突发感染，于昨晚11时40分不幸去世。他的遗体不久将运回埃塞俄比亚。我们已成立了治丧委员会，更多消息会随后发布。根据埃塞俄比亚宪法，海尔马里亚姆·德萨莱尼已经接受领导职务，他也会掌管军队和其他所有政府部门。我要强调，埃塞俄比亚一切都不会改变，政府会继续，政策和制度还会继续。埃塞俄比亚俄一切都不会改变。德萨莱尼会得到国会的确认和支持。"

上午接大使馆通知，要求大家最近不要谈论埃塞政治。贮备物资，减少外出，注意安全，以防发生意外。下午我乘车到市里买菜，车上的收音机只能收到一个频道，反复播送梅莱斯总理去世的消息，并称他为埃塞俄比亚的英雄，收音机里不时还有哭泣的声音。街上的行人稀稀落落，市场也少了喧闹声。看来梅莱斯总理确实是埃塞民众心里很受欢迎和尊重的总理。

两天后，梅莱斯总理的遗体由埃塞俄比亚航空公司专机运回。从机场到他的住处，数万悲痛的群众伫立在沿路两旁，表达他们最后的敬意。

在军乐队低哀的伴奏声中，梅莱斯总理的遗体被护送回国家宫，棺椁上覆盖着埃塞俄比亚国旗。参加仪式的有政府官员、军方将领、宗教领袖、外交人员等；梅莱斯总理的妻子身着黑装，紧随在棺椁后。政府已经安排好梅莱斯总理遗体瞻仰和葬礼的日程，全国哀悼十天。

这几天，整个埃塞俄比亚都沉浸在巨大的悲痛中。人们的谈话没有了非洲人特有的热情和幽默，电视台和电台也停止了一切娱乐节目。非洲的音乐热情奔放，现在已完全没有，但有时却听到一些中国轻音乐——《三月里的小雨》《化蝶》等。首都所有街道上，都悬挂着梅莱斯总理的画像。一些地方搭起了临时棚子，里面摆设着梅莱斯总理遗像和花圈，供民众吊唁。很多车辆上的玻璃上都贴着梅莱斯总理的画像，而平常这些车辆上多是耶稣的画像或十字架。全国机关、学校、医院和其他单位的室内，也都贴着梅莱斯总理不同场景的画像。首都著名的麦斯科尔广场上，原来的广告牌都换成了梅莱斯总理的巨幅画像。总理府设立了灵堂，供公职人员和外国友人吊唁。吊唁的民众打着白布黑字的横幅，上面用英语或当地阿姆哈拉语写着悼念梅莱斯总理的文字。总理府院落庄严肃穆，吊唁的队伍一直排到大门外，我们医疗队也派了几位代表吊唁。人们身着黑色的衣装，手持白花，表情凝重。在灵堂前，很多人都流下眼泪，有些人更是泣不成声。这一切都是民众自愿的、发自内心的行为，连为我们服务的司机和厨师都自己去总理府吊唁。也由此可见梅莱斯总理在埃塞俄比亚民众中的巨大影响。

梅莱斯·泽纳维1955年5月8日生于埃塞俄比亚的阿杜瓦市，提格雷族人。高中毕业后在亚的斯亚贝巴大学（当时的海尔·塞拉西大学）学习医学。1975年梅莱斯辍学从戎，加入提格雷人民解放阵线（提人阵），曾任提人阵中央委员、政治局委员，1987年当选提人阵主席。1989年提人阵与其他政党组成埃塞俄比亚人民革命民主阵线（埃革阵）后，他任埃革阵主席。

1991年5月，埃革阵推翻门格斯图独裁统治，并于同年7月组成过渡政府，梅莱斯任过渡政府总统、人民代表院主席兼武装部队总司令。1995年5月，埃塞俄比亚举行首次多党选举，在选举中获胜的埃革阵于同年8月组成了由多党参加的联邦政府，梅莱斯以人民代表院多数党主席身份出任总理，并兼任武装部队总司令。2000年10月和2005年10月，他两次连任。

2012年9月2日是星期天，埃塞俄比亚政府为梅莱斯总理举行国葬。这是该国八十多年来首次为国家元首举行国葬。非洲许多国家的元首和政府总理应邀参加。中国政府代表，国务院副总理回良玉率中国政府代表团参加。他们凌晨抵达亚的斯亚贝巴，在机场设立的吊唁大厅进行了吊唁，并在吊唁簿上题词。

上午，梅莱斯总理的葬礼在首都麦斯科尔广场举行。我们没有现场参加，但通过电视直播观看了这一盛大的仪式。在军乐队引领下，一辆装点着白色花朵和梅莱斯总理遗像的马车搭载着灵柩缓缓离开总理府，灵柩上覆盖埃塞俄比亚国旗。梅莱斯总理的家人身穿黑色服装走在灵车后，政府官员紧紧随其后。沿途民众神色肃穆，目送灵车远去，很多人流下了眼泪。

麦斯科尔广场，庄严凝重，鲜花簇拥。梅莱斯总理的灵柩安放在主席台前，上面覆盖着埃塞俄比亚国旗。葬礼仪式有传统宗教的仪式，又有现代悼念的活动。埃塞俄比亚东正教神职领袖身着长袍，手拿十字架为梅莱斯总理祈祷。数万民众聚集在麦斯科尔广场周边，连站岗的士兵也默默落泪。副总理海尔马里亚姆致悼词，他高度评价梅莱斯总理为埃塞俄比亚国家的经济建设、社会民主政治作出的巨大贡献。他说，我们的伟大领袖梅莱斯·泽纳维是国家复兴的主设计师，过去八年埃塞俄比亚经济呈两位数的增长。乌干达、苏丹、肯尼亚、尼日利亚、南非等国的总统或总理讲了话；美国常驻联合国代表苏珊·赖斯也发了言。他们高度赞扬梅莱斯总理为埃塞俄比亚和非洲在维护地区和平稳定、促进经济发展等方面所作出的巨大贡献。称他是埃塞俄比亚的儿子、英雄、伟人，他的去世是埃塞俄比亚的巨大损失，是非洲大陆的重大损失。

仪式结束后，梅莱斯总理的灵柩移至首都著名的圣三一教堂安葬。圣三一教堂是埃塞俄比亚最有名的大教堂，里面安葬着过去埃塞俄比亚皇室成员、东正教领袖和政府高官。埃塞俄比亚近代最后一个皇帝海尔·塞拉西和皇后就葬在这里。

按照埃塞俄比亚宪法，在位总理去世后由副总理接任。副总理兼外长海尔马里亚姆·德萨莱尼接任总理职位，领导政府直至2015年全国选举。相比梅莱斯总理，海尔马里亚姆年轻，政治知名度不高。他信仰基督教，而非绝大多数埃塞俄比亚人信仰的东正教。埃塞俄比亚大多数政治家都来自北方，而海尔马里亚姆来自南方。我们希望埃塞俄比亚的政局保持稳定，也希望中国和埃塞俄比亚的传统友好关系继续发展。

游圣三一大教堂

今天是公历2012年9月11日，埃历2005年1月1日，是埃塞俄比亚的新年，全国放假一天，我们全队一起游览了亚的斯亚贝巴市著名的圣三一大教堂（The Holy Trinity Cathedral）。

8月21日，深受埃塞俄比亚人民爱戴的总理梅莱斯不幸去世。9月2日，埃塞俄比亚在麦斯科尔广场为梅莱斯总理举行国葬，葬礼后梅莱斯总理的棺椁灵柩就安葬在这里。圣三一大教堂是埃塞俄比亚最有名的教堂，借假日到此一游，一是了解一下圣三一教堂的情况，二来也是表达我们对梅莱斯总理的怀念。

基督教认为上帝有三位，即圣父、圣子、圣灵（The Father, The Son and Holy Spirit），三位却是一个神，这一个神又有三位，这就是所说三位一体。我曾就此请教过一些基督教人士，得到的回答是，天国与我们尘世的事情不同，已远超出我们的思维范围；你无须理解，也理解不了。如果你理解了，那你就是天国的天使。出于对上帝的崇敬，很多国家都有圣三一教堂，如美国、西班牙、法国、意大利等国。我们中国的圣三一教堂在上海，由英国人于1883年修建、至今仍然保存完好，现在是中国基督教三自爱国委员会所在地。

听说我们要去游览圣三一教堂，我们的司机老戴很高兴，主动为我们当向导。今天是埃历新年，全国放假一天，人们都在家里团圆过年，街上的行人和车辆不是很多。虽然梅莱斯总理的葬礼已过去十天，但街道两侧仍然竖立着许多梅莱斯总理的画像，不少车辆上也还贴着他的画像。亚的斯亚贝巴最大的广场麦斯科尔广场更是有很多梅莱斯总理的巨幅画像。广场上的人稀稀落落，平静又沉默，人们还沉浸在悲痛中。

圣三一教堂位于亚的斯亚贝巴市中心区，距总理府不远。远远就看见圣三一教堂顶上高高的东正教十字架。今天是新年，又过了早上祷告的时间，教堂里面的人不多，我们顺利地进入了教堂大院。院内苍翠葱绿，寂静肃穆。教堂正对着大门口，高大雄浑，是歌德式建筑。像欧洲许多教堂一样，前面有许多天使和基督教圣人的雕像。教堂右前方有许多坟墓，墓前的石碑上有主人的头像和用当地阿姆哈拉语镌刻的碑文。教堂建在稍高的平台上，前面有一个台阶，在台阶两侧的石碑上，分别用阿姆哈拉语和英语刻写的教堂简介，其英文如下：

His Imperial Majesty Hail Selassie I, Emperor of Ethiopia, upon the second year of his coronation, laid the first corner stone of Addis Ababa Mekane Selassie Church on Dec.4th,1931 which is now the Holy Trinity Cathedral .The construction went on up to 1936 but, because of the Italian invasion of Ethiopia, it was disrupted. By the virtue of divine power of the Trinity and upon the triumphal return of the Emperor in Dec.1943, the construction continued and was completed on 8th Jan. 1944.

翻译成中文是：

威严的海尔·塞拉西一世——埃塞俄比亚皇帝陛下，于加冕第二年即1931年12月4日为亚的斯亚贝巴的梅凯尼·塞拉西教堂，即现在的圣三一教堂奠基。工程建设到1936年，由于意大利入侵埃塞俄比亚而被迫中断。得益于三位一体神的力量和1943年12月皇帝的凯旋回国，工程又得以继续，并于1944年1月8日建成。

我们拾阶而上，在当地导游的引导下进入圣三一教堂。导游有60岁左右，英语说得非常好。他告诉我们教堂是在海尔·塞拉西皇帝的主持下由希腊人修建。教堂内装饰豪华,地上铺有地毯,每个人进去都要脱鞋。一排排座位可供教徒跪坐和放置经本用。因为这里经常有外国人来参加宗教圣事,所以才置备有这样的座位,而其他东正教堂是没有座位的,祈祷人只能坐或跪在地上。教堂正面的高墙上是三位一体上帝的画像:圣父、圣子、圣灵。左侧是旧约《圣经》的画像:上帝造人、诺亚方舟、摩西十诫等;右侧是新约《圣经》的画像:耶稣圣诞、耶稣受洗、耶稣传教、耶稣受难等。导游向我们讲解每幅画像的情景,还问我们能不能听懂,因为他知道中国人不太信教。我说我是天主教徒,能给队友们解释,他很高兴。随后他又把我们领到牧师作法事的圣台,台上很庄严肃穆。台下中央前排有两把硕大豪华的木制椅子,椅子上还有皇帝和皇后的皇冠。他说这是当年海尔·塞拉西皇帝和皇后的专座,据说当年皇帝和皇后经常来这里参加宗教圣事。

随后导游又把我们引到圣台左边的一个屋子,里面安放着两个巨大的花岗岩石棺,导游说这分别是海尔·塞拉西皇帝和皇后的棺椁,里面是皇帝和皇后的遗骸。这让我感到震惊,因为我只知道海尔·塞拉西被门格斯图军政府推翻,却不知道他葬在哪里。我们询问门格斯图葬在哪里,导游告诉我们说门格斯图还健在,在津巴布韦。我更感到惊奇。被门格斯图推翻的海尔·塞拉西皇帝葬在这里,推翻门格斯图的梅莱斯总理也已经葬在这座教堂,而门格斯图居然还活着!历史的波澜拍打着这些英雄人物,谁是谁非自有历史评说;但对信仰上帝的人来说,他们的功过是非最终还得到世界末日由上帝去审判。

从教堂出来,导游向我们介绍院落,院落里埋葬的都是埃塞俄比亚有影响的人物。新故总理梅莱斯的墓地在教堂左边的空地上,正在修建,周围用帘布围了起来,无法看见,也不让进去参观。在梅莱斯总理去世前不久,埃塞俄比亚一位显赫有名的宗教领袖去世,他葬在教堂正前面,新坟可见,也有他的遗像,但墓地的修建还没有动工。

只有那些举足轻重大人物才能在这神圣的圣三一教堂入葬,由此可见此教堂在埃塞俄比亚的重要性。但不管是不可一世的皇帝,还是草木一秋的平民，都有离开人世的那一天。信仰基督教的人认为：不管葬在哪里，只有生前信仰上帝，乐善好施的人才能升入天堂；在天国里，没有权贵，没有贫贱，只有平等、和睦、无忧、欢乐和自由。

建城125周年纪念长跑

2012年是埃塞俄比亚首都亚的斯亚贝巴建城125周年。百余年前，这里还是一片荒野。孟尼利克二世皇帝（Menelik II）的妻子泰图（Taytu）在这里的温泉旁为自己修建了一座房子，此为建城之始；以后又有些贵族在这里建房。1887年孟尼利克二世正式迁都于此。按阿姆哈拉语，亚的斯亚贝巴的意思是"新花之城"，为泰图王后所起。

一月前，当地电视台来医院采访。我问采访的目的，他们告诉说今年是亚的斯亚贝巴建城125周年，有一系列的纪念活动。中国援建的提露内丝—北京医院有其特殊意义，我作为医疗队的代表，接受了采访。

一周前我在手术室刚做完一个大手术，听到医院广播里用当地阿姆哈拉语在通知什么事情。出于好奇，我问当地医护人员。他们告诉说，今年亚的斯亚贝巴建城125周年，有纪念的T恤衫出售，售价50比尔（合计不到20元人民币），谁愿意要可以报名。我觉得还有些意义，就报名要了，权当是个纪念。到院办公室后CEO对我说，要T恤衫，得参加长跑，因为T恤衫是为周日的长跑纪念活动而准备。我问他跑多少米；他说不长，5000米。5000米虽也不短，但对我来说还是能坚持下来。这里虽然是东非高原，但我来这里一年半了，一直坚持锻炼，应该不成问题。

第二天早上我就开始做长跑准备。平常早上我在院内跑5圈，今天我特意跑了10圈！一圈400多米，10圈4000多米，我坚持了下来，所以5000米应该没有问题。但当我上午到院办公室领T恤衫的时候，CEO突然我告诉我他搞错了，是10000米，不是5000米。10000米就是10公里，对我来说确实是个挑战，我从来没有跑过这样长的距离，更何况这里是海拔2500米的高原。但他鼓励我说，这只是个活动，参加的人多数跑不下来，大都是跑跑走走，只要坚持下来就行，重在参与。我最后决定参加，因为我觉得这样的活动很有意义。

我把这个消息告诉全队，希望有更多的人参加。但多数人平时锻炼不多，恐怕坚持不下来。只有平时一直坚持锻炼的针灸科杨来福大夫愿意参加。

天刚亮我们就出发了。出门不久，就看见一些和我们同样身穿黄色T恤衫的人——这些都是今天参加活动的人。进了亚的斯亚贝巴市区，街上有很多晨起跑步的人。虽然这些都是业余锻炼

作者参加当地长跑活动

的普通人，但个个身材修长，四肢肌肉饱满有力，跑步的姿势看起来也很专业、轻松和优美。快到麦斯科尔广场，街头路口有许多警察，他们在为今天的活动维持交通，指挥车辆绕道行驶，或把车辆停在活动外围。

今天的麦斯科尔广场没有了平日车水马龙的景象。街道上有很多身穿黄色T恤衫参加活动的人，他们有些三五成群，有些十几人一伙，在一起又说又笑。人们穿过马路上了广场西边的阶梯台上。阶梯台上竖立着一月前刚去世，深受人们爱戴的梅莱斯总理的几幅巨幅画像。画像前有很多晨起锻炼的人，有的自个锻炼，活动身体；有的结成一伙，在教练的带领下，做着类似健美操一样的长跑辅助动作。我们给院长什梅莱斯打电话联系，他答应和我们一起参加今天的活动。

没多久什梅莱斯来了。他头戴黄色的遮阳帽，脖子上挂着相机，上身是黄色T恤衫，下身是过膝盖的短裤，白色的长筒运动袜子几近短裤，脚蹬运动鞋，很是时尚和精神。他是医学博士，去过好几个国家，是见过大世面的人。一番寒暄后，我们一起来到广场的西北处，这里是今天起跑的出发地。

这里聚集了很多人，都身穿黄色T恤衫，一片金色的海洋。人们或三五一群，或十几人一伙在一起谈笑风生。非洲人是热情奔放的民族，广场喇叭里播放着当地的音乐，不少人跟着音乐跳起舞来。有些人打扮得非常特别：一个小伙子头发很长，扎成向上高竖的样子；有个姑娘给头上装饰着彩色的羽毛；有的在脸上涂抹着油彩。有人胸前贴着梅莱斯的画像，有人则把有画像的旗子插在头上。

在这里，我们还见到了亚的斯亚贝巴市卫生局局长凡图，她带领卫生局的职工来参加活动。她的大名我们早有耳闻。在提露内丝—北京医院的交接仪式上，她身着当地民族服装，出现在主席台上。但我们一直没有机会直接见面。今天的凡图一身现代女性的打扮：头戴黄色遮阳帽，上身黄色T恤衫，下身白色裤子，脚上是一双白色运动鞋，虽然已四十多岁，但精神干练。什梅莱斯把我们介绍给她，她热情地和我们握手，说很高兴认识我们。她说什梅莱斯向她汇报工作，说我们俩是医疗队工作最忙的大夫，她对我们的工作表示感谢，并询问我们的生活情况。她还告诉我们她去年在北京待了两个月，她的丈夫是埃塞驻华使馆的外交官，她对北京印象非常好。我们建议她下次有机会到中国更多地方多看看。什梅莱斯说他去过上海、广州和深圳，对中国评价也非常好。

广场上人山人海，熙熙攘攘。主席台上，亚的斯亚贝巴市市长库玛·戴迈克萨发表讲话，回忆亚的斯亚贝巴建城的历史、近些年的变化和对未来的展望。下边人们欢声笑语，也不太在意他的讲话。最后他宣布，纪念亚的斯亚贝巴市建城125周年长跑活动开始！

随着一声枪响，长跑开始了。长跑的人群像开闸的潮水一样向前方涌动，人们呼喊着向前奔跑。今天的长跑，虽不是正式比赛，但也有几位埃塞俄比亚著名的长跑运动员助阵，他们都是世界顶级高手。大多数的民众则重在参与。

　　长跑的队伍在街道上像黄色的河流向前不停涌动。这黄色的队伍又像麦斯科尔节上（当地盛大的宗教节日），当地黄色的野菊花，随风而动，遍野开放。由于队伍庞大人们跑不开，很多人只能跑跑走走，走走跑跑。什梅莱斯陪着我和杨大夫一起跑。他虽然是埃塞人，但气力还不如我们，跑不了不多久就气喘吁吁。他建议我们跑捷径结束，我们没有回答，他只好陪我们与大队伍一起前行。

　　今天的队伍里可能只有我们两个中国人，跑步的人群对我们格外热情。街道两旁的民众不时对我们喊"中国""成龙"这些他们熟悉的名字。我们向他们挥手致意。电视台摄像机也对着我们拍摄。长长的队伍像黄色的巨龙，在高低起伏的街道上蠕动，前面的队伍已到达远远的高处，后面还看不到尾。人们一会儿跑，一会儿走，又说又笑，很是开心。时而有人叫喊着领跑，一群人一呼百应，奋力奔跑；一会儿又停下来围成一圈跳舞。热烈的场景使人不觉得这10公里路程的遥远。有人带着四五岁的孩子，也有老妇人参加。有时看见我们走，街道旁有人和我们开玩笑说：快跑呀，别浪费了这难得的机会！快返回中心街道，路旁有人对我们大声呼喊：中国人奔跑在自己修筑的道路上。虽是玩笑，却包含着他们对中国援助的感谢。

　　10公里的路程，队伍一行用了一个多小时，而在一年一度的埃塞俄比亚万人长跑（Ethiopia Great Run）大赛上，选手们只用半小时。但我们大家都感到高兴，因为重在参与。什梅莱斯说，他原本没想要完成全程，是我们的热情使他"跑"完了全程。我们说这是一次非常有意义的活动；下一次的埃塞俄比亚万人长跑大赛，我们一定参加，亲眼一睹长跑王国的这一伟大盛况。

2012年度埃塞俄比亚长跑大赛

2012年12月25日,一年一度的埃塞俄比亚长跑大赛(Great Ethiopia Run)在首都亚的斯亚贝巴举行。有36000多人参加了这次比赛活动,包括来自埃塞俄比亚、肯尼亚、日本、英国、瑞士、乌干达、爱尔兰、以色列等国的著名运动员。我有幸亲眼目睹了这一十分壮观的盛况,可谓终生难忘。

11月11日,我和队友杨来福参加了为首都亚的斯亚贝巴建城125周年举行的万人长跑活动,感受到了东非高原数万人10公里长跑的壮观景象。这次我们想亲眼目睹这闻名世界的埃塞俄比亚长跑大赛的壮观场面,亲历世界顶级长跑运动员抵达终点那激动人心的瞬间。

早上8点,我和队友杨来福、郭喜勇赶到举办地麦斯科尔广场。街道上到处都是身穿绿色T恤衫的人群,有的几人成伙,有的独自成行;有朝气旺盛的年轻人,也有精神矍铄的老年人。人们汇聚在广场北边的起始点处,远望那里是一片绿色的海洋。和上次一样,人们载歌载舞,非常热闹。

一些国家的外交人员参加了这一长跑活动。上午9点整,随着亚的斯亚贝巴市长库玛·戴迈克萨一声枪响,比赛开始了。跑在前面的是专业运动员,他们似奔腾的野马,飞快地奔跑。他们的服装各异,胸前背后贴着参加比赛的号码。紧跟在后面的是一片绿色的海洋,人们身着这次活动统一的绿色T恤衫,远望只见人头攒动,似潮水一般向前方涌动。这项万人长跑活动既是世界级的重大比赛,也是一场全民参与的体育活动。跑到最前面的人已经看不到了,后面的人还没有开始跑,队伍拉得很长。

埃塞俄比亚篇

开跑前的宏大场面

等广场上所有参加长跑的人都跑了，组织者开始做运动员终点冲刺的准备工作。他们把终端道路封闭起来，在终点线拉起了彩带。我们找到合适的观看位置不久，运动员就回来了。首先跑到的是女运动员，她们是5000米比赛。跑到最前面的选手是阿拜茹·戴盖法（Aberu Degefa），她步伐矫健，动作似在飞越，在人们的欢呼声中，首先冲向终点。接着后面的运动员一一到达。她们矫健的步伐、优美的身姿，让人感受到了体育之美。

女运动员还没有跑完，远处传来了欢呼声，男子10000米选手跑回来了。跑到最前面的选手是哈高斯·盖布列希沃特（Hagos Gebrehiwot），他中等身材，步伐稳健，看起来似乎并不是很快，但他一直保持着这样的速度。他是当今埃塞俄比亚最优秀的选手之一，比赛前我见到他接受新闻记者的采访。他今天的成绩是32分54秒。他后面的选手也都是专业运动员，来自埃塞俄比亚多家俱乐部或体校。

专业选手全部抵达好一会儿，身穿绿色T恤衫的业余爱好者才出现在人们的视野里。这些人也很不一般，赢得了人们的掌声和欢呼声。一开始只有几个，以后逐渐增多，到后来是成群结队，漫长的队伍最后蜂拥而来，长达半个小时。我们看到在这些队伍中，有五六岁的孩子也跑到终点，他们跑步的动作虽有些稚嫩，但绝对标准。也有残疾人士，有的摇着轮椅，有的挂着拐杖，都身穿绿色T恤衫。他们不一定完成整个赛程，但这种自强不息的精神实在令人感动。到终点后，每人都得到一枚纪念奖牌，个个都挂在胸前，有的像获奖运动员一样摆个Pose拍照留念。我问他们对奖牌的感受，有的说他们几乎每年都参加，家里有好几块这样的纪念奖牌。

这项万人10公里长跑活动始于2001年。2000年10月，埃塞俄比亚著名长跑运动员海利·格布雷塞拉西（Haile Gebrselassie）在悉尼奥运会上夺得男子10000米冠军。归来后他提出在埃塞俄比亚高原举行10公里比赛活动的想法和建议，很快得到有关方面的批准和民众的积极响应。2001年首届比赛的10000张入场券出售一空，很多人以非正式的方式参加，没有比赛号码。海利获得首届长跑冠军。首届比赛获得成功后，第二年很多国家的长跑选手都来参加比赛，其中包括格布雷马里亚姆（Gebre Gebremariam）、塞莱希·斯海恩（Sileshi Sihine）和凯内尼萨·贝克勒（Kenenisa Bekele）组成的男子组三巨头（The Top Three），而女子组基达内（Worknesh Kidane）和提露内丝·迪巴巴（Tirunesh Dibaba）获得第一和第二名。由于比赛在长跑强国埃塞俄比亚和高原（亚的斯亚贝巴海拔2500米）的原因，很多国家的优秀选手没有参加。虽然有很多已成名的运动员参加，但该赛事以发现埃塞俄比亚未来的长跑天才而出名。很多运动员此前并不为人所知，后来在世界赛场上取得成功，站在领奖台上。

比赛的规模也不断扩大，2001年首届参赛者是10000多人，2005年参赛者达25000人，而到2010年大约35000人。许多知名公司提供赞助，道达尔（Total）、丰田（Toyota）、埃塞俄比亚航空都先后赞助过，今年赞助的是埃塞俄比亚商业银行。

在埃塞俄比亚，长跑是非常普及的一项全民活动，据组织方说今年参加者36000人。2005年的长跑活动在世界艾滋病日12月1日举行，作为抗击艾滋病的宣传活动。上月为纪念亚的斯亚贝巴建城125周年，在同一地方、同一线路举行类似几万人的长跑活动。这是世界上参加人数最多、在海拔最高处举行的长跑活动。这也是令长跑选手高兴的一天，他们展示一年来的长跑训练成绩。对职业运动员来说，这里是比赛的舞台，一些年轻运动员能在这里显示自己的能力。这一天也是开放包容的一天，人们什么都允许说，可以批评政府，抨击时政；表达自己的不满、抱怨、挫折，寻求支持。

埃塞俄比亚是长跑王国，这里的人热爱长跑、擅长长跑。他们的身形匀称，四肢修长，特别适合长跑。他们跑步的动作和姿势非常优美，看他们跑步是一种享受。在埃塞俄比亚有很多体校，专门培养长跑运动员。在首都郊区，经常能看到不同年龄段训练长跑的队伍。长跑在埃塞俄比亚有非常好的群众基础。埃塞俄比亚著名女长跑运动员提露内丝·迪巴巴在2008年北京奥运会上，一人获得女子5000米和10000米两项奥运会金牌。因为她在北京奥运会的出色成绩，中国政府为埃塞俄比亚无偿援建的医院被命名为提露内丝—北京医院。她曾在2003年的埃塞俄比亚长跑大赛中获得第二名；在2004年的大赛中获得第一名。

有人说高原人适合长跑，其实不然。我们的青藏高原、云贵高原，海拔和这里差不多，人们却并不擅长长跑。也有人说非洲黑人擅长长跑，也不尽然。长跑运动只在东非的埃塞俄比亚和肯尼亚发展最好，其他非洲国家的运动员少有在比赛中取得好成绩。

就在同一天，新华网报道中国大中小学生体质严重下降。为了防止在长跑中出现意外事故，好多学校取消了长跑体育项目和比赛。我不禁为之感慨。跑步作为人类最基本的活动，怎么能不让孩子们练习呢？

美女之国

埃塞俄比亚是盛产美女的国度。在国际级的选美大赛中,经常能看到埃塞俄比亚佳丽的倩影。有多位世界小姐都出自这里,埃塞俄比亚是名副其实的非洲美女之国。

在国际航班上,埃塞俄比亚空姐常常更引人注目,是其他非洲国家空姐无法相比的;与欧美国家的空姐相比,也是各有千秋,毫不逊色。到了埃塞俄比亚首都亚的斯亚贝巴,你会赞叹不已:这里的美女如此众多,让你大开眼界,大饱眼福。她们身材高挑,前凸后翘,犹如这东非高原跌宕起伏的山脉,有一种曲线的美。那俊俏的脸庞,高高的鼻梁,迷人的大眼睛似在向你传情;那性感的嘴唇,整齐洁白的牙齿,好像在对你微笑。她们有的身穿牛仔裤,显得摩登、洒脱和挺拔;有的身着民族服装,更是庄重、高雅和神秘。她们的肤色并不怎么黑,而是淡褐色的。举手投足间是那么的优雅得体,楚楚动人;还个个能歌善舞,给人以美的享受。

埃塞俄比亚地处东非高原,这里气候适宜,四季如

埃塞美女

春，鲜花终年开放。它是非洲的屋脊，非洲的水塔，众多河流发源于这里，还有很多温泉，温和湿润的气候，孕育了这里女子的美丽。在乡村路边，经常能看到很多美丽的姑娘。她们热情大方，毫无拘谨地和你打招呼，没有丝毫的羞涩。即使那些七八岁的小女孩，也落落大方，着实可爱。

埃塞美女

虽然地处非洲，但埃塞俄比亚人的肤色却并不怎么黑。相传古代埃塞俄比亚的示巴女王为以色列所罗门国王的智慧所倾倒，前去拜访，被所罗门国王设计谋与之发生云雨之情，生下后来著名的孟尼利克一世（Menelik I）。所以很多埃塞人认为他们是所罗门国王的后代，很多当地男子的名字叫所罗门。埃塞俄比亚和阿拉伯半岛隔红海相望。伊斯兰文明盛行时期，阿拉伯人越过红海来到这里，与当地人通婚。事实上，埃塞俄比亚（Ethiopia）这个名字，是1941年才正式启用的。在古希腊语中，它是"被太阳晒黑的人们所居住的土地"。埃塞俄比亚的原名叫阿比西尼亚（Abyssinia），源自阿拉伯语，意思是"混种人"。所以，不论是皇家还是民间，都有外来的血缘。这也许就是为什么埃塞人不怎么黑，他们的女子如此美丽的原因。

埃塞俄比亚光照充足，每年可享受13个月的阳光（埃历一年13个月）。阳光赐予的快乐和妩媚永远地写在她们的脸上。她们苗条的身材也可能与当地的饮食有关。埃塞人的主食英吉拉，是用只有当地才有的一种植物——苔麸面粉发酵制作的。女人天生就喜欢酸，英吉拉很松软，酸酸的，很容易消化代谢，不易在身体内积蓄，所以她们的身材苗条俊美，就像我们的南方人以大米为主食，南方女子相对苗条一样。另外，这里是咖啡的故乡，这里的人几乎每天都喝咖啡，有研究认为咖啡有减肥作用，这可能也是她们身材苗条的原因之一。

还有一个不容忽视的因素，就是埃塞俄比亚是非洲的文明古国。3000年的历史文化底蕴，凝结成她们热情、自信、优雅和神秘的气质。

我曾写过一首诗，赞美这里终年绽放、美丽娇艳的鲜花；更赞美这比鲜花还美丽的埃塞女子：

高原之花

火树琼花映高原，
奇葩异卉斗芳妍。
终岁烂漫春不去，
只缘佳丽在此间。

凡图的婚礼

凡图是我们图卢布卢医院的护士，就要结婚了。

两周前医院的当地同事告诉我，外科护士凡图快要结婚了。这是我们来埃塞俄比亚后遇到的第一个婚礼，所以我想如果可能的话，我会参加。参加婚礼自然少不了礼物，我们询问当地同事，他们一般都送什么礼物，我们该送什么礼物。他们说除亲戚外，一般朋友通常送50—200比尔（相当约人民币20—70元）当礼金就可以。

凡图告诉我们，这个星期天她要结婚，邀请我们三人参加她的婚礼，同时想借用我们医疗队的车辆。我们向她表示祝贺，并说婚礼我们一定会参加，但我们医疗队有严格的纪律，车辆不能借给任何人。她表示理解。我们每人送给她200比尔，她先是客气一番，然后接受了，并要求我们务必参加。

按当地习惯，婚礼一般都在下午举行。但上午就开始了一切准备工作。

当地人的婚礼不像我们只在家里或饭店举行，一定还要有户外的婚礼活动。一般选择一个环境优美的场景，有树木花草，有水有石，亲朋好友热热闹闹，载歌载舞，一边庆祝，一边摄像。下午，新郎新娘和亲朋好友去了35公里外的一个小镇沃里苏（Woliso）进行庆祝。沃里苏是一个旅游城市，以温泉出名，那里有著名的纳嘎什度假胜地（Negash Lodge），其内树木茂盛，环境优美，有温泉、游泳池、旅馆，还有猴子等一些动物。有一次我们去温奇湖旅游时经过此地，曾在这里吃饭休息，刚好碰到一对新人在举行婚礼。新郎新娘身着婚装，在一对孩童和亲友们的陪同下，伴着歌舞绕游泳池缓步漫行，摄像机不停地拍摄，好不热闹。凡图下午的婚礼庆祝就在这里举行，想必也会是这个样子，所以我们就没去。

下午5点钟，伴着欢快的鼓声和歌声，一对新人和亲友们返回图卢布卢。由于他们都是外地人，房子是租住的，离医院不远，只有几分钟的路程。在医院就能听见咚咚的鼓声和节奏感强烈的当地歌声。天快黑时，我们三人和医院的几名同事一起去他们的住处参加婚礼。

门前的路上人们熙熙攘攘，大人小孩欢声笑语，好不热闹。走进住家大门，院子里搭着一个大帐篷，帐篷前停放着一辆黑色光亮小汽车，车身装饰一新，车顶上摆放着一束鲜花，我想这就是新人去沃里苏乘坐的花车了。花车前人们围成一圈，伴着铿锵有力的鼓声载歌载舞。当地舞蹈节奏感很强，身临其境你也会不由自主地想跳。看见我们三个中国人来了，当地人热情地邀请我们跳舞。然而这个看似简单欢快的当地舞，跳起来却并不容易。小郭扭着胖屁股，惹得大家一阵欢笑。

帐篷内摆着一排排长凳，有一些客人坐在那里。最里面的是搭设的台子，一对新人和伴娘伴郎们坐在那里。新郎是镇上卫生中心的护士，是凡图在护士学校的同学。看见我们，主动下来招呼我们。他个子高挑英俊，头戴当地传统直筒帽子，手里拿着手杖（已婚男人的象征）。凡图则穿着婚纱，看上去稳重成熟，落落大方。两个伴娘都是凡图医院里的好朋友，这两个姑娘本来就美，今天打扮后特别漂亮。还有医院的几名护士也过来给凡图帮忙助兴。其实客人也不是太多，这些人的到来给婚礼增加了不少热闹。

外面的舞蹈结束了，帐篷内的仪式又开始了。首先是亲戚朋友赠送礼物的仪式：一件件礼物通过司仪的诵读交到新人亲友手里。这些礼物中，有传统的衣物卧具，也有现代时兴的东西。接着送来当地的传统食品英吉拉。新人们你喂我，我喂你，双手交叉着喂，表示今后两人相亲相爱，相互扶持，白头到老。最后一对新人双双下去拜见双方父母，感谢他们的养育之恩——这和我们婚礼上的仪式一样。

凡图的婚礼

帐篷内的仪式结束了,大家排队去吃饭。主食是当地的传统食物英吉拉。当地人吃饭不用餐具,用手抓着吃,饭前饭后要洗手,有一个人用缸子舀水,给大家一个个洗手。然后大家排队拿盘子和餐巾纸,自己盛饭菜。

天早就黑了,大家每人端一盘饭菜,拿着啤酒可乐之类的饮料来到帐篷内。新郎新娘早就吃完饭了,他们端坐在那里,不时地窃窃私语;台下吃饭的人议论着新郎的英俊和新娘的打扮。医院的护士库姆拉嘎再有三个月也要结婚了,她今天特别注重婚礼的细节。小巧伶俐、机敏可爱的阿米娜,不时开她玩笑。

吃完饭大家又开始在帐篷里跳舞,酒足饭饱后的人们跳起来更加起劲。凡图和医院的朋友则来到她的新房里跳舞。他们的新房也没有什么家具,甚至没有床——当地人在地板上铺盖睡觉。录音机播放着当地舞曲，她们又载歌载舞起来。今天的凡图好似舞蹈皇后，她是每曲必舞——今夜是她的。

　　夜深了，舞蹈的鼓声在村庄上空回响。我们向一对新人告辞，祝愿他们婚后生活快乐，一生幸福快乐。

埃塞鞋童

穿皮鞋是文明进步和经济发展的体现。皮鞋要经常擦洗打油，保持清洁光亮，这是一个人修养的表现，一般都由个人自己打理。随着经济发展和社会的分工，出现了专门擦鞋的职业。国内街边有摆摊的擦鞋人；也有专门擦鞋的店面，有的还做出了名堂，开成连锁店。前些年有报道大学生街头摆摊擦鞋，应聘到鞋店擦鞋，并为此讨论大学生擦鞋值不值得。在埃塞俄比亚，我觉得大街小巷擦鞋的鞋童，很值得一书。

在埃塞俄比亚，不论是首都亚的斯亚贝巴还是那些无名小镇，街头巷尾都能看到擦皮鞋孩童的身影，甚至可以说他们是街上的一道景致。这些孩子年龄一般从七八岁到十五六岁，一个个摊位在街道一边一字排开。每个摊位摆一个简易凳子，一个供顾客搁脚上去的小木盒脚架，一个塑料小水桶和刷子鞋油抹布就是他们的全部家当。他们双眼不时盯着行人的双脚，招呼顾客来擦鞋。

你在凳子上坐下来，鞋童就示意你把一只脚放在小木鞋盒架上。鞋童用海绵在小水桶里蘸些水，开始清洗鞋上的泥土和污渍，再用干抹布把鞋子擦干。接下来打开鞋油盒子，用刷子角蘸些鞋油，涂抹在鞋面上，然后开始用刷子刷，上面、侧面、后面刷个遍。原来污脏的鞋子顿时黑亮起来。然后再涂上白色的油蜡，再用刷子或抹布刷。这时鞋子就更亮了。最后用手蘸些水，在鞋面上撒些细微的水珠，再用软刷子轻轻刷一遍。这时的鞋子又黑又光，又铮又亮，你的心里也亮堂了。

鞋童们干这项工作非常熟练，程序有条不紊，擦起鞋来也很有节奏。上边几下，侧面几下，后面几下，手之舞之，似在你的鞋上舞蹈。

埃塞鞋童

他们的动作娴熟信手,悠闲自在,让你心情愉悦舒畅。有的鞋刷上还带有小铃铛,随着刷子的来回运动,发出悦耳的声音。完了把鞋刷往脚架上轻轻一磕,示意这只鞋好了,让你换另一只脚。让他们擦鞋,也是一种享受。

这些鞋童正值上学的年龄,却整天在街上摆摊擦鞋。他们都没有上过几年学,和他们交谈,说不了几句英语,但问擦鞋多少钱,他们却能用英语说得明白。他们自己穿的鞋子露着脚丫,都是些穷困家庭的孩子。我问了他们一些人的情况,有的是孤儿,有的家庭姊妹兄弟多,有的父母亲有病,也有的自身有残疾。擦一双鞋一般才两三个比尔(合人民币一元左右),一天能挣三四十比尔。

我不是一个很讲究的人,自己平时也不怎么擦鞋。自从来到埃塞之后就没有再自己擦过鞋,来时带的鞋油也不知扔到哪里去了。有了这些鞋童，我自然不用自己擦鞋了。不是我懒，是想变相地给这些辛苦而可怜的鞋童送钱。

在埃塞，擦鞋似乎形成一个产业，大街小巷到处都有。我在外多年，也到过好几个非洲国家，但都没有这样的盛况。我想擦鞋不需要什么特殊的技能，也不需要太多的资金，只要想干都能干。

劳动是光荣的。不管什么职业，不论地位高低贵贱，只要靠自己的双手劳动吃饭，都值得尊重。比起那些乞丐（当然有些人也有特殊原因），我觉得这些鞋童要体面得多。在首都的博物馆里面，就有一尊鞋童的雕塑，他一手提着小水桶，一手拿着刷子，表情专注，样子可爱。我不知道作者是赞扬鞋童还是同情鞋童。

英吉拉

英吉拉（Injera）是埃塞俄比亚最主要的传统食物。不论你是参加当地官方的正式宴请、到朋友家做客，还是在饭店里吃饭，英吉拉都是必不可少的主食。它有些像煎饼，但不是用油煎的；又有些像我们北方的面皮，但却松软易碎。吃起来味道酸酸的，初吃时很难咽下。

东非高原生长一种叫苔麸（Teff）的植物，有人叫它画眉草，比小麦矮，茎杆也较细。据说在世界其他地方被当作野草对待，但在这里却当作农作物一样大面积种植。每年六七月雨季来临时播种，十二月收获，其结的籽比芝麻粒还要小得多，产量很低。就是这个不起眼的植物，却养活着埃塞俄比亚八千多万人口。英吉拉就是用苔麸面粉发酵制作的。

制作英吉拉并不复杂，我见过其制作过程。把苔麸磨成面粉，加适量的水搅成稀糊状，让其自己发酵（可不加发酵粉）两至三天。再把发酵过的闻起来酸酸的面糊，均匀地摊在平底锅上，用温火慢慢烙，跟我们烙煎饼一样，只是不放油。因为经过发酵，锅底的一面是光平的，向上的一面有很多气孔。做好的英吉拉松软酥虚，上面有许多蜂窝状小孔，凸凹不平，样子有点像毛巾。听说农村使用干牛粪做柴火文火煎烙；城里现在多用电动锅具做，更容易掌握火候。

吃英吉拉要配着菜和调味汁，这种搭配叫"WOT"。有牛肉、鸡肉和蔬菜，调味汁一般是用牛肉碎末和当地调料做的肉汁，味道很香。先把英吉拉平铺在盘子上，再把菜肴和调味汁浇在英吉拉上，用手撕一片英吉拉，右手捏着蘸些肉菜汁（当地人用手抓着吃放），和英吉拉一起捏成团送到嘴里吃。味道酸酸的，怪怪的，初吃很难咽下，要就面包或喝饮料。但吃上几回后，觉得还是蛮好吃的，尤其是一些女士，过一段时间不吃还想。

一方水土养一方人，人的饮食习惯是长期养成的很难改变。英吉拉是当地人的主食，一天三顿地吃，不吃英吉拉等于没有吃饭。英吉拉对于他们，决不亚于面条馒头之于我们北方人，米饭之于南方人。招待客人，结婚宴会，甚至国宴，都少不了它。英吉拉营养丰富，比小麦、玉米和大米含蛋白质、能量都要高。由于经过发酵，很容易消化，但吃多了胃酸。

▍埃塞传统主食英吉拉

▍英吉拉套餐

十年前我在厄立特里亚就吃过英吉拉，和这里的一模一样（他们曾是一个国家）。听说索马里和肯尼亚靠近埃塞的地方也吃英吉拉。英吉拉很便宜，在街上一张才卖两三比尔（合人民币一元），买两张管你吃饱，当然菜不包括在内。在饭店点菜后一般是免费赠送英吉拉。

咖啡仪式

埃塞俄比亚是咖啡的发源地，咖啡文化在这里源远流长，咖啡仪式（Coffee Ceremony）是埃塞俄比亚非常有意思传统习俗。到了埃塞俄比亚，不论你是参加当地的聚会活动还是到当地人家里做客，都会看到别具风味的咖啡仪式。

咖啡仪式一般由一位身着传统白色花边长裙、肩披鲜艳长带的少女或少妇主持。她会先在地上铺撒些香草和鲜花，然后搬来一个木炭火炉。点燃木炭后，在炭火上添点香木或松香，整个屋子就笼罩在袅袅烟雾之中，弥漫着浓郁的香气。通常她会先为你做爆米花（当地的小玉米用普通锅也很容易炒爆米花），让你先吃着慢慢欣赏她的表演。她当着客人的面把洗干净的咖啡豆放在一个带长把的小锅勺里，端到木炭火上去炒。边炒边晃动翻腾，直到把咖啡豆炒到糊焦，整个屋子内就弥漫着咖啡浓郁的香味。

这时，主妇会给一个腹大颈细带手柄把的咖啡壶里加上凉水，放在炭火上烧。然后端着炒好的冒着热气和烟雾的咖啡豆，礼貌地走到每个客人面前，躬身用手掌向你扇出咖啡的香气。闻着这样的香气，你会情不自禁地深呼吸，美滋滋地享受，同时赞许咖啡的浓香。之后主妇会把炒好的咖啡豆放到一个木制的臼窝里，用木杵或铁棒，铿锵有声地上下冲打，把咖啡豆捣碎成粉状。

等咖啡壶里的水烧开了，主妇把捣碎咖啡粉装进壶里，用一把扇子把炭火扇旺，但要注意不让咖啡溢出来。大约五分钟的时间，屋子里就溢满了咖啡的醇香，你也盼望着喝咖啡。咖啡煮好了，主妇把煮好的咖

埃塞俄比亚篇

咖啡仪式

啡壶放在地上,让咖啡粉末在壶底沉淀一会儿。然后非常优雅地端起咖啡壶,把煮好的咖啡倒入一个个洗净的小杯子里。这个倒咖啡也是有讲究的,倒得快了,壶底的咖啡末就会倒入杯子里。而她们都很娴熟,到最后也不会有咖啡末倒出来,完全不需要纱布或者滤网之类的东西。

喝咖啡的杯子也是有讲究的,一般都是用小瓷杯。主妇把倒好的咖啡杯用盘子端到你面前,把咖啡递给你,问你要不要加糖。这样的咖啡很浓很苦,不加糖国人一般是喝不下的,尤其是初到时,一定要加糖,才能啜下。因为全部材料都是纯天然,而且手工现做的,因此咖啡的味道特别醇香浓厚。喝咖啡要慢慢小口啜饮,细细品味,方知其浓香。第一遍倒完后,主妇会在咖啡壶里加水再煮。喝咖啡一般要喝三遍。第一遍味道最浓,叫"Abol";第二杯刚好,叫"Huletegna";第三遍味道淡了许多叫"Bereka"。人们一边喝咖啡,一边吃爆米花,一边聊天,整个过程可以持续一到两小时。三杯下肚，你会精神倍增。在如此氛围中欣赏着这样传统的咖啡仪式，仔细品味啜饮这浓郁的咖啡，真是一种很美享受。

2000年夏天，在德国汉诺威举行的新千年世界文化大展中，埃塞俄比亚的咖啡仪式引起成千上万观众的极大兴趣。

咖啡的故事

咖啡的故事始源于咖啡树的故乡埃塞俄比亚。在埃塞高原的丛林里，至今有野生的阿拉比卡咖啡树。尽管没有人准确肯定咖啡最初是怎么被发现并成为一种饮料，但可以肯定的是咖啡的种植和饮用早在公元9世纪就开始了。一些权威宣称咖啡的种植在也门要早一些，大约在公元575年。似乎唯一可以确定的是它发源于埃塞俄比亚，之后传播到也门，从阿拉伯国家开始了它的世界旅行。

关于咖啡的起源有很多传说，最为流行的传说是，生活在公元850年的阿比西尼亚（今埃塞俄比亚）牧羊人卡尔迪（Kaldi）。一天他看到自己的羊群行为异常，欢蹦乱跳，精力旺盛，咩咩大叫。他注意到它们正在吃附近绿色丛林里鲜红色的浆果。

卡尔迪自己尝了几颗果子，很快感到有一种新奇的欣快感。他摘了一些浆果装在衣兜里，跑回家对妻子宣布了他的发现。"这是天堂的圣果，"妻子说，"你应该把它送给寺院里的僧侣。"

卡尔迪捧着浆果献给寺院住持，讲述他这一神奇的发现。"这简直是个奇迹！"住持高兴地说，并把浆果扔到火堆里。

不一会儿，寺院里弥漫着咖啡豆烤烧后浓郁的芳香，其他僧侣也围过来一看究竟。住持让大家把火扑灭，扒出咖啡豆把它捣碎，放进壶里加入开水。那天晚上僧侣们坐在一起喝这种浓香的饮料。从那天起，他们每天都喝这种饮料，以便在夜间漫长的法事祈祷中保持清醒。

尽管一些传说试图把咖啡的发现和发展成饮料简缩成一个故事，但可以肯定的是，在咖啡被制作成热饮前，埃塞俄比亚的僧侣们咀嚼咖啡豆提神已经有几百年。

另一个传说提示咖啡是通过苏丹奴隶从埃塞俄比亚被带到阿拉伯国家。他们在旅途中咀嚼咖啡豆以帮助他们生存。有一些证据显示咖啡豆被磨成粉与黄油混合一起像巧克力一样使用，据报道这种方法在埃塞俄比亚的嘎拉部落（The Galla Tribe）里使用，这增加了关于苏丹奴隶故事的真实性。给酥油里加咖啡这种方法，今天在埃塞俄比亚两个咖啡主要产区，咖法（Kaffa）和席达摩（Sidamo）的一些地方仍在沿用。在咖法——由其名字演化为咖啡的地区，今天做的咖啡里加入融化的酥油，有其独具特色的黄油风味。

咖啡的兴奋作用合乎情理地与宗教有关。每一个文化都宣称自己的故事是咖啡起源。伊斯兰传说把咖啡的发现归于虔诚的教长奥马尔（Sheikh Omar），他在摩查（Mocha）隐居时发现了野生咖啡树，这里后来是也门一个著名的咖啡产地。

咖啡树

据说他煮了这些浆果，发现有茶或者酒的刺激作用，就给当地一些患有疑难杂病的人喝，治好了他们的病。

有关教长奥马尔的故事也好多版本，其中有关于他怎么用咖啡治好摩查国王女儿的病；还有说一只神奇的鸟引领他到了一棵结满咖啡果的树。

阿拉伯科技文献记载大约在公元900年埃塞俄比亚有一种饮料，叫做布纳（Buna），这一词语提示这可能就是有关埃塞俄比亚咖啡最早的参考资料（译者注：至今埃塞当地阿姆哈拉语称咖啡为布纳）。有记载，1454

年亚丁城的穆夫提访问埃塞俄比亚，看见一些同胞喝咖啡。据说，这种饮料治好了他的一些病，他对此印象深刻。由于他的首肯，咖啡很快在也门的僧侣中流行起来，被用于宗教仪式中，并由此介绍到了麦加。

据说正是在麦加，开设了世界上第一家咖啡屋，叫做 Kaveh Kanes。这里先前是召开宗教会议的场所，但不久成为谈天说地、唱歌、讲故事社交聚集的地方。随着咖啡作为饮料的流行播散，它很快成为虔诚的穆斯林激烈争辩的主题。

事实上，中东的咖啡屋是欧洲咖啡馆的先驱，伦敦的咖啡馆后来成为著名的伦敦俱乐部。这里是知识分子启智明辨的场所，新闻事件和流言蜚语也在这里交流传播，事件的当事人常常被传统讲故事的人拿来娱乐。

从阿拉伯半岛，咖啡向东方传播。可以确信，早在1505年，阿拉伯人就把咖啡带到斯里兰卡（Ceylon）。据说17世纪，一个到麦加的朝圣者，回来时第一次把没有去壳的咖啡果作为种子带到印度西南部。

随着埃及皇帝萨利姆一世（Salim I）征服土耳其，1517年咖啡传到君士坦丁堡（伊斯坦布尔的旧称）。1530年咖啡在大马士革落户。1554年在君士坦丁堡出现了咖啡屋。由于一些事件引发骚乱，咖啡屋被暂时关闭。但当局没有处死那些反对者，而且还把他们内部豪华的咖啡屋变成了持不同政见者定期聚会的场所。

尽管如此，咖啡还时不时地被取缔，成为宗教狂热分子攻击的目标。曾有一回，一个多次经营咖啡的人被缝在皮革袋里，扔进博斯普鲁斯海峡（又称伊斯坦布尔海峡沟）。但经营咖啡收益颇丰，最后终于成为税收的课目而得以正当合法。

1615年威尼斯商人把咖啡带到欧洲，比1610年茶的出现稍晚了些。在意大利，咖啡的进入再次引起争议，一些天主教神职人员，像麦加的毛拉一样，建议应该把咖啡开除于教外，因为喝了它以后人就像着了魔一样。然而教皇克莱门特三世（Clement VIII）（1592—1605）对咖啡喜爱有加，他宣布咖啡应该受洗，成为真正的基督徒饮料。

威尼斯第一家咖啡屋于1683年开业。位于圣马可广场著名的佛罗里安咖啡馆建于1720年，是欧洲至今仍在营业的最古老的咖啡馆。17到18世纪，咖啡馆在欧洲大量涌现。曾经存在过的没有什么像咖啡屋或咖啡馆一样经久不衰，人们在友好的氛围中享受不怎么贵而有刺激的无酒精饮料，由此建立起来的社会习俗持续400年。

英国的第一家咖啡屋在牛津而不是在伦敦，是一个叫雅各布的人于1650年所开。设立在万灵学院附近的咖啡俱乐部最终成为皇家学会。伦敦的第一家咖啡屋位于圣迈克尔胡同（St. Michael Alley），是1652年开始营业的。世界最著名的保险业公司伦敦劳埃德由爱德华·劳埃德1688年创建，一开始曾在塔街经营咖啡馆。随着咖啡馆的迅速流行，17世纪欧洲列强竞相在各自的殖民地建立咖啡种植园。荷兰人走在前列，1616年他们把咖啡树从也门的摩查运到荷兰；1658年他们开始在斯里兰卡大面积种植咖啡。1699年他们成功地把咖啡树的插条枝从印度的马拉巴尔移植到印度尼西亚的爪哇。1706年爪哇的咖啡树样品被送到阿姆斯特丹，种植在多家植物园里，由此传播给欧洲各国的园艺学家。

1718年荷兰人把咖啡移植到苏里南，不久这种植物就在南美洲大量种植，由此成为世界的咖啡中心。

1878年英国人在英属东非的肯尼亚引进这种植物，建立咖啡产业基地，它的邻国正是埃塞俄比亚，1000年前咖啡就是在这里被发现。至此，咖啡圆满地完成了环游世界一周的旅行。

（译自埃塞俄比亚官方网站，有删节）

咖啡故乡行

埃塞俄比亚是咖啡的发源地,但并不是所有的地区都产咖啡。在埃塞俄比亚,咖啡的发源地在咖法(Kaffa)。咖啡(Coffee)一词就是从咖法演变过来的。所以不到咖法,就不算真正到过咖啡故乡。

我在埃塞俄比亚工作两年,去咖啡故乡咖法一直是我的一个愿望。咖啡的原产地到底是什么样?当初牧羊人卡尔迪(Kaldi)怎么在咖法发现咖啡?如今的咖啡故乡又是个什么样?这一直是存在我心底的疑问。但咖法州位于埃塞俄比亚的西南部,距首都亚的斯亚贝巴约480公里,且道路崎岖不平,去那里一次并非易事。

2013年3月底,清明前夕,在我们援埃医疗队即将完成两年援外任务回国之前,我们去季马市为援埃第一批医疗队队长梅庚年烈士扫墓,顺道探访了咖啡故乡咖法,终于实现了我这一愿望。

20年前,咖法归属于季马管辖,所以现在季马市标志物——十字街头的咖啡壶雕塑下,用当地奥罗莫语和英语写着:"季马——咖啡发源地"。但现在季马归属奥罗姆州管辖,实际上真正咖啡的发源地在咖法省彭加(Bonga)区门科亚(Menkeya)镇。

上午9点钟,我们从季马出发,前去彭加探访咖啡故乡。季马位于首都亚的斯亚贝巴西南方,与首都相比,这里海拔低,天气较热,气候湿润,植被很茂盛。一出城,就是绿色的海洋,远处山麓上是层层的绿树青山,沟壑里更是郁郁葱葱茂盛的植物。道路两旁全是野生的树木,不时有芒果、木瓜、香蕉等热带水果树木从车旁掠过。3月底是这里的小雨季,也是树木开花的季节,很多热带的花木让我们赞叹不已。有一种不

季马街头的咖啡壶

知何名的树木,几乎没有叶子,全是红花,像火一样,非常绚烂;有的山冈上火红一片,如在绿色的丛林里燃烧,分外耀眼。我去过埃塞俄比亚南部的阿尔巴门奇,虽然那里也到处是绿色,但这里可以说是苍翠欲滴。

不多久,路边一些小树上开着的白花引起我们的注意。这花跟梨花差不多大小,花瓣较细长,雪白色,特别耀眼。司机所罗门告诉我们,那就是我们今天要去看的咖啡树。虽然此前我们也见过咖啡树,但都是在结果的时候,开花是什么样还没有见过。咖啡树喜欢在阴凉潮湿的环境里生长,一棵棵的咖啡树,都长在丛林的树阴下。

此后不断有开着白花的咖啡树从我们车边掠过。有的在路边的树丛里,有的在人家的房前屋后;有的只有几棵树,花开洁白细碎;有的树木成堆,花开似树上的落雪,晶莹剔透。一路上山壑青青,流水潺潺。远处山腰上白雾缭绕,悠悠飘逸,没有一丝侵扰,好似有神仙在雾中隐匿。我想生活在这里的人们一定很悠闲惬意。我真想在这里住一天，感受一下这世外的清净。

前方有一座桥，司机所罗门告诉我们，这座桥是两个州分界线，这边是奥罗莫州，那边就是咖法省了。过了桥，路两旁的咖啡树愈来愈多。让我们目不暇接。又经过大约40分钟的行程，我们来到被称为咖啡真正故乡的彭加。远远看到前方半山上有一片红白交错的房子，我们急不可待地想知道这个咖啡故乡的模样。

在我想象中，这里是咖啡的故乡，咖啡从这里走向世界。咖啡应该是这里的支柱产业，这里也应该是比较富足的地方：有漂亮的楼房，洁净的街道，人们衣着时尚整洁；有不少外国人来这里旅游，有在这里做生意的咖啡商；旅游部门提供旅游服务，向游客讲解咖啡的故事、咖啡的发展、咖啡从生长到结果的全过程；表演他们引以为自豪的咖啡仪式……但走近后所见所闻却出乎我们的意料。

不大的小镇只有两条百来米的街道，全是土路，车子过后灰尘飞扬。有不少乞丐，看见我们上来搭讪要钱。街道两旁的商店都是破旧的平房，里面出售简单的日常生活品，这里甚至没有一家超市。一排摆摊擦皮鞋的人临街而坐，招呼我们擦皮鞋……和我所经过的埃塞俄比亚任何一个小镇没有什么不同。

我们向当地人询问这里的旅游情况。一个中年人热情地告诉我们，前面有一个咖啡博物馆正在修建，除此之外好像没有别的旅游景点。

但不管怎样，既然来了，就去看看。我们按照那人的指导，驱车去正在修建的咖啡博物馆。博物馆位于小镇的高处，远远就能看见白色圆顶的建筑。走近后看到咖啡博物馆建在一个不大的院落里，里面正在施工，什么也没有，我们只好用相机拍摄门前博物馆的设计效果图。从图上看，咖啡博物馆是一个以当地茅草屋形状为模版的圆锥形现代化建筑，锥尖上坐落着一尊咖啡壶，下面是白色砖墙，玻璃橱窗。

我们想去参观一下这里的咖啡种植园。几经当地人指引，我们驱车到镇外去看咖啡。咖啡种植在深山处，道路崎岖不平，车辆爬坡下沟，

咖啡花开满山崖

肆意颠簸。一路上看见路边零星的农民房屋，都是低矮的圆屯茅草房。咖啡树或种在房前屋后，或在树丛之下，和我们一路看到的一样，直到最后也没有看到我们想象中的大片咖啡园。看来当地农民的咖啡生产，还是一家一户的自家小农式的种植。

在一个村庄前我们停了下来。这里有很多咖啡树，树上花开雪白一片，芳香沁脾，形状和气味与茉莉花相似，一只只小蜜蜂繁忙地在花蕊上采蜜。我们欣赏着洁白如雪的咖啡树，在树下拍照留念。

不一会儿，从几个茅草屋里出来很多人，脸上写满好奇，看来这里很少有外国游客光顾。我们询问这里咖啡的生产情况，当地人告诉我们，咖啡树一般种植3—4年开始结果，产果20—30年。一年收获一季，3月、4月开花，花期3—5天，你们能够看到咖啡花是很难得的。起初是绿色浆果，经过6月和7月开始成熟。成熟的咖啡果皮呈红色，颜色和形状与樱桃相似，但比樱桃要小。最后变成黑色，其内有一对青色果豆。11月、12月收获，农民采摘后晾晒，捶打去壳后成青色的咖啡豆。

我走进当地人居住的低矮茅草屋。屋内阴暗，有苍蝇嗡嗡乱飞，没电没水，也没有什么家具，家徒四壁，我感受到他们生活的贫苦。看来从这里走出去闻名世界的咖啡，并没有给当地人带来富足。在世界各地的大城市里，衣着光鲜的人们在高档咖啡馆悠闲浪漫地享受咖啡的时候，他们可曾知道，他们喝的咖啡可能就产自这里，或从这里走出去到世界别处落户。如果他们知道这里人们今天的生活状况，不知作何感想。

这里虽然是咖啡的故乡，但今天世界咖啡中心早已迁移到了南美的巴西。现在，埃塞俄比亚的咖啡产量位居世界第14位，在非洲也只是第4位。我想可能与这里落后的生产经营方式有关。此时我突然有了这样的想法，中国人现在在埃塞俄比亚大批投资，有没有人看上咖啡种植这个项目。凭中国人的勤奋、管理、资金和技术，一定能改变当地咖啡生产的落后面貌，大幅度提高产量，造福当地农民。

我们在镇上买了2公斤咖啡豆。这里一公斤咖啡豆40比尔（合人民币约13元），在首都亚的斯亚贝巴是60比尔。我不知道在中国它的价格，但我知道在咖啡馆一杯咖啡就要几十元人民币。咖啡商和咖啡馆老板是赚足了钱，而辛勤劳作的农民仍然过着贫苦的日子。

回去途中，路过一个咖啡苗圃基地。咖啡树喜阴怕热，苗木育在架棚下，棚上露出些空隙供少许阳光进来。棚下的咖啡树苗郁郁葱葱，已逾膝高，生长了两年，可以移栽了。我们买了几个咖啡树苗，准备种在我们院落里。我也知道以我们那里的气候土壤等自然条件，不一定能开花结果，但权当是一次尝试和纪念。

恰特草

如果说咖啡是埃塞人的自豪，那恰特草则是他们的尴尬。

初到首都亚的斯亚贝巴，看见大街小巷的一些商店里，出售一种类似小树枝的植物。上面有嫩叶，成捆成捆的，用芭蕉叶包得严严实实，不时还看到有人咀嚼这种叶子。问当地人那是什么，有的人不说；有的人笑着不好意思地说是恰特草。

来埃塞时间久了，对恰特草有了一些认识。恰特草（Khat, Catha edulis Forssk）又名巧茶、阿拉伯茶或埃塞俄比亚茶等，是一种灌木植物，而不是真正的草，主要产于埃塞东南部的哈拉尔地区。据分析，恰特草含兴奋剂卡西酮（Cathinone），其化学结构类似于安非他命和肾上腺素。恰特草有提神和兴奋的作用，比咖啡还要强；据当地人说还能增强性欲。但长期嚼食会使人厌食，并产生强烈的依赖感，也就是上瘾，容易导致营养不良、免疫力下降等。因此恰特草被视为东非或者埃塞俄比亚的罂粟，世界上大多数国家都把它作为毒品对待，只有埃塞俄比亚和也门等一些国家合法种植和食用。

和咖啡一样，恰特草的发现也有一个有趣的民间传说。据说在古代埃塞俄比亚东南部的哈拉尔（Harar）山区，一个农夫干了一天农活，到了黄昏时分，因又累又饿，倒在山坡上的灌木丛中。他伸手摘下灌木的小嫩叶，不由自主地塞进嘴里吃。起初觉得有点苦味，但到后来感到一种甜味。就这样边摘边嚼，到了夜幕降临的时候，他忽然觉得精神振奋、两眼发亮，不知不觉地回到家里，连饭也不想吃。消息传开，村民们纷纷到山上寻找这种灌木，采摘其嫩叶嚼食。后来，当地农民开始利用这种灌木的根进行人工种植，然后采摘其嫩枝叶拿到集市上售卖，这样就出现了恰特贸易。

公元5至6世纪间，埃塞俄比亚的阿克苏姆王朝出兵占领也门长达150年之久，恰特草被埃塞人带到了也门，也门人也开始嚼食上恰特草。由于当地气候条件适宜，便开始了大面积种植，成为该国集市贸易上的大宗商品。人们普遍嚼食，并在也门社会形成了一种"恰特文化"现象。现在大面积种植恰特草的只有埃塞俄比亚和也门两个国家，埃塞是最大的恰特草出口国，也门是最大的进口国，据说全也门人都在吃草。

恰特草有提神醒脑，解除疲劳的作用，一些农民和干活的人便嚼食以消除疲劳。恰特草还有其社交作用。有些人在家里设有吃草屋，下午干完活或下班之后，亲朋好友一起聚在屋里吃草聊天。人们脱了鞋坐在地上，越吃越兴奋，谈兴越来越高，觉得自己游走于天地之间，无所不

恰特草

能，好不快哉。但药效作用退去后又性味索然，思维混乱，什么也不想做。据说恰特草有增强性欲的作用，所以，一般都是男人吃，很少有女人吃。

但在埃塞俄比亚，也不是所有的人都嚼食恰特草。一是恰特草很贵，好多人吃不起；二是人们都知道它是有害的。受过教育的人很少吃草，谈起恰特草，多数人都说不好。

一次在长途公共汽车上，我看到有人吃恰特草。他看到我注意他，便让我尝。我尝了几片叶子，初尝有些淡淡的苦味，再嚼就有些淡淡的甜味，食下后一会儿确有欣慰的感觉。据说不少司机都吃，说吃后不会疲劳，尤其对长途司机。我们的司机所罗门每次跑长途都买一捆恰特草，行车中不时摘一片叶子嚼。哈拉尔盛产恰特草，在我们去哈拉尔的路上，看见有几辆车翻在路边，所罗门说可能是恰特草吃多了，过度兴奋，思维混乱，发生了车祸。

生牛肉

埃塞俄比亚人至今仍然保留着生吃牛肉的习俗。

我初到埃塞在纳兹瑞特小住，路过一个饭店，看见当地人的餐桌上放着生牛肉，有些不解。有人对我说，埃塞人吃生牛肉，我以为是开玩笑，没有太在意。后来参加一个有总统出席的当地政府的宴请，服务员从挂着的肉扇上割生牛肉给客人，我才知道埃塞人真是吃生牛肉。我以

| 当地人吃生牛肉

前没有吃过，觉得好奇，就要了一块，跟当地人学着吃。把牛肉切成小块，蘸着当地的辣椒面和盐吃。我以为咬不动，其实还是很嫩的，蘸着辣椒和盐，也没有腥味，虽然不怎么香，但有一种鲜味。

后来在街上买肉，发现卖肉的人是边卖边吃，他们不时把卖肉剩下的一些碎肉填进嘴里，有的甚至把牛肚切碎吃，吃得津津有味。他还让我们尝，我们赶紧摆手。有一次我们买肉，给司机也买了一块，他要了辣椒面，回去后自己生吃。

在现代文明高度发展的今天，埃塞俄比亚人为什么还吃生牛肉？开始我觉得不可思议，后来逐渐认识到这是一种传统文化。日本料理的生鱼片最初传到中国，国人也觉得很惊奇，但吃后觉得还可以，也就慢慢接受了，包括其他一些海鲜，我们现在也生吃。其实我们人类的祖先曾茹毛饮血，只是我们现在不为或少为罢了。而埃塞俄比亚人一直传承这一传统习俗，并把它发展成一种文化。

其实中国人过去也有吃生肉的。我记得小时候过年，生产队年底杀猪，当剔除猪毛把猪开膛破肚后，屠夫有时候就从冒着热气的猪肉上割一块放进嘴里吃。那时我还小，觉得不可思议，其实是那时生活困难，一年也吃不上几次肉，难以抵挡肉的诱惑。在电视上看到好像是我国西藏一些地方的人把生肉用盐腌制，在远处放牧时用刀切一片生吃。经过腌制的肉，味道应该还是不错的。这样想，我觉得埃塞人吃生牛肉也就不足为奇了。

其实从医学的角度，生肉熟肉都是蛋白质、脂肪、糖等人体需要的营养物质，只是经过烹调过的熟肉更香、更容易消化，也少有寄生虫和病菌。但埃塞俄比亚的牛都是散养的，少有病菌，他们吃生的牛肉都是新鲜的瘦肉，所以也较少感染疾病。

来埃塞俄比亚不妨尝一尝这里的生牛肉。

游海尔·塞拉西皇帝行宫

中外皇帝都一样,权高位尊,至高无上;一人在上,万人在下,掌握着生杀予夺的大权,享尽人间荣华富贵。在欧洲,法国皇帝有狩猎逍遥的枫丹白露行宫;在中国,古代唐明皇有华清宫,连垂帘听政的慈禧也有承德避暑山庄。非洲的皇帝也不例外,埃塞俄比亚海尔·塞拉西皇帝是非洲赫赫有名的君王,他自然也少不了行宫。

在首都亚的斯亚贝巴东南方向250公里有一个温道·盖特(Wendo Gent)的小镇,那里气候适宜,山清水秀,物产丰饶,盛产甘蔗、香蕉等水果。这里有一处温泉,一年四季沸水汨汨而流,海尔·塞拉西皇帝的一处行宫就在这里。

我们一行五人前往塞拉西皇帝的行宫。到镇上之后,我们按照当地人的指引,沿一条小路向山上缓缓而行。路很窄,只能通过一辆车,路旁都是香蕉园、甘蔗林等热带作物园。穿过一段幽僻的路径,我们来到了行宫。

进入院子,里面古木参天,清新幽静,各种热带花草树木争奇斗艳,让人目不暇接。几只黑身白脸长尾巴的猴子在树上蹿来跳去,小黄鸟在花丛中啼鸣。院子左边是水泥建筑的宫殿,外形坚固大气,前面是各种花草,清香扑鼻。走进宫殿,昔日的宫殿今日已成为餐厅。餐厅很大,四周有好多不同的房间,依稀可以看出当年皇帝生活的遗迹。服务员告诉我们,皇帝当年就生活在这里,房屋构架还依旧,只是内部装修改变而已。我们在宽敞明亮的豪华餐厅用餐,长条的餐桌上铺着白色桌布,餐桌上插着鲜花,铮亮的刀叉和餐巾摆放井井有条,让人仿佛回到海尔·塞拉西的年代。

　　吃完饭在院子里游转，我们感慨这幽雅清净的环境，这里到处是热带的花草树木，万紫千红，千姿百态。前边是非洲古朴的茅屋，整洁干净，质朴典雅，我想神仙生活的地方也不过如此吧。

　　这个行宫以温泉著称，看温泉自然是少不了的。在当地导游的引导下，我们爬山去探访温泉。四面群山环抱，绿色苍莽。当融入山中，发现这里除了一些热带植物以外，跟国内的山水没有什么不同，仿佛是在国内游山玩水。前面一条小溪，几个当地姑娘在洗衣服。她们身材轻盈，体态优美自然，美丽的身影倒映在清澈的溪水中，让我想起中国古代的浣纱女。踏过一个小木桥，爬上一段山坡，穿过荆棘小路，远远看见有蒸汽袅袅，导游说那里就是温泉的源头了。我们爬到跟前，只见有哗哗的流水从泉眼流出，溢着蒸汽。我们用手试试水温，很烫手。导游告诉我们，泉水可以煮熟鸡蛋。旁边有个不大的池子，水很清澈，大约有齐腰深。导游告诉我们，皇帝和皇后当年曾在这里沐浴。这让我想起了中国的华清池，当年唐明皇和杨贵妃也曾在温泉沐浴，看来中外皇帝都有一样的嗜好。

　　我们顺着温泉的流径而下返回，一路上荆棘当道。到崖下有一个池塘，一群人正在池里洗澡，男女老少同在一池，只穿着裤头，其余都裸露着。有老翁，有姑娘，有的孩子还含着母亲的乳头。男人女人全无害羞之感，看到我们也没有丝毫的惊异，让我们感叹这里民风的淳朴。

　　前面有一个四面墙围起来的院子，我们买票进去。院内有一条小溪，溪流涓涓，瀑布哗哗，一座小桥跨越小溪，有小桥流水、曲径通幽的诗意。院子里有很多果树，芒果、香蕉、咖啡等，还有很多当地的花木。前方的崖下伸出好多根钢管，管子里流出冒气的热水，穿着内裤的人在那里尽情享受沐浴的乐趣。右边有几个大小不等的游泳池，水面上冒着热气，各种肤色的人在池里游泳。我们也不忘享受这难得的机会，换上游泳衣裤准备游泳。我们先到热水管冲浴，那热乎乎天然的温泉水冲到身上真是舒服极了。随后来到游泳池，那水更是浸入肌肤，非常舒服爽快。平生第一次在露天温泉里游泳，仰望天空，蓝天白云，青山环绕，

海尔·塞拉西皇帝画像

感到心旷神怡,其乐无穷。

　　良辰苦短,不觉一会儿就该走了。我们依依不舍,不愿离去。回望这昔日的皇帝行宫,今日成为百姓休闲娱乐的场所,感慨天地之巨变。海尔·塞拉西是当时非洲赫赫有名的皇帝,他把非洲统一组织(非盟前身)设在埃塞俄比亚,让埃塞俄比亚成为非洲的中心,想要整个非洲听从于他。可他在建造行宫时,是否知道中国唐代的华清宫。在华清池里唐明皇与杨贵妃鱼水嬉戏、寻欢作乐,荒于朝政,差点亡了社稷,最后连自己最宠爱的妃子也不得不自缢而亡,自己也险些丢了性命。塞拉西皇帝是否想到他会有后来的厄运,被门格斯图推翻;而门格斯图又被梅莱斯推翻。一个个位尊权重的大人物被历史的波澜拍打而去,只有这行宫的温泉依然汩汩而流。

参观季马王宫

2011年4月3日清明前夕,我们去季马市祭扫梅庚年烈士陵墓。祭扫完毕,时间还早,司机老戴便建议我们到附近游览。季马市是一个古老的地区,是咖啡的发源地,有很多古迹。老戴引领我们去游览季马王国的阿巴·基法尔(Abba Jifar)王宫。

听说要游览王宫,大家兴致很高,想看看非洲国王的王宫是个什么样子,当时的埃塞俄比亚国王是怎么生活的。

季马王宫位于季马城东北方向的一处高地。东边和北边两个方向有围墙,西边和南边两边是沟崖,从王宫可以俯瞰整个季马城。国王信奉伊斯兰教,进门后左边有几间平房,据说是当年众人祈祷的场所,但全然没有一般清真寺顶高高竖立的星月标志。屋子内空空荡荡,也没有宗教祈祷的器具和圣物。右前方是空旷的大院,衰草遍野,还有一门锈迹斑斑的大炮。前方便是王宫了——两层土木建筑的陈旧房子。一横一折两列房子连在一起,地面的木柱支撑着二楼的回廊。房子陈旧破落,昔日的辉煌已荡然无存。

导游告诉我们,王宫由阿巴·基法尔一世国王(King Abba Jifar 1)修建,他被认为是季马第一个独立王国的国王(1830—1855年在位),并为此花费大量的黄金和珠宝。他于1855年在王宫病逝。他以后的几个国王在王宫里的遗迹很少。现存最多的是最后一个国王阿巴·基法尔二世国王(King Abba Jifar II,1877—1932年在位)的遗迹。他是在位时间最长的国王。

在导游的引领下我们进入王宫。阿巴·基法尔二世国王身材魁梧,

埃塞俄比亚篇

王宫院内合影

有2.04米高，这从他现存的黑白照片和大床可见一斑。一楼是生活区，有一个很长的木质洗澡盆，很有意思，它是由一根完整的巨大木料掏空而成。还有他坐过的王位椅子，看上去粗大笨拙，但很结实，由于没有保护和装饰，一点也没有王位的威严。二楼是国王一家的寝室，有很多房间，房子从墙壁到地板都是木质的。国王自己有一个最大的房间，里面空空荡荡，什么家具和遗物都没有，三个王妃们的寝室与国王的房间紧挨着，王子和公主们有各自的房间。二楼向上有一个小阁楼，可以从四面瞭望王宫远处，还有机枪射击的窗口，看来当时王宫的防御是相当完善的。

王宫好像没有刻意修缮过，陈旧破陋，保持着原来的样子。从现存的建筑来看，当时确实是比较豪华。但就是这堂堂的王国王宫，其建筑规模远不及山西的王家大院或乔家大院的四分之一，只能和我们同时代的大户人家相比。埃塞俄比亚当时还处在奴隶制社会，有公开的奴隶买卖交易，国王的财富也不过如此。

阿巴·基法尔二世国王生于1861年。19世纪80年代，他征服了季马东部的珍介绕王国（Kingdom of Janjero）奥莫河谷地区，把它纳入自己的属地。1884年他听从母亲古米缇王后（Queen Gumiti）的建议，向孟尼利克二世皇帝（Emperor Menelik II）称臣。1886年他向孟尼利克皇帝纳贡，其中包括奴隶、象牙、竹子、蜂蜜、布匹、长矛、盾牌、银饰的盘子和木制品等。由于对政治的敏感，在孟尼利克二世皇帝征服邻国Kullo（1889）、Walamo（1894）和Kaffa（1897）的过程中，他出兵相助，这使得他直到去世一直保持季马王国的自治。当季马被并入埃塞俄比亚后，孟尼利克囚禁了阿巴·基法尔二世，罪名是"在自己的军队里鼓动狂热，企图诱劝阿巴尼西亚士兵归己"。在安考博（Ankober）囚禁一年获释后，他重新获得了孟尼利克皇帝赐给他的王位。通过此次教训他成为最顺从的国王，不断向孟尼利克皇帝进贡。

阿巴·基法尔二世国王有三个妻子：莉米缇王后（Queen Limmiti），她是里姆·恩纳瑞国王（King of Limmu Ennarea）的女儿；敏娇王后（Queen Minjo），她是咖法国王的女儿；赛珀缇缇王后（Queen Sapertiti），也是里姆·恩纳瑞国王的女儿。据说国王很威严，三个妻子和平相处。

阿巴·基法尔二世老年患有痴呆症。他的孙子阿巴·焦菲尔（Abba Jofir）不愿服从于国王政府，他扩充军队，试图恢复季马王国的独立。然而海尔·塞拉西皇帝给他措手不及，迅速派军队把阿巴·焦菲尔掳到亚的斯亚贝巴，并囚禁在那里。

1930年，海尔·塞拉西国王（Emperor Haile Selassie）削去了年老的阿巴·基法尔二世的柄权，任命他的女婿为季马的总督，而阿巴·基法尔二世则保留无实权的国王头衔。1932年阿巴·基法尔二世去世时，季马王国正式归入埃塞俄比亚帝国版图。他的家族也走向没落，昔日华贵的王宫也从此走向破败。

游阿尔巴门奇国家公园

2012年8月8日，我携女儿游埃塞俄比亚阿尔巴门奇国家公园（Arbaminch National Park）。是日丽日当空，天蓝云淡，和风徐缓。始入园口，林木茂盛，即见猩猩出没于路边。平头人面，眉飞珠转，臀股猩红，蹲于地酷似人猿。有幼崽或伏于母背，或坠于母腹，其态可掬。见人亦不慌不忙，悠然自得。即欲拍照，则迅速遁入林中。

行不远，丛林茂密，有溪水自林中决堤，漫流于道。汪汪泱泱，清流缓缓。车行水中，淹没轮毂。缓缓前行，似有水上行舟，以舟代车之感。予惧甚，恐陷入不能自拔。而司机老泰毫不畏惧，驱车缓缓涌行，掀水浪起于前方。停车探路，林中蚊蝇蛾蝶，嗡嗡作响，肆意张狂。或飞入车内，骚扰无已。流水潺潺，瘴气四溢。思此丛林自古盖亦如此，荒蛮野林，尚未开发。

水路近百米，岌岌缓行，步步悬心。涉过水，心始释然。高林茂密，道路稍坦。前有一河，黄水滔滔，激流腾越，有铁桥横跨于河上，车辆通过，颤颤巍巍。行不久，路渐险。山路崎岖，巉崖嶙峋，岩石横地。更有陡坡横面，望而生畏，恐不能上。然司机老泰，不畏险阻，缓速换档，四轮驱动，车辆颤颤悠悠，缓缓爬行，似如龙蛇。予唯恐不慎熄火抛锚，退坠深渊。有此险况者，好几处焉，每每都心有余悸。予行万里路，鲜有如此险道。虽未经蜀道，见此亦如李白叹其如登天之难。

于平缓处，丛林中有动物出没，不知何名。或机灵幼小，稚嫩可爱；或敦厚结实，憨态可掬；兼有翠鸟啼鸣，悦耳动听……女儿惊叹不已，高兴至极，言深山藏奇兽，密林隐俊鸟。

| 斑马

　　千曲百折，历惊遇险，始及大山之巅，登临高峰心境宽。天高云淡，旷达豁然；举目眺望，有两湖尽收于眼。其一水黄如土，其一水蓝如天，渭泾分明，仅一丘阻于两水之间。望茫茫湖水、巍峨山峰，叹自然之神奇造化；念微微人类、区区吾身，感我辈之渺小，不足为道。吾辈乃地球一介活物，苟命于尘世，羸弱如小虫，不觉间可化为微尘，不知去焉。

　　越过此山，见一平原，空旷原野，一望无边。树木稀疏，衰草连天。有斑马、羚羊、驯鹿等野生动物，出没期间，无忧无虑，自在悠闲。或母子亲昵，亲密无间；或竖耳警戒，提防危险；或埋头吃草，或嬉戏寻欢……成群成堆，好似土著部落家族栖息其间。清风吹来，荒草随摆，如风吹草低见牛羊，美哉美哉。女儿见状，心悦神欢，不停拍照，以作纪念。更有鸟巢，形如灯笼，垂悬挂枝，别出心裁。旷野之上，群鸟漫地，动物遍野。是人迹罕至之地，动物之乐园。见此场景，驻足流连，久不思返。遥想早期人类若在此猎兽捕鸟，食物可无忧焉。

归途半中，老泰引至湖边。树木丛生，芦苇茂密，水边见大型水族动物足迹。老戴告以河马，言亦有鳄鱼，叫我等谨慎防提。予手持木棍拭望，见不远处有鳄鱼于水中，只露头部，状如朽木，俨然可畏，然活动时宛若游龙。河马亦间或露头于水面，其庞然大物，可见一斑。

游园归来，颇有感叹。自然之力，鬼斧神天，盖我人类所莫能及焉。然人能顺应天地，改造自然，始有文明之今天，而动物却永远栖息于山水之间。今来此一游，更知人源于自然，顺从自然，保护自然，始能在自然间生生不息，世代延年。

狮子与埃塞俄比亚

非洲是动物的天堂，狮子是非洲草原上的百兽之王。埃塞俄比亚人对狮子有着特殊的情结，他们的货币、城市雕塑、名字，甚至咖啡杯、耳环上都有狮子。

相传在公元前10世纪，埃塞俄比亚的示巴女王为以色列国王所罗门的智慧所倾慕，前去拜访，被所罗门国王施计而发生云雨之情，回来后生下一子。孩子长大后曾去以色列拜见父亲所罗门国王，他后来成为埃塞俄比亚第一位皇帝——孟尼利克一世。由于所罗门王的族徽是一头被称为"犹太之狮"的雄狮，因此，狮子成了埃塞俄比亚王朝的象征。埃塞俄比亚末代皇帝海尔·塞拉西还亲自豢养了许多狮子，并带着狮子周游欧洲，在当时引起很大的轰动。

埃塞俄比亚的狮子确实与众不同。一般狮子的毛色是浅黄色的，但埃塞俄比亚狮子的毛却是黑色的。虽然个头比其他非洲狮子要小，但毛色发亮，体态优雅，非常漂亮，被埃塞人视为国宝，在首都著名的狮子动物园可以一睹它的风采。其实所谓黑狮子也不是全身都是黑色，母狮子全身都是浅黄色，只有雄狮子颈项部又长又厚的鬃毛是黑色，有别于其他狮子，所以叫作黑狮子。在首都国家剧院广场前，一些街道路口和一些机构的门口都有黑色狮子的雕像。我们一些队员工作的埃塞俄比亚最大的医院就取名为黑狮子医院（Black Lion Hospital），可见埃塞人把黑狮子看作他们健康的保护神。

在近代非洲历史上，海尔·塞拉西皇帝无疑是"一代雄狮"。他在国内废除奴隶买卖、改革国家政治体制，使埃塞俄比亚由原始部落走向

首都街头的黑狮子雕像

现代社会;他领导埃塞人民抗击意大利法西斯,使埃塞成为非洲唯一没有被殖民的国家;他试图把整个非洲都统一在他的麾下,非洲统一组织(Organization of African Unity),即非洲联盟(African Union)的前身,就是他所创立,并把总部设立在埃塞俄比亚的首都。然而正是这位不可一世的"非洲雄狮",却因为狮子的缘故下台,最后惨遭秘密杀害。1970年埃塞俄比亚发生大旱,饿死许多人。在这非常时期,一张海尔·塞拉西皇帝为狮子喂食鲜肉的照片引发了一场政治暴动,最后军政府上台,"一代雄狮"就这样结束了他辉煌的一生。

几年前在埃塞俄比亚南部发生了狮子救少女的奇迹。一名12岁的少女被一帮歹徒绑架到一个黑屋里虐待七天。后来歹徒听说少女的家人和警察正在寻找,便把少女带到附近的山林里。少女的哭声招来了三头狮子,歹徒们吓得屁滚尿流,丢下少女就跑。少女也吓得呜咽起来,可能是少女呜咽声唤起了狮子的怜悯，它们把少女围了起来，直到警察和家人赶到，狮子才缓缓离开，少女得救了。

然而今天埃塞俄比亚狮子的命运并不乐观。几年前，首都亚的斯亚贝巴著名的"狮子动物园"由于没有足够的钱为狮子买肉食，不得不毒杀幼狮，出售其标本来养活其他狮子，在国际上引起不小的震动。而自然界野生狮子的命运同样堪忧。由于过度砍伐森林和过度狩猎，狮子的栖息地缩小和食物不足，时有发生狮子伤人的事件，而过去很少有狮子走出丛林吃人。狮子的数量不断减少，据有关部门统计，目前埃塞俄比亚野生狮子数量已不足1000头。

仙人掌

你一定见过仙人掌。可你见过多少种类和样子的仙人掌？你见过的仙人掌有多大多高？你可见过有两三层楼高的仙人掌——仙人掌树吗？

在非洲屋脊的埃塞俄比亚的巴里山山顶上，有仙人掌凌寒傲骨的身躯；在撒哈拉大沙漠的烈日之下，有仙人掌不屈的身影；在维多利亚大瀑布岸边，有仙人掌迎风而笑的花朵……在非洲，从高山到大海，从湖泊到沙漠，到处都能看到仙人掌。如果要问非洲最具代表性的植物是什么，我觉得不是热带丛林，也不是海边椰树，而是仙人掌。

非洲的仙人掌有很多种类，其形态也各种各样。有球状的、园片状的、长片状的、圆柱状的、棱柱状的……悬崖峭壁和荒坡上的仙人掌给大山披上了绿装；干旱旷野里比人还高的仙人掌，让你感到惊奇；庭院里比房子还高的仙人掌树，给院子遮阴挡阳。虽然你没有见过这种样子的仙人掌，但它青绿色带刺的基本特性使你一看就知道。

驱车去哈瓦萨，路边各种各样的仙人掌让你眼花缭乱。有高大的仙人掌树，有高高的木板状仙人掌，也有圆柱状或棱柱状又细有高的仙人掌。这里是沙土地，也没有土坯砖瓦，人们种植仙人掌当作院落围墙。园片状仙人掌的篱笆墙有一人多高，严密厚实，芒刺四伸，让人望而生畏，动物也无法进去。圆柱状或棱柱状仙人掌的篱笆排列有序，主干向空，别致有趣。院落里高大的仙人树使整个庭院掩映在仙人掌绿色的光影中。仙人掌树树干是圆形或棱状，枝丫呈锯齿状，刺不太多，树冠上开满黄色或红色的花多，非常漂亮。真感叹非洲人把仙人掌发挥到了极致，让你感到非洲人和大自然是多么和谐，他们完全融入了大自然。有

仙人掌结仙人果

非洲巨大的仙人掌树

些住宅房子尚未修建，当地人在房子周围先种上仙人掌做围墙把院子围起来，真有意思。

仙人掌可以开花结果，而且仙人果还是一种水果，这是我来非洲之后才知道的。每年6月，东非高原迎来一年一度的雨季，山坡上、路边的仙人掌开始开花。一朵朵黄色或红色的花朵，从仙人掌的小疙瘩上绽开，非常漂亮。不久就能看见一个个青绿色的果实点缀其中。8月是仙人果开始成熟的时候，人们采摘仙人果。用手采摘肯定是不行的，因为仙人果全身都是刺，更不用说在芒刺四射仙人掌丛中采摘了。当地人用一根长棍，一端绑上可乐罐，人在远处手持棍把仙人果兜入罐内，套取采摘。

仙人果外皮有很多小毛刺，吃时一定得注意。先用茅草或拭布擦去上面毛刺，用刀子切开。里面是黄色的果肉，有很多籽，甜甜的味道，很好吃，可以连籽一起咽下。我在赞比亚见过一种紫色的仙人掌，里面的果肉也是紫色的，吃了后你的手和嘴唇都会染成了紫红色，很有意思。我们开玩笑说吃它可以省去唇膏了。

仙人掌的生命力极强。摘一片叶子,在沙漠里烈日下暴晒一周,外皮才有些皱,但里面仍是绿色的,还有活力,种下后还能成活。仙人掌不管哪一部分埋在地下都能成活,所以你不用担心种仙人掌能否成活。

一方水土养一方人。在同样环境里生活的非洲人,有着和仙人掌一样的品质。众所周知,非洲的自然环境极其恶劣,但他们却能忍受苦难,与大自然顽强不屈地做斗争,又与大自然和谐的相处。

赞非洲仙人掌

沙漠之上,屋脊之巅。
有一生命,毅志惟坚。
不畏酷暑,不惧干旱。
烈日风沙,顶当弥坚。
高寒地带,安如泰山。
生命禁区,傲首昂然。
身若大树,凌空挚天。
移居庭院,默不争艳。
堪为篱笆,守家护院。
宠辱不惊,岂可亵玩。
身有芒刺,捍卫尊严。
开花孕实,仙果味甘。
高贵品质,令人称赞。
非洲人民,品格亦然。
不畏殖民,安惧苦难?
生生不息,代代永传。

水

都知道非洲炎热、干旱、缺水，可缺水到什么程度，只有到过非洲的人才真正有体会。

清晨，当你驱车外出，经常可以看见许多妇女和儿童在村边的供水处排队打水。一个个拿着大小不同的塑料水桶耐心地排队等候，有时难免为打水发生激烈的冲突。打完水，妇女们满足而吃力地背着水回家，年幼的孩子则两人抬着桶回家。这一桶水，可能就是全家人一天的生活用水。

正午，天气炎热，你可能到了偏僻、只有几户人家的野外村庄。当你在路边的大树下歇息，就有人过来和你打招呼，向你讨水喝。你觉得奇怪，因为他们的家就在旁边。原来，他们的房子在这里，但吃水却要从很远的地方去背、去驮、去运。外国游客的矿泉水，是他们的奢望。

傍晚日落时分，当你驱车回来时，可以看见成群的毛驴驮着水桶从村外的池塘或河边往家里驮水。有人在水边把盛满水的塑料桶放在毛驴背上，不用人牵领，毛驴会自己驮着水桶回家。家里人倒空水桶后，毛驴会再返回继续驮水，这些水是用来洗涮和喂牲口的。

这是非洲乡村缺水的写照。生活在城里的人们，也经常被停水困扰。我们援埃塞俄比亚第16批医疗队共15人，12人在首都亚的斯亚贝巴工作，我和另外两名队员在距首都80公里的时任总统家乡图卢布卢工作。首都条件较好，住的是租住的套房，但也经常停水，没有预告，说停就停说来就来。有时正洗澡，突然停水，弄得狼狈又尴尬。上班前得用锅、盆和桶接一些水存着，免得下班回来又累又饿又没水喝。有一次，

埃塞俄比亚篇

排队打水

由于当地修路挖断供水管道，停水十多天，在阿斯科区居住的四名队员只好每天开车到10公里外的其他队员那里去"蹭水蹭饭"。

首都缺水情况如此，我们在图卢布卢的情况就更惨了。且不说经常停电（停电后我们用煤油炉做饭），停水几乎是每天都有，我们只好买几个大塑料桶，每天存水备用。由于随时都有可能停水，也不知道何时来水，有时一停就好几天。有一次连续停水三天，我们存的水用完了，镇上也没有水。极度的缺水考验着我们，没有水不能做饭，卫生间也不能用。我们所在的医院对我们表示歉意，但他们也没有办法，只有等待。在等待无望的情况下，我们决定开车到35公里之外的沃里苏镇去拉水。下午，当我从医院回来听到屋里哗哗的流水声，我的眼泪都流出来了。此时此刻，这是世界上最好听的声音，胜似最美妙的音乐，只有亲身经历的人才能体会这种感受。

医院是救死扶伤的地方，但也一样缺水。虽然有存水箱，但停水时间一长，就没有水了。没有水，对医院是一大考验，检查完病人不能洗手，只能用酒精擦擦。有时停水，手术只能暂停等待，有的病人就在等待中失去生命。

广袤的非洲大陆是缺水的代名词。但有着非洲水塔之称的埃塞俄比亚为什么也缺水？

非洲气候属于热带草原气候，一年中没有分明的春夏秋冬四季，只有旱季和雨季两季。旱季多数地方几乎滴水不降，雨季却每天下雨，甚至水多成灾。其实非洲雨季的降水量并不少，比我们全年的总量还要多，只是都集中在这三四个月里。大量的雨水，一部分入河流湖泊流失，一部分渗漏到地下。非洲的土地土壤没有黏性，锁不住水分。大雨来时，田野汪洋一片，雨停后不久都又渗漏下去，无影无踪。

非洲人靠天吃饭，一般一年只有雨季一次收获。雨季开始，人们把种子种在地里，由于每天都下雨，也没法管理，收获有限。而旱季里种植却需要不断地浇水。渠水漫灌是不可行的，因为土壤渗漏太严重。我曾无意中把自来水管放在要耕种的菜园里，第二天起来，谁知才浇了筛子大小的地方——水都渗漏到了地下。所以在非洲，旱季农民很少有灌溉，只有大型的农场才用水灌溉。他们的灌溉都不是漫灌，而是喷灌。有的在地下埋水管，每天细水长流，不停地喷洒；有的是用大型的喷灌机，在地里缓慢自动行走喷洒灌溉。这些都需要很大的成本投入。

非洲因为缺水而粮食不能自足，这也是非洲落后的原因。有报道称在非洲约有3亿人用不上安全的饮水，只有5%的耕地能浇上水。埃塞俄比亚只有五分之一人口用上了民用给水。

埃塞俄比亚素有"非洲屋脊""非洲水塔"之称。降雨从高山大岭流向沟壑、河川。很多大河发源于此。当地人也认识到这些，开始修筑水坝。非洲最有名的河流——尼罗河就部分发源于埃塞俄比亚。现在政府开始在青尼罗河上修建大坝发电，由中国葛洲坝集团公司承建，计划2015年建成发电。埃塞俄比亚是个电力短缺的国家，建成后埃塞的电力不但能自足，还能向周边国家输出。2011年政府号召公职人员捐出一个月的工资为修筑大坝募集资金，人们积极踊跃。

联合国环境规划署和世界农林业中心联合开展的一项研究显示，在非洲，由降雨带来的水源足以满足90亿人的用水需求。在埃塞俄比亚，据估计有46%的人口遭受饥饿之苦，而收集雨水可满足5.2亿人口的用水需求。

埃塞俄比亚地处东非高原，这里原来是非洲火山爆发最强烈地方。如今这里有很多的温泉，现在不少被开发成休闲度假胜地，有的建成矿泉水厂。值得一提的是，当地有名的安搏（Ambo）矿泉水，是天然的碱性饮料，产于距首都西南约130公里的安博镇。

要解决非洲缺水的问题，除兴修水利设施和雨水收集外。还有一个很重要的办法就是植树造林，增加植被。植物生长需要水，但植物也能涵养水源，提高地下水位。

目前由于全球变暖，气候变化异常，据说非洲现在雨季的雨量也没有从前那么多了。

2012年4月25日新闻报道说，英国科学家在非洲发现了大量的地下水，撒哈拉沙漠附近地区拥有最大的地下水储量。对非洲来说，这确实是一个好消息。但地下水的开采需要技术和资金，在非洲近期还较难操作。另外，地下水的开采会不会导致水位下降，使非洲干旱进一步加重等，都是要考虑解决的问题。我想，只有发展才是解决非洲缺水的办法。

非洲人的自然观

说起非洲，人们自然会联想到热带丛林，大草原等，那里植物茂盛，动物们自由生活、物竞天择。可人类是万物之王，人类的活动会极大地影响自然的状态。今天，非洲是世界上保持自然状态最好的大陆，我认为这并不完全是因为非洲的落后和未开发，更在于非洲人崇尚大自然的理念，对大自然的敬畏。

小时候听人说，非洲人生活在丛林里，他们住在大树下，饿了爬上树摘水果吃，吃完了又在树下睡觉。这在一定程度上反映了非洲人与大自然的亲密关系。

在非洲，但凡有人家居住的地方，都有树木，家家房前屋后院落都有花草树木。即使在干旱的沙漠，也要在房屋前种上仙人掌等耐旱的植物。别以为仙人掌不是树木，在非洲，高大的仙人掌比房屋还要高。在干旱的沙漠地区做饭，燃料是一大问题，但人们并不会去砍伐无人管理的荆棘和灌木，而是捡那些枯死的树木或树枝条，更没有人去偷砍树木。在东非高原，人们做饭的燃料多是牛粪。他们捡拾旷野里干燥的牛粪，堆放在院子里，供做饭用。在非洲人眼里，树木是他们的庇护神，是他们赖以生存的基本条件；没有了这些树木，他们就无法生存。

在东非高原的埃塞俄比亚，当地人传统的房子是完全纯天然原料盖成的。他们的房子简单实用、天然环保，甚至不用一颗钉子。有的用纯木料和植物秆茎建造的茅草屋舍非常漂亮，让你敬佩不已。当地很多院子的围墙是荆棘类植物，有的是用仙人掌做篱笆，让你大开眼界。房前屋后和院子里都种着树木，遮挡着强烈的阳光。埃塞俄比亚是咖啡故乡，

埃塞俄比亚篇

人与自然的和谐

妇女举行咖啡仪式时都要在地上撒上青草。人们庆祝节日时在室内撒上青草，即使在城市里的家庭也不例外。有专门种草的，节日里城里卖草比卖花的生意还要好。

穷人的房子简朴自然，富人们则注重回归自然。在非洲，多数有钱人的住房并不是高楼大厦，而是独居的院子和别墅。院子里往往有很多的树木，还有花园和草坪，每天有园丁侍弄，有的还有游泳池，他们在草坪的亭子下招待客人。不少有钱人，都有自己的农场，并不指望它创收，而是休闲时间来农场和大自然亲近。城里的饭店多有院子，院子里都有漂亮的花草和树木。有的饭店里还有猴子等动物，人们在院子的回廊里用餐，猴子和鸟会过来凑热闹，让你真正感到人与自然和谐相处。埃塞俄比亚最好的两家酒店喜来登酒店和希尔顿酒店，其美妙之处并不在其内豪华的设施，而在于它优美的环境，树影婆娑，四季开花，鸟语

自然中的马

莺歌，喷泉溪流。希尔顿饭店更像热带的园林，让你感叹在贫穷的埃塞俄比亚竟然还有如此优雅的酒店。

　　如果说植物是非洲人的庇护神的话，那么动物就是他们的朋友。在非洲丛林和草原，栖息和奔跑着无数的动物。在非洲人眼里，动物和人类一样，同为上帝所创造，是人类的朋友。在我们中国人眼里，动物大多可食，野生动物是天然的美味。但非洲人几乎不吃野生动物，这是他们的习俗。在非洲，主要的肉类是牛羊鸡鱼，其他牲畜和动物则很少食用。在东非高原毛驴很多，几乎家家都有，作为运载驮物的工具。马、骡、驴老了任其终老，决不食用。听说曾有中国人杀驴吃，引起当地人的不满和抗议。我们外出经常看到路边有不戴笼头和缰绳的马匹一丝不动地站在那里，也没有人管，觉得很奇怪，后来才知道原来是这些马匹老了病了，主人就不管也不要了，任其自然死亡。

他们如此爱护家养的牲畜和动物，对野生动物也是爱惜有加。在非洲，人人都可以持有枪支，但没有人猎杀野生动物。这不仅是他们的法律明文禁止，更是他们千百年来世代相传的习俗。象牙饰品很受他们喜爱，但当地人通常用自然死亡大象的牙，只有少数唯利是图的不法之徒才猎杀。其他野生动物更没有人猎杀，因为他们没有食用野生动物肉的习俗。在我们的住处，每天早上你都能听见鸟儿清脆的叫声，但从来没有见过有人用弹弓或猎枪打鸟。如果窗户开着，下班回来不时会发现飞鸟被困在屋内。白天经常有猴子光顾，如果你的屋子有吃食，门没有关，它会毫不客气享用。晚上还经常能听见豺狼的嚎叫声。我们世代认为，狼是凶残吃人的野兽。我在这里第一次听当地人说，狼一般不攻击人，只有当它受到威胁或确实没有可以维持它生存的食物时才攻击人，他们从来没有见过狼吃人的情况。由此可见非洲自然环境的良好，生物链的紧紧相连。

　　非洲大陆有很多未开发的土地，初到非洲的中国人都感到惋惜：如果把这些土地都开发了，非洲的饥饿不就解决了吗？但当你来久了以后就会知道，非洲人是这样考虑的：如果大开发，非洲漫长的旱季干旱无雨，会让土地很快沙漠化，我们前些年在西北有些地方的开发就是教训。

　　在肯尼亚，每年都有很多来自世界各地的游客观赏动物大迁徙，以至于景区的宾馆都住不下。但当局并不修建新的宾馆，扩大接待能力，而是以涨价的手段来限制游客人数。因为他们知道，一旦大批游客无限制地进入，就会破坏动物的生存环境，干扰动物的生活，到时候这些动物就会消失。

　　非洲是世界上最落后、待开发的大陆，现在有很多外国企业在非洲落户。但在非洲投资是有条件的，其中之一就是不能破坏环境。有一些企业为了自身利益，把落后淘汰的工艺和技术转移到非洲，给当地造成污染，引起当地人不满。

　　我们现在建设和谐社会，其中包括人和自然的和谐。保护自然，就是保护我们的生存环境，保护我们的庇护所，保护我们自己。非洲虽然落后，但他们对自然的崇尚，对环境的保护，还有一些比如不食用野生动物的习俗等值得我们学习和反思。

高原的雨季

非洲的季节，没有寒暑分明的春夏秋冬四季，只有雨季和旱季两季。由于所处地域的不同，不同国家雨季和旱季的时间也不尽相同。埃塞俄比亚地处非洲之角的东非高原，东临红海和印度洋。每年三四月份开始下雨，隔三岔五下一场，俗称小雨季。从6月到9月才是真正的雨季，几乎每天都下。雨季过去，就进入漫长的旱季。

旱季的东非高原每天都晴空万里，艳阳高照，连个阴天也少有。进入3月中旬，天空中的云彩渐渐多了起来。湛蓝的天空映衬着朵朵白云，悠闲而淡定，着实地怡神养目。那一团团、一朵朵的白云缓缓飘动，不时变幻着形状。有时犹如一群悠闲自在的羊，有时又似连绵不断的山脉，有时出现琼楼玉阙，有时又好比如来睡佛……落日时分，西边的云彩在晚霞的映照下绚烂夺目，分外耀眼。随着时间的推进，先前的白云渐渐暗淡起来，化为乌云。进入4月以后，远处不时传来隐隐雷声，这雷声越来越近，越来越强，偶而飘落些小雨。干渴的大地，迎来了久违甘霖。不觉有一天，轰隆隆的雷声，伴着大雨从天而降，浇透了大地，真正的雨季到来了。

6月便真正走进了雨季。走出城外，旱季里荒芜的原野泛起了绿色。在埃塞的多数地方，雨季是一年中唯一的播种季节。空旷的田野里，辛勤的农民挥鞭驱牛，耕作播种，俨然一幅繁忙的春耕图。有时下着细雨，远处的山峦，朦胧的村庄，映衬着农民在田地里耕播的身影。这里种植的主要庄稼是当地一种叫苔麸（Teff）的作物，这好像是非洲之角所特有。当地的传统美食——英吉拉，就是用苔麸面粉发酵制作的。也有小麦、大麦、高粱、玉米、豌豆等农作物，但不多。

到了7月中旬，雨越来越多，越下越大，几乎每天都有。雨季的天空酷似婴孩的脸，说哭就哭，说笑就笑。上午还是艳阳高照，午后却又雷电交加，暴雨如注。看着还是漫天乌云，不多时又云散日出。有时我们驱车外出，出发地还风和日丽，不多时到一个地方却是哗哗大雨，再走一会儿到另一个地方却又是滴雨未降，真是"东边日出西边雨，道是无晴却有晴"。有时还伴着冰雹，哗啦啦，地上一层晶莹的冰珠。雨后的天空时而还出现美丽的彩虹，绚丽夺目。夜里睡梦中听见窗外的雨声，晨起迎接你的是清新爽朗和勃勃生机。让人联想到陆游"小楼一夜听春雨，深巷明朝卖杏花"的诗句。雨季里碧草连天，空旷的荒坡丘野成了莽莽绿绿的大草原。牛羊群悠闲满足地吃着青草，它们个个膘肥体壮，雨季是它们最幸福的时光。埃塞俄比亚是非洲畜牧业存栏最多的国家。

从我们所在的小镇图卢布卢到首都亚当斯亚贝巴，沿途比较平坦。到了雨季，平平整整的田地是一片片绿茵茵的庄稼。一些农田浸泡在水中，一畦畦的苔麸好似水中的水稻，让人联想到江南水乡。好在苔麸似乎并不怕水淹，雨后水很快会退去，它的生长不受影响。看见这满野的庄稼和稀落的村庄，你不会想到这个国家还会有粮食不足。埃塞俄比亚的母亲河——阿瓦什河（Awash）从这里流过。旱季里几近干涸的河水现在已暴涨，淹没了旱季里大片的农田（农民提前已收获了庄稼）。原来数百公顷的土地现在浩波荡漾，一片汪洋。一群群的水鸟不知何时从哪里来，在水里游泳戏水，在湿地觅食嬉戏。河边路旁有一个小村庄，雨季里水位上涨，家家户户四面环水。一间间房屋独立在水中，一架架简单的木桥，连接着房屋和道路，俨然一个水上村庄。我们冒着细雨从这里经过，村庄朦胧，浩水淼淼，颇有一番诗境。

听说政府不允许这些村民在此居住，因为雨季这里很危险。但它近临阿瓦什河，土地肥沃，旱季里河水可以灌溉农田，是他们赖以生存的地方。

非洲的旱季缺水严重，城镇里经常停水停电。因为不能保证把水供

▌高原的雨季

到住家户,在人口聚居处,常设有集中的供水处。常常看到成群结队的妇女和孩童,拿着塑料桶到这里排队打水,然后吃力地弓着身躯背水回家。虽然我们在医院这个关乎生命的场所工作,也时常遭受无奈,旱季里经常停水停电,有时抢救病人也爱莫能助。虽不在沙漠,我们却真正体会到沙漠干渴的滋味。到了雨季,停水停电的次数大为减少。因为有了水,水电站能满负荷发电了;由于降了雨,暂时不需要浇灌了。

但雨季带给人们的不全是美好。有时雨来时狂风大作,暴雨如注,倾盆而泻。霎时间野外一片汪洋,道路上水流成河,洪水滔滔,有时车翻人亡。河水暴涨肆虐,道路桥梁不时被冲垮。村庄农田被淹,简陋的茅草房屋在狂风暴雨中如一片叶子,不堪一击。有时还会下大冰雹,使菜农损失不小。

听当地人说,由于温室气体的排放和全球气候变化,非洲现在雨季的降雨已不如从前那么多。旱灾不时发生，这让无辜的非洲首当其冲成为受害者。2011年非洲之角发生了近60年不遇的大旱。虽然我们所在的地方降雨不少，感受不到旱灾的迹象，但听当地人说，在埃塞俄比亚东南部和索马里等地方，旱灾非常严重。有好多牲畜和动物都死了，灾民们离乡背井，四处逃难。中国政府向非洲之角提供了4.43亿元人民币的援助。虽然我们没有去灾区，但也能感受到旱灾给当地人民带来的困难。我们到了埃塞才半年，食品类价格上涨了近一倍。当地人的收入非常低，价格的大幅度上涨，让本来艰难的生活更是雪上加霜。联合国千年发展计划中，在非洲的减贫任务更加任重而道远。

我在非洲待了多年，还是喜欢这非洲的雨季。是它让田野生机盎然，使大地孕育着收获，给人们带来了希望。在这里我问当地人，你们是喜欢旱季还是喜欢雨季。他们说当然是雨季了。虽说降雨会带来一些不便，但给人们带来了生命的滋养和收获的希望。有了雨水，即使那干旱的沙漠，也会出现生命的绿洲。

再见，鲁米娜

鲁米娜是我们北京医院的护士，2012年我们搬入北京医院时就认识了她，那时医院刚开业，只有一百多人，医院的人都相互认识。鲁米娜个子不高，小巧玲珑，聪明漂亮，大家都喜欢她。对我们来说，她的名字很好记，因为有一种镇静安眠药物就叫鲁米那。现在也记不清她原来在哪个科室工作，只记得偶尔见了面握个手，你好我好地问候，简单地聊上几句。那时病人不多，工作也不是很忙，每天晚饭后我们出来在医院院子里散步遛弯，有时碰见上夜班的她和其他护士也在散步，她很礼貌，每次都笑着打个招呼。

后来听人说，鲁米娜是一个孤儿，从小父母就不在了，她是在孤儿院里长大的。由于聪明伶俐，人也漂亮，中学毕业后被推荐上了护士学校。我们曾去过当地的孤儿院，我能想象她在孤儿院的生活。听说鲁米娜已经结了婚，有一个孩子，我的心稍舒缓了些。可怜的姑娘，终于有了自己的家，有了疼爱她的人，有了爱的港湾。她是幸运的，但不知还有多少像她这样的孤儿在社会上生活无着落。

从那以后，每次见到鲁米娜，我都对她心里充满同情，和她多说几句话。一次我妻子和女儿来埃塞探亲，晚饭后我们在医院院子里散步，碰到鲁米娜。她过来热情地跟我们打招呼，夸我女儿长得漂亮，眼里充盈着眼泪。我想她是羡慕我女儿的幸福，有这样一个幸福的家。

离开埃塞前一周，我去医院艾滋病检查门诊做检查（很多中国人离开之前都会做这项检查）。平常科室有三个人，我当天去时却只有鲁米娜一个人。最近我们已经不上班了，这几天科里院里为我们举行送行活动，她知道我们要离开这里。当我说要离开回国,想做艾滋病检查时,她的眼泪在眼眶里直打转。她突然关上了门,一下子抱住我亲吻,并说我爱你,不让你走。我一下怔着了,从未想到她会这样。她说我在这里四年,她早就喜欢我,我是她认识的最好的中国医生,也是全院最好的医生,为埃塞人民做出了很大的奉献和牺牲。我说我也不想离开这里,只是任务期满,以后还会再来这里的。我知道我不会再来了,但还是这样安慰她。

这个可怜善良的姑娘,从小就缺少爱,在社会的关爱中长大,所以特别感激我们对她和她的国家的帮助。她只有30岁,生活的磨砺使她原来年轻姣好的容貌憔悴不少,她的身材还是那么的瘦小单薄。认识她四年了,虽然她有了自己的家,但和大多数人一样,日子过得并不宽裕轻松。

对于鲁米娜的示爱,我没有回应。我在非洲十年,没有妻子的陪伴,也没有绯闻,我不能把自己十年的"英名"毁于在最后的时刻。但同时也意识到我在非洲十年,或许还有别的非洲女孩暗恋着我或我们的医疗队员,虽然没有结果,但毕竟还是很美好的。

最后我把自己一些不需要的生活用品送给她,也算是给她一些帮助。临走前的那个晚上她上夜班,我把一些衣物、生活用品、几百元当地钱和电话充值卡给了她,还有一套男式当地民族服装(医院发过一套,卫生部近日又发了一套)。她充满了感激,连声说谢谢、谢谢。

我要离开这里了,可能永远地离开非洲了,今后不再来了,但鲁米娜还要在这里,她可能一辈子也不会离开这里。我默默地为她祝福,祝福她平安、健康,生活越来越好。

再见,鲁米娜!

再见，埃塞俄比亚

2015年7月4日下午，我们登上了阿联酋航空公司的飞机，踏上了经欧洲回国的旅程。飞机离开了地面，从舷窗口俯瞰，首都亚的斯亚贝巴就在我们之下：平日里司空见惯、凌乱不堪的城市是那样的井井有条，整齐有致；城外的公路向远处蜿蜒延伸，我们曾从这条路到500公里之外迪雷达瓦义诊；城市、村庄、山峦、河流和东非大裂谷在飞机下掠过，飞机爬上了云层，看不到地面的景物了……再见了，埃塞俄比亚。我的目光回到了机舱内，突然感觉泪水出来了。

我几次去非洲医疗援外，每当任务结束离开非洲时，我的心情都是愉快的，因为马上要和久别的家人相见团圆了，就能吃上自己喜欢的美食了。可这次离开，我的心情是伤感的。在非洲工作十年把我塑造成如今的样子，我的黑发变成了白发，朝气光亮的脸已黯然失色，瘦高挺拔的身材已是肩塌背驼。我从一个充满朝气的年轻人，成为一个不温不火的中年人，现在还患上多种疾病：腰椎间盘突出、肩周炎、肘关节炎、跟骨骨刺等。过去我曾多次返回非洲，但这次已是老骥伏枥，力不从心了。

非洲十年，对一般人来说是可怕的甚至不可思议的，有时我也纳闷我这3650个日日夜夜是怎么过来的。从红海之滨的厄立特里亚到赞比西河畔的赞比亚，再到非洲屋脊埃塞俄比亚，远非《我的非洲十年》所能完全记述。

我们原定于6月初结束回国，春节过后，已是阳历3月初，大家就开始谈起回国的事宜。3月下旬，我们医疗队到图卢布卢进行了为期一周的医疗巡诊。图卢布卢医院是上批医疗队工作的一个医疗点，我曾在那里工作生活近一年。医院还是老样子,只是原来院内绿化带的小树苗,如今已经长高。院长还是伊德欧,但原来的几个大夫基本上都走了,来了几个年轻大夫都不认识。我们住的老房子现在是几个年轻大夫住,他们走后门,前门封闭,前门的杂草荆棘荒乱无章,那棵骆驼刺树已经长得很高,让我几乎不记得原来有过它。我的菜园早已恢复到原来的荒地。我们在这里进行了为期一周的巡诊,诊疗病人1600人次,手术30多例,我又在这个乡镇级医院做了一例乳腺癌根治手术,我们还为医院捐赠了医疗药械,受到了当地居民的赞扬。口腔科小大夫(我们很熟悉)还为我画了一幅画。2015年3月30日,中国中央电视台和埃塞当地电视台都对这次巡诊做了新闻报道,央视记者许弢说我在非洲十年,事迹感人,要为我做一个专题节目,在《华人世界》中播出。

清明前夕我们又驱车360公里,去季马市为因公牺牲的第一批医疗队队长梅庚年烈士扫墓。这是我第三次来这里扫墓了,本来因腰椎间盘突出不想去,最后还是为烈士的精神感动,想和他做最后的道别。2014年春节后,我把拙作《在十三个月的国度里》一书寄给烈士的儿子梅学谦,他后来也像他父亲一样,成为医疗队员来到埃塞俄比亚,书中有两篇是纪念他父亲的。烈士的陵墓在青山中依旧完好,有当地居民自愿为他守墓,我们放心了。

离开非洲的日子越来越近,我们更加珍惜这不多的日子,认真看好每一个病人,做好每一个手术。与当地同事的关系也更加亲密了,他们都不希望我们走。

就要回国了,对这本书的写作和整理我一直静不下心来。王进宝队长是一个干事业的人,他经常督促我,给我信心和鼓励。有时晚上我也想玩一会儿牌,他总是不让我玩,说时间不多了,让我去整理这本书。说实话,没有他的鼓励和支持,我可能完成不了这本书。

时任中国驻非盟使团公使参赞苟皓东先生,我们2001年在厄立特里亚认识,当时他是使馆一秘,曾帮我修改过文章,他2015年初来到埃塞俄比亚,我们久别重逢。我的第一本书,他给予积极的评价。当他得知我要整理出版《我的非洲十年》时，给了我很大的鼓励和帮助，并答应为书作序，还积极联系非盟委员会主席祖马博士为本书撰写书评，让我非常感动。他还将书稿推荐给中国驻非盟使团，旷伟霖团长为本书写了书评，年轻馆员为本书做了校阅。中国驻埃塞俄比亚大使馆经商处也大力支持，腊翊凡大使也为本书写了很好的书评。

马上就要离开埃塞俄比亚了，我们对这里还依依不舍。6月初，队里利用休假时间组织大家去埃塞俄比亚北方有名的历史文明城市旅游：先到巴赫达尔，这里在塔纳湖畔，是青尼罗河的发源地，还有有名的青尼罗河瀑布；又去拉里贝拉，游览了令人震撼的世界文化遗产——拉里贝拉石刻大教堂群；还去了贡德尔古城，参观了那里的古堡；最后游览了埃塞俄比亚历史最悠久的阿克苏姆古城遗址，看到了高耸入云的阿克苏姆方尖碑……一路上，我们似在埃塞俄比亚的历史长河中穿越，对它的历史和文明充满敬佩之情。

提露内丝—北京医院后方远处有一座教堂，周围民居不多，基本上是在旷野里，有一条小河从教堂后流过，河上有一架木桥连接着对面的一所大学。有时周日我们出去散步经过那里，看见去教堂的人回去时都要从河里打水带回去，说这是圣水，可以治病。更有不少远道而来的人住在这里，接受圣水的洗礼和治疗。虽然我也信教，但我知道这些圣水是治不了病的。宗教或能治疗人们灵魂的疾病，但治不了躯体的疾病，治疗躯体的疾病需要的是医生。我想就此写一篇文章反映这里的缺医少药和人们对宗教的迷信，曾和医院麻醉科的阿布杜约好一起去那里采访，两次都没有成行，不知他是真有事，还是不想让我写。

我们要离开非洲经欧洲回国，我问妻子和女儿需要买什么东西？她们说什么都不需要，只要我平安回来就行。我第一次去非洲时，女儿才上五年级，现在大学都毕业了。由于我多年在外不能照顾她的学习，她没能考上理想的大学，至今还没有正式的工作，我有愧于她们母女俩。

6月底，新一批医疗队抵达埃塞俄比亚，我们到机场去迎接。这批医疗队由河南省人民医院和许昌市中心医院组队，队员学历、素质和水平都比较高，大多数是研究生和博士生。年龄最小的队员才28岁，来自河南省人民医院口腔颌面外科，和我原来在厄立特里亚的队友王永功大夫在一个科室。看见他我想起了王永功，那时他年龄也最小，只有30岁，但却在那里干出很大的成绩。他说王永功现在是他们科室主任，来时对他耳提面命，给予很大期望，他要向王永功学习。

在埃塞俄比亚，中国还派遣有一支由八人组成的军队医疗队，由于是首批军队医疗队，一切都是从头开始，各方面条件都不好，尤其是生活方面。7月2日上午，中国驻非盟使团为我们新老两个医疗队和军队医疗队举行午餐会，为我们老队送行，答谢我们和军队医疗队，欢迎新一批医疗队。中国驻非盟使团团长旷伟霖大使发表讲话，赞扬中非友谊和医疗队为中非友谊作出的贡献，提到我在非洲十年，并把为我写的书评给了我。

7月2日，河南省卫生计生委刘绍杰副主任、国际合作处王培仁处长和苏桂显主任来埃塞俄比亚，参加北京医院中国中医中心揭牌仪式暨新老两队的交接仪式。刘主任专门召见了我，说他是一路上看着《在十三个月的国度里》一书来非洲的，对我的书很欣赏。当他看到《我的非洲十年》书稿时，更是高兴和赞赏，对王处长说要对这本书的出版给予支持，让我很受感动。

要离开这里了，埃塞方面对我们依依不舍，组织了各种形式的送行活动。我所在的外科用埃塞俄比亚的咖啡仪式为我们送行，咖啡飘香，欢歌笑语，依依惜别。医院为我们举行仪式，为每个队员颁发了荣誉证书，还赠送了一套当地民族服装。7月3日，在北京医院举行中国中医中心揭牌暨欢送老队员仪式，埃塞俄比亚卫生部部长助理、亚的斯亚贝巴卫生局和北京医院的领导及职工；中国驻埃塞俄比亚大使馆经商处张霖参赞，河南省卫生计生委刘绍杰副主任、国际合作处王培仁处长、苏桂显主任和中国援埃塞俄比亚新老两批医疗队员参加了揭牌仪式。仪式上，埃塞卫生部领导为我们老队员颁发了援埃塞俄比亚医疗荣誉证书，感谢我们在这里两年的工作。

我在埃塞俄比亚近四年，它悠久的历史和文化、旖旎的自然风光、独特的风俗习惯等都令我痴迷。我在这里使用的是当地古老而独特的一年十三个月的日历，喝着咖啡故乡原汁原味的咖啡，领略了优雅风趣的咖啡仪式；认识了当地独特的粮食苔麸，还吃过用它做的英吉拉；咀嚼过神奇且令人迷惑的恰特草和辣木子；目睹了这个美女之国女子的美丽和长跑王国健儿的奔跑；游览了阿克苏姆古迹和拉里贝拉石刻教堂群，还有青尼罗河的源头，奇特的唇盘族……所有这些都让我历历在目，终生难忘。我已到知天命之年，这一生注定默默无闻，无所建树，聊以慰藉的是我在埃塞俄比亚以及非洲的经历。现在要离开了，我真是依依不舍，百感交集。

　　再见了，埃塞俄比亚……

后 记

这是本人继《在十三个月的国度里》一书之后，又一本记述援外医疗工作和生活的文字。

《在十三个月的国度里》一书出版后，得到了国家和河南省卫计委、援外医疗队员和读者的肯定。不少人对我说，你在非洲十年，去过三个国家，能不能把这些都写下来呢？

《在十三个月的国度里》一书，是2011年到2013年间我在援埃塞俄比亚医疗队工作期间随手写下来的。我在厄立特里亚和赞比亚也写过不多的文章，但要整理出书，显然是不够的。2014年4月，因人员调整我又返回援埃塞俄比亚医疗队，在领导和朋友们的鼓励下，我开始回忆写作。过去了这么多年，确实有一定的难度，所写的虽都是真实故事，但难免有失生动。不过不管怎么样，这是我人生的记录。

书中的文章都是单篇写的，没有连贯性，一些内容前后有些重复，但为了保持每篇文章的完整性，还是没有简略，请读者见谅。书中埃塞俄比亚篇的多数文章，曾在以往的书中收录过，为了能较全面地反映我在非洲十年的工作和生活，本书中再次收录，特此说明。书中厄立特里亚篇和赞比亚篇的大多数文章都是现在回忆写的，与埃塞俄比亚篇的文章相比，篇数有些少，但我想无论多少，也难以写尽在非洲十年的故事和见闻。

感谢非盟委员会主席恩科萨扎娜·德拉米尼-祖马博士（Dr. Nkosazana Dlamini-Zuma），中国驻非盟使团团长旷伟霖大使，中国驻埃塞俄比亚大使腊翊凡先生，河南省卫生计生委李广胜主任，非洲文化学者、作家、摄影家梁子女士……感谢他们热情洋溢的书评和推荐。

感谢国家卫生计生委国际合作司王立基副司长，时任中国驻非盟使团公使衔参赞苟皓东先生的真挚序言；感谢驻非盟使团馆员对本书的指导和校阅。

感谢国家和河南省卫生计生委、三门峡市卫生局、三门峡市中心医院领导和同志们多年来对我援外医疗工作的大力支持；感谢他们对本书出版的积极支持和帮助。

本书的写作和整理是在埃塞俄比亚。在此过程中，我不时向在厄立特里亚、赞比亚和埃塞俄比亚的新老医疗队员求助，他们为我提供了很多宝贵的资料和照片，在此一并表示感谢。

仵民宪

2015年6月26日于埃塞俄比亚中埃友好医院

附：作者援外医疗工作的时间、国家及批次

2001年元月—2013年元月，援厄立特里亚第2批医疗队。

2005年元月—2007年元月，援赞比亚第13批医疗队。

2007年元月—2009年6月，援赞比亚第14批医疗队。

2011年2月—2013年6月，援埃塞俄比亚第16批医疗队。

2014年4月—2015年7月，援埃塞俄比亚第17批医疗队。